Et puis soudain
SUCCOMBER

TOME 1

Image de couverture : © Martin-Dm / Getty Images
Couverture : Ariane Galateau

Collection créee par Hugues de Saint Vincent et dirigée par Arthur de Saint-Vincent
Ouvrage dirigé par Camille Léonard

34-36, rue La Pérouse
75116 Paris
www.hugoetcie.fr

ISBN : 9782755637977
Dépôt légal : septembre 2018
Imprimé en France par Corlet - N° d'impression : 193860

LAURA S. WILD

NEW ROMANCE®

Et puis soudain

SUCCOMBER

TOME 1

ROMAN

Hugo Roman

Note de l'auteur

Cette histoire, j'ai commencé à l'écrire lorsque j'avais dix-sept ans. Tout a commencé avec ces personnages et depuis le premier « Lia Gomes » que j'ai griffonné sur l'une de mes feuilles de cours au lycée jusqu'à la publication de la série, dix années ont passé. Dix années pendant lesquelles j'ai grandi, évolué avec, au travers, en même temps que mes personnages.

Il y a peu de choses que Lia et moi n'ayons pas en commun.

Il y a tant d'émotions similaires que nous avons ressenties aux mêmes périodes de nos vies.

Et il y a certainement peu de chances que j'aime un jour un autre de mes personnages comme j'aime Lia... comme j'aime chacun de ceux qui vivent entre ces pages.

Et puis soudain..., c'est l'histoire d'une reconstruction émotionnelle que ces personnages atypiques ont transformée en une formidable aventure. C'est l'histoire de personnes que la vie a mises à terre de manière plus ou moins cruelle mais qui malgré tout sont déterminées à croire que le bonheur les attend.

Et puis soudain..., c'est Lia, ses qualités et ses imperfections, son impulsivité et sa détermination, son impatience et sa générosité. Lia, ses cicatrices et son passé omniprésent qu'elle ne vous dévoilera que lorsqu'elle se sentira prête et en confiance.

Finalement, Lia, ça pourrait être votre amie, votre sœur.

Ça pourrait être vous.

Ça pourrait être moi.

Parce qu'*Et puis soudain...* raconte l'histoire d'une douleur jamais apaisée, et que Lia est l'héroïne que ses blessures ont rendue invincible.

À José.

Pour toutes les fois où je souris en parlant de toi.
Pour toutes les fois où je pleure en pensant à toi.

Prologue

J'ai besoin d'air.

Respire, Lia, respire.

J'attends de sentir mes poumons se remplir d'oxygène, j'attends que ce poids sur ma poitrine s'envole. Mais rien ne se passe. J'ouvre la bouche, j'essaye de parler, de crier, de me faire entendre, mais mes cordes vocales restent désespérément muettes. J'ordonne à mes bras, à mes jambes de bouger, mais j'ai l'impression que mon cerveau ne commande plus mon corps.

J'ai mal.

Ma tête semble sur le point d'éclater, la douleur lancinante, à l'arrière de mon crâne, empire de seconde en seconde.

J'ai peur.

Étendue seule sur le bitume, j'ai peur que ma dernière heure n'ait sonné. Mais après tout, est-ce que ce serait si terrible ? Ma vie est un désastre complet, peut-être vaut-il mieux que tout s'arrête ce soir...

Mon instinct de survie se réveille alors, et je rassemble mes dernières forces pour pousser un gémissement, en espérant que quelqu'un m'entende.

Mon appel à l'aide se perd dans la nuit. Personne ne vient me secourir.

Alors, je me rends à l'évidence : cette nuit sera ma dernière.

Chapitre 1

SIX ANS PLUS TARD

Just when I thought I had it all under control...
You happened.
And in an instant, the stars just appeared...

Au moment précis où je pensais tout contrôler...
Tu es arrivé.
Et en un instant, les étoiles sont apparues...

R. M. Drake

— Lia !

Je sursaute, brutalement arrachée à mes souvenirs.

— Je te parlais. À quoi tu penses ?

Je me redresse sur le siège de la voiture, puis je regarde défiler la ville animée à travers les vitres teintées de l'énorme Range Rover que conduit Matt.

— À plein de choses. À ma vie.

Et aux changements qui s'y sont opérés ces six dernières années...

— Ouh là, ce n'est jamais bon signe quand tu commences à cogiter.

Matt klaxonne furieusement un automobiliste qui vient de lui couper la route. Klaxonner les gens en voiture est l'une de ses grandes passions.

Une fois calmé, il pose tendrement sa main sur la mienne et exerce une douce pression, comme pour m'encourager.

— Si tu dois réfléchir à ta vie, pense au chemin que tu as parcouru. À tout ce que tu as accompli. Et à tout ce qui t'attend encore.

Je serre sa main à mon tour, puis j'oublie ma mélancolie et je retrouve le sourire.

Ce soir, Matt et moi nous rendons à l'exposition photo de notre meilleur ami, Christopher Walsh. On dit souvent qu'un meilleur ami est celui qui a réussi à surpasser tous les autres dans notre cœur et qu'on ne peut pas en avoir plusieurs. Il ne peut y avoir qu'*un* meilleur. Eh bien, je trouve que c'est stupide. En ce qui me concerne, Matt et Chris sont mes meilleurs amis à l'exacte même échelle. Il y a cependant une chose que je m'accorde à dire : ils surpassent le reste du monde dans mon cœur. Et de loin.

— Tu n'avais vraiment pas envie de venir, ce soir ? demande Matt pour changer de sujet.

— Disons que j'aurais préféré regarder les nouveaux épisodes de *Orange Is the New Black*.

— On n'aura qu'à les mettre ce soir, en revenant de l'expo.

— Affalés sur le canapé à boire le bon vin que Chris nous cache ? Enfin, qu'il pense nous cacher ?

— Comme d'habitude.

Il lève sa main, contre laquelle je fais claquer la mienne.

Matt et Chris sont amis depuis le lycée. Moi, je connais ces deux lascars depuis que j'ai dix-sept ans et je suis tombée sous leur charme. Étant fille unique, je les considère comme mes frères. En réalité, je fais beaucoup plus que simplement les considérer comme tels. Ils *sont* ma famille.

— Tant que j'y pense : tu pourrais venir à la salle, demain ? me demande Matt. Il y a une nana qui me colle d'un peu trop près, j'aimerais qu'elle rencontre ma copine. Ça calmerait ses ardeurs.

— Pourquoi tu ne t'affiches pas avec ta vraie « copine » ?

— Question de business. Le nombre d'inscriptions est en hausse. Certaines de mes nouvelles clientes pensent qu'elles peuvent avoir une chance avec moi ; si c'est ce qui les fidélise, alors ce n'est pas moi qui vais leur faire croire le contraire.

— Mais tu te rends bien compte qu'en t'affichant avec ta « copine », elles vont penser que tu n'es plus un cœur à prendre ?

— Je n'ai pas besoin qu'elles le pensent toutes, seulement une en particulier. Elle est vraiment collante, et si elle annule son inscription, ce ne sera pas une grosse perte. Les autres peuvent toujours essayer de me séduire, et je comprends qu'elles en aient envie, d'ailleurs. Je suis plutôt canon dans mon genre, au cas où tu ne l'aurais pas remarqué.

Je souris. Matt a raison, il est très attirant. Son mètre quatre-vingt-dix impressionne, ses cheveux châtain clair et ses yeux verts charment. Quant à son physique de sportif, il fait pâlir d'envie bien des hommes.

Après des études de comptabilité et un an à s'ennuyer dans son travail, Matt s'est lancé dans le projet qu'il rêvait de réaliser : devenir coach et ouvrir des centres sportifs. Il possède déjà deux salles, une à Tribeca, l'autre à SoHo, et il travaille sur l'ouverture d'une troisième à Brooklyn. Beaucoup de femmes se retournent sur lui, mais Matt est gay. S'il assume parfaitement sa sexualité, il se garde cependant bien de s'en vanter auprès de ses clientes. Il aime séduire depuis toujours et n'est pas avare en compliments, clins d'œil et autres sourires charmeurs qui font grimper sa cote de popularité et le nombre d'inscriptions dans ses centres, par la même occasion. J'ai déjà dû jouer plusieurs fois sa fausse petite amie pour éloigner les demoiselles un peu trop entreprenantes.

— Combien de temps va durer ce petit jeu ?

— Quelques jours, le temps qu'elle se rende compte qu'entre elle et moi il n'y aura jamais rien. Ensuite, je te larguerai et on se remettra ensemble le jour où j'aurai à nouveau un problème de ce genre.

— D'accord, j'accepte d'être ta nana, *meu querido* [1].

— Merci, Lia, tu...

— ... mais à une seule condition...

Il me regarde avec méfiance.

— Ne romps pas avec moi par téléphone. Aie le courage de me l'annoncer en face.

Il inspire et me tend solennellement son petit doigt.

— Promis !

Il enroule son doigt autour du mien, qui paraît minuscule en comparaison.

J'en profite alors pour m'adonner à l'une de mes activités favorites quand je suis en compagnie de Matty : regarder ses tatouages. Il en possède trois à ce jour, mais projette de s'en faire d'autres.

Le premier s'étend sur son avant-bras, de son poignet gauche jusqu'à la pliure de son coude. Il représente un petit garçon recroquevillé sur lui-même et triste, derrière lequel se tient un homme debout, grand et massif, bras croisés, regard dur, déterminé. Ils sont tous les deux entourés par un halo de flammes.

Gravé à l'encre noire autour de son poignet droit, à la manière d'un bracelet, son deuxième tatouage représente les lettres C, L, et M, toutes les trois reliées par une corde épaisse. Indestructible. Ce sont les initiales de nos prénoms à Chris, Matt et moi.

Enfin, sur la peau de son cou, deux dates : celle du jour où la vie de Matt a pris un tournant dramatique et celle de la rencontre de notre trio.

1. « Mon chéri », en portugais.

J'adore ses tatouages : je les observe souvent et j'en trace les contours, parfois.

Soudain agacé par la circulation ralentie, Matt passe à l'action.

— Hé, doucement ! dis-je lorsqu'il se rabat brutalement devant une voiture, lui faisant une queue de poisson.

— Relax, pitchoune. Je maîtrise, assure-t-il en tapotant le haut de ma tête comme si j'avais cinq ans.

— Si je meurs dans un accident de voiture, Chris te réduira en bouillie.

— Je le sais, et c'est pour ça que si on se crashe, je préfère ne pas m'en sortir.

Nous rions comme deux gamins alors que Matt sort enfin des bouchons. Après quelques minutes de trajet supplémentaires, nous arrivons enfin devant la galerie. J'enfile mes escarpins *nude* et sors de la voiture. Matt m'attend sur le trottoir, les yeux plissés.

— Tu vas encore faire tourner des têtes, ce soir, lance-t-il en me détaillant.

— N'importe quoi, je rétorque en levant les yeux au ciel.

Je lisse ma petite robe noire, passe la main dans ma longue et épaisse tignasse brune, puis je rejoins Matt. Galant, mon meilleur ami me tend son bras, que je prends en souriant, puis nous entrons.

La galerie est bondée, c'est ce que nous constatons dès que nous sommes à l'intérieur. Matt et moi échangeons un clin d'œil en souriant. Ce soir encore, Chris va faire un malheur. Nous nous dirigeons directement vers le fond de la salle et poussons une porte sur laquelle il est inscrit « PRIVÉ ». Sans surprise, derrière elle, nous découvrons notre ami pendu au téléphone, en train de parler rapidement et de faire de grands gestes.

Mon regard croise celui de Chris. Le soulagement de me voir enfin adoucit instantanément les traits anxieux de son visage.

Chris est surprotecteur envers moi. J'aimerais parfois qu'il le soit moins, mais je n'ose pas le lui dire. Je ne veux pas lui faire de peine.

Il raccroche et vient me prendre dans ses bras.

— Tu es là, enfin ! J'ai cru que tu n'arriverais jamais.

— Elle a passé un temps fou à se pomponner, dit Matt en s'affalant sur un fauteuil en cuir.

Chris jette un coup d'œil à ma tenue. Je sais déjà qu'il la désapprouve totalement. Les seules qui lui plaisent sont celles qui me couvrent des orteils jusqu'au menton.

— Lia, tu vas encore attirer le regard des hommes, ce soir.

Encore et toujours la même rengaine. Chris s'est mis en tête de repousser toute forme de présence masculine autour de moi, Matt et lui exceptés. Il s'imagine que chaque homme qui m'approche me veut du mal. Un jour, j'ai fait l'erreur de lui présenter mon petit ami du moment. Une horreur. Le dîner s'est transformé en interrogatoire. Je n'ai plus jamais renouvelé l'expérience, ni entendu parler de Lucas.

— J'ai vingt-trois ans, Chris, je fais ce que je veux.

Sous mes yeux, il se transforme en père moralisateur qui s'apprête à mettre sa petite fille en garde.

— Tu ne seras jamais trop vieille pour que je veille sur toi.

Je soupire. Je n'aurai pas cette conversation avec lui, pas une centième fois.

— Je crois que tu es attendu, Chris ! intervient Matt, me sauvant la mise.

Nous sortons de la loge, et Matt et moi nous mettons au fond de la galerie pour écouter notre ami prononcer son discours d'inauguration.

— Bonsoir à toutes et à tous. Merci d'avoir fait le déplacement pour ma première exposition de l'année, sur le thème de la mélancolie du passé. Les photos sont exposées dans un ordre chronologique, alors je vous conseille de commencer par ici, dit-il en pointant du doigt le côté droit de la salle. Je vous souhaite une bonne soirée, et n'oubliez pas de vous laisser tenter !

Des applaudissements retentissent. Matt et moi sifflons même, attirant le regard curieux de quelques personnes sur nous. Tandis que la foule commence à se disperser dans la galerie, Chris nous rejoint, et le ballet des serveurs munis de petits-fours et de boissons débute.

Au moment où je m'apprête à féliciter mon ami, une tornade blonde se jette à son cou.

— Mon amour ! Pardon pour mon retard, cette ville est une véritable jungle ! pépie Stella, la petite amie de Chris, de sa voix haut perchée.

Issue d'une famille bourgeoise des Hamptons, héritière de parents millionnaires, la jeune femme a rarement eu à lever le petit doigt pour obtenir ce qu'elle veut : il lui suffit de faire les yeux doux à son père et il lui cède absolument tout. À vingt-cinq ans, son ambition est simple : trouver un mari qui pourra lui offrir un train de vie fantastique. Matt soupçonne que c'est, entre autres, la raison pour laquelle elle s'est intéressée à Chris. Notre ami est l'un des photographes les plus talentueux et en vue de sa génération. De plus en plus de célébrités font appel à lui pour des shootings. Il y a trois ans, il a ouvert deux galeries qui portent son nom. Pour ne rien gâcher, Chris est de ces hommes qui ont un charisme fou. Son mètre quatre-vingt-douze, ses cheveux noirs, ses yeux tout aussi sombres, son corps musclé et son teint hâlé interpellent et attirent bon nombre de femmes. Chris a de l'ambition, du talent, il est beau et bourré de qualités. Je pense que Stella est réellement amoureuse de lui, mais je sais aussi que si Chris était fauché, elle ne l'aurait probablement jamais regardé. Et imaginer que Stella-la-harpie ne l'a approché que pour s'assurer un avenir confortable me met hors de moi.

Au début de leur relation, il y a bientôt deux ans, Matt et moi avons essayé de mettre Chris en garde, mais il ne nous a pas écoutés. Alors nous nous adaptons...

— Hé oh, Amalia, tu ne m'as pas entendue ? Je t'ai saluée, me fait remarquer Stella, vexée.

— Hein ? Ah, salut.

Amalia. Elle est la seule à m'appeler par mon prénom complet. Elle et moi ne nous entendons pas vraiment, pour ne pas dire pas du tout. Elle est d'une nature très jalouse et elle voit d'un mauvais œil ma relation avec Chris. Cela dit, Stella déteste qu'une autre femme approche son *amour* de manière générale. Elle en devient folle de jalousie.

Pour ne pas dire folle tout court.

— Bonsoir, Matthew.

— Bonsoir, Stella, lui répond mon géant de meilleur ami en prenant un air guindé.

— On fait un tour, mon cœur ? minaude la blonde en se penchant contre Chris.

Du coin de l'œil, je vois Matt faire semblant de vomir et je me retiens de rire.

— Bien sûr, bichette. Allons-y.

Chris jette à Matt un regard signifiant « je t'ai vu, andouille ». Lorsque le couple s'éloigne, nous ne pouvons nous empêcher de rire.

— Bichette ? Qu'on me rende mon meilleur pote, par pitié. Qu'est-ce qu'il fait avec elle, bon sang ? se plaint Matt en prenant deux coupes de champagne à un serveur.

— Je n'en ai pas la moindre idée. En tout cas, plus le temps passe, plus j'ai envie de lui défaire son chignon toujours si parfaitement coiffé, je maugrée.

Mais nous n'avons aucune intention de laisser Stella nous gâcher notre soirée, alors nous grignotons quelques petits-fours en parlant de tout et de rien, et surtout de la dernière conquête de Matty.

— Une semaine, et je crois que je me lasse déjà, se lamente-t-il.

— Tu penses essayer de te poser, un jour ? Tu as vingt-sept ans, il est peut-être temps de freiner un peu sur les coups d'un soir.

— J'en suis déjà à une semaine avec celui-ci, ce n'est pas rien.

— Pardon, j'avais oublié qu'en matière de relations amoureuses, les semaines s'apparentent à des années, pour toi.

— J'ai le temps, Lia. Et toi aussi. Fuis les mecs le plus possible, ils ne t'apporteront rien de bon.

Je fais mine de m'éloigner, mais Matt m'attire rapidement contre lui, m'entourant de son gros bras musclé. Il embrasse le dessus de ma tête en murmurant :

— Si tu as besoin d'un homme, je suis là. Chris aussi. Tu n'as besoin de personne d'autre que nous.

— Mais je...

— Et je n'ai besoin de personne d'autre non plus, j'ai trouvé la femme de ma vie.

Je dépose un baiser sur sa joue, puis nous arpentons la galerie en appréciant le travail de Chris.

— On se sépare ? Tu pars à droite, je vais à gauche et on se retrouve ? je propose.

— Tu ne commences pas par le début ? s'étonne Matt.

— Tu sais que j'aime faire les choses à l'envers.

Il ricane.

— À plus, bombasse, lance-t-il avant de partir de son côté.

Je déambule dans la galerie en détaillant les clichés au mur.

Chris est vraiment bourré de talent. Il arrive à dégager tellement d'émotions avec ses photographies... Je suis toujours scotchée de voir la qualité de son travail.

Je m'arrête devant une photo en noir et blanc, et je sens immédiatement mon cœur battre plus fort. À chaque vernissage, Chris pioche dans sa réserve de clichés personnels et en choisit un en rapport avec le thème de l'exposition. Je suis toujours impatiente de découvrir celui qu'il a sélectionné, et je sais que je serai submergée par mes émotions à chaque fois.

Ce soir, c'est une photo de Chris, Matt et moi prise il y a quatre ans qu'il a choisie. Nous sommes allongés tous les trois dans l'herbe et je suis au milieu d'eux. La photo a été prise à bout de bras par mon ami. On peut clairement voir que nous sommes allongés au bord d'une falaise et que le précipice derrière nous est impressionnant.

Ce selfie a été pris lors de vacances au Portugal. Probablement les meilleures de ma vie.

— Quel sourire renversant.

Chapitre 2

Je sursaute et manque de renverser ma coupe de champagne.

— Pardonnez-moi, je ne voulais pas vous faire peur.

Je me tourne vers l'homme qui se tient à ma droite. Nom de Dieu ! Il est grand, vraiment grand, aussi grand que Chris, je crois. Il a les cheveux bruns et des yeux... C'est la première fois que je vois des yeux aussi bleus. Ils me font penser à deux lagons.

— Vous allez bien ?

Je suis sûre que j'ai l'air d'une idiote à le dévisager la bouche ouverte.

— Euh... oui.

Il hoche la tête, appréciateur.

— Cette photo ne vous rend pas justice. Vous êtes bien plus jolie en vrai.

Quelle voix. Et quel sourire. Mince, il a des dents vraiment parfaites.

— Merci.

Je cligne des paupières, comme si je venais tout juste de me réveiller. J'ai l'impression que le temps s'est arrêté quelques secondes et que les yeux de cet homme m'ont hypnotisée.

C'est clair, je déraille.

Mais à ma décharge, son sourire est engageant, son regard est rieur, il tient sa coupe de champagne de manière décontractée et semble parfaitement sûr de son charme. Je devine facilement ses muscles sous ses vêtements ; sa chemise grise épouse ses biceps à la perfection. Il en impose, c'est indéniable : sa carrure est impressionnante. Cet homme ne passe pas inaperçu : en jetant un regard circulaire à la galerie, je remarque qu'il n'attire pas seulement mon attention, mais aussi celle d'autres femmes.

— À qui ai-je l'honneur ? poursuit-il sans se départir de son sourire incroyable.

Tout l'oxygène quitte mes poumons avant que je sois à nouveau capable de prendre une longue inspiration d'un air nouveau.

— Vous êtes sûre que vous allez bien ?

Bordel, il va finir par croire que j'ai la capacité de réflexion d'un bulot.

— Oui, tout va bien, je réponds en posant une main sur ma poitrine.

Mon pouls bat étonnamment vite.

— Vous êtes de la famille de Christopher Walsh ?

— Non, c'est un ami, je réponds après quelques secondes.

— Eh bien, je suis heureux qu'il ne soit *que* votre ami.

Jusqu'à maintenant, j'étais éblouie, mais quelque chose dans cette petite phrase déclenche en moi une alarme. Soudain, les innombrables mises en garde de Chris et Matt me reviennent en mémoire. Je fronce les sourcils.

— Est-ce que vous êtes en train de me draguer ?

Nouveau sourire enjôleur.

— Ça poserait un problème, si c'était le cas ?

Je décèle dans ses yeux cette petite pointe d'arrogance qu'ont les hommes qui pensent avoir ferré une nouvelle proie. Cette fois, en plus de l'alarme, ce sont des signaux de détresse qui s'enclenchent dans ma tête. Je connais les hommes comme lui, ou plutôt, Chris et Matt les connaissent par cœur. Ils font partie de la catégorie des « je suis beau, je le sais, et je saute une nana différente tous les soirs ». Très peu pour moi. Cet homme est beau, ça oui, mais ça ne fait pas tout.

— Ne vous fatiguez pas. Si votre but est de me séduire, vous perdez votre temps.

Il fronce les sourcils et ouvre la bouche pour parler, mais je le coupe avant qu'il n'ait eu le temps de dire quoi que ce soit.

— Je ne suis pas le genre de fille qui ouvre son lit le premier soir, et ce ne sont pas vos compliments ni votre beau sourire qui y changeront quelque chose.

Je pars en le laissant là, m'éloignant le plus possible. Alors que j'essaye de repérer Chris, je sens une main se refermer autour de mon poignet.

— Une minute.

Surprise, je me dégage de la poigne de l'inconnu aux yeux bleus. Il a l'air... contrarié.

— Qu'est-ce qui vous fait dire que j'ai envie que vous m'ouvriez votre lit ?

— Quoi d'autre ? À moins que vous ne m'abordiez dans l'espoir qu'on démarre une partie de Monopoly ?

— Est-ce que vous insinuez que je suis un homme facile ?

— Pas du tout. J'insinue que vous avez l'air de penser que toutes les femmes le sont.

Ses prunelles perdent de leur chaleur.

— Peu importe ce que tu penses savoir, tu te trompes complètement.

— On se tutoie, maintenant ? Première nouvelle, je réplique en croisant les bras.

— Tu m'as manqué de respect, je ne vois pas pourquoi je prendrais des pincettes avec toi.

Je ricane.

— Tu as abordé la mauvaise fille, c'était mieux que tu le saches au lieu de perdre ton temps. Trouve-toi une bimbo sans cervelle. Ce sont des proies faciles, tu gagneras, à tous les coups.

Il amorce un pas en avant dans l'intention de m'intimider, mais ça ne marche pas.

J'en ai vu d'autres, beau gosse.

— Je vois... Laisse-moi deviner : tous les hommes sont des salauds, n'est-ce pas ? Dis-moi, qu'est-ce qui t'a rendue si hargneuse ?

— Tu as fini ? Je peux y aller ?

— Réponds-moi. Pourquoi es-tu si cassante ?

— Et toi, pourquoi es-tu si pot-de-colle ?

Je ne connais ce mec que depuis cinq minutes, et après m'avoir séduite, il m'exaspère complètement.

— J'ai demandé avant, fait-il malicieusement remarquer.

Je plisse les yeux. Quel gamin !

— Tu as quel âge ? je demande.

— Pourquoi ? Tu es intéressée ?

— Sûrement pas ! je réplique, indignée.

— Et toi, quel âge as-tu ? Laisse-moi deviner... Vingt-six, vingt-sept...

— Vingt-trois, j'affirme, vexée qu'on puisse me donner des années de plus.

Il s'esclaffe, dévoilant ses dents parfaites.

— Rien de tel que vieillir une femme pour lui faire avouer son âge. Mais je comprends mieux, maintenant.

— Tu comprends quoi, Einstein ?

— Ta réaction. Manque de maturité typique.

Je suis à deux doigts de le gifler.

— Moi, je suis immature ?

Je tente de retrouver mon calme. Il est hors de question de faire un esclandre ici. C'est la soirée de Chris et je m'en voudrais de la lui gâcher.

— Écoute-moi bien...

— Un problème, Lia ?

Je sursaute lorsque Chris effleure mon bras et vient se poster à mes côtés.

— Robin Edwards, je suis fan de votre travail, le salue l'inconnu aux beaux yeux.

Chris le regarde avec méfiance et lui serre la main sans entrain. Il me jette ensuite un coup d'œil pour s'assurer que je vais bien.

— Qu'est-ce qui se passe ? insiste-t-il.

— On fait connaissance, affirme le dénommé Robin.

— Lia ? s'obstine Chris en me dévisageant.

Je ne tiens pas à ce que mon meilleur ami rabroue cet homme comme il l'a fait avec tous les autres. Robin m'a agacée, mais avant cela, il m'avait charmée, et étrangement, j'ai envie de continuer la discussion que nous avions entamée.

— C'est vrai, j'avoue finalement à Chris.

— Alors pourquoi est-ce que tu avais l'air d'être sur le point de frapper quelqu'un ? demande mon meilleur ami.

— On avait un débat animé sur les préjugés, répond Robin à ma place.

Je le fixe. Il a un sourire suffisant sur les lèvres. J'ai à la fois envie de le gifler et de l'embrasser.

Je pose ma coupe de champagne : plus d'alcool pour moi, je divague complètement.

— Viens, décide Chris.

Ce n'est pas une question. Il est sous pression lorsque la gent masculine m'approche. Cependant, je ne suis pas quelqu'un de docile.

— Je vais débattre encore un peu, dis-je en lui souriant. Je te rejoins après.

Il me détaille, puis il jette un regard peu amène à Robin avant d'embrasser mon front et de partir.

— Eh bien... plutôt possessif, ton *ami*.

Cette fois, c'en est trop.

— Tu ne me connais pas, et tu ne le connais pas non plus, alors je ne te permets pas de nous juger. Tu penses que je suis immature ? Grand bien te fasse, je ne perdrai pas mon temps à essayer de te prouver le contraire, j'ai d'autres choses à faire.

Il plonge son regard dans le mien, et je dois avouer que ses yeux me font de l'effet.

Il va falloir que je me renseigne sur cette incroyable nuance de bleu...

— OK, on a mal démarré. On reprend depuis le début ? Robin Edwards.

Il me tend la main en souriant. Je devrais lui dire de partir, premièrement parce qu'il m'a mise hors de moi alors qu'on ne se connaît pas, et deuxièmement parce que Chris a déjà dû prévenir Matt et qu'ils doivent probablement me surveiller de loin tous les deux. Je suis tentée de lui tourner à nouveau le dos et de le laisser en plan, mais je n'ai pas le cœur à l'éconduire. Après tout, c'est moi qui ai commencé en insinuant qu'il ne sortait qu'avec des bimbos sans cervelle. Même dans le cas où ce serait vrai, j'aurais peut-être dû être un peu plus délicate.

Finalement, je prends la main qu'il me tend.

— Amalia Gomes.

— Enchanté, Lia.

Je fronce les sourcils.

— Seuls mes amis et mon cercle intime m'appellent ainsi.

— Je ne sais pas pourquoi, mais je sens que je ferai bientôt partie de ce cercle, moi aussi.

Il agrémente sa petite tirade d'un clin d'œil. J'entrouvre la bouche, soufflée par tant d'arrogance.

— Et je ne sais pas pourquoi, mais je sens que tu auras bientôt l'interdiction officielle de t'approcher de mon cercle à moins de cent mètres, je réplique avec un sourire innocent.

Il baisse la tête et rit doucement.

— Alors, dis-moi, qu'est-ce qui t'a fait penser que j'étais un *serial* séducteur ?

— « La photo ne vous rend pas justice »... C'est d'un cliché... J'ai trouvé ça nul, mais tu avais l'air tellement sûr de toi que j'ai compris que tu avais l'habitude de sortir de genre de phrases.

Il hausse les sourcils.

— Je vais devoir revoir ma technique de drague, dans ce cas.

— Ah, parce que c'était de la drague ? Au temps pour moi.

Il s'esclaffe.

— Je vois. Peut-être que je pourrais t'inviter à dîner un de ces soirs ? Histoire de te montrer l'étendue de mon talent.

Il m'a fait cette proposition avec une telle décontraction qu'il me convaincrait presque que c'est une bonne idée. Mais ma raison n'est jamais très loin pour remettre dans le droit chemin la partie de mon esprit qui se laisse attendrir par un sourire. De plus, en jetant un regard derrière moi, je vois Matt et Chris, bras croisés, yeux rivés sur nous. Ils nous toisent, Robin et moi, avec un air de gardes du corps. Je soupire.

— Désolée, je ne pense pas que ce soit une bonne idée.

Robin regarde à son tour les garçons.

— C'est quoi, le problème ? demande-t-il, perplexe.

— Je ne te connais pas, je ne vais pas dîner avec toi.

— C'est justement fait pour ça, les dîners : apprendre à se connaître.

— Je pense que tu ferais mieux de lâcher l'affaire.

Sa bouche s'étire en un léger sourire.

— Je suis plutôt du genre têtu, Amalia. Je n'ai pas l'habitude de lâcher l'affaire.

Il lève sa coupe de champagne en direction de mes amis, la boit d'un trait puis la pose sur le plateau d'un serveur qui passe avant de me faire un clin d'œil...

— À bientôt.

... et de s'en aller.

Chapitre 3

Bon sang !

— Qu'est-ce qu'il te voulait ? lance Chris en déboulant à côté de moi.

— C'était quoi cet affront ? renchérit Matt. « À bientôt » ? Comment ça, « à bientôt » ?

— Ce n'était rien du tout, je réponds une fois redescendue sur terre, juste un mec qui a tenté sa chance mais à qui j'ai dit de laisser tomber.

Loin d'être idiots, mes *Men in Black* de meilleurs amis continuent de me dévisager.

— Où est Stella ? je demande pour faire diversion.

— Partie, répond Chris du bout des lèvres.

Je cherche dans ses yeux ce qu'il ne me dit pas… et je trouve. Une énième dispute avec Stella… On en parlera plus tard, comme d'habitude.

— On y va, décide-t-il en prenant ma main.

— Tu ne restes pas ? C'est ton expo !

— Je suis crevé. Marcus s'occupera de faire la fermeture.

Je ne pose pas de question et nous sortons de la galerie. Bêtement, j'inspecte les passants sur le trottoir pour voir si « Beaux Yeux » se trouve parmi eux, mais je ne le vois pas.

Nous montons dans le Range Rover. Après un court trajet, nous arrivons dans le quartier de Tribeca et nous montons dans le penthouse où Chris et moi résidons. Matt prend un verre avec nous, puis finalement, voyant que notre ami brûle d'avoir une discussion avec moi, il s'en va sans que nous ayons regardé un épisode d'*Orange Is the New Black*. Bien décidée à repousser l'échéance de la fameuse discussion, je m'éclipse dans ma chambre.

Je vis avec Chris depuis trois ans, maintenant. Son penthouse est immense et luxueux. Même si j'y vis depuis longtemps, je suis encore soufflée par la beauté des lieux. Tout est décoré avec goût dans un style très contemporain. Chacune des quatre chambres possède une salle de bain attenante ainsi qu'un dressing. Chris a fait agrandir le mien le jour où j'ai commencé à empiéter dans le sien. Le salon, la salle à manger et la cuisine ne forment qu'une seule et même grande pièce, qui est ma préférée après ma chambre. Elle est immense et comporte tellement d'ustensiles qu'un chef y serait sur un petit nuage. J'adore y concocter de bons petits plats. Et c'est dans le coin salon que Chris, Matt et moi avons passé certains de nos meilleurs moments.

À seulement vingt-sept ans, Chris a su se construire un véritable empire. Son succès comme photographe a été immédiat, ce qui lui a permis d'ouvrir ses galeries puis de faire des investissements immobiliers. Il est propriétaire de trois appartements luxueux en plein Manhattan, qu'il loue une petite fortune, ainsi que d'une villa en bord de mer dans les Hamptons pour son usage personnel. Chris s'est également offert les services d'un conseiller qui s'occupe de faire pour lui des placements boursiers lucratifs. Il aurait pu s'arrêter là, mais l'ambitieux et boulimique de travail qu'il est a décidé l'année dernière de devenir propriétaire d'un hôtel sur la célèbre Cinquième Avenue.

Son parcours donne le tournis et force l'admiration. À côté de mon meilleur ami, je me sens minuscule. J'espère que lorsque j'aurai son âge je pourrai m'enorgueillir à mon tour d'un chemin parcouru. L'avantage de vivre avec un homme comme lui, c'est qu'il communique son ambition et sa volonté de fer.

Je sors de ma salle de bain et j'enfile un short en coton noir avec une brassière noire, puis j'attache mes cheveux en chignon. Ne pouvant plus repousser l'inéluctable, je rejoins Chris dans la cuisine. Je le trouve en train de chercher une boîte de médicaments dans l'un des placards. Il fait tomber trois pilules de la plaquette et les avale ensemble.

— Trois ? Autant que ça ? dis-je en m'installant à ses côtés.

Il ferme les yeux et prend appui sur le plan de travail.

— C'était une semaine difficile.

— Tu devrais ralentir, Chris.

— Je gère, Lia. Ne t'en fais pas.

Mais le léger tremblement de ses mains m'inquiète. Je les prends entre les miennes et les frotte comme si elles avaient besoin d'être réchauffées.

— Je vais me changer.

Il me sourit, rassurant, puis s'éclipse dans sa chambre. Je m'installe sur le canapé du salon, pensive et inquiète.

Quand il me rejoint, il semble déjà un peu plus apaisé.

— Stella ne dort pas ici, ce soir ?

— Non, elle passe la nuit chez une amie.

— Vous vous êtes disputés ?

Je connais déjà la réponse à cette question, mais j'ai tout de même besoin de la poser. Chris soupire.

— Oui. Encore...

— Je ne veux pas être une source de disputes dans votre couple. Je sais que Stella ne m'aime pas, et honnêtement, qui l'en blâmerait ? Tu m'accordes plus d'importance qu'à elle.

— Tu sais pourquoi, se justifie Chris, la mâchoire serrée.

— Oui, je le sais, mais elle, non. Peut-être que si on lui explique...

— Sûrement pas, me coupe-t-il. Elle ne sait pas tenir sa langue, l'Amérique entière serait au courant de tout en moins de temps qu'il n'en faut pour le dire. Écoute, Lia, je ne veux pas que tu t'en ailles ou que tu penses nous gêner, Stella et moi. Tu as ta place ici, j'aime que tu habites avec moi. Peu importe ce qui se passe... Tu sais à quel point tu es importante pour moi. Je veux te protéger.

— Ce n'est pas ton devoir.

— Bien sûr que si. Je dois te protéger, t'empêcher de souffrir et éviter qu'on te fasse du mal.

— Mais Chris, la vie fait mal, et nous sommes bien placés pour le savoir, toi et moi.

Ses yeux se voilent juste une minute. Juste le temps de se souvenir à quel point la vie peut être cruelle, à quel point elle peut vous mettre à terre.

— Je m'inquiète pour toi et je veille sur toi. C'est comme ça depuis le début et ça ne changera pas.

— Mais peut-être que...

— Fin de la discussion.

Et voilà, encore une fois, je n'ai pas réussi à lui dire ce que je pensais. Je suis pourtant quelqu'un de franc et direct, mais avec Chris, c'est différent. Je le respecte trop pour le traiter comme le reste du monde.

— Au fait, le mec avec qui tu parlais, tout à l'heure...

J'éclate de rire.

— Laisse-moi deviner, tu vas me mettre en garde ?

— Exactement. Méfie-toi de lui.

— Chris, tu dis ça à propos de tous les hommes qui m'abordent. Peut-être que je devrais aussi me méfier de toi et de Matt ?

Il lève les yeux au ciel et secoue la tête.

— Je dis juste que je connais les mecs comme lui. Il voudra profiter de toi et...

— ... et m'attirer dans son lit pour ensuite me jeter vulgairement comme une vieille chaussette. Je sais, je sais, mais peut-être qu'il n'est pas comme tous les autres...

Tu sais comme je me fie à mon instinct. Je pense qu'il est différent.

— Eh bien c'est que ton instinct est défaillant.

— De toute façon, je ne le reverrai probablement jamais, dis-je pour mettre fin au débat.

— Tant mieux, ronchonne Chris.

Il me prend dans ses bras et me serre contre lui. Je passe mes bras autour de sa nuque et enfouis ma tête dans son cou.

— Je veux juste te protéger, je veux être sûr qu'il ne t'arrive rien, murmure-t-il.

— Je sais.

Je profite de son étreinte réconfortante quelques instants, puis annonce :

— Je suis crevée. Je vais me coucher.

— Je te suis, dit-il en se levant à ma suite.

Nous nous souhaitons une bonne nuit avant de rejoindre chacun notre chambre. Je me faufile sous ma couette et pousse un soupir, en me repassant la soirée dans mon esprit. Ça fait plusieurs années que j'assiste aux expos de Chris, et c'est la première fois que c'est si animé. Il n'y a pas à dire, Robin a mis de l'ambiance. D'ailleurs, qu'entendait-il par « je ne lâcherai pas l'affaire » ? Cherchera-t-il à me revoir ? Mais pourquoi ferait-il ça ? Je l'ai envoyé bouler comme un malpropre. Et s'il essaye tout de même de me trouver et me propose un nouveau dîner ? Je secoue la tête. Comment pourrait-il y parvenir sans mon numéro de téléphone ou mon adresse ?

Je soupire de nouveau puis me retourne et ferme les yeux. De toute façon, jamais personne n'a réussi à passer le barrage de mes *Men in Black*, et Robin Edwards ne fera certainement pas exception à la règle.

***

Je me réveille tôt et de plutôt bonne humeur. J'enfile un pantalon de yoga noir et une brassière de sport violette, puis je me rends à Central Park pour y faire mon footing. *California Dreamin'* de Sia dans les oreilles, je m'élance et parcours ma distance habituelle en une heure pile. Une fois ma course finie, je bois un peu d'eau et j'attends que les battements de mon cœur retrouvent un rythme normal avant de rentrer au penthouse pour m'y prélasser dans un bain. J'entre ensuite dans mon dressing et choisis un short en jean taille haute, un crop top noir, un gilet de la même couleur et des baskets blanches. Je laisse mes cheveux détachés : j'ai depuis longtemps abandonné l'idée de les dompter. Épais et brun foncé, ils ont tendance à onduler.

Je me regarde dans la glace, satisfaite de ce que je vois. Mon mètre soixante-dix me suffit, j'ai la peau légèrement hâlée, les yeux hazel, et je suis plutôt mince, ce qui est un exploit vu mon obsession pour le Nutella et tout ce qui est calorique. J'ai des fesses rebondies et une poitrine qui plaît beaucoup aux hommes... malheureusement. Les regards que je surprends parfois sur elle sont absolument dégoûtants.

Je jette un coup d'œil à ma montre. À peine dix heures. Aujourd'hui, je ne travaille pas et je suis bien décidée à prendre du temps pour moi. Je sors et j'arpente les trottoirs bondés de New York.

J'adore cette ville, mais je n'y ai pas toujours vécu. Je suis née au Brésil, le pays d'origine de ma mère, et jusqu'à mes sept ans, mes parents et moi nous sommes partagés entre l'Amérique du Sud et le Portugal, d'où venait mon père. Nous alternions, une année sur deux, jusqu'au jour où mes parents ont décidé de venir s'installer ici, à New York. Je me suis tout de suite plu dans cette ville et elle est immédiatement devenue ma maison. J'aime le monde, le bruit, j'aime que cette ville soit toujours en mouvement, qu'il y ait toujours quelque chose à y faire, que l'on puisse s'y faire livrer tout et n'importe quoi... J'aime New York et elle me le rend bien.

Je décide de me rendre à Paley Park. C'est un endroit que je trouve dépaysant. Bien qu'il se trouve au cœur de la ville, la verdure permet d'en fuir un instant le tapage, et il y a un coin avec des tables et des chaises pour se poser, boire un verre ou profiter de la cascade de six mètres qui rajoute à la beauté du lieu.

Je repère une place libre face à la chute d'eau et décide de m'y asseoir. Je m'adosse à la chaise, ferme les yeux et pousse un long soupir. Le calme qui m'entoure m'apaise. Je me surprends à sourire toute seule mais je m'en fiche, je suis bien. Je suis même à deux doigts de somnoler.

— C'est définitivement le plus beau sourire que j'aie jamais vu.

Chapitre 4

Je reconnais immédiatement cette voix grave et chaude. *Sa* voix. Robin se tient debout devant la table, les mains dans les poches, souriant.

— Je dérange ? demande-t-il.

— Mais comment...

— Je sais, c'est complètement fou ce que peut faire le destin.

Ce n'est absolument pas crédible. Il ne peut pas se matérialiser soudainement devant moi et essayer de me faire croire que ce n'est que le fruit du hasard.

— Tu ne me crois pas, constate-t-il.

— Pas du tout.

— Bien, alors je vais devoir te convaincre. Je peux m'asseoir ? demande-t-il en désignant la chaise vide face à moi.

J'hésite. Hier, il a déclenché des émotions contradictoires en moi. Je n'ai pas envie de renouveler l'expérience et de prendre le risque de le trouver plus intéressant qu'énervant. Mais ma curiosité est piquée au vif : j'ai vraiment envie de savoir comment il m'a trouvée.

— Je t'en prie, dis-je finalement.

Il prend place. Mon estomac se tord nerveusement.

— Je trouve ça vraiment bizarre que l'on se croise *par hasard* le lendemain du jour où tu m'as dit, en gros, que l'on se reverrait, j'insiste pour lui montrer que je ne lâche pas l'affaire.

Son sourire est terriblement craquant.

Oh, non, ça recommence.

— C'est exactement ce que je me suis dit en t'apercevant. J'étais sûr que tu douterais de moi, mais je t'assure que tout cela est un coup du destin.

Le destin... bien sûr.

Devant mon expression sceptique, le sourire de Robin s'estompe un peu.

— Je sais que ça peut sembler étrange, mais...

— Non, ça ne semble pas étrange, ça l'est complètement. Je ne peux pas croire que ce soit une coïncidence.

Je place mon sac sur mon épaule et me lève.

— Attends. De quoi as-tu peur ?

— De toi, c'est évident. Tu apparais comme ça, subitement, et...

— Mais je t'assure que je ne t'ai pas suivie. J'adore cet endroit, surtout le matin, et je suis venu en profiter aujourd'hui. Regarde autour de nous, nous ne sommes pas les seuls à venir ici. Pourtant, tu n'accuses pas les autres de te traquer.

Il a l'air sincère. Lentement, je repose mon sac sur la table et me rassois sur la chaise. Malgré tout, je ne peux m'empêcher d'être sur mes gardes.

— Avoue toi-même que c'est complètement fou qu'en l'espace de quelques heures on se rencontre deux fois *par hasard.*

Il grimace et s'accoude à la table.

— D'accord, je vais être honnête avec toi.

Nous y voilà. Je le savais, c'est un psychopathe.

— Hier soir, à la galerie, ce n'était pas le hasard.

Je cligne des paupières.

— C'est la première fois que nous nous sommes parlé, mais ce n'était pas la première fois que je te voyais. J'étais déjà présent à la précédente exposition de ton ami. Je t'y avais remarquée, mais je n'avais pas osé t'approcher. Cette année, je me suis dit que j'allais me lancer.

Cette révélation me laisse perplexe. J'agrippe à nouveau mon sac et, voyant mon geste, Robin tend sa main dans ma direction.

— C'est la vérité, dit-il. J'espérais te revoir... Hier soir, je ne suis venu à l'exposition que dans cette optique. Mais je te promets que notre rencontre de ce matin est une parfaite coïncidence.

Savoir comment et pourquoi nous nous sommes croisés dans ce parc ne m'intéresse cependant plus. Il m'avait remarquée ? Il est venu à l'expo de Chris en espérant me revoir ? Mon ventre se tord, mais j'ai toujours un doute.

— Quel était le thème de la précédente exposition ? je demande pour le tester.

— Le noir et blanc, répond-il avec assurance. Et pour l'occasion, tu portais une robe bicolore. Le bustier était noir et le reste de la robe, blanc. Elle était même fendue sur un côté...

Je déglutis péniblement. Cette fois, je ne peux plus nier. Il était vraiment là et il m'a vue, il se souvient même de petits détails. Ce qui m'étonne, c'est que *moi*, je ne l'aie pas remarqué. Ce n'est pourtant pas un homme qui passe inaperçu. Mais il faut dire qu'avec les deux colosses qui me servent d'amis et qui forment un rempart autour de moi, il m'est difficile de repérer qui que ce soit. Surtout un spécimen comme Robin.

— Je ne suis pas un dingue qui te traque, si c'est ce que tu te demandes. Rassurée ?

Pas vraiment. Déboussolée, surtout.

Je me contente de hausser une épaule.

— Qu'est-ce que tu faisais dans ce parc ? reprend-il.

J'esquisse un sourire narquois avant de lui répondre :

— Je pensais pouvoir trouver la paix ici. C'est raté, apparemment.

— Toujours aussi incisive, à ce que je vois. Si c'est une technique pour me garder à distance, laisse-moi te dire que tu te fatigues pour rien.

— Ça ne coûte rien d'essayer, je rétorque.

Il hoche la tête sans se départir de son sourire.

— J'ai une idée. Et si on jouait au jeu des vingt questions ? C'est une bonne façon d'apprendre à se connaître. Qu'est-ce que tu en dis ?

— Vraiment ?

— Tu ne veux pas venir dîner avec moi, alors je dois bien inventer d'autres manières d'en découvrir plus sur toi.

Je réfléchis et me redresse sur ma chaise.

— Et si on réduisait à quatre questions ?

— Tu es dure en affaires. Tu n'es pas du genre à te dévoiler, n'est-ce pas ?

— Surtout pas face à un mec que j'ai rencontré il y a seulement... douze heures, je réponds en jetant un œil à ma montre.

— Je vois. Va pour quatre questions, alors. Honneur aux dames.

Je croise les bras sur ma poitrine et réfléchis à ce que je pourrais lui demander. La première question qui me vient en tête est celle que je lui ai posée la veille et à laquelle il n'a pas répondu.

— Quel âge as-tu ?

Il s'adosse contre le dossier de sa chaise.

— J'ai vingt-sept ans. Étonnée ?

— Non, mais je comprends mieux, maintenant.

— Quoi donc, Einstein ?

— Physiquement, tu fais ton âge, mais tu as la maturité d'un ado...

Il secoue la tête sans détacher son regard du mien. Je me fais la réflexion qu'il a le même âge que Matt et Chris.

— À mon tour. Ta date de naissance ?

Je suis étonnée qu'il choisisse de me demander ça, mais après tout...

— Le 9 mai. Et toi ?

Il rit avant de me répondre.

— Le 12 mai.

Pas croyable.

— Tu vois que ça vaut le coup d'apprendre à se connaître !

Je lève les yeux au ciel.

— Ton plat préféré ? je continue.

— Les burgers. *Ton* plat préféré ?

— La pizza.

Il s'adosse à sa chaise en croisant les bras. Ses biceps sont encore plus impressionnants dans cette position.

— Il ne te reste plus qu'une question. Choisis-la bien.

Je me creuse les méninges pour chercher une interrogation pertinente, puis je reprends en souriant :

— Tes défauts ?

— Bien joué.

Il réfléchit un instant.

— Je suis têtu, possessif, et je ne partage pas ce qui est à moi.

— Fils unique, je parie ?

— Tut tut... Tu as épuisé ton quota de questions.

— Très bien, à ton tour.

Ses yeux plongent dans les miens. Ils sont si bleus, si perçants. J'ai la désagréable impression qu'il essaye de lire en moi.

— Je me la réserve pour ce soir.

— Ce soir ?

— Je t'invite à dîner.

— Et tu crois que je vais accepter ?

— Ce n'était pas une proposition. Je t'informe que nous dînons ensemble ce soir.

Je n'y crois pas. Comment peut-il penser un seul instant que je vais accepter de dîner avec lui ?

Je me penche sur la table.

— Pourquoi ?

— Eh bien, étant donné que nous devons de toute façon nous nourrir, autant en profiter pour passer un bon moment, non ?

— Ne fais pas l'idiot. Pourquoi moi ? Il y a des millions de filles dans cette ville. Pourquoi vouloir à tout prix me connaître, *moi* ?

Il me détaille un instant, et je n'arrive pas à détacher mon regard du sien. Puis il se penche à son tour jusqu'à ce que nos visages ne soient plus qu'à quelques centimètres l'un de l'autre.

— Est-ce que tu crois au coup de foudre, Amalia ?

Sa voix est basse, rauque et sexy... mais sa réplique me fait l'effet d'une douche froide. Et dire que je commençais à le trouver intéressant... Il vient de tout gâcher.

Je hausse les sourcils, j'attrape mon sac à main pour de bon cette fois et je me lève.

— Qu'est-ce que tu fais ? s'enquiert Robin, déconcerté.

Je fais volte-face et pars sans un mot. Je marche le plus rapidement possible, mais il me rattrape sans peine.

— Qu'est-ce qui te prend ? demande-t-il.

— J'ai horreur qu'on me prenne pour une conne.

— Tu peux développer ?

— « Est-ce que tu crois au coup de foudre, Amalia ? », dis-je en l'imitant. Et toi, est-ce que tu crois encore au père Noël ?

J'esquisse un pas de côté pour lui échapper, mais il m'en empêche.

— C'est quoi, le problème ? Tu refais un accès de furie ?

J'écarquille les yeux.

— Tu viens me parler de coup de foudre alors qu'on ne s'est croisés qu'hier soir et qu'on ne se connaît même pas ! Si ce n'est pas me prendre pour une idiote, je ne vois pas...

— C'est ça qui te fait réagir de cette manière ? s'étonne-t-il. On dirait que je viens de te faire le pire des affronts !

Je n'ai pas envie de perdre mon temps à lui expliquer que j'ai été formatée pour automatiquement repousser les hommes et ne pas croire à leurs belles paroles.

— Je ne sais pas pourquoi tu m'as abordée ni ce que tu attends de moi, mais je ne suis pas aussi naïve que tu le crois. Garde tes histoires de coup de foudre et autres répliques de romans à l'eau de rose pour celles qui y croient. Pendant quelques secondes, j'ai pensé que la première impression que j'ai eue de toi était peut-être une erreur. Mais finalement, tu es comme les autres. Tu me dis ce que tu crois que je veux entendre pour pouvoir me baiser et passer ensuite à autre chose. Tu perds ton temps.

Voilà, peut-être que ça le dissuadera d'insister. Cet homme sait comment faire craquer les femmes et je ne peux pas prendre le risque de le laisser me séduire, en aucun cas. Je mérite mieux qu'un coureur de jupons.

Abasourdi au départ, Robin finit par reprendre contenance. Il s'avance d'un pas, mais je ne recule pas, prête à l'affronter.

— Je ne sais pas quel est ton problème, ni ce que tu as contre les hommes, mais tu n'as pas le droit de te comporter comme si tu me connaissais. Moi aussi, j'ai pensé que tu étais différente, mais finalement, tu juges les gens.

— C'est faux, je...

— Laisse tomber. Tu as raison sur un point : je n'aurais pas dû t'aborder, c'était une mauvaise idée.

— En effet.

C'est mieux pour tout le monde si tu restes éloigné de moi.

— Au revoir, Amalia.

Il m'effleure en passant à côté de moi. J'ai la désagréable impression d'avoir fait une connerie, d'avoir laissé mon impulsivité prendre le contrôle de moi-même. Bien sûr que je ne dois pas me lier avec lui, d'aucune manière, mais je sais que je l'ai blessé et je me sens coupable.

Hébétée, je prends le chemin de l'appartement de Chris, non sans avoir jeté un coup d'œil derrière moi. Mais Robin est déjà parti. Volatilisé.

Je rejoue notre rencontre dans ma tête. Cet homme a le don de jouer avec mon tensiomètre. Il me charme pour mieux me mettre hors de moi la seconde d'après. Mon instinct me dit de me méfier de lui, mais une petite voix me souffle que je devrais essayer de lui faire confiance, ou du moins lui laisser une chance. Mais ma vie est trop compliquée pour que j'entame une relation. Ce ne serait pas juste pour Robin de le laisser m'approcher pour ensuite lui dire qu'il ne pourra jamais faire complètement partie de ma vie.

— Hé !

— Excusez-moi...

La tête dans les nuages, je viens à l'instant de percuter une passante sur le trottoir.

Je secoue la tête et me reprends. Je ne dois plus penser à Robin Edwards.

Plus jamais.

Chapitre 5

Je prends un petit déjeuner rapide avant de filer me préparer pour ma journée. J'ai un rendez-vous très important dans une heure et je ne peux pas me permettre d'arriver en retard.

Il y a deux ans, avec l'aide sans faille de Chris, j'ai décidé de créer ma propre agence de décoration d'intérieur. J'ai eu du mal à me lancer car ici, à New York, il est impératif de posséder un bon carnet d'adresses. Jusqu'à maintenant, mes affaires n'étaient pas désastreuses, mais elles avaient du mal à décoller. Je n'avais encore jamais eu de contrat aussi important que celui sur lequel je travaille en ce moment. Alors, je n'ai pas droit à l'erreur.

J'enfile un jean skinny, des sandales à talon et une chemise blanche à manches courtes que je noue à la taille. Je coiffe mes cheveux en queue-de-cheval haute et me maquille légèrement, puis je quitte le penthouse via l'ascenseur privatif que seuls Chris, Matt et moi pouvons utiliser, et qui s'ouvre directement sur notre hall.

Je salue Braden, le portier de l'immeuble, et je grimpe dans ma voiture. Démarre alors la petite routine que je suis trois fois par semaine. Je m'arrête dans un Starbucks et y commande un café, deux muffins et un capuccino à la vanille, avant de me rendre dans un petit restaurant.

— Qu'est-ce que tu as pour moi, aujourd'hui, Sam ?

Je salue le chef, qui s'active déjà derrière ses fourneaux.

— Sandwich et pilons de poulet grillés.

— Parfait.

Je prends le sachet qu'il me tend, lui demande deux bouteilles d'eau en plus, règle le tout puis remonte dans ma voiture. Je me gare devant mon agence, mais je fais un dernier arrêt avant d'y entrer.

— Salut, Richard. Comment vas-tu, aujourd'hui ?

— Salut, gamine. Ma foi, je ne me porte pas trop mal.

Je m'accroupis pour me mettre à sa hauteur.

Richard est un sans-abri qui s'est installé au pied d'un immeuble dans la rue en face de mon agence. S'il reste trop longtemps au même endroit, il finit par se faire chasser, il ne reste donc ici que trois jours par semaine.

— Tiens, voilà ton petit déjeuner, dis-je en lui tendant le café et les muffins. Et voilà ce que Sam avait en stock, je rajoute en lui donnant le sachet.

— Tu me gâtes beaucoup trop, me réprimande-t-il en réchauffant ses mains autour du gobelet de café. Je suis le SDF le mieux nourri de New York.

Il secoue la tête et une mèche de cheveux gris lui tombe devant les yeux.

Richard a quarante-huit ans. Les traces du temps, des épreuves et de la rue se voient sur son visage marqué, sur lequel sa barbe broussailleuse et sa moustache prennent de plus en plus d'ampleur.

Il s'est retrouvé à la rue après avoir contracté plus de crédits qu'il n'aurait jamais pu en rembourser. Malheureusement, la société pour laquelle il travaillait a déposé le bilan, et il s'est donc retrouvé au chômage, ce qui a accéléré sa descente aux enfers. Sa maison et tous ses biens ont été saisis. Pour couronner le tout, sa femme l'a quitté lorsqu'elle a appris qu'il s'était endetté et elle a emmené avec elle leur petit garçon. Après ça, Richard a essayé de retrouver du travail, mais sans succès. Il vit dans la rue depuis trois ans, maintenant.

J'ai pris l'habitude de lui rendre visite. Il me saluait chaque matin lorsque je me rendais à l'agence et je lui laissais quelques pièces de temps en temps. Un jour, alors que je venais de retirer de l'argent dans un distributeur et que j'étais en train de ranger les billets dans mon porte-monnaie, j'ai laissé tomber vingt dollars. Je ne l'aurais pas su si Richard ne m'avait pas hélée pour me les rendre. Il aurait très bien pu les garder – après tout, je n'aurais jamais su où je les avais perdus –, mais il a préféré être honnête. Après ça, je lui ai apporté un café pour le remercier, nous avons discuté et je me suis prise d'amitié pour lui. Depuis, chaque fois que je le peux, je lui apporte de quoi manger. J'ai plusieurs fois tenté de lui payer une chambre d'hôtel pour qu'il puisse tranquillement se reposer, mais il a toujours catégoriquement refusé.

Je dépose sous sa couverture miteuse le sachet qui contient le sandwich et les pilons de poulet ainsi que les bouteilles d'eau.

— Je te gâte si j'en ai envie. Et n'oublie pas que Claire est d'accord pour réchauffer tes repas si tu le souhaites, dis-je en pointant un doigt en direction d'un petit café dans la rue d'en face.

— Tu sais bien que je n'aime pas faire ça. Quand j'entre dans des endroits fréquentés, je suis toujours dévisagé comme si j'étais un déchet.

— On s'en fiche. Tu ferais mieux de faire ce que je te dis ou tu vas entendre parler du pays, je le sermonne gentiment.

Je me redresse et rajuste ma chemise.

— Tu es prête pour ton rendez-vous ? demande Richard.

C'est l'une des raisons pour lesquelles j'apprécie cet homme. Il n'oublie jamais ce que je lui dis.

— Plus que prête. D'ailleurs, je dois y aller, il ne faut pas que je sois en retard. Souhaite-moi bonne chance !

— Bonne chance, gamine. Et merci, dit-il en levant son café.

Je lui fais un signe de la main, traverse la rue et entre dans l'immeuble dans lequel se trouve mon agence, un grand building de quinze étages qui accueille les locaux de plusieurs entreprises. Je rejoins mon étage, dépose le capuccino à la vanille sur le bureau de mon assistante puis m'attelle à vérifier une dernière fois mes notes.

***

— J'aime le style baroque et j'ai un faible pour les meubles anciens. J'aimerais des peintures qui ont du pep's sans être non plus trop flashy. Peut-être qu'un mur rouge dans le salon... Enfin, faites comme vous le sentez, c'est vous la professionnelle. J'aime les idées que vous m'avez exposées, je vous donne carte blanche.

— Bien sûr, madame Coleman. Je pense pouvoir vous montrer un premier jet d'ici une semaine.

— Bien. Merci, Amalia.

Ma cliente remet son manteau et s'en va. Je sors de mon bureau et me dirige vers celui de mon assistante.

— Maria, j'aimerais que tu me ressortes le plan de chaque pièce du penthouse de madame Coleman. J'ai besoin de revoir exactement leur superficie et leur disposition avant de me lancer.

— Mais tu avais déjà bien avancé !

— Je sais, mais ce que j'ai fait ne me plaît pas. J'ai tout jeté hier soir, je recommence depuis le début. Je pense changer la disposition de quelques pièces. J'ai cru comprendre que Coleman avait pas mal d'enfants et de petits-enfants, alors je me suis dit qu'il serait peut-être judicieux de rajouter une chambre à l'étage, tu vois ? La pièce à côté du futur bureau serait parfaite, mais j'ai besoin de revoir sa superficie et son agencement.

— Pas de souci, patronne, je te sors ça tout de suite. Madame Coleman a une réputation d'enfer, à New York. Si jamais elle est satisfaite de ton travail, elle va te recommander à tous ses amis bourrés de fric, et alors là, jackpot !

Je ris et m'assois face à mon énergique assistante. Ses cheveux noirs coupés court lui vont à merveille et ses yeux marron sont remplis de malice. Elle est extrêmement compétente et je l'adore. Nous formons une bonne équipe, toutes les deux.

— Ne mets pas la charrue avant les bœufs, Maria. C'est un super contrat et je n'ai pas le droit à l'erreur.

— Tu vas y arriver, Lia, comme toujours.

— Je l'espère.

Il y a une semaine, j'ai reçu un coup de fil de l'assistant de madame Coleman. Cette femme de cinquante-six ans a fait fortune en créant une franchise de salons de coiffure ; à ce jour, elle en a ouvert une quarantaine à travers le pays. Elle vit à Los Angeles, mais elle a décidé de s'offrir un pied-à-terre à New York et elle a besoin que quelqu'un l'aménage entièrement. J'ai cru rêver en apprenant qu'elle voulait faire appel à moi, et j'ai évidemment accepté.

Malgré tout, j'ai confronté Chris à ce sujet, parce que je le soupçonnais d'avoir quelque chose à voir avec ce coup de fil. Après une heure d'interrogatoire, il a fini par cracher le morceau. Il a des contacts partout et a évidemment soufflé mon nom à Coleman. Je lui en ai voulu au début, mais comme il me l'a si bien fait remarquer :

— Je lui ai donné ton numéro, mais c'est à toi de faire tes preuves, alors arrête de bouder et file préparer ce dossier.

Depuis, je travaille sans relâche.

Je prends le dossier que Maria me tend et je retourne m'enfermer dans mon bureau. J'adore ce que je fais.

Passer des heures sur l'agencement d'un appartement ou d'une maison, voir les yeux de l'acheteur pétiller lorsqu'il découvre le résultat final. Je suis dans mon élément.

Enfermée dans ma bulle, je ne vois pas le temps défiler. À douze heures tapantes, mon téléphone sonne.

— Maria ?

— Matt vient d'arriver. Il t'impose un déjeuner.

Je souris.

— J'arrive.

Je sors du bureau. Mon meilleur ami se lève en me voyant. Il me prend dans ses bras et je suis, l'espace d'un instant, étouffée contre sa masse de muscles.

— Tu veux m'imposer un déjeuner ?

— Italien, dit-il avec un sourire en coin.

— OK, je ne résiste pas. Tu viens, Maria ?

Celle-ci semble mal à l'aise.

— Non merci, j'ai autre chose de prévu.

Je plisse les yeux.

— Un rencard ?

— Non, dit-elle en rougissant.

— OK. On en parlera quand je reviendrai, tu n'y couperas pas !

Son rire m'accompagne tandis que je quitte l'agence. Matt et moi sortons de l'immeuble puis montons dans sa Jeep.

— J'ai réservé dans ton resto préféré, m'informe mon ami en démarrant.

— Épouse-moi, Matt !

Il rit et profite d'un feu rouge pour m'embrasser sur la joue.

— Tu n'es pas assez poilue, objecte-t-il.

— Et j'ai un vagin.

— Malheureusement.

J'augmente le volume de la radio et dévisage mon géant de meilleur ami des pieds à la tête, m'arrêtant quelques secondes sur ses tatouages, qui me serrent le cœur chaque fois que je les vois. Par réflexe, je passe une main sur le fin collier autour de mon cou, puis sur les trois pendentifs dont il est orné. Un M, un C, un L. Nos trois initiales au bout d'une seule et même chaîne, comme sur le poignet de Matt.

Lorsque nous arrivons au restaurant, nous sommes conduits à notre table habituelle. Je commande un gratin de raviolis au saumon, le plat le plus délicieux que j'aie mangé dans ce restaurant. Mon meilleur ami commande des spaghettis à la bolognaise puis se lance dans de grandes explications sur la conception de sa troisième salle de sport. Il souhaite que celle-ci soit plus grande, plus belle et plus chic que les autres. Il pense utiliser de la surface pour créer un coin détente avec sauna, hammam et jacuzzi. Quoi de mieux pour reposer ses muscles après une séance de sport intensive ? Je trouve son idée géniale et je lui propose de regarder dans mon carnet de fournisseurs pour qu'il puisse commander les meilleurs matériaux au meilleur prix. Mais soudain, mes mots ne l'intéressent plus. Ses yeux sont irrésistiblement attirés par le serveur, ou plus exactement par les plats qu'il tient en main. Je secoue la tête en voyant le monticule de nourriture qui lui est servi. Comme d'habitude, le chef du restaurant lui a mis double ration et ce n'est pas une assiette qu'il a devant lui, mais un saladier de pâtes.

— Bon app', pitchoune.

Je n'ai pas le temps de répondre qu'il enfourne déjà une incroyable quantité de spaghettis.

— À toi aussi, Matty.

Je pique dans mon gratin et porte un ravioli à ma bouche. Je ferme les yeux en prenant le temps de le déguster et c'est comme si j'avais un orgasme gustatif.

— Au fait, Matt, tu as revu le beau mec de la dernière fois ?

Il secoue la tête.

— Il est venu trois fois à la salle, puis plus rien. Mais ce n'est pas grave, j'ai quelqu'un d'autre en vue.

— Vraiment ? Qui ça ?

Il ricane.

— Je l'ai rencontré à l'expo de Chris il y a quelques jours. On a parlé un peu et il m'a donné son numéro. Mais je vais attendre avant de le contacter, je ne voudrais pas passer pour le mec désespéré.

— Tu *es* désespéré, Matt. Ça fait un an que tu n'es sorti avec personne, et là, je ne te parle pas de tes plans cul, je te parle d'une vraie relation.

— Je n'ai pas envie d'une relation.

— C'est faux.

Il cligne des yeux et repose sa fourchette.

— Tu as raison. Je vais envoyer un message au mec de l'exposition. Mais s'il décline mon invitation, je me rabattrai sur le petit blondinet de la dernière fois, histoire d'évacuer la tension. Comment il s'appelait, déjà ? Ah ouais, Allan. Il a été sacrément gâté par la nature, tu peux me croire. Il a tout ce qu'il faut là où il faut !

— Trop d'informations... dis-je en grimaçant.

Pendant qu'il rédige son texto, je laisse mon cerveau vagabonder. Il semble que nous ayons tous les deux fait une rencontre intéressante à cette exposition...

Mes pensées s'envolent directement vers Robin et notre dernière rencontre. J'ai essayé de ne pas y penser, je me suis forcée à repousser ces souvenirs, mais je n'y arrive pas. Peut-être qu'il est vraiment différent des autres hommes ? Peut-être que je l'ai jugé un peu trop hâtivement ?

Je secoue la tête et me remets les idées en place.

— Et toi ? Tu as revu ce... Robin, c'était bien ça ?

J'avale mon ravioli de travers et une quinte de toux me prend. Matt se lève immédiatement et vient doucement me tapoter le dos avant de me tendre un verre d'eau. Je le remercie et il retourne s'asseoir non sans faire remarquer, moqueur :

— Dis donc, il te fait de l'effet !

— Quoi ? Non !

— Je ne l'aime pas. Je ne veux pas qu'il te tourne autour.

— Tu n'aimes aucun mec qui m'approche, Matt.

— Et alors ? Qu'ils se tiennent tous éloignés, c'est tout.

Je soupire et pose mes couverts.

— Stop ! Je ne resterai pas toute ma vie célibataire, il faudra bien que je me trouve quelqu'un un jour. Et il faudra bien que je quitte l'appartement de Chris, aussi.

C'est au tour de mon ami de s'étouffer.

— Tu veux prendre un appartement toute seule ? Chris est au courant ?

— Non, non, du calme. Écoute, depuis que je vous connais, j'ai toujours habité avec vous. D'abord en colocation avec vous deux, puis avec Chris seulement, depuis trois ans.

— Et alors ? demande Matt en fronçant les sourcils.

— J'ai vingt-trois ans et je pense qu'il est temps que je vole de mes propres ailes. En plus, je sème la discorde dans la relation de Chris et Stella.

— On s'en fout de ce qu'elle pense. Tu étais là avant elle. Si Marie-Antoinette n'est pas contente, elle n'a qu'à aller voir ailleurs.

— D'accord, c'est une snob et on ne l'aime pas. Mais franchement, comment tu réagirais si ton mec habitait avec son meilleur ami et qu'il le faisait passer avant toi ?

Matt reste silencieux.

— Eh bien voilà ! je m'exclame. Je me sens mal de savoir qu'ils s'engueulent à cause de moi.

Je lève la main avant qu'il ne puisse argumenter.

— J'ai un très gros contrat qui s'est présenté à l'agence et si c'est une réussite, je gagnerai assez pour me prendre un appart. Il le faut. Ça ne changera rien entre nous. Je vous aime et je vous aimerai toujours, mais je ne vivrai pas toute ma vie avec vous.

Matt soupire et prend un air fataliste.

— Tu as grandi trop vite.

Je lève les yeux au ciel et commence à rire. Il me regarde et après quelques secondes, il m'imite.

— Si tu ne veux plus vivre avec Chris, tu peux venir t'installer chez moi.

— Matt...

— C'est juste une proposition. De toute façon, si tu prends un appartement, il faudra qu'il soit près de chez nous, comme ça, en cas de problème, on serait vite sur place. Si tu cherchais dans Tribeca, ça rassurerait Chris. On ferait les visites avec toi et...

— Je t'aime, Matty.

Ses épaules s'affaissent. Je sais que ces quelques petits mots suffisent à le distraire, et je m'en sers pour le calmer lorsqu'il s'emballe un peu trop.

Déconfit, il reprend son repas avec moins d'entrain qu'au début.

— C'est ce que tu envisages pour ton avenir ? Prendre un appartement, développer ton entreprise... entamer une relation ?

De l'inquiétude pure remplit les yeux de Matt. Mon meilleur ami est drôle, adorable, un peu – voire très – obsédé, chaleureux, intelligent, et il essaye autant que possible de ne pas prendre la vie au sérieux. Mais Matt est aussi – surtout – quelqu'un avec qui je peux avoir d'interminables conversations et à qui je peux tout dire, vraiment tout, sans aucun filtre. Et il agit de la même manière en ce qui me concerne. Alors, face au tour sérieux que prend la conversation, je me tiens sur mes gardes. Matt est direct et franc, il dit les choses comme il les pense et il n'a pas peur d'être un peu brutal dans ses propos pour me faire ouvrir les yeux.

— Tu te sentirais prête pour ça ? Entamer quelque chose de sérieux avec un homme ?

— Je ne sais pas. Peut-être ?

— Ce n'est pas une réponse, Lia. « Peut-être », ça équivaut à un « non », pour moi, lorsque la question est aussi importante.

— Pourquoi tu me demandes ça maintenant, Matt ?

Il se sert un verre d'eau avant de répondre :

— Tu ne te projettes pas dans l'avenir, Lia. Tu prends les jours les uns après les autres, tu ne fais jamais de plans sur le long terme. Et jusqu'à maintenant, tu n'étais pas prête à vivre seule. Mais aujourd'hui, tu me parles de quitter le penthouse de Chris. Je me demande ce qui t'a fait changer d'avis.

— Je n'ai encore rien décidé, j'y réfléchis simplement.

— Et on sait toi et moi que c'est déjà énorme.

C'est vrai. Et c'est aussi vrai que, jusqu'à maintenant, déménager ne faisait pas partie de mes priorités.

— Tu crois que ça veut dire que je commence à aller mieux ? je demande.

— Il n'y a que toi qui peux le savoir, Lia. Mais s'il te plaît, ne te précipite pas. Ni pour déménager, ni dans une éventuelle relation. Je n'ai pas besoin de t'expliquer à quel point faire entrer quelqu'un dans ta vie, dans nos vies, serait risqué pour tout le monde.

Non, en effet, il n'a pas besoin de me le rappeler. Et c'est bien le problème, d'ailleurs.

Pour me réconforter, Matt prend ma main dans la sienne et la serre un court instant. Son énergie retrouvée, il hèle un serveur pour lui commander une bouteille de vin.

Au moment où je lève les yeux, j'aperçois au loin un couple qui entre dans le restaurant. Mes bras sont parcourus de frissons, mon pouls s'emballe.

Il est là.

Robin.

Chapitre 6

Nom de... Bordel... comment ?

J'ai conscience que ma façon de fixer Robin est insistante, mais je n'arrive pas à m'en empêcher. L'homme qui m'obsède depuis que je l'ai rencontré vient d'entrer dans mon restaurant préféré. Cela ne peut pas être le fruit du hasard, c'est impossible.

La situation est tellement absurde que je suis prête à me lever et à exiger qu'on me montre où se trouvent les caméras. Cela ne peut être qu'une blague.

Comment... mais bordel de merde, comment ?

— Lia ? Tu vas bien ?

Je reporte mon attention sur Matt.

— Je n'en sais rien... Je veux dire, oui, ça va. Je cherche le serveur.

— Il vient de partir, réplique-t-il, perplexe.

— Oh, oui. Ce n'est pas grave, je n'ai plus faim, de toute façon.

Encaissant le choc de voir Robin une nouvelle fois au même endroit que moi, j'essaye de me concentrer sur mon assiette et sur Matt, mais je ne peux m'empêcher de jeter un coup d'œil en direction du couple qui se dirige vers une table pour deux. La jeune femme qui accompagne Robin est superbe, même de dos. Elle a de longs cheveux blonds et des jambes interminables que sa jupe laisse apparaître. C'est une bombe.

Une toute petite pointe de déception vient me piquer l'estomac. Tant pis si Robin est casé. Je n'ai pas besoin d'un mec, en tout cas pas maintenant, et j'ai encore moins besoin de lui. De toute façon, il ne m'intéresse pas...

Oh, bon sang, de qui je me moque ? Bien sûr qu'il m'intéresse.

Je suis divisée entre ce que me dit ma tête et ce que je ressens. En général, ma première impression sur les gens est toujours juste, mais avec Robin, j'hésite et je ne sais pas de quel côté pencher.

— Je vais aller saluer le chef et chercher la voiture sur le parking, décide Matt.

— Je t'attends dehors.

Il me faut quelques instants pour trouver le courage de me lever ; j'en profite pour réfléchir à une stratégie pour sortir du restaurant le plus discrètement possible. Ramper par terre à la manière d'un commando me paraît inenvisageable, traverser le restaurant en courant serait l'exact opposé de la discrétion. Il ne me reste plus qu'à marcher tranquillement, tête baissée...

Lorsque je passe devant la table de Robin, je prie pour que ce dernier soit trop concentré sur sa compagne pour me remarquer.

— Amalia ?

Raté...

Je pivote, mon plus beau sourire plaqué sur les lèvres.

Qu'il est beau, j'en ai des frissons. C'est pathétique.

Il porte un jean et un pull noir. Des vêtements simples, mais qui lui donnent des allures de top model. Les muscles de ses bras sont dessinés, ses cheveux bruns ont l'air soyeux, mais c'est encore une fois les océans qui lui servent de prunelles qui me happent.

Il me détaille de la tête aux pieds. Sa pomme d'Adam voyage dans sa gorge, mais son visage reste neutre.

Étant donné la tournure qu'a prise notre dernière conversation, je pensais ne jamais le revoir. Je me sens cruche, les bras le long du corps, à attendre qu'il me dise pourquoi il m'a hélée. C'est vrai, ça, pourquoi l'a-t-il fait ? Vu la façon dont je l'ai rejeté dans le parc, il aurait dû faire comme s'il ne m'avait pas vue...

Finalement, je comprends que c'est lui qui attend une réaction de ma part. J'inspire calmement et me compose un masque enjoué comme pour lui dire : « Tu peux sortir avec qui tu veux, ça ne m'atteint pas. »

J'ose un regard en direction de la blonde, et soudain, cela me frappe. Sa ressemblance avec l'homme qui lui fait face. Je suis prête à parier qu'ils sont de la même famille. Pour autant, je suis toujours sous le choc de voir Robin ici. J'ai besoin de réponses, j'ai besoin de la vérité.

— Il faut qu'on parle, je lâche sans même me demander si c'est une bonne idée.

— Pardon ?

Est-ce que je viens vraiment de lui ordonner de m'accorder une sorte de tête-à-tête ? Je lui fais signe de me suivre à l'extérieur, persuadée qu'il va refuser, mais il se lève et nous sortons du restaurant.

— Alors quoi ? Tu m'envoies balader la dernière fois et maintenant tu veux me parler ?

— Qu'est-ce qui se passe, Robin ? Qu'est-ce que tu fais là ?

— Je viens déjeuner, ça me semble plutôt clair.

Il croise les bras sur son torse imposant, ce qui souligne encore davantage sa carrure impressionnante.

— Ici ? Tu viens déjeuner ici ? Quel hasard, alors que je...

— Oh non, tu ne vas pas recommencer. Quoi encore ? Je te suis, c'est ça ?

— Je commence à le croire.

Il soupire, contrarié.

— Je suis venu déjeuner avec quelqu'un, au cas où tu ne l'aurais pas remarqué, et elle m'attend, alors je te laisse te débrouiller seule avec tes histoires de complot.

Il fait volte-face, mais je me rends compte que je n'ai aucune envie de le voir partir.

— Qui est-ce ? je demande pour le retenir.
— Quoi ? s'esclaffe-t-il.
— La fille avec qui tu déjeunes, qui est-ce ?
— OK, donc, on vient de passer de « Tu me suis, tu es un psychopathe » à « Avec qui tu déjeunes ? Je suis jalouse ».
— Jalouse ? Dans tes rêves.
Il s'approche à nouveau de moi avec cet air arrogant que j'ai vu l'autre soir à la galerie.
— Vous vous ressemblez, je lâche comme il ne dit rien.
— C'est ma sœur, admet-il.
Je m'en doutais, mais l'entendre de sa bouche me rend... Oh, bon sang, je n'ai même pas envie de savoir ce que ça me fait.
— Ta présence ici n'est donc vraiment que le fruit du hasard ?
— Explique-moi comment j'aurais fait pour savoir où tu te trouvais exactement à cet instant ? Et pourquoi est-ce que j'aurais impliqué ma sœur là-dedans ? Putain, pourquoi j'aurais même pris la peine d'essayer de te retrouver vu la façon dont tu m'as jeté la dernière fois ?
Il a raison. À sa place, je n'aurais pas non plus eu envie de me revoir.
— Regarde-nous, on se crie dessus comme un vieux couple. C'est la troisième fois qu'on se voit et c'est déjà notre troisième dispute, constate-t-il.
Son air défait m'arrache un sourire. Il n'a pas tort, chaque fois que nous nous trouvons en présence l'un de l'autre, les choses s'enveniment. Robin a l'air d'être aussi impulsif que je le suis. Je n'avais encore jamais rencontré quelqu'un avec un caractère si semblable au mien.
— Et maintenant, tu souris... remarque-t-il, visiblement perdu.
La porte du restaurant s'ouvre sur deux clients, et j'entends au loin la voix de Matt. Perdue dans le tourbillon

qu'est Robin, je n'avais plus pensé que mon meilleur ami était dans les parages. Merde, il ne doit en aucun cas me voir en pleine discussion ! Je pense un instant à laisser Robin en plan pour aller rejoindre Matt sur le parking, mais je n'ai aucune envie de le planter comme ça.

— Donne-moi ton téléphone, j'ordonne.

— Pourquoi ?

— Donne-le-moi !

Il s'exécute en me toisant avec méfiance. S'attend-il à ce que je le fracasse par terre dans un accès de furie ? Je ris tout en pianotant sur l'écran, avant de lui tendre à nouveau son smartphone et de lui expliquer :

— Je viens de m'appeler.

Il hausse les sourcils.

— Donc, maintenant, j'ai ton numéro ? Intéressant.

Le temps presse, Matt va bientôt débarquer et je refuse qu'il me voie en compagnie de Robin.

— Ta sœur va finir par trouver le temps long.

J'ai conscience que le ton que j'emploie pourrait lui laisser penser que je le congédie, mais à ma décharge, la tension commence à dangereusement monter dans mon corps.

Robin ricane, secoue la tête.

— Je n'avais encore jamais rencontré une femme comme toi, Amalia.

Et il part sans que je sache si c'est une bonne ou une mauvaise chose.

Matt se gare le long du trottoir au moment où la porte du restaurant se referme derrière lui. Je grimpe à l'intérieur de la Jeep et la première chose que je fais, c'est enregistrer le numéro de Robin dans mon répertoire.

En espérant le voir bientôt apparaître sur mon écran.

Lorsque j'arrive à l'agence, je constate que Maria n'est pas encore revenue. Pour oublier mon étrange déjeuner, je décide de m'enfermer dans mon bureau pour me mettre au travail. Après avoir aménagé complètement la première chambre de l'appartement de madame Coleman sur mon logiciel, je prends une pause café.

Je jette frénétiquement des coups d'œil sur l'écran de mon téléphone. Mais rien. Il reste désespérément noir.

À quoi tu t'attendais, Lia ?

— Fais chier, je marmonne.

— Tu parles toute seule, maintenant ? Je te trouve un peu jeune pour ça !

Je souris à Maria.

— Du café ? je lui propose.

— Non merci.

Je la regarde, ahurie. Mon assistante est le genre de personne qui peut ingurgiter au moins deux litres de café par jour. D'habitude, je suis obligée de la freiner parce que, honnêtement, je crains pour sa santé.

Je prends place sur la chaise face à son bureau.

— Tu te sens bien ?

— Oui, pourquoi tu me demandes ça ?

— Maria, je te connais, maintenant. Si tu le pouvais, tu ne te nourrirais que de café, alors à moins que tu n'aies déclaré une soudaine intolérance ou que tu sois enceinte je ne vois pas pourquoi...

Je m'arrête lorsque son sourire s'élargit. Mes yeux s'écarquillent.

— Tu... tu es enceinte ?

Elle hoche la tête, toute heureuse.

— Oh mon Dieu. Mais... c'est génial !

Je me lève pour la prendre dans mes bras.

— Je ne savais pas que c'était dans tes projets, je ne savais même pas que tu avais rencontré quelqu'un.

— Non. Justement.

Je recule un peu pour la dévisager.

— Assieds-toi, je vais te raconter, dit-elle.

J'obéis, curieuse et un peu inquiète.

— Le bébé n'a pas de père.

Je hausse les sourcils.

— Je suis jeune, Maria, mais j'ai depuis longtemps compris que les enfants n'étaient pas apportés par les cigognes.

Elle triture ses doigts, nerveuse.

— En fait... Bon, voilà. Ça fait quelque temps que je me dis que je veux un enfant. J'ai trente ans, je suis célibataire, et plus le temps passe, plus je prends le risque de ne plus être fertile ou de démarrer une grossesse à risque. Tu vas probablement être choquée par ce que je vais te dire mais...

Elle soupire puis se lance :

— Je suis allée dans un bar il y a trois mois, j'ai repéré un homme à mon goût, je l'ai séduit, j'ai couché avec et je suis partie.

— Tu... Waouh, attends une seconde. Tu as couché avec un inconnu ? Comme ça ?

— Je voulais un bébé, Lia.

— D'accord, mais tu aurais pu attendre de tomber amoureuse. Tu as trente ans, pas cinquante !

— Tu trouves ça dingue ?

— Oui... Non ! Bon, tu veux un enfant, OK, mais coucher avec un mec que tu ne connais pas... Bordel, il aurait pu être cinglé, vouloir te faire du mal. Et en ayant des rapports non protégés, tu aurais pu te retrouver avec une IST ou le sida !

— Je sais, je sais, j'y ai réfléchi après coup et je te jure que deux jours plus tard j'ai fait tous les dépistages possibles et imaginables pour voir si je n'avais pas attrapé quelque chose. Je me suis dit que si je n'étais pas enceinte je me tournerais vers l'insémination artificielle mais... j'ai rapidement remarqué que mes règles avaient du retard. J'ai toujours été détraquée à ce niveau-là et je me disais que c'était impossible que ça ait marché du premier coup, mais j'ai fait le test.

Il était positif. Je me suis empressée de faire une prise de sang pour confirmer, j'avais si peur d'être déçue... mais finalement mon médecin a reçu les résultats et c'était vrai. C'est lui que je suis allé voir tout à l'heure, j'avais rendez-vous pour ma première échographie. Je suis enceinte de trois mois, conclut-elle les larmes aux yeux.

Le flot d'informations me fait tourner la tête, mais la joie de Maria est contagieuse. Sa démarche est folle mais je ne la juge pas, même si je trouve son acte irresponsable.

— Je suis contente pour toi, contente que tu sois enceinte et qu'il ne te soit rien arrivé. Et sache que si cela n'avait pas marché, je t'aurais soutenue dans tes démarches pour l'insémination artificielle.

— Merci, Lia, dit-elle, émue.

— Oh, bon sang, tu vas être maman !

Je me lève et commence à trépigner d'excitation. Elle m'imite en poussant des petits cris.

Je n'arrive pas à y croire. Je travaille avec Maria depuis deux ans et je ne savais pas qu'avoir un enfant était si important pour elle. Sa démarche était risquée, ça aurait vraiment pu mal se finir pour elle, mais je crois qu'elle l'a compris. Elle n'a pas besoin que je le lui rabâche. Là, elle a besoin que je me réjouisse pour elle, et c'est ce que je fais.

Après une longue discussion avec elle à propos de sa future maternité, je retourne dans mon bureau et m'affaire à l'aménagement virtuel de la seconde chambre du penthouse de madame Coleman. Il y en aura cinq en tout, l'endroit est immense.

Mon téléphone portable sonne soudain et je décroche distraitement.

— Allô ?

— Amalia ? C'est Robin.

Chapitre 7

Tout va bien. Fais abstraction de sa voix sexy, joue-la détachée.

— Oh. Salut Robin, tu vas bien ? Je veux dire, depuis tout à l'heure.

— Je crois que le destin essaie vraiment de nous dire quelque chose, lâche-t-il de but en blanc.

— Peut-être.

Un court silence s'installe entre nous avant qu'il ne reprenne :

— Je dois t'avouer que je suis un peu perplexe. Au parc, tu m'as regardé comme si j'étais le diable en personne. Pour être honnête, je n'avais pas envie de te revoir, mais le fait que tu me donnes ton numéro m'a intrigué.

Bon sang, il avait vraiment tiré un trait sur moi. Mais puis-je l'en blâmer ? Personne n'aime se faire repousser plusieurs fois d'affilée, ni essuyer continuellement des reproches.

Je m'éclaircis la gorge.

— Je suis peut-être allée un peu loin. Tu as raison, je ne te connais pas, je n'aurais pas dû prétendre le contraire.

Silence.

— OK.

Maintenant, je ne sais plus quoi dire. J'espérais que Robin trouverait quelque chose de pertinent pour entretenir notre conversation, comme il l'a fait depuis notre première rencontre. Mais il déclare simplement :

— Merci de m'avoir dit ça.

Il raccroche, me laissant abasourdie. Mais je me dis qu'après tout, j'ai eu ce que je voulais. Robin me laisse tranquille, je ne prends pas le risque de le laisser se faire une place dans ma vie. Il fait ce que je lui ai demandé : il ne perd pas son temps et il passe à autre chose.

J'ai la gorge nouée lorsque je repose mon téléphone. Je ne devrais pas me laisser atteindre, pourtant. Je tente de me remettre au travail mais le cœur n'y est plus. C'est alors que mon téléphone sonne une nouvelle fois. Le prénom de Robin s'affiche sur l'écran. Fébrile, je décroche.

— Tu es une femme difficile à suivre, Amalia Gomes, dit-il dans un soupir.

Si tu savais...

— D'abord tu me rejettes, plusieurs fois, et ensuite tu reviens à la charge.

— Je sais.

— Je ne comprends pas vraiment comment me comporter avec toi.

Il a l'air d'être comme moi, incapable de se faire une idée précise sur celle que je suis.

— Est-ce que tu accepterais une invitation à dîner ? Ou est-ce que tu vas m'envoyer balader encore une fois ?

Je ris nerveusement. Je suis surprise que Robin réitère sa proposition, mais la réponse à sa question est plus qu'évidente. Si je refusais de le revoir, je serais vraiment une garce. Et puis j'ai envie de passer quelques heures avec lui, j'ai envie d'apprendre à le connaître, de dépasser mes préjugés.

— J'accepterais, dis-je timidement.

Quelques secondes de silence s'ensuivent.

— Waouh, ça a été facile, cette fois, s'étonne-t-il. Ce soir ?

— Si tu veux. On se retrouve où et à quelle heure ?

— Je passe te prendre.

— Pas la peine.

— J'y tiens. Ne t'en fais pas, si tu ne veux pas que j'entre chez toi, j'attendrai dans la voiture.

Je réfléchis à la vitesse de l'éclair, puis je dis finalement :

— D'accord.

— Je serai là vers vingt heures. Tu me donnes ton adresse ?

J'ai l'impression de trahir Chris lorsque je m'exécute.

— À ce soir, Lia.

« Lia »... Il ne manque vraiment pas de culot !

Je raccroche et pousse un profond soupir. Je n'en reviens pas moi-même d'avoir accepté un rendez-vous avec Robin. Si Matt ou Chris l'apprennent, je suis bonne pour des heures d'interrogatoire. D'ailleurs, je ferais bien de trouver un bobard à leur servir, juste au cas où.

Je repose mon téléphone et essaye en vain de me concentrer sur le penthouse de madame Coleman. Mais impossible. Je suis à la fois excitée et nerveuse à l'idée du rendez-vous qui m'attend ce soir. Incapable de rester focalisée sur mon travail, je décide de ramener le dossier chez moi.

Il est seize heures lorsque je quitte le bureau. Je décide d'aller faire un peu de shopping. J'ai déjà un dressing plein à craquer mais c'est plus fort que moi, je n'ai jamais assez de vêtements. Et puis c'est mon premier vrai rendez-vous depuis un long moment, je tiens à faire sensation. J'espère voir une lueur flamboyer dans les yeux de Robin lorsqu'il me découvrira. Cette soirée sera une remise à zéro des compteurs et je compte bien marquer des points.

Je rentre chez Chris et fonce dans la douche. J'ai un peu plus d'une heure et demie devant moi pour me préparer avant que Robin n'arrive, je devrais pouvoir y parvenir. J'ai passé les heures qui viennent de s'écouler le ventre noué à l'idée de ce rendez-vous, et les mêmes inquiétudes ont tourné en boucle dans mon esprit : chercher un bobard à servir à Matt et Chris pour ne pas qu'ils sachent que j'ai un rencard – enfin, est-ce que c'en est vraiment un ? –, penser à des sujets de conversation à aborder ce soir pour ne pas paraître cruche et détourner la discussion en cas de question personnelle, imaginer une salle de bain qui ne soit pas trop vintage mais pas trop moderne non plus pour madame Coleman... Bref, mon esprit part dans tous les sens.

En plus, je n'ai pas arrêté de penser à ma tenue. Il ne faut pas que j'en fasse trop, sinon Robin va penser que je cherche à le séduire alors que ce n'est pas du tout ce que je veux...

Bon, d'accord, c'est complètement ce que je veux.

Ce soir, Robin Edwards doit être totalement sous mon charme. Et pour cela, je dois être à la fois sexy, élégante et naturelle.

J'entre dans mon dressing. Après quelques minutes de réflexion, je décide de ne pas porter la robe que je me suis achetée tout à l'heure. À la place, je jette mon dévolu sur une combinaison bustier bleu marine et des escarpins *nude* Yves Saint Laurent.

Une grande majorité de mes vêtements, de mes chaussures et de mes sacs à main de marque, je les dois à Chris. Ce sont presque tous les cadeaux qu'il m'a faits, et il ne m'a pas laissé d'autre choix que de les accepter. Mon meilleur ami est généreux avec les gens qu'il aime, il adore nous manifester son affection. Mais ce n'est pas seulement son entourage qui profite de sa fortune : il pense également aux plus démunis et fait très souvent des dons à des associations et à des galas de charité. Le penthouse, les vêtements de marque, les réservations dans les meilleurs restaurants, tous mes privilèges, je les lui dois. C'est beaucoup trop pour une seule personne, mais je lui serai éternellement reconnaissante pour ça.

Je me regarde dans la glace. La tenue, c'est fait. Il est temps de m'attaquer à mes cheveux. Ma crinière est tellement épaisse et longue qu'il me faut près de trois quarts d'heure pour obtenir un lissage parfait. Après cela, il me reste juste le temps de me maquiller. De la poudre pour mon teint, du mascara et un rouge à lèvres écarlate.

Il est dix-neuf heures quarante-cinq lorsque je finis de me préparer. J'espère sincèrement que Chris ne rentrera pas avant que je parte. Je ne voudrais pas avoir à lui mentir en le regardant droit dans les yeux...

Je prends mon sac à main puis sors de ma chambre. À ce moment, la porte de l'ascenseur s'ouvre. Je me fige.

Non, non, non !

— Ah, pitchoune. Est-ce que tu sais où est... Waouh. Où tu vas, habillée comme ça ?

Matt est le premier à lancer les hostilités.

— Qu'est-ce que tu veux dire par « habillée comme ça » ?

— Il veut dire aussi apprêtée, répond Chris, qui entre à son tour dans le hall.

— Je voulais dire aussi hot ! rectifie Matt. Tu sors ?

— Oui.

Aussitôt, Chris est sur le qui-vive.

— Où ça ? Comment ça se fait ? Tu ne m'as rien dit.

Je soupire.

— Ça s'est décidé à la dernière minute.

— Où vas-tu ?

— Je ne sais pas, dis-je en haussant les épaules.

Dupond et Dupont se jettent un coup d'œil loin d'être discret. Ils s'approchent de moi, prennent chacun un de mes poignets et m'emportent sur le canapé.

— Tu sors avec un homme ! attaque Chris.
— Hein ? Non ! Pourquoi penses-tu tout de suite à ça ?
— Tu ne sais pas où tu vas, ce qui veut dire que c'est une surprise, donc un rencart, et donc avec un homme.
Sa mâchoire se contracte. Bon Dieu, c'est fou comme il est perspicace, cet homme a un véritable radar à mec en ce qui me concerne.
— Non, Chris, je ne sors pas avec un homme, je sors avec Maria. Elle a quelque chose à fêter et elle veut que je vienne avec elle.
Je déteste leur mentir, je déteste leur mentir...
— Et c'est pour ça que tu t'habilles sexy ? s'enquiert Matt.
— Tu trouves que je suis trop sexy ? je demande immédiatement en regardant ma tenue.
J'en ai fait trop, j'en suis sûre. Robin va comprendre que je suis intéressée, il va croire que la partie est gagnée...
— Pas plus que lorsque tu sors avec nous, sauf que ce n'est pas le cas ce soir ! répond Matt en croisant les bras.
Chris me passe au crible des pieds à la tête.
— Qu'est-ce qu'elle doit fêter, Maria ?
Je commence sérieusement à en avoir assez. Je me lève et rajuste ma combinaison.
— Quelque chose. Maintenant j'y vais, sinon elle va m'attendre.
— Hé, pas si vite. Pourquoi elle ne monte pas à l'appartement ? demande Chris, suspicieux. Elle sait où on habite.
À cet instant mon téléphone vibre, m'indiquant que je viens de recevoir un message.

[**Je suis en bas de chez toi. J'ai hâte de te voir.**]

Je me force à ne pas sourire bêtement avant de faire face à mes deux meilleurs amis.

— Elle ne monte pas parce qu'elle n'a aucune raison de le faire. On va se faire un resto puis ensuite on va boire un verre et je rentrerai. Elle vient de m'envoyer un message pour me dire qu'elle est arrivée. J'y vais.

Je m'approche d'eux et les embrasse sur la joue.

— Je descends avec toi, je vais la saluer.

— Chris, c'est bon, maintenant, arrête de me fliquer comme ça.

— Je ne te flique pas. Je te pose des questions parce que je m'inquiète.

— Laisse-la y aller, mec, intervient Matt.

— Bien sûr que je vais y aller. Je ne demande pas ta permission, Chris, je suis majeure, j'ai le droit de faire ce que je veux.

— Tu sais très bien pourquoi je m'inquiète, insiste-t-il en s'approchant de moi. Pourquoi tu t'énerves, tout à coup ? J'ai toujours agi de cette manière.

— Eh bien justement, je pense qu'en six ans, je n'ai pas beaucoup contesté ta manière de faire. Alors pour une fois, prends sur toi.

Je tourne les talons et me dirige vers l'ascenseur privé.

— À quelle heure tu rentres ? crie-t-il depuis le salon.

Je ne réponds pas et laisse les portes se refermer. Pendant que l'ascenseur amorce sa descente, j'inspire plusieurs fois pour tenter de me calmer. Il faudrait vraiment que Chris modère sa possessivité...

Quand je sors de l'immeuble, Robin est là, adossé à un coupé Mercedes gris aux vitres teintées. Je pousse un discret soupir. Il est à tomber. Il a troqué son pull pour une chemise blanche qui épouse son buste à la perfection.

Il lève la tête en me voyant. Son regard me détaille de la tête aux pieds avant de revenir à mon visage.

Il me sourit. Je lui fais l'effet que j'attendais...

Il s'approche et embrasse délicatement ma joue, me laissant fébrile.

— Tu es superbe.

— Merci, je réponds en rougissant.

— Allons-y.

Il m'ouvre la portière de sa voiture et je monte à l'intérieur. Robin s'installe à son tour avant de démarrer.

Chapitre 8

Nous entrons dans un building et montons dans un ascenseur. Les étages défilent et je me demande où nous allons. Grâce à Chris et à ses bonnes adresses, je connais beaucoup d'endroits huppés de la ville, mais je ne suis encore jamais venue ici.

L'ascenseur s'ouvre sur le rooftop et je suis surprise d'y découvrir un restaurant.

— Il a ouvert il y a à peine un mois, me précise Robin.

La vue à trois cent soixante degrés est imprenable. Comme le soir est tombé, les lumières de New York scintillent. J'ai beau vivre ici depuis des années, cette ville trouve toujours le moyen de m'étonner et de me séduire.

Un serveur nous conduit à notre table, située au bout de la terrasse. Mes jambes tremblent, d'une part, à cause de la vue époustouflante, mais aussi, et surtout, à cause de la main de Robin posée au creux de mes reins.

— C'est superbe, dis-je en appréciant la vue une fois que nous sommes installés.

— J'adore cet endroit, on a l'impression de dominer New York.

Exactement ce que je pense.

Robin commande une bouteille de champagne et nous choisissons nos plats.

— Alors, Lia, explique-moi un peu ce revirement de situation, me demande-t-il lorsque le serveur s'est éloigné.

Je croise les mains et décide d'éclaircir un point à mon tour.

— Alors, Robin, explique-moi un peu pourquoi tu penses avoir le droit de m'appeler Lia ?

— J'ai l'impression que nous avons passé une étape.

— Ah oui ? Et quand ça ?

— Quand tu as été jalouse de me voir avec ma sœur et que tu m'as donné ton numéro. J'ai compris que je venais de faire mon entrée dans le fameux cercle intime.

— Premièrement, je n'étais pas jalouse. Vous vous ressemblez, j'avais tout de suite compris que vous étiez de la même famille.

— Évidemment... et deuxièmement ?

— Tu n'es pas entré dans mon cercle intime. Pour l'instant, tu ne fais que tourner autour.

Il s'esclaffe. Son rire est grave, son sourire éclatant.

— Est-ce que tu vas enfin me répondre ? Pourquoi ce revirement ?

— Eh bien, je me suis dit que j'avais peut-être réagi un peu...

— Excessivement ?

Je hausse les épaules.

— J'ai mes torts, convient Robin. Ma technique d'approche n'est pas au point, je te l'accorde. Mais tu étais si...

Il ne termine pas sa phrase, ce qui me frustre.

— Si quoi ?

— En colère. Prends-moi pour un dingue, mais je t'ai trouvée encore plus sexy.

Sexy ? J'esquisse un sourire. Je suis à deux doigts de me lever pour effectuer une danse de la joie, ce qui, avouons-le, serait franchement gênant. À la place, je m'éclaircis la gorge.

— Tu fais quoi, dans la vie ? je demande.

— Je viens tout juste d'être diplômé d'une école d'architecture.

— Intéressant. Tu vas démarcher des entreprises pour te faire embaucher ?

— Je ne sais pas encore si je veux travailler dans le cabinet de quelqu'un ou créer le mien.

— Comment ça se fait que tu sois diplômé si tard ?

Vingt-sept ans, ça me semble âgé pour terminer des études… Cependant, au moment où je la pose, je me rends compte que ma question était déplacée.

— Excuse-moi, je ne voulais pas être impolie.

— Ça va, dit Robin en haussant les épaules. Deux ans après le début de mes études, mes parents n'ont plus eu les moyens de me les payer. J'ai dû arrêter. J'ai ensuite fait des petits boulots pour mettre de l'argent de côté et lorsque j'ai pu, j'ai repris ma formation. Je l'ai terminée il y a quelques mois.

La fierté mais aussi la tristesse traversent son regard lorsqu'il évoque ce moment de sa vie.

— Il vaut mieux tard que jamais. Tu as réussi, finalement.

À cet instant, le serveur apporte nos entrées. J'en salive d'avance.

— Et toi ? Parle-moi de ton parcours.

Pas d'informations personnelles, pas d'informations personnelles…

— Oh, il n'y a pas grand-chose à dire. J'ai suivi une formation de décoratrice d'intérieur, j'ai ouvert mon agence il y a deux ans et depuis, je fais ce que j'aime.

Il se met à rire. Je fronce les sourcils.

— Qu'est-ce qu'il y a de drôle ?

— Je ne peux pas m'empêcher de penser que nous sommes similaires. Cela me semble évident que nous aimons les mêmes endroits, nos métiers sont complémentaires puisque je construis des habitations et que tu les décores… Oh, et nous avons le même signe astrologique et c'est ça qui compte le plus, je crois.

Je ris à mon tour.

— C'est vrai. Mais tu oublies le fait que nous avons visiblement mauvais caractère tous les deux.

— Je ne dirais pas ça. On sait ce qu'on veut. C'est une grande qualité.

Nous passons le repas à apprendre à mieux nous connaître. Robin me révèle qu'il a deux sœurs : Taylor, sa jumelle, la jolie blonde avec qui il déjeunait au restaurant italien ; et Nina, qui a vingt et un ans. Robin précise qu'il est l'aîné – grâce aux six petites minutes d'avance qu'il a eues sur Taylor à sa naissance – et je l'imagine immédiatement en grand frère protecteur.

Pour ma part, je lui dis que je suis fille unique et je ne m'étends pas sur le sujet.

Le serveur débarrasse nos assiettes et apporte nos plats au moment où Robin me demande :

— Tu te souviens que j'ai une question en réserve ?

Je secoue la tête, perdue.

— Le jeu des quatre questions...

— Oh, oui. Je suppose que tu as envie de me la poser maintenant ?

— Sors avec moi.

Bordel de merde.

Je manque recracher ce que j'ai dans la bouche sous le coup de la surprise.

— Ce n'est pas une question !

— Sors avec moi ?

— Ce n'est pas ce que je suis en train de faire ?

Je repose mes couverts. Manger n'est soudain plus ma priorité. Robin tend la main par-dessus la table et pioche quelques légumes dans mon assiette.

— Je te parle de sortir vraiment. Pas seulement le temps d'un rencard.

— Tu es toujours aussi rapide ?

Il pose ses couverts à son tour, soudain sérieux.

— Je sais prendre mon temps quand il le faut et faire durer le plaisir.

Jésus Marie Joseph.

— Euh... Je te répondrai à la fin du dîner, je bafouille avant de prendre une gorgée de vin.

Lorsque l'addition arrive, nous nous battons presque pour la payer. Je sors à Robin mon discours de la femme indépendante qui ne se laisse pas entretenir et qui est fière de l'argent qu'elle gagne, mais il se contente de rire et de régler le repas malgré tout.

Nous quittons le restaurant et nous nous mettons à arpenter les rues new-yorkaises. Il place doucement sa main dans la mienne et entrelace nos doigts. Des frissons parcourent mes bras. C'est agréable de sentir nos peaux se toucher ainsi. Ma main est toute petite dans celle de Robin et je me surprends à apprécier la façon dont il la tient, avec fermeté et douceur mêlée. Je devrais pourtant m'éloigner de lui, ne pas le laisser se rapprocher, mais ce n'est plus ma tête qui me contrôle. Je sais que je m'étais promis de ne pas lui parler de choses personnelles, mais je dois quand même lui révéler un fait. Ce sera d'ailleurs une manière de le tester.

— Je dois t'avouer quelque chose.

— Je t'écoute.

— L'adresse que je t'ai donnée... ce n'est pas vraiment chez moi.

Il hausse les épaules.

— OK.

— C'est chez Christopher. On habite ensemble depuis trois ans.

Il s'arrête, surpris.

— Ensemble ?

— Il est mon meilleur ami, je m'empresse d'ajouter. Au départ, c'était une solution de dépannage en attendant que je me trouve un boulot et que je puisse prendre mon propre appartement. Ensuite, j'ai lancé ma boîte et toutes mes économies y sont passées, alors je suis restée chez Chris. Ça ne fait véritablement que six mois que l'agence se porte bien et elle va aller de mieux en mieux, j'en suis sûre.

— Tu comptes habiter chez lui encore longtemps ?

— Je ne sais pas. Je pense de plus en plus à déménager, mais il n'y a pas d'urgence.

Robin continue de marcher en gardant le silence, mais j'ai besoin de savoir ce qu'il pense.

— Ça te semble étrange ? j'insiste.

— Pas vraiment. C'est comme si tu vivais en colocation, finalement, mais...

— Mais ?

— La manière dont il te regarde... Je ne sais pas, il a l'air de tenir à toi bien plus que comme à une simple amie, et le fait que vous viviez ensemble...

— Nous sommes amis, je répète sans hésiter.

Je vois que Robin est sceptique, mais il acquiesce tout de même.

— Écoute, la soirée a été géniale jusque-là et j'aimerais vraiment qu'elle le reste, alors est-ce que ça te dérange si on parle d'autre chose ?

Je suis surprise qu'il ne pose pas plus de questions, mais je peux comprendre qu'il ait envie de couper court à la discussion. Je me noie dans ses yeux bleu lagon et j'en oublie presque comment je m'appelle. Je suis dans le même état que lors de notre première rencontre à la galerie. Complètement charmée.

— Bien sûr.

Je suis définitivement conquise par le sourire sincère qu'il m'offre en retour.

Nous évitons le sujet Chris pour le restant de notre balade. Nous finissons par regagner sa voiture, main dans la main, et au cours du trajet, nous parlons hobbies, passions, nous en apprenons plus l'un sur l'autre, et c'est si naturel que j'ai l'impression de le connaître depuis des années.

Lorsque nous arrivons en bas de l'immeuble de Chris, Robin descend de voiture pour me raccompagner dans le hall.

— J'ai passé une excellente soirée, mademoiselle Gomes.

— De même, monsieur Edwards.

— J'espère qu'on remettra ça très vite.

Je sors mon téléphone de mon sac.

— Alors... j'ai rendez-vous avec Jack demain soir, avec Max après-demain... Vendredi... non, là, j'ai rendez-vous avec Paul... Disons dans trois semaines, qu'est-ce que tu en dis ?

J'essaye de rester sérieuse, mais lorsque les yeux et le front de Robin se plissent, j'éclate de rire. Il attrape mon poignet et me plaque contre son corps. Je me calme d'un coup. Nos corps se touchent, nos lèvres se frôlent et son regard me cloue sur place.

— Tu peux dire à tous tes prétendants qu'à partir de ce soir tu n'es plus libre pour personne, sauf moi.

— Ah oui ?

Ma voix monte dans les aigus.

— Absolument. Réserve-moi toutes tes soirées, Amalia Gomes.

— Mais je n'ai toujours pas dit oui, je bafouille, happée par ses prunelles.

Son sourire en coin est aussi craquant que ses sourires francs.

— Est-ce que tu veux sortir avec moi ? demande-t-il.

Comment dire non ? Je sais que je devrais peser le pour et le contre, analyser la situation et probablement refuser, mais je n'y arrive pas. Je ne l'envisage même pas.

— D'accord, je murmure.

Dire que Robin est ravi est un euphémisme. Son pouce se pose au coin de mes lèvres, glisse sur mon menton puis trace un chemin le long de ma mâchoire. Son sourire s'est estompé et son regard est si intense que j'en ai le souffle coupé.

— J'ai envie de t'embrasser, chuchote-t-il.

— Je sais.

— Et j'ai comme l'impression que toi aussi tu en as envie.

— Peut-être.

Son sourire réapparaît.

— Mais je n'ai pas envie de t'embrasser au milieu d'un hall d'immeuble. Je pense que tu mérites qu'on te séduise et, au risque de paraître vieux jeu, j'ai envie de te faire la cour.

J'avale péniblement ma salive. L'expression est vieux jeu, c'est certain, mais la démarche ne l'est pas du tout. J'ai envie qu'il m'embrasse, j'ai envie de sentir ses lèvres sur les miennes, mais je ne dois pas me précipiter, et même si je suis surprise, je suis heureuse que Robin décide d'y aller doucement.

Sa main remonte dans mes cheveux, mais j'arrête sa progression.

— Je ne vais pas te faciliter les choses.

— Je n'en attendais pas moins de toi.

Nous sommes penchés l'un vers l'autre et le bout de nos nez se frôle, mais aucun de nous deux ne franchit la ligne rouge. Lorsque Robin reprend la parole, son souffle caresse ma bouche.

— Je ferais mieux d'y aller.

— Hm.

Son sourire est magnifique, mais cette fois, ce sont ses yeux qui font accélérer les battements de mon cœur. De ma vie, je n'ai jamais croisé un regard aussi expressif et aussi hypnotisant.

— Bonne nuit, Lia.

— Bonne nuit, Robin.

Il fait un pas en arrière et j'ai déjà envie de l'attirer à nouveau contre moi. Je me sentais bien entre ses bras.

Il me fait un clin d'œil et quitte le hall de l'immeuble. Je ne me gêne pas pour reluquer ses fesses délicieusement moulées dans son jean.

Miam !

J'ai l'impression d'être sur un petit nuage. Je n'avais jamais ressenti autant de sentiments confondus rien qu'en effleurant des lèvres. Et nous ne nous sommes même pas embrassés... J'imagine à peine le feu d'artifice que je vais ressentir quand ce sera le cas.

Avant d'entrer dans l'ascenseur, je m'autorise une petite danse de la joie, mélange de bras en l'air et de trépignements. Quiconque me verrait pourrait croire que je suis victime d'une crise d'épilepsie.

Quand j'arrive au dernier étage, je constate que l'appartement est plongé dans le noir. L'heure qui clignote en rouge sur le four attire mon regard : 00 h 48. Je pose mes clefs sur le bar et m'apprête à me diriger vers ma chambre lorsque la lumière du salon s'allume.

— T'as passé une bonne soirée ?

Chapitre 9

Comme dans un film, Chris est assis dans le canapé, l'air grave.

Et merde !

J'enlève mes escarpins et m'approche de lui.

— Pourquoi n'es-tu pas encore couché ?

— Je n'arrivais pas à dormir, j'étais inquiet. Je ne savais pas quand tu allais rentrer ni même si tu allais rentrer.

— Chris... je soupire, lasse, en m'asseyant sur la table basse du salon.

Il se lève soudainement et vient me prendre dans ses bras. Je suis décontenancée, mais je lui rends son étreinte. Lorsqu'il se détache de moi, je peux clairement voir la colère déformer ses traits.

— Tu sens le parfum d'homme. J'en étais sûr ! Putain, Lia...

— Chris, calme-toi.

— Me calmer ? Tu me mens et je devrais me calmer ?

— Écoute-moi ! Maria et moi nous sommes sorties dans un bar et il y avait de la musique, j'ai dansé avec un type et voilà.

Je déteste mentir à Chris, mais je fais ça pour le protéger.

— Tu as dansé avec un type que tu ne connais pas ? Tu es cinglée ?

— C'est bon, maintenant ! Je suis une adulte.

— La preuve que non ! Tu mens, tu danses avec un inconnu et tu rentres à pas d'heure, s'emporte-t-il.

Je rougis, sentant la colère monter. Je voudrais l'arrêter avant qu'elle n'explose mais je sais que je n'y arriverai pas. Je sais aussi que je vais probablement dire des choses que je vais regretter, mais c'est trop tard : je ne supporte pas que Chris me traite comme une enfant.

— Maintenant, tu arrêtes ! J'en ai plus que marre que tu me voies comme une gamine. Je suis assez grande pour savoir ce qui est bon pour moi. Tu t'es très bien occupé de moi pendant toutes ces années, mais tu n'es ni mon père, ni mon frère, alors tu me lâches. Qu'est-ce que tu attends de moi ? Que je reste ici à préparer les repas, que je sorte avec seulement Matt et toi et que je vive toute ma vie entourée de vous deux ? Reviens sur Terre, ça n'arrivera pas.

Je suis à bout de souffle lorsque je finis de parler, et les larmes me sont montées aux yeux.

Le visage de Chris porte la marque de chacun de mes mots. Ils l'ont transpercé comme autant de poignards.

Je sais qu'il ne mérite pas la douleur que je viens de lui infliger, je sais que ce n'est pas sa faute s'il a si peur pour moi et s'il ressent ce besoin obsédant de me protéger. Pourtant, je le trouve particulièrement hargneux, ce soir. Chris n'est jamais aussi agressif, sauf lorsqu'il...

Oh bon sang ! Comment ai-je fait pour ne pas le remarquer plus tôt ?

Je m'approche de lui, prends son visage entre mes mains et regarde ses yeux. C'est ce que je craignais.

— Ça fait combien de temps que tu es dans cet état ? je lui demande d'une voix calme.

— Quel état ?

— Chris, ne joue pas à ça avec moi. Depuis combien de temps tu tournes en rond ? Depuis combien de temps tu prends sur toi pour ne pas péter les plombs ?

Il essuie la sueur qui perle sur son front.

— Une heure. Peut-être deux. Depuis que je me suis demandé si tu allais rentrer ou non.

Deux heures ?

— Va t'allonger. Je t'apporte quelque chose.

— Lia...

— J'arrive !

Chris m'obéit et quitte le salon. Je m'assois sur le canapé et m'oblige à me calmer et à retenir mes sanglots. Je déteste pleurer, j'ai déjà versé trop de larmes par le passé et c'est Chris qui les a toutes séchées. Nous avons vécu tellement de choses ensemble... Il me connaît mieux que quiconque, je lui devrai toujours tout ce que j'ai aujourd'hui et je n'aurai jamais assez d'une vie pour le remercier de ce qu'il a fait pour moi. Je ne supporte pas de l'avoir blessé. Je le connais par cœur, je sais qu'il ne veut que mon bien. J'aurais dû me douter qu'il finirait par stresser inutilement et que cela réveillerait ses vieux démons. Si je l'avais appelé, au moins pour le rassurer...

Je m'oblige à me dire que ce n'est pas ma faute. Après tout, je n'ai rien fait de mal.

Une fois calmée, je file dans ma chambre passer une tenue de nuit, puis je me rends dans la salle de bain pour me démaquiller. J'ai passé une excellente soirée, mais je ne peux pas être complètement heureuse si Chris souffre.

Je prends un gant de toilette que j'humidifie d'eau froide avant de foncer dans la chambre de mon meilleur ami, d'entrer dans sa salle de bain et de chercher ses décontractants dans la petite armoire à pharmacie. Je remplis un verre d'eau puis je retourne près du lit de Chris. Tout est sombre. Je sais malgré tout qu'il ne dort pas.

Je me repère sans mal dans le noir : je connais les lieux par cœur. Je grimpe sur le matelas et j'allume la petite lampe posée sur la table de chevet. Doucement, j'applique le gant humide sur le front de mon meilleur ami, qui grimace et ferme les yeux.

— J'ai mal géré, bougonne-t-il.

— J'ai remarqué. Redresse-toi.

Il avale docilement la pilule que je lui tends, puis se recouche.

— Est-ce que tu as mal quelque part ? je demande.

— Non, ça va.

— Tu es sûr ?

— Ça ira, Lia.

J'essuie doucement son front tandis qu'il ferme les yeux et prend de profondes inspirations.

— Je suis désolé de t'avoir crié dessus.

— Moi aussi.

Je crois qu'en six années d'amitié, je peux compter nos disputes sur les doigts d'une main, même en y ajoutant celle de ce soir.

— Tu te sens déjà mieux ?

— Un peu. Ça va aller, tu peux me laisser.

— N'importe quoi. Je reste ici, tu le sais.

Je m'allonge à côté de lui et je pose ma main sur son bras pour l'aider à se calmer.

— J'ai dit n'importe quoi. Tu es mon frère, tu es ma famille et je t'aimerai toujours, peu importe mon âge. Mais je ne veux plus jamais que tu me tombes dessus de cette manière.

Je sens sa main se poser sur la mienne.

— Je ne veux pas que tu te sentes emprisonnée, murmure-t-il.

— Ce n'est pas le cas ! Parfois, c'est vrai que je me sens un peu... oppressée. Mais je t'assure que je suis très heureuse, Chris. Je ne voulais pas te faire de mal. Cela dit, il y a une part de vérité dans ce que j'ai dit. Tu sais que l'on ne vivra pas toujours ensemble et qu'un jour j'aurai mon propre chez-moi, que j'y vive avec quelqu'un ou non. Ça ne voudra pas dire que je t'aime moins ou que je t'ai oublié. Tu sais comme moi que ça ne pourra jamais arriver.

Il se retourne pour me faire face.

— Je sais que, parfois, je suis un peu trop sur ton dos, mais je ne peux pas m'en empêcher, Lia. C'est plus fort que moi.

— Je sais.

Je murmure pour l'apaiser. Chris a souffert autant que moi et c'est malheureusement l'une des choses qui nous unissent si étroitement.

— Tu restes dormir avec moi ?

— Évidemment.

Il remonte la couette sur nous.

— Ne m'abandonne pas tout de suite. Tu as encore le temps. J'aime savoir que je suis le seul homme de ta vie... pour le moment.

Il chuchote cette phrase comme si elle était destinée à lui-même plutôt qu'à moi. Je ferme les yeux. Je me sens horriblement mal de lui avoir menti, mais j'ai fait ça pour lui. S'il savait que j'ai eu un rencard, je pense que nous serions encore en train de nous disputer au milieu du salon.

Lorsque je pense à la soirée que j'ai passée, ma peau se couvre de frissons. Au fond de moi, je sais que Robin n'est pas comme les autres. Il me fait ressentir ce que je n'ai encore jamais ressenti, pour aucun homme... et ça me fait peur, parce que je sais qu'il y a énormément d'obstacles qui viendront se mettre sur notre route, et que j'en suis déjà un à moi toute seule.

Je passe mes mains sur mon visage. À cet instant, mon téléphone vibre. Je ne peux retenir un sourire lorsque je vois le nom de l'expéditeur du message.

[J'ai passé un excellent moment. Je ne plaisantais pas quand je te demandais de me réserver toutes tes soirées.]

Je décide de lui répondre tout de suite, et tant pis si je passe pour la fille désespérée.

[Moi aussi j'ai passé un excellent moment en ta compagnie. Te réserver toutes mes soirées ? Je préfère te prévenir, les négociations vont être rudes.]

Sa réponse ne se fait pas attendre, et je suis frémissante d'excitation en la lisant.

[Je suis un homme patient. Ça prendra le temps qu'il faudra, mais tu finiras par être à moi, je te le promets.]

Étonnamment, je ne trouve rien à redire et je dois bien l'admettre, cette promesse me donne un coup de chaud. Je ne connais pas bien Robin Edwards, mais j'ai le sentiment qu'il n'est pas du genre à renoncer facilement. À mon avis, lui résister doit être un véritable défi...

Que je suis prête à relever.

Chapitre 10

— *I, I love you like a love song baby and I keep hitting re-peat-peat-peat-peat-peat-peat* [2]...

C'est en chantant à tue-tête dans ma voiture que je me rends à l'agence, ce matin. Cela fait bien longtemps que je n'ai pas eu autant d'énergie.

Quand l'ascenseur s'arrête au onzième étage, je me compose un visage neutre pour ne pas éveiller les soupçons de Maria, qui est déjà arrivée. Cela dit, dès que je la vois, je comprends qu'elle ne sera de toute façon pas d'humeur à m'interroger aujourd'hui.

— Pardonne ma franchise mais... t'as une de ces têtes !

— Merci de ton soutien, Lia, dit-elle en fouillant dans la pile de documents sur son bureau. Je suis très fatiguée et j'ai mal aux nichons.

— Pardon ?

— J'ai lu sur Internet que c'est normal, que mon corps commence tout doucement à se transformer en confortable loft pour mon petit habitant. Pour l'instant, mes symptômes, c'est la fatigue et l'impression que mes seins pèsent une tonne.

— Eh bien, ça promet, dis-je en allant me servir un café.

— Tu verras quand ce sera ton tour.

— Pas avant dix ans au moins.

Elle ricane.

---

2. *Love You Like A Love Song*, Selena Gomez & The Scene.

— Tu changeras d'avis quand tu seras amoureuse... ou quand tu seras désespérée au point de te faire sauter par le premier venu pour qu'il te mette en cloque.

Je la dévisage.

— Charmant. Tu devrais éradiquer les mots « sauter », « désespérée » et « inconnu » lorsque tu raconteras à ton enfant la merveilleuse nuit de sa conception.

Elle me tire la langue. Avant de replonger la tête dans ses papiers, elle lâche :

— Oh, au fait, quelque chose t'attend sur ton bureau.

Je la regarde, étonnée. Elle me pointe du doigt.

— Tu n'y couperas pas, jeune fille. Je veux tout savoir.

J'ouvre la porte de mon bureau et la première chose que je vois, c'est un bouquet de roses couleur lilas qui trône à côté de mon ordinateur. Impossible de ne pas comprendre de qui il vient. Mon excitation augmente encore lorsque j'aperçois la carte qui accompagne les fleurs. Je découvre pour la première fois l'écriture de Robin et j'en ai des picotements dans le bout des doigts.

Jour 1 de l'opération « séduire Lia ».
Est-ce que tu connais le langage des fleurs ?
Si ce n'est pas le cas, prépare-toi à faire quelques recherches dans les jours qui viennent.
Bonne journée.
R.

Je repose la carte et me précipite sur Internet pour chercher la signification des roses lilas. Et lorsque je la trouve, je suis partagée entre le rire et l'incrédulité.

Elles évoquent un coup de foudre ? Vraiment ?

J'ai beau être seule, mes joues prennent une teinte rosée. Je sors mon téléphone de ma poche et rédige un message.

[Merci pour les fleurs. Mais je croyais avoir été claire la dernière fois. Je ne crois pas au coup de foudre.]

Je suis tentée d'attendre la réponse de Robin, mais le penthouse Coleman m'attend et je refuse d'être le genre de fille pendue à son téléphone dans l'espoir de voir apparaître un message du mec pour lequel elle craque. Alors je retire ma veste et me mets au travail.

En deux heures, je boucle l'aménagement de la cinquième chambre et je suis prête à m'attaquer aux salles de bain. Je terminerai par la pièce de vie : c'est elle que j'aime le plus, et je me la réserve pour la fin.

Je m'étire et m'apprête à aller me chercher une tasse de café lorsque je reçois un nouveau message.

[Toi non mais moi oui.]

Quel charmeur. Je suis sur le point de répondre lorsque quelque chose me frappe. Comment Robin a-t-il eu l'adresse de l'agence ? Je lui ai dit que j'avais monté ma boîte, mais je ne lui ai pas précisé où. Il me semble que je n'ai même pas évoqué le quartier dans lequel je m'étais installée. C'est étrange, comment a-t-il su ?

Pour en avoir le cœur net, je décide de le lui demander. J'attends sa réponse avec angoisse, je ne sais d'ailleurs pas pourquoi je flippe autant. Lorsque le message finit par arriver, c'est avec les mains moites d'appréhension que je l'ouvre.

[Tu penses encore que je suis un dingue qui te traque ? J'ai simplement tapé ton nom dans Google. Je te rappelle que tu as un site Internet pour ton agence avec toutes les informations importantes, dont l'adresse. Si je n'avais pas trouvé l'info de cette manière, je te l'aurais demandée mais ça aurait gâché la surprise.

Rassurée ?]

Si je suis rassurée ? L'idée qu'il ait tapé mon nom sur Internet me glace le sang. Mais la démarche est courante, après tout, c'est aussi sur ce site que mes clients vont se renseigner sur mon travail. Robin a simplement voulu me faire une surprise et je me sens stupide d'avoir immédiatement imaginé quelque chose de louche. Je n'arrive pas à donner ma confiance aux autres, je suis probablement la personne la plus méfiante du monde. Je m'apaise avec le temps, mais encore aujourd'hui, j'ai toujours le sentiment d'être épiée dans l'ombre, j'ai cette désagréable impression que chaque nouvelle personne qui se présente à moi ne le fait que dans un but bien précis : me faire du mal. Je suis terrifiée à l'idée de me dévoiler, je fais toujours attention à ce que je dis, aux informations que je donne, je laisse les gens me découvrir seulement en surface. Seuls Chris et Matt ont réussi à briser la carapace en fonte qui m'entoure. Pour le reste du monde, elle est en place et elle n'est pas près de s'effondrer. Même Maria, avec qui je travaille pourtant depuis deux ans, ne sait pas tout... et c'est bien mieux comme ça.

Je m'apprête à rédiger un message pour m'excuser d'avoir tout de suite imaginé le pire lorsqu'un nouveau texto s'affiche. Cette fois, il est de Chris.

[Je n'ai pas eu le temps de te voir ce matin, désolé, j'avais un shooting avec une actrice. Je viens déjeuner avec toi, je voudrais qu'on passe un peu de temps tous les deux.

Je t'aime.]

Notre dispute d'hier est encore fraîche : je sais qu'il a besoin de s'assurer que tout va bien entre nous et que je ne lui en veux plus. Évidemment, j'accepte avant de répondre enfin à Robin. Je fourre ensuite mon téléphone dans un tiroir pour ne plus être tentée de le consulter toutes les cinq minutes. Si ça continue comme ça, Coleman aura l'ébauche de son penthouse à l'automne prochain et je pourrai dire adieu à mes recommandations fantastiques.

Pour le restant de la matinée, je ne lève pas le nez de mon écran d'ordinateur. C'est seulement lorsque Chris entre dans mon bureau que je m'autorise à prendre une pause.

Mon meilleur ami arbore un grand sourire... jusqu'à ce qu'il voie le bouquet qui trône fièrement à côté de moi.

Bon sang, je n'ai pas pensé à le cacher.

— Tu as reçu des fleurs ?

Trouve un bobard.

— Ben non.

Convaincant !

— Comment ça, non ?

— Je ne les ai pas reçues. Je les ai achetées. Je les trouvais jolies, elles sont en harmonie avec les couleurs de la pièce. Ça la rend plus... douce.

Et un mensonge de plus.

Je soutiens le regard de Chris. À mon grand soulagement, il semble croire à mes explications.

Ce serait tellement plus simple de tout lui avouer... Je suis prise entre deux feux. Je ne peux pas lui parler de Robin parce que je ne sais pas où ça va nous mener, mais d'un autre côté, je ne vais pas pouvoir continuer à lui mentir bien longtemps.

Notre déjeuner est détendu et calme. Nous ne parlons pas de l'altercation d'hier soir. Au sortir du restaurant, Chris lance cependant un sujet épineux :

— Tu te souviens de ton bilan médical complet, la semaine prochaine ?

— Oui, je soupire. Mais j'en ai marre de ces allers et retours à l'hôpital.

— Tu sais que c'est obligatoire.

— Non, c'est faux. Ce n'est obligatoire que parce que tu l'as décidé.

— On ne va pas recommencer à se disputer. La semaine prochaine, je t'accompagne.

Je soupire à nouveau.

— Ne boude pas...

Chris m'attire contre lui, embrasse ma joue puis la mordille.

— Laisse-moi, je proteste.

— J'ai envie de te croquer. Tu ferais un bon dessert.

— Arrête, dis-je en riant alors qu'il s'attaque à mon épaule. Chris, stop !

Il finit par obéir, non sans avoir déposé un baiser sur mon front auparavant.

— Idiot. Sers à quelque chose et prends-moi sur ton dos. J'ai mal aux pieds.

— Allez, viens là.

Je saute sur son dos et il me raccompagne à l'agence ainsi.

C'est comme ça que je préfère mon meilleur ami : détendu, joueur, et surtout, sans inquiétude me concernant. Pourtant, en nous regardant tous les deux, je me demande ce que Robin penserait de notre complicité. S'il n'a pas digéré que je vive avec Chris, il ne comprendra jamais tout le reste... alors il ne me reste plus qu'à espérer qu'il ne le découvre pas.

J'ai envie de le voir. À bien y réfléchir, je n'ai pas besoin de fleurs, de restaurants hors de prix ou bien de cadeaux. J'ai juste besoin de passer du temps avec lui pour apprendre à le connaître et savoir s'il mérite que je lui fasse confiance.

Malgré tout, je suis impatiente de voir ce qu'il a prévu pour les prochains jours de sa mission « séduire Lia ».

Chapitre 11

Je dois dire que je ne suis pas déçue. Le lendemain, un livreur m'apporte une rose blanche qu'il place lui-même au milieu du bouquet de roses lilas. Comme hier, je m'empresse de regarder la signification de cette fleur sur Internet.

Perfection, pureté ?

Robin m'associe à ces qualités ? Parce que si c'est le cas, il ne peut pas être plus loin du compte. Je n'ai rien de parfait, ma vie entière est un chaos sans nom. Malgré tout, son geste me réchauffe le cœur et je l'en remercie.

À la pause déjeuner, un autre livreur fait irruption dans l'agence, et cette fois, il a une boîte entre les mains. L'odeur qui s'en dégage est divine : je sais que je vais adorer ce qui se trouve à l'intérieur, et je me mets à saliver. Le livreur me tend une carte :

Jour 2 de l'opération « séduire Lia ».
Plat préféré OK
Bon appétit.
R.

De la pizza ! Il sait comment parler à mon cœur ! Mon sourire ne me quitte pas de tout l'après-midi.

Le troisième jour, je suis tout excitée d'arriver à l'agence pour voir ce que Robin m'a réservé. À la même heure que les deux matins précédents, un livreur débarque dans mon bureau. Maria me fait d'ailleurs les gros yeux, frustrée que je ne lui explique rien.

Cette fois, c'est une rose orange qui est déposée au milieu du bouquet.

Le désir.

Robin est vraiment très fort. Il arrive à me faire rougir rien qu'avec une rose. Ses petites attentions commencent à devenir dangereusement addictives.

La carte qui accompagne la fleur me fait fondre encore davantage.

Jour 3 de l'opération « séduire Lia ».

Notre horoscope du jour :
Santé ★ ★
Travail ★ ★
Humeur ★ ★ ★
Amour ★ ★ ★ ★ ★

En amour (allons droit au but, c'est ce qui nous intéresse le plus), il vous sera difficile de résister à certaines pulsions. Un air d'aventure clandestine souffle sur vous...

Je t'avais dit que notre signe astro
était notre point fort.
Si tu as envie de céder à certaines pulsions,
tu sais comment me joindre...
R.

J'éclate de rire si fort que Maria déboule dans mon bureau pour voir ce qui se passe.

— Cette fois, tu vas tout me dire.

— Pas tout de suite.

— Je ne suis pas folle, tu sais. Il y a un mec là-dessous, et c'est d'autant plus étrange que depuis que je te connais, je n'ai jamais vu une seule trace de testostérone rôder autour de toi. À part tes deux gardes du corps, bien sûr.

— Je te raconterai tout, promis, mais avant il faut que je sois moi-même au clair sur ce qui se passe.

Mon assistante retourne à son bureau et je passe une autre journée à sourire non-stop.

Le lendemain, c'est une rose rouge que je reçois, et même si je connais sa signification, le petit rituel de ma recherche sur les fleurs dès le matin me plaît. Au lieu de l'amour, c'est le mot « respect » qui attire mon attention dans ce que je lis. Il est bien trop tôt pour parler d'amour, nous n'en sommes encore qu'au stade de la séduction. À cette étape de notre relation, c'est bien l'assurance d'un respect mutuel qui est le plus important.

Je commence à connaître Robin : il est futé, je suis certaine qu'il m'a envoyé une rose rouge en connaissant les deux significations de cette fleur. Mon cœur se serre et mes yeux me picotent, mais je me reprends vite.

Pour le déjeuner, je reçois un burger avec une portion de frites. Le mot sur la petite carte qui l'accompagne me fait immédiatement sourire. Robin veut que je mange son plat préféré pour que je pense à lui. Comme si ce n'était pas déjà ce que je faisais à chaque minute depuis des jours... Toutes ces petites attentions n'ont qu'un seul but : prendre toute la place dans mon quotidien pour occuper le centre de mes préoccupations... et ça marche.

Chapitre 12

Je n'ai jamais été aussi heureuse d'entendre sonner mon réveil. En réalité, j'ai moins envie de me rendre à l'agence que de découvrir l'attention que m'a réservée Robin. Aujourd'hui, cela fait dix jours qu'il a commencé sa mission séduction et je dois dire que je ne suis pas déçue. J'ai eu droit à une boîte de macarons en plein après-midi, à du chocolat, à un coffret de bougies parfumées... Je me souviens d'ailleurs du petit mot qui accompagnait ce dernier :

Éteins ton ordinateur, allume une bougie, ferme les yeux, détends-toi... et pense à moi.

Le pire, c'est que c'est ce que j'ai fait !

Je ne sais pas combien de temps Robin compte faire durer son « opération », mais je suis bien décidée à profiter de chacune de ses surprises.

Lorsque j'entre dans la cuisine pour prendre mon petit déjeuner, je trouve Matt installé au bar en train de boire un café.

— Qu'est-ce que tu fais là ? je demande, surprise.

— Bien le bonjour à toi aussi, rayon de soleil.

J'embrasse sa joue et prend le donut qu'il me tend.

— J'ai un rendez-vous dans une demi-heure, m'informe-t-il. Pour un cours particulier.

— Depuis quand tu fais ça ?

— Depuis que j'ai vu le chèque que mon apprentie sportive est prête à me faire, réplique-t-il.

Je me prépare un café tout en détaillant mon ami. Sa mine est renfrognée et il est plongé dans ses pensées.

— Qu'est-ce qui se passe ? je demande en prenant place à côté de lui.

— Rien.

Matt et Chris me connaissent par cœur, mais je peux dire exactement pareil les concernant. Alors j'insiste :

— Il n'y a rien ou tu ne veux pas en parler ?

Pour toute réponse, il se contente de me jeter un regard en biais.

— Bon, j'ai compris.

Je grignote mon donut en silence. Je regarde ma montre : encore quelques minutes avant de partir à l'agence. Je suis d'humeur tellement joyeuse que c'en est presque ridicule. Je suis à deux doigts de me mettre à chanter. Malheureusement, ce n'est pas le cas de Matt et je n'aime pas le voir si préoccupé.

— Barbichette ! j'annonce.

Un grognement me répond.

— J'ai pas envie, bougonne-t-il.

— C'est non négociable. Barbichette ! Tout de suite.

À contrecœur, il pivote sur son tabouret et prend mon menton entre ses doigts. Je l'imite. Nous rivons notre regard dans celui de l'autre et nous commençons un combat silencieux.

Il y a quelques années, lorsque je me laissais trop souvent aspirer par mes souvenirs et que je voyais tout en noir, Matt usait de cette technique pour me faire sourire. Tout le monde le sait, on ne peut s'empêcher de se mettre à rire lorsqu'on fixe trop longtemps quelqu'un dans les yeux, encore plus lorsque ce quelqu'un vous tient le menton et fait tout pour vous faire craquer. Et je suis bien décidée à faire plier Matt.

— Qu'est-ce que vous faites encore ?

Chris sort de son bureau et nous rejoint dans la cuisine.

— Qui est-ce qui déprime ? ajoute-t-il en s'arrêtant près de nous.

Je désigne Matt du menton, puis je rapproche mon visage du sien en louchant exagérément. Le coin de sa bouche s'étire l'espace d'un instant. Je laisse exagérément éclater ma joie en me tournant vers Chris.

— Il a quitté le côté obscur de la Force.

Matt grogne à nouveau, mais il a du mal à dissimuler son sourire.

— Bon, raconte-nous, lui demande Chris en prenant place sur un tabouret.

— Peine de cœur, je devine avant que Matt n'ait eu le temps de dire quoi que ce soit.

Il acquiesce en soupirant.

— J'ai laissé un message à Cedric, le mec que j'ai rencontré à la galerie, et je lui ai dit que j'avais envie de le revoir. Il ne m'a pas rappelé.

— Ça fait combien de temps ? demande Chris.

— Vingt-quatre heures. On est allés boire un verre il y a quelques jours et on a passé un bon moment alors j'ai voulu réitérer... mais je crois que de son côté, c'est mort.

— Je suis sûre qu'il y a une explication, je le rassure. Il va t'appeler aujourd'hui, fais-moi confiance.

Mes deux meilleurs amis lèvent les yeux au ciel.

— Madame Irma a parlé, dit Chris.

— Ne te moque pas de mon sixième sens. Il ne me trompe jamais, dis-je en tapotant mon nez.

— Le pire, c'est qu'elle a raison, bougonne Matt.

Je regarde ma montre. Mince, il faut que je file. Je ne voudrais pas louper mon livreur du jour.

— Je vous laisse.

— Tu es bien joyeuse, fait remarquer Matt.

— Bien que je sois célibataire, les dieux de l'amour sont avec moi, je le sens.

J'enfile ma veste. Au moment où je m'apprête à partir, Chris m'arrête.

— Tu pourrais déposer ça au refuge, s'il te plaît ? C'est sur ta route.

Il me tend un chèque au montant plus que généreux.

— Oh, ce sont tes donations du mois ? je devine.

En plus des dons ponctuels qu'il fait à diverses associations, Chris soutient régulièrement le chenil, la Croix-Rouge ainsi qu'un foyer qui accueille les personnes atteintes d'addiction.

Le voilà, mon meilleur ami. Généreux et altruiste, il a connu la pauvreté avant de vivre dans le luxe. Si l'argent monte parfois à la tête de certains, il n'a pas changé Chris. Son rapport à l'argent est d'ailleurs étonnant. Il n'a pas peur de le perdre, il n'a pas peur d'en donner, parfois trop. Cela pourrait laisser imaginer qu'il ne connaît pas sa valeur, mais c'est tout le contraire. Ce n'est pas l'argent qui fait tourner le monde de Chris, c'est l'amour que Matt et moi lui portons.

— Tu as oublié celui pour l'association Matt McGregor, lance l'intéressé.

Nous rions tous les trois. Je fourre le chèque dans mon sac, embrasse mes deux acolytes et me dirige vers l'ascenseur. Je m'apprête à entrer dans la cabine quand un téléphone sonne. Matt siffle de surprise.

— Cedric, dit-il, abasourdi.

Je m'esclaffe et tapote mon nez.

— Je le savais.

— Tu fais flipper, dit Chris en retournant dans son bureau.

Sur ce, je quitte le penthouse et me dépêche de me rendre à mon agence. J'arrive une heure plus tôt que d'habitude, mais il me faut au moins ça pour rattraper le retard que j'ai pris à cause des rêveries qu'ont engendrées chez moi les cadeaux de Robin. Heureusement, il ne me reste plus qu'à m'occuper du coin salon avant de pouvoir enfin envoyer une première proposition à madame Coleman.

Quand neuf heures sonnent, je trépigne. Le livreur envoyé par Robin va bientôt arriver. Je me demande bien quelle rose et quel message je vais recevoir aujourd'hui. Et surtout, quel petit cadeau il a prévu. Jusqu'à maintenant, Robin a tapé dans le mille. J'allume d'ailleurs l'une de ses bougies parfumées pour penser à lui et m'aider à patienter.

Mais l'heure passe et personne ne vient. Et à midi, aucun déjeuner ne m'est livré. Je suis tentée d'envoyer un message à Robin pour lui demander ce qui se passe, mais je me ravise. Je n'ai pas envie de réclamer. Et puis, si aujourd'hui je ne reçois rien, il y a peut-être une bonne raison à cela ?

Mon cœur palpite à l'idée qu'il se soit lassé d'inventer de petites surprises pour me plaire. Ou peut-être qu'il en attendait autant de ma part ? Il a sûrement l'impression que l'opération séduction est à sens unique... J'espère que je ne l'ai pas fait fuir.

À bien y réfléchir, durant ces dix jours, pas une fois il n'a proposé qu'on se voie, que ce soit pour déjeuner ou simplement pour passer du temps ensemble. Il ne m'a pas non plus téléphoné. Il doit être très pris par sa recherche d'emploi : je sais à quel point cela peut être stressant. Mais je remarque surtout qu'au cours de cette semaine et demie, il a réussi à imposer sa présence autour de moi sans jamais se montrer. Il faut être honnête, j'ai terriblement envie de croiser à nouveau ses yeux azur, de revoir son sourire et d'entendre sa voix.

Et si je faisais le premier pas ? Si je lui proposais qu'on se voie ?

Je me pose cette question pendant tout le reste de la journée sans être capable de décider si c'est la bonne chose à faire. Je suis d'ailleurs toujours perdue dans mes pensées lorsque je sors de l'immeuble le soir venu, prête à rentrer chez Chris.

C'est alors que je le vois, adossé contre sa voiture, bras croisés sur son torse.

Robin.

Le bond que fait mon cœur dans ma poitrine me surprend moi-même.

Je ne sais pas si je dois avancer ou rester où je suis. Mais Robin ne me laisse pas le temps de me poser la question bien longtemps. Lorsqu'il me voit, il avance d'un pas sûr et décidé dans ma direction. Son regard me fait chavirer, mais c'est le sérieux de son visage qui me fait retenir mon souffle. Une de ses mains se pose sur ma taille, l'autre sur ma joue. Il dépose délicatement ses lèvres sur les miennes, m'embrassant chastement. Puis il se recule, détaille mes prunelles, guettant mon accord. Ne voyant probablement que du désir dans mes yeux, il passe sa main dans mes cheveux et capture mes lèvres à nouveau.

La sensation est grisante.

Mes mains se posent sur son torse et ma bouche répond à la sienne. Mes doigts remontent doucement et encerclent sa nuque. Sa langue vient enlacer la mienne et un gémissement m'échappe. Ses lèvres sont absolument délicieuses.

Je ne devrais pas oublier que nous sommes au milieu d'un trottoir et que nous ne sommes pas seuls, mais ce que je ressens à cet instant éclipse tout. Ma main voyage dans ses cheveux doux et soyeux. Je referme mon poing sur quelques mèches, ce qui a pour effet de lui faire resserrer sa prise autour de moi.

Ses mains descendent le long de mon dos et s'arrêtent sur mes reins. Il me plaque encore un peu plus contre lui et je sens son désir pointer contre mon ventre.

Il va vite, trop vite.

Je mets doucement fin à notre étreinte.

Je suis incapable de parler après avoir échangé le baiser le plus fougueux de ma vie. Et en plus, avec l'homme le plus canon que j'aie jamais rencontré.

Robin me sourit, satisfait, dépose plusieurs petits baisers sur ma bouche et dit dans un souffle :

— Viens chez moi.

Je déglutis. Oui, il m'a manqué, et oui, je suis toute retournée de le voir. Mais aller chez lui ? Si vite ?

— On dîne, on papote, on s'embrasse, on se pelote même un peu... tu décides de ce qu'on fait, mais s'il te plaît, viens passer la soirée avec moi, insiste-t-il. Je sais que tu as été déçue de ne rien recevoir aujourd'hui et je sais que tu y as pensé toute la journée. Alors voilà, je suis ton cadeau du jour.

— C'est... présomptueux.

— Ose dire que j'ai tort, rétorque-t-il.

Il a raison, ce serait un énorme mensonge. Je l'ai attendu et sa venue vaut tous les cadeaux du monde.

Il m'ouvre la portière passager de sa voiture, et son sourire éclatant achève de me convaincre d'y monter.

Chapitre 13

— Depuis que je t'ai rencontré, j'ai l'impression de passer mon temps à manger.

Je m'adosse au pied de son canapé en soupirant. Je ne peux plus rien avaler.

— Tu t'en plains ?

Robin pousse son assiette sur le sol et s'approche de moi.

— Si j'essaye d'en savoir plus sur toi, tu accepteras de te livrer ?

Je pince les lèvres, et ce petit geste suffit à lui répondre.

— Très bien. Est-ce qu'on peut recommencer le jeu des quatre questions, dans ce cas ?

J'ai peur qu'il ne s'aventure sur des sujets plus personnels si j'accepte. Pour autant, je ne peux pas refuser. J'acquiesce silencieusement.

— Je commence, décrète-t-il.

Il se rapproche un peu plus et caresse ma pommette du bout de son pouce.

— Ta couleur préférée ? me demande-t-il de sa voix grave et basse.

Je ne suis pas stupide, je sais qu'il ne m'a pas proposé de recommencer ce jeu pour poser des questions aussi banales. Il prépare juste le terrain pour aborder des points plus délicats.

— Le blanc, je réponds malgré la tension qui monte en moi.

— Quoi ? Ce n'est pas...

— Je t'interdis de dire que ce n'est pas une couleur.

Il sourit doucement, attendant que je pose une question à mon tour.

— Le pays que tu as préféré visiter ?

— Je ne suis jamais sorti des États-Unis.

Je suis surprise. Robin donne pourtant l'impression de connaître et d'avoir vu tellement de choses...

— Vraiment ?

— Ça fait partie de tes questions ? Parce que je tiens à te dire que ce serait du gâchis.

Je pose la tête sur son avant-bras appuyé sur le canapé et j'attends, nerveusement, son interrogation suivante.

— Le prénom de ton premier animal de compagnie ?

— Je n'en ai jamais eu. Mais j'ai toujours voulu un chat. Je me disais que quand j'aurais mon propre chez-moi j'en adopterais un.

— Raison de plus pour prendre rapidement ton propre appartement.

Je ne relève pas. Je n'ai pas envie de ramener le sujet de ma colocation avec Chris sur le tapis.

Le bout des doigts de Robin se pose sur ma joue et la caresse doucement.

— Tu en as eu un, toi ? je lui demande. Un animal de compagnie ?

— Deux, en fait. Des chiens. Le premier est arrivé quand j'avais huit ans. Il s'appelait Joe. Quand Nina a grandi, elle en a voulu un pour elle toute seule et mes parents lui ont cédé. C'était un labrador. Haddock.

Quelques secondes s'écoulent, silencieuses. Robin me scrute, et même si j'appréhende sa prochaine question, ses caresses m'apaisent.

— À quel âge as-tu eu ton premier chagrin d'amour ?

J'ouvre la bouche pour répondre, puis je me rends compte que je ne peux pas. Je n'ai jamais eu le cœur brisé, ou en tout cas, pas par amour.

— Ce n'est jamais arrivé.

Surpris, Robin fronce les sourcils, et je me sens obligée d'ajouter :

— Je ne me suis jamais suffisamment engagée dans une relation pour risquer que ça se produise.

Il semble dubitatif. Je sais qu'à mon âge je devrais avoir essuyé mon lot de déceptions amoureuses, mais ce n'est pas le cas. Cependant, à l'inverse, j'ai déjà vécu des choses que très peu de jeunes gens ont connues, et qu'ils ne connaîtront d'ailleurs jamais, je l'espère.

— Et toi ? À quel âge est-ce que tu as eu le cœur brisé pour la première fois ?

— Vingt-deux ans, répond-il sans même avoir besoin de réfléchir.

À mon tour de froncer les sourcils.

— Tu n'as pas eu de petite amie avant tes vingt-deux ans ?

Son regard malicieux me pousse à me redresser.

— Je sais que ça devrait compter pour une question mais faisons une entorse au règlement, OK ? je lui propose.

Il se redresse à son tour en soupirant.

— Tu m'as demandé l'âge de mon premier chagrin d'amour, pas l'âge de ma première fois. C'est complètement différent.

— C'était à quel âge, ta première fois ?

— Tu te rends compte du nombre d'entorses qu'on est en train de faire ? s'exclame-t-il, faussement indigné.

— D'accord, tu auras droit à une question supplémentaire, je bougonne.

Il bombe le torse, ravi, puis m'annonce :

— J'avais quinze ans.

C'était un gosse ! Qu'est-ce que je faisais, moi, à quinze ans ? Ah oui, je regardais ma vie commencer à lentement s'étioler.

— Bon, il me reste deux questions. Je pense que je vais en garder une pour plus tard, décide-t-il.

— Tu fais toujours ça. Comment ça se fait que tu parviennes à conserver une avance à chaque fois alors que c'est toi qui commences à poser les questions ?

— Je suis plus stratège que toi.

Robin retrouve son sérieux, et je sais que ce qui va suivre ne va pas me plaire. Il n'a encore rien dit, mais je me demande déjà comment me sortir de ce pétrin.

— Comment est-ce que Chris et toi vous êtes rencontrés ?

Dans le mille. Je n'ai aucune idée de la réponse à donner. Ce qui est sûr, c'est que je ne dirai pas la vérité.

— Par hasard. Il m'a abordée dans la rue et depuis, on ne s'est plus quittés.

— Juste comme ça ?

— Juste comme ça !

À la tête de Robin, je devine qu'il n'en croit pas un mot, mais il laisse couler, du moins pour ce soir. Je sais qu'il reviendra à la charge... J'espère que, d'ici là, j'aurai trouvé une meilleure réponse à lui donner.

Pour éviter qu'une autre question gênante ne lui vienne en tête, je me lève et débarrasse nos assiettes qui traînent sur le sol. Je me dirige vers la cuisine et dépose la vaisselle sale dans l'évier comme si j'étais chez moi. Je sens alors Robin approcher dans mon dos. Sa main se pose sous mes omoplates puis remonte jusque sur ma nuque. Il me fait ensuite pivoter et me coince contre le meuble de la cuisine.

— Qu'est-ce que tu fais ? je demande, troublée.

— Je crois que tu le sais, répond-il doucement.

Sa main quitte ma nuque pour se poser sur ma taille.

— J'ai compris que tu n'aimais pas te dévoiler. Je ne te poserai plus de questions gênantes.

Je suis envahie par un sentiment de gratitude.

— Je ne sais pas pourquoi je suis autant attiré par toi, continue-t-il. Je te connais à peine mais je n'arrive pas à te résister et je n'en ai pas envie.

Il parle d'une voix basse, rauque et incroyablement tentatrice. Je fais la navette entre ses yeux et ses lèvres, je pose mes mains sur ses bras et il approche son visage du mien. Il me jette un coup d'œil juste avant d'écraser sa bouche sur la mienne. Je suis envoûtée, totalement envoûtée. Il rompt le baiser presque aussitôt et me dévisage. Je n'arrive pas à déchiffrer son regard, il semble réfléchir et j'aimerais vraiment savoir à quoi.

Soudain, il agrippe mon visage et replonge sur ma bouche avec force. Mes mains se posent sur sa taille, je froisse son pull dans mon poing. Sans plus attendre, ma langue part chercher la sienne. Il me soulève alors et me pose sur le plan de travail pour se faire une place entre mes jambes. Mes bras s'enroulent derrière sa nuque pour nous rapprocher encore plus. Mon pouls s'emballe dangereusement et lorsqu'il passe sa main sous mon chemisier, j'ai peur que mon cœur ne jaillisse de ma poitrine. Je ne suis peut-être encore jamais tombée amoureuse, mais les quelques mecs que j'ai connus jusqu'à maintenant ne m'ont pas fait ressentir le quart de ce que Robin me fait ressentir juste avec ses lèvres. Cet homme est un véritable danger.

Malgré tout, mes jambes entourent sa taille. Sa main libre glisse sur une de mes cuisses en remontant de plus en plus, jusque sur mon ventre. Lorsqu'il s'attaque aux boutons de mon chemiser, je l'arrête.

— Stop, je halète.

— Quoi ? J'ai fait quelque chose de mal ? s'étonne-t-il.

Je secoue la tête. Son torse se soulève rapidement.

— Non, au contraire.

Il est sur le point de m'embrasser de nouveau, mais je pose une main sur son torse pour l'arrêter.

— Tu veux qu'on monte se coucher ? propose-t-il avec un sourire en coin.

— Se coucher ou coucher ? je réplique, acerbe.

Surpris, il a un mouvement de recul.

Du calme, Lia.

— Ce n'est pas ce que j'ai insinué, se défend-il.

— Je sais, excuse-moi. C'est juste qu'on ne fera rien de plus ce soir, je l'avertis.

— Rien de plus que s'embrasser ?

Je hoche la tête, guettant sa réaction.

— Pas de problème, dit-il.

— Quoi, ça ne t'embête pas ? je demande, suspicieuse.

— Tu crois encore que je suis ce connard prétentieux qui ne pense qu'à baiser à tout-va ?

— Non.

— Écoute, tu me plais. Tu embrasses divinement bien et si c'est ça le programme de ce soir, alors je signe tout de suite.

Encore une fois, je l'ai jugé trop vite. Les mauvaises habitudes ont la vie dure...

— Je t'ai dit qu'on ferait ce que tu voudrais, me rappelle-t-il en se rapprochant à nouveau.

Je souris, soulagée, et pose mes mains sur ses joues râpeuses pour les caresser.

— Toi aussi tu me plais, Robin. En revanche, niveau baisers... ça n'a pas duré assez longtemps pour que je puisse juger.

Il rit.

— Ah, vraiment ?

— Vraiment.

— On va arranger ça, alors.

Il me soulève brusquement et nous entraîne sur le canapé du salon, où il nous allonge délicatement. Sa bouche dépose de petits baisers sur la mienne puis, enfin, il m'embrasse vraiment. J'agrippe ses cheveux et perds toute notion du temps. Je suis bien chez lui, je suis bien dans ses bras, et j'ai l'impression de léviter tant ses lèvres sont divines. Nos baisers déclenchent une nuée de frissons sur mes bras. Lorsque sa bouche s'éloigne de la mienne, j'ai les lèvres gonflées, ma poitrine se soulève furieusement et je n'ai qu'une envie : recommencer.

— Alors ? Ça a duré assez longtemps, cette fois ?

— Je crois que tu vas devoir recommencer souvent.

Il embrasse ma joue, ma mâchoire et mon cou.

— Tu sens bon, murmure-t-il contre ma peau. J'aime ton odeur.

— Et j'aime la tienne.

Il a une odeur bien à lui, un mélange de parfum pour homme et de... Robin. Une odeur unique. Lorsque je la respire, je me sens bien. Sereine. Et émoustillée.

Il mordille la peau de mon cou et un faible gémissement m'échappe. Il relève la tête et se redresse un peu, me souriant de toutes ses dents blanches et droites. Il finit par s'asseoir sur le canapé avant de m'aider à me redresser et de me serrer contre lui.

— Je ne voudrais pas dépasser tes limites.

Je ne pensais pas qu'il accepterait de prendre son temps. Encore un bon point pour lui.

— J'ai l'impression que ça fait des années que je te connais, je constate à voix haute.

Il embrasse mon front.

— Je ressens la même chose. Ça me semble normal et naturel pour moi de t'embrasser, de te tenir dans mes bras, alors qu'on ne se connaît véritablement que depuis quelques jours.

— C'est... bizarre.

— Bizarre ?

— Je veux dire, rapide.

Il relève mon menton pour que je le regarde.

— Et alors ? Si ça nous convient, quel est le problème ?

— On ne se connaît pas du tout. Je veux pouvoir prendre mon temps, faire les choses correctement. Je ne sais pas où tout ça va nous mener, pourtant j'ai envie de croire que ça peut peut-être marcher. Mais je n'ai pas envie d'espérer, parce que j'ai trop peur d'être déçue.

Il soupire en passant son pouce sur la ligne de ma mâchoire.

— Tu penses que je vais m'amuser avec toi quelques jours et te jeter ensuite ?

— Pourquoi tu ne le ferais pas ? Encore une fois, on ne se connaît pas.

— Alors tu vas devoir me faire confiance. Je ne sais pas non plus où tout ça va nous mener, mais pourquoi se poser la question ? On devrait juste profiter, prendre tout ce qu'il y a à prendre. On verra bien ce que l'avenir nous réserve. Pour ma part, je n'y pense pas. Et tu devrais faire pareil.

Vivre au jour le jour ? Ne pas se projeter dans l'avenir ? Ne pas trop espérer ? Je connais ça par cœur...

— Tu m'as éblouie dès que tu es entrée dans cette galerie. Je t'ai tout de suite repérée. J'étais... C'est fou, mais je me suis senti jaloux en te voyant au bras de ton ami. Je pensais que vous étiez ensemble. J'ai été plutôt heureux d'apprendre que ce n'était pas le cas.

— Vraiment ? Tu as été jaloux ?

— Ouais, avoue-t-il, visiblement mal à l'aise. J'ai quand même tenté le tout pour le tout et, crois-le ou non, le fait que tu m'aies repoussé m'a d'autant plus excité.

Je rougis. Robin sait trouver les mots, c'est indéniable. J'aurais envie de me jeter à corps perdu dans notre relation naissante, mais tellement de choses me retiennent... Je ne peux pas me permettre de me tromper et de souffrir. Ma vie est enfin stable, bien plus qu'elle ne l'a jamais été, et je ne souffre plus autant qu'il y a quelques années, mais je suis encore fragile. Dieu sait pourtant que j'ai envie d'aller plus loin avec Robin... Je me retiens parce que je veux savoir s'il est capable d'attendre. Ou si, au contraire, il ne me sert de belles paroles que pour m'attirer dans son lit.

— On monte se coucher ? propose-t-il à nouveau avec un clin d'œil.

Cette fois, je ne me sens pas offusquée et j'envisage réellement de passer la nuit avec lui. Maintenant que je sais qu'il respecte mon choix d'aller doucement, je suis tentée de lui dire oui et c'est d'ailleurs ce que je m'apprête à faire quand ma raison se rappelle à moi.

SOS. SOS. Chris !

— Je ne sais pas si c'est une bonne idée.

— Je suis sûr que oui.

Oh et puis merde, j'ai bien le droit de profiter.

— Je vais prévenir Chris, je dis en me levant.

Robin me regarde, ahuri.

— Tu es sérieuse ? Tu vas lui demander la permission ?

— Non, juste le tenir au courant que je vais dormir ailleurs. Je veux pouvoir lui expliquer de vive voix pour ne pas qu'il le prenne mal et qu'il s'inquiète.

Robin hausse un sourcil.

— Donc, tu lui demandes la permission. C'est quoi, le problème ? Que tu lui dises que tu ne rentres pas ce soir pour ne pas qu'il angoisse, d'accord, mais t'inquiéter de comment il va le prendre, vraiment ?

— Écoute, je ne m'attends pas à ce que tu comprennes et je n'ai pas envie de t'expliquer pour le moment... Je dois juste le faire.

Il me détaille un instant, puis se détourne de moi.

J'envoie un message à Chris... qui m'appelle deux minutes après. Je m'éloigne en décrochant.

— Tu ne rentres pas de la nuit ? Où es-tu ?

— Je... Chez Maria. Elle veut que je passe la soirée chez elle et que j'y dorme.

Silence au bout du fil.

— Lia, ne me prends pas pour un con ! Où es-tu ?

— Je te l'ai dit, Chris, je suis chez Maria.

— Passe-la-moi, exige-t-il.

Et merde !

Au lieu d'essayer de trouver une parade pour calmer mon meilleur ami, je me sens vexée d'être prise pour une gamine, et forcément, j'agis en conséquence.

— Non, je ne te la passerai pas, Chris. Arrête de me traiter comme une petite fille, s'il te plaît. Je dors chez Maria. Je te verrai demain soir.

— Qu'est-ce qui t'arrive, depuis quelques jours ? Je sais que tu ne me dis pas tout, Lia, je te connais par cœur.

— Je n'ai pas envie de me disputer avec toi. Lâche l'affaire, s'il te plaît.

Nouveau silence. Je me déteste de le contrarier, de lui faire du mal, et en même temps, je vois le regard de Robin rivé sur moi. Je me sens oppressée.

— Tu t'éloignes, insiste-t-il.

— Non, je ne m'éloigne pas.

— Est-ce que j'ai fait quelque chose ?

— Chris, n'en fais pas toute une histoire. Je passe la nuit ailleurs mais je serai là demain matin, je te le promets.

Il raccroche après avoir laissé planer quelques secondes de silence et je soupire avant de retourner m'asseoir auprès de Robin.

— Est-ce que je peux utiliser ma dernière question ? demande-t-il.

— Pas ce soir. S'il te plaît.

Je le supplie du regard. La seule chose dont j'ai envie à cet instant, c'est de profiter de lui.

— OK, dit-il en se levant.

Il prend ma main et nous conduit à l'étage. Il m'apporte des vêtements pour la nuit : un short et un t-shirt à lui. J'ai l'impression de porter du XXL, mais je suis ravie.

— T'es quand même super sexy, remarque-t-il, appuyé contre la porte de la salle de bain.

Je pique un fard tandis que son sourire s'élargit. Il s'éloigne mais je l'arrête.

— Tu as une chambre d'amis ?

Il me regarde, perplexe, avant de sourire timidement.

— Non. Mais si tu veux, tu peux prendre la mienne, je passerai la nuit sur le canapé.

J'embrasse chastement ses lèvres.

— Merci. Bonne nuit, Robin.

Je lui fais un clin d'œil puis j'entre dans sa chambre et en referme la porte. Je me retiens d'éclater de rire en imaginant sa tête ahurie. Je tiens dix bonnes secondes puis je rouvre le battant, hilare. Derrière, je découvre un Robin médusé.

— Désolée, je m'esclaffe.

— Tu vas voir.

Il me pousse à l'intérieur de la chambre, me soulève et me fait reculer sur le lit. Je m'y écroule sans cesser de rire. Il s'assoit alors sur moi et commence à me chatouiller. Je me débats en riant mais je n'arrive pas à l'arrêter, il est bien trop fort.

— Excuse-toi !

— Pardon.

— Mieux que ça.

— Pardon, Robin. Stop !

Mes côtes commencent à me brûler, et une quinte de toux me prend. Il s'arrête et se redresse, inquiet.

— Tu vas bien ?

Je continue de tousser tout en essayant de reprendre mon souffle.

— Hé, Lia, tout va bien ?

Ma quinte de toux s'apaise et mes poumons sont enfin capables d'emmagasiner de l'air.

— Ça va, dis-je en me raclant la gorge plusieurs fois.

— Tu es sûre ?

— Oui, tout va bien. J'ai eu une pneumonie quand j'étais petite et j'ai gardé quelques petites séquelles.

Robin pose sa main sur ma poitrine, inquiet.

— Rien de grave, je le rassure. Je fais du sport, beaucoup, même, je vais très bien. Ça m'arrive rarement de tousser ainsi, ne t'en fais pas.

Je m'éclaircis la gorge une dernière fois puis je me lève. Robin retient mon poignet.

— Où tu vas ?

— Sur le canapé.

À son regard, je vois qu'il croit d'abord à une blague, mais il comprend rapidement que ce n'en est pas une.

— Je te le répète, on ne fera rien si tu ne le veux pas. J'ai juste envie de passer la nuit avec toi, dans le même lit. Accepte, s'il te plaît.

Il appuie sa requête en m'embrassant. Bordel. J'aimerais vraiment dormir dans ses bras, connaître la sensation d'être au chaud et en sécurité contre lui. Que faire ? Après tout, ce qu'il propose ne m'engage à rien. Nous sommes adultes, nous pouvons nous contrôler.

— D'accord, j'abdique.

Je retourne sur le lit. Il s'installe entre mes jambes avec un grand sourire avant de poser sa tête sur ma poitrine. Instinctivement, naturellement, je passe mes mains dans ses cheveux et commence à lui caresser le crâne.

Je fais glisser mes ongles sur son cuir chevelu, ce qui le fait soupirer d'aise. Il pose ses bras sur mes cuisses et, du bout des doigts, effleure mes jambes. Je frissonne.

— C'est bon... soupire-t-il.

Deux mots. Deux tout petits mots qui m'embrasent.

Mes mains lâchent ses cheveux pour se balader sur son torse. Je sens ses muscles sous le tissu de son t-shirt. Je les palpe, les caresse. Robin redresse la tête pour me regarder. Il passe un bras derrière ma nuque pour attirer mon visage contre le sien et nos lèvres se soudent.

— J'adore ça, dit-il en me dévisageant, ses yeux plus sombres que tout à l'heure.

— Moi aussi. Peut-être que je vais te kidnapper pendant une journée entière pour me rassasier de tes lèvres et qu'ensuite je te relâcherai.

— Pourquoi me relâcher ?

J'arrête mes caresses, parce que si je continue de le toucher, je risque de ne plus pouvoir m'arrêter. Il grogne mais se faufile avec moi sous les couvertures. Face à face, nous nous dévisageons et je m'extasie devant la beauté de ses traits.

— C'est quoi ton nom ? demande-t-il soudain.

— Gomes, je réponds, étonnée, car il le sait déjà.

— Non, ton nom complet.

Pourquoi est-ce que ça l'intéresse ?

Je hausse un sourcil.

— OK, je commence : Robin Daniel Edwards.

D'elle-même, ma main se pose sur sa joue. On dirait que je ne peux plus me passer de la sensation de sa barbe de trois jours chatouillant ma paume.

— Le mien est un nom à rallonge et je ne suis pas sûre que tu sois prêt à l'entendre, dis-je en écartant ma paume.

— Je t'écoute, dit-il en la reposant là où elle était.

— Je te préviens, tu n'auras pas le droit de te plaindre.

— Je n'y comptais pas.

— Tu as devant toi Amalia Rosa Juliana Dos Santos Gomes.

Il reste figé quelques secondes, puis nous éclatons de rire en même temps.

— Si je t'avais dit ça le premier jour, tu te serais sauvé en courant.

— Ou j'aurais tapé ça dans Google Traduction, répond-il le plus sérieusement du monde.

Nous rions encore et je continue à caresser sa joue. Il passe un bras autour de moi et me rapproche de lui jusqu'à ce que nos corps se touchent.

— Mais je suis Lia Gomes pour le commun des mortels... et pour les intimes.

— J'aime à croire que nous sommes intimes et j'espère être le seul à l'être avec toi.

Je souris timidement, et il embrasse le bout de mon nez.

— Amalia, Rosa, Juliana... Quelles sont tes origines ?

— Brésiliennes par ma mère et portugaises par mon père. Avec mon nom et mon physique, j'imagine que tu avais déjà deviné que je ne descendais pas d'une lignée d'Anglais.

— Qu'est-ce que tu as contre eux ? demande Robin, faussement vexé.

— Rien. Quoi, tu es anglais ?

— À moitié seulement, par ma mère. Mon père est américain.

— Ah... Je te rassure, je n'ai rien contre les Anglais. Si ce n'est qu'ils boivent comme des trous, qu'ils ne savent pas cuisiner, qu'ils roulent à gauche et qu'ils ont un sale caractère, je lâche en souriant.

Robin se redresse comme si je l'avais giflé.

— Oh, crois-moi, Amalia Rosa Juliana Dos Santos Gomes... tu vas regretter ces paroles.

J'éclate de rire en l'écoutant débiter mes innombrables prénoms, mais lorsqu'il se penche sur moi pour mordiller ma lèvre inférieure, je retrouve mon sérieux. Son regard pétille et il m'attire un peu plus contre lui.

Nous parlons encore un peu de nous, de la vie, et bien trop tôt, mes yeux se ferment.

— Tu es fatiguée ? murmure-t-il à mon oreille.

— Hm hm.

— Bonne nuit, alors.

— Tu te seras envolé, demain matin ? je chuchote.

— Non, je serai là. Je ne voudrais être nulle part ailleurs, tu sais.

Je me blottis contre lui. Il m'entoure d'un de ses bras et embrasse le sommet de mon front.

— Et puis, je te rappelle que nous sommes chez moi, je ne vois pas où je pourrais m'enfuir.

Je souris, les lèvres collées à sa peau.

— Bonne nuit, Robin.

— Bonne nuit, bébé, souffle-t-il.

« Bébé » ! Je ferme les yeux et soupire d'aise. Depuis quand ne me suis-je pas sentie si légère, si bien ?

C'est étrange cette facilité que j'ai à être moi-même avec Robin. Il y a encore deux semaines, je ne savais pas qui était ce mec, et voilà que je me retrouve chez lui, dans son lit, mais surtout dans ses bras.

Est-ce que pour une fois la vie a décidé de m'accorder une trêve et de me laisser connaître le bonheur ?

C'est égoïstement tout ce que je me souhaite.

Chapitre 14

Quand j'ouvre les yeux, tirée du sommeil par la sonnerie d'un réveil, j'ai du mal à me souvenir où je suis. Et puis je sens un bras enroulé autour de ma taille. Je m'étire puis ouvre les yeux. Robin m'observe, les paupières encore lourdes et les cheveux en bataille.

À croquer.

— Salut, murmure-t-il.

— Salut. Ce n'est pas un peu cliché, le mec qui regarde sa copine dormir ?

— Je m'en fous, j'aime bien.

Il roule sur le dos et m'attire sur lui.

— Ça te plaît de dire que je suis ton mec ?

— Un peu. Bon, je t'avoue que j'aurais préféré tomber sur Ryan Gosling, mais on ne peut pas tout avoir.

Il plisse les yeux.

— Tu veux me rendre dingue ou jaloux ?

— Les deux.

— Je suis un homme très, très jaloux, m'avertit-il en faisant glisser ses mains sous mon t-shirt. Tu es ma petite amie ! À moi !

— Je vois. Tu as un côté homme des cavernes ? je le taquine.

— J'assume.

Je secoue la tête sans me départir de mon sourire. Il bascule soudainement pour me surplomber de son corps athlétique.

— Ça te plaît de dire que je suis ta petite amie ?

— Tu n'es pas Blake Lively mais tu feras l'affaire...

Il se penche pour capturer mes lèvres.

— Quoique... tu n'as rien à lui envier.

Je passe mes bras autour de sa nuque. Il frotte son nez contre le mien et dépose de petits baisers sur mon menton.

— J'adorerais rester des heures ici, mais je vais devoir y aller. Je travaille, aujourd'hui.

— Hors de question, décrète Robin en continuant de m'embrasser.

Il mordille tendrement la peau de mon cou. Je ferme les yeux, étouffant un petit gémissement. Mes mains parcourent son dos, le caressent du bout des ongles. Des frissons naissent sur mes bras alors qu'il reprend ses baisers en descendant vers ma poitrine.

À cet instant, un téléphone se met à sonner. Je comprends que c'est celui de Robin lorsqu'il soupire bruyamment contre ma peau. Il me laisse pantelante et frustrée lorsqu'il tend la main pour regarder l'écran. Il laisse la sonnerie s'épuiser sans décrocher, puis il repose le portable sur la table de nuit.

— Ça va ? je demande.

Il se redresse et descend du lit.

— J'ai un rendez-vous pour le boulot ce matin, j'avais oublié.

— Le boulot ? je répète en m'asseyant.

— Je dois visiter de potentiels locaux pour les bureaux de ma boîte.

— Tu vas créer ton entreprise, finalement ? Tu n'avais pas l'air sûr de toi, l'autre soir, au restaurant.

— Je le suis, maintenant. Je me suis toujours vu à la tête de mon propre cabinet d'architecte, c'est un rêve de gosse. Alors j'ai décidé de mettre mon appréhension de côté et de sauter le pas.

Il soupire et vient s'asseoir près de moi.

— Je suis stressé avec tout ce qu'il y a à faire. La paperasse, les rendez-vous... J'ai hâte de commencer à bosser et à me faire une clientèle.

— Je suis passée par là, je sais ce que c'est. Ne t'en fais pas, tout va bien se passer.

Il sourit et m'embrasse sur le front.

— Allez. Petit déjeuner.

Je le suis jusqu'à la cuisine, où je prends très vite mes marques. Il prépare le café pendant que je fais griller des toasts.

Je connais à peine cet homme et voilà déjà où nous en sommes : nous préparons le petit déjeuner dans un silence étrangement confortable. Je suis vraiment troublée par la situation. Ma conscience me dit que tout cela va trop vite, que je dois freiner et surtout me méfier, mais ses avertissements ressemblent à des murmures, comparé à ce que mon cœur me dit.

Je regarde Robin tendre les bras vers le placard du haut pour y attraper deux tasses. Il porte un jogging gris en coton qui tombe sur ses hanches et un t-shirt qui met en valeur les muscles de ses bras. Il fait couler du café dans les mugs avant de tourner la tête et de surprendre mon regard sur lui.

Grillée...

— Quoi ? demande-t-il.

— Rien, je réponds en me reconcentrant sur le grille-pain.

J'en sors les toasts et les dépose sur une assiette. Du coin de l'œil, je vois Robin s'approcher de moi et j'avale ma salive. Il passe derrière moi, ses bras entourent ma taille et son menton se pose sur mon épaule.

— Rien, vraiment ? Est-ce que tu étais en train de te rincer l'œil, Amalia ?

J'essaye de paraître assurée.

— Pas le moins du monde. Je suis juste surprise que tu saches te servir d'une machine à café.

— Tu serais étonnée de tout ce que je sais faire.

Sa voix est basse, rauque et douce. Il fait glisser son nez le long de ma joue puis remonte jusqu'à mon oreille. Quand il mordille mon lobe, je ne peux m'empêcher de fermer les yeux.

Il dépose une guirlande de baisers dans mon cou, me rendant folle de désir. Je rejette la tête sur son épaule pour lui donner un meilleur accès et alors que je me laisse aller dans ses bras, il s'écarte soudain et retourne s'occuper des cafés.

Je mets quelques secondes à réaliser qu'il me chauffe, qu'il cherche à me faire craquer en me donnant un avant-goût de ce qui pourrait se passer si nous allions plus loin. Mais il ne m'aura pas comme ça. Je dois rester forte.

Je dépose l'assiette de toasts sur la table de la cuisine et nous nous installons sur des chaises, côte à côte.

— On se voit ce soir ? propose Robin en beurrant une tartine.

J'avale une gorgée de café et secoue la tête.

— Je vais devoir parler avec Chris. Demain, plutôt ?

Il se fige.

— Pourquoi ? Je vais devoir te partager avec lui, c'est ça ?

— C'est faux.

— Combien de temps nous comporterons-nous comme deux adolescents ?

Je fronce les sourcils.

— Comment ça ?

— Se voir en cachette, demander la permission pour que tu restes dormir, te ramener avant minuit... On n'est pas des mômes !

— Je le sais et ce n'est pas ce qui va se passer. Je dois juste avoir une conversation avec Chris.

— Alors tu vas lui dire qu'on est ensemble ?

Le ton commence à monter. Cependant, après la soirée et la nuit que nous avons passées, je refuse que notre matinée tourne à la dispute.

— Pas tout de suite, je réponds d'une voix calme. J'ai besoin de savoir où notre relation va nous mener, c'est encore trop tôt pour l'exposer.

À la moue réprobatrice de Robin, je devine que ce que je viens de lui dire ne lui plaît pas. Pour autant, il ne réplique pas et poursuit son petit déjeuner, la mine renfrognée.

— Je sais que tu te poses des questions...

— Tu crois ?

Je le détaille, et je me surprends à être attendrie par sa mine boudeuse. Je crois savoir ce qui le gêne le plus dans le fait de garder notre relation secrète pour l'instant, mais j'ai besoin de l'entendre de sa bouche.

— Pourquoi est-ce que tu aimerais que je le dise à Chris ?

— C'est évident, non ?

— Pas vraiment !

Il termine son morceau de tartine, avale son café et se lève pour aller déposer sa tasse dans l'évier. Puis il se retourne, croise ses bras imposants sur son torse et lâche :

— S'il savait que tu étais prise, je serais un peu plus serein.

— Plus serein ?

— Moins jaloux qu'il puisse tenter quelque chose. Ça te va, là ?

Ne souris pas, ne souris surtout pas.

Trop tard. Il l'a dit. Il est jaloux ! Un frisson de satisfaction agite mes doigts. Je termine mon café et, à mon tour, me lève pour mettre ma tasse dans l'évier. Je me place ensuite devant Robin et je dis :

— Est-ce que tu sais que Chris est en couple depuis deux ans ?

Ses sourcils se haussent imperceptiblement.

— C'est censé me rassurer ?

— Plus qu'un peu !

Il soupire.

— Et Matt ? demande-t-il.

Je me rapproche un peu.

— Je t'assure que Matt ne m'a jamais vue autrement que comme une amie.

— Lia...

— Il les aime beaucoup plus poilus, avec une voix grave... et un pénis.

— Avec un... Oh... Matt est gay ?

Un éclair d'incertitude traverse les iris de Robin. Je ris et j'insiste :

— Matt est de la fanfare, il joue de la flûte, bref, il est gay. C'est plus clair comme ça ?

Mon homme agrippe mon t-shirt et m'attire contre lui.

— J'ai cru que j'allais devoir me battre contre tes deux potes.

— Tu n'as aucune raison de te battre, Robin. Aucune. Je ne vais pas te mentir, nous avons une relation très forte tous les trois. Mais si je m'engage avec toi, je ne le ferai pas à la légère.

C'est incroyable comme Robin a un visage expressif. Je sais qu'il est rassuré, je sais que ces mots étaient ceux qu'il voulait entendre. Il m'embrasse sans retenue puis me murmure :

— Je veux bien que tu attendes un peu avant d'annoncer à Chris que nous sommes ensemble... mais ne tarde pas trop quand même.

— Je vois que monsieur est exigeant... Tu as beaucoup d'autres défauts ?

Sa bouche glisse sur mon menton.

— Je t'assure que la liste de mes qualités est bien plus longue.

Lorsqu'il me chuchote ça à l'oreille, je fonds dans ses bras.

Chapitre 15

— Encore ! Frappe plus fort !

J'augmente le rythme de mes coups.

— Ancre-toi au sol.

Un coup à droite, un coup à gauche. Plus vite, plus fort.

— Garde l'équilibre.

La sueur coule le long de ma nuque, de mon front. Mon cœur bat rapidement, les muscles de mes bras me font souffrir, je vais bientôt devoir lâcher.

— Essaye de tenir, Lia. Encore un effort.

Je serre les dents et vais puiser dans mes dernières forces. Matt encaisse les coups que je donne contre les petits sacs de frappe qu'il tient entre ses mains. Il reste immobile malgré la force que j'y mets, ce qui ne fait qu'augmenter mon envie de le faire bouger. Je pousse un cri de frustration et frappe les sacs une dernière fois.

Essoufflée, je retire mes gants de boxe et les laisse tomber sur le tapis avant de poser mes mains sur mes genoux et de me pencher en avant pour prendre de longues inspirations.

— Tu t'en es très bien sortie, pitchoune.

— Tu n'as pas bougé d'un centimètre, je grogne.

Matt éclate de rire et ramasse mes gants.

— Tu aurais dû me dire que c'était ton but, je t'aurais évité de te fatiguer pour rien.

Depuis que mon meilleur ami a créé ses salles de sports, je m'y rends entre trois et quatre fois par mois, surtout quand j'ai besoin de me défouler. C'est Matt qui m'a appris les bases de la boxe. Je n'ai pas l'ambition de devenir une championne dans ce sport, seulement de savoir frapper correctement, être capable de maîtriser un adversaire et me défendre. C'était exactement ce dont j'avais besoin à l'époque où Matt m'a initiée, et aujourd'hui encore, cela me rassure de savoir que, en cas d'agression, j'arriverais à m'en sortir.

Je me redresse et regarde la pendule accrochée à l'un des murs de la pièce.

— Faut que j'y aille, je vais être en retard à l'agence.

Je quitte le tapis pour me rendre dans les vestiaires. Sans surprise, Matt me suit.

— Hé ! Aimer les hommes ne te donne pas pour autant le droit de regarder les femmes se changer ! je proteste.

— Qu'est-ce que tu avais besoin d'évacuer ? me demande-t-il sans tenir compte de ma remarque.

Il s'assoit sur un banc pendant que j'enfile mon sweat.

— Rien de plus que d'habitude.

— Tu es sûre ? Chris m'a appelé...

— Je m'en doute.

— Il a l'impression que tu t'éloignes de lui.

— C'est faux. Comment le pourrais-je ? Matt, j'ai découché pour un soir. Merde, j'ai vingt-trois ans, il me semble que je peux encore passer la nuit ailleurs si j'en ai envie.

— Il est dans une mauvaise période. Avec tout ce qu'il entreprend, il porte un stress énorme sur ses épaules, et tu sais très bien l'effet que ça a sur lui.

Je m'essuie le visage avec une serviette et prends place à côté de Matt même si je n'ai qu'une envie, rentrer au penthouse pour prendre une douche.

— Je sais. Et c'est justement parce que je sais les effets néfastes que peuvent avoir le changement ou les bouleversements sur lui que je me retiens de faire certaines choses. Il projette ses peurs sur moi. Je sais qu'il n'en a pas conscience mais il crée des angoisses chez moi aussi. Et c'est souvent difficile pour moi de me laisser aller.

Mon géant tapote tendrement mon genou. Je prends son bras et trace les contours de son tatouage que j'aime tant. Le visage si triste du petit garçon me serre chaque fois le cœur. Il représente Matt le jour où ses parents l'ont mis à la porte lorsqu'il leur a annoncé son homosexualité. Il avait seize ans. Il souffre encore parfois de ce rejet, mais l'homme qui se tient debout et fort derrière le petit garçon représente le Matt d'aujourd'hui, confiant et inébranlable. Les flammes symbolisent le chaos provoqué par ses parents, par les gens qui jugent sa sexualité, le monde extérieur. Elles s'élèvent haut autour des deux Matt mais elles ne les atteignent pas. L'homme fort qu'il est devenu est là pour les repousser et protéger le petit garçon qu'il a été.

Je dépose un baiser sur les deux Matt. Il retire son bras et se lève.

— Ne t'en fais pas pour Chris, je vais lui parler.

— Merci.

— Allez, file. Tu vas être en retard.

Je l'embrasse rapidement sur la joue et quitte la salle de sports.

En entrant dans le penthouse, je prie pour que mon ami ne soit pas là. Je n'ai pas envie de me confronter à lui tout de suite. Je suis encore sur mon nuage de bonheur après la nuit idyllique que j'ai passée dans les bras de Robin.

Je prends des vêtements de rechange et fonce dans la douche. J'y reste une bonne vingtaine de minutes puis j'enfile un slim, un pull en cachemire et des escarpins. Je jette un coup d'œil par la fenêtre et je souris. Je suis contente de voir qu'aujourd'hui le temps est gris. Il va probablement pleuvoir et cela me met en joie.

J'ai conscience que c'est quelque chose d'assez inhabituel. Beaucoup de personnes, pour ne pas dire une grande majorité, détestent la pluie. Mais ce n'est pas mon cas. Sans pouvoir vraiment l'expliquer, j'ai toujours ressenti une grande sérénité lorsque la pluie tombe.

Je sors de l'appartement, monte dans ma voiture et me rends à l'agence.

Mon assistante est déjà là lorsque j'arrive. Elle me sert un sourire carnassier qui veut dire « tu n'y couperas pas ». Je ne résiste pas et m'assois face à elle.

— Je suis à bout de patience. J'ai passé des jours à attendre que tu me racontes ce qui t'arrive, alors je décide que c'est aujourd'hui que tu me dois une explication. Je tiens à *tout* savoir. Vraiment *tout* ! attaque-t-elle.

Je soupire puis je m'installe au fond de mon siège et croise les jambes.

— J'ai rencontré quelqu'un.

Elle me sourit.

— Je m'en doutais. Alors ? Ne me torture pas, Lia.

Elle est tout excitée, et je dois reconnaître que parler de Robin me rend joyeuse moi aussi.

— Je l'ai rencontré à l'expo de Chris, il y a deux semaines. On est ensemble depuis... trois jours. Bon sang, je me rends compte à quel point c'est ridicule en le disant à voix haute. Je connais à peine ce mec et je mets déjà ma relation avec Chris en péril pour lui.

Devant son regard perdu, je lui parle rapidement de la tension entre mon meilleur ami et moi et des bobards que je me sens obligée d'inventer depuis quelque temps.

— Pourquoi tu lui mens, Lia ? Ça n'est jamais arrivé, enfin pas depuis que je te connais.

— Je ne veux pas l'inquiéter. Chris est...

Terrifié à l'idée qu'il puisse m'arriver quelque chose... à nouveau.

— Protecteur. Il ne veut que mon bien et je le sais parfaitement. Je ne comprends pas pourquoi je prends le risque de mettre notre amitié en péril pour un mec que je viens de rencontrer.

— Peut-être parce que tu crois qu'il en vaut vraiment la peine ?

— Je n'en sais rien. C'est bizarre, je ne fais que penser à lui, j'ai tout le temps envie de le voir mais... j'ai l'impression que quelque chose me retient.

— Chris ? hasarde Maria.

— Qu'est-ce que tu veux dire ?

— Si tu lui mens, c'est parce que tu sais qu'il sera furieux d'apprendre que tu vois un autre homme. Je te connais depuis deux ans et même si je ne comprends pas votre relation, je me doute que quelque chose de fort vous lie, Chris, Matt et toi. Ils te gardent avec eux depuis tellement longtemps que tu as l'impression de leur faire des infidélités alors que tu vis simplement ta vie, Lia.

Elle me parle comme une mère ; après tout, elle va le devenir bientôt. Et elle a peut-être raison. Chris et Matt sont les seules présences masculines dans ma vie depuis tellement longtemps...

— Peut-être, je concède.

— En tout cas, tu as l'air d'être déjà attachée à cet homme. Il a un nom, je présume ?

Je souris.

— Robin Edwards.

— Et à quoi il ressemble ?

— Il est grand, musclé, il a des cheveux bruns, un sourire à tomber et des yeux... de vrais lagons.

Maria écarquille les yeux.

— Ça m'a l'air succulent, ce que tu me décris !

— Calme tes hormones, future maman. C'est le mien !

Je soupire.

— Ne t'en fais pas, me rassure mon assistante. S'il te voit heureuse, Chris comprendra et acceptera.

— De toute façon, notre relation est récente et je préfère attendre avant de dire quoi que ce soit à mes Dupond et Dupont.

— Bonne idée.

Le téléphone de Maria sonne, marquant la fin de notre discussion. Je m'enferme dans mon bureau et, en consultant mes mails, je découvre avec joie que madame Coleman a adoré mes propositions pour son penthouse. Le seul bémol qu'elle émet, c'est qu'elle ne trouve pas assez zen la pièce qui va lui servir de bureau. Boostée par ses excellents retours, je me remets au travail, apportant à l'endroit tellement de sérénité que Bouddha en personne voudrait y faire son nid.

Je passe la matinée le nez collé sur l'écran de l'ordinateur sans la moindre pause. Je termine un peu après treize heures. Contente de ce que j'ai fait, je renvoie mes propositions à madame Coleman en croisant les doigts pour qu'elles lui conviennent et que je puisse commencer à bosser sur le terrain. Elle m'appelle quelques minutes après et nous convenons de nous retrouver deux jours plus tard pour l'aménagement complet de son penthouse.

Il est quatorze heures. Je m'étire et m'apprête à aller déjeuner lorsqu'on toque à ma porte.

Robin ?

Obsédée !

— Entrez.

Je suis un peu nerveuse mais je me détends lorsque je vois Chris pénétrer dans mon bureau. Ma nervosité revient pourtant lorsque je croise son regard.

Bordel de merde. J'espérais qu'on pourrait parler ce soir, tranquillement installés sur le canapé avec un verre de vin... pas ici, pas maintenant.

Il referme la porte et nous nous faisons face sans rien dire. J'ai l'impression d'être une petite fille qui va se faire disputer pour avoir désobéi et ça me met en rogne. Mais l'inquiétude que je lis dans le regard de mon meilleur ami m'empêche de lui faire un quelconque reproche. Je ne peux l'ignorer plus longtemps.

Je m'approche de lui et me réfugie dans ses bras.

— Ne te fâche pas.

Ses bras se referment autour de moi.

— Je m'inquiète pour toi.

— Je sais. Mais tu n'as aucune raison de le faire. Je vais bien.

— Tu me caches des choses, Lia... Est-ce que tu...

Il me prend soudain par les épaules, rompant notre étreinte.

— Tu es malade ? demande-t-il inquiet.

— Non, Chris, tout va bien. De toute façon, je passe mon bilan la semaine prochaine, tu le sais bien.

Il se détend un peu.

— Qu'est-ce que tu ne me dis pas ?

— Tout va bien. Fais-moi confiance, s'il te plaît. Tu veux qu'on aille déjeuner tous les deux ? Ça nous permettra de discuter un peu et tu pourras constater par la même occasion que je vais très bien.

Il esquisse un mince sourire.

— Tu m'as manqué.

— Toi aussi, mon Chris.

Il me reprend dans ses bras et me berce doucement.

— J'aimerais bien aller déjeuner avec toi, mais Stella m'attend.

— Oh, OK.

— Tu peux venir avec nous, si tu veux.

— Non, non, profitez de votre repas en amoureux.

— Lia... je sais que tu ne portes pas Stella dans ton cœur, mais ça me ferait plaisir que tu viennes.

Je secoue la tête.

— J'ai terminé le projet Coleman, ce qui fait que je suis officiellement en week-end, alors je vais aller me reposer un peu. Mais j'ai une idée : dis à Matt de venir ce soir. On se fera une soirée comme avant, juste tous les trois.

— Ça me va.

Il embrasse mon front et nous sortons du bureau. Nous saluons Maria, quittons l'immeuble, puis nous nous arrêtons devant la voiture de Chris.

— On commande des pizzas, ce soir ? je lui demande.

— Tout ce que tu veux. Je m'occupe des films et de prévenir Matt.

Je lui souris. Ça fait du bien de retrouver mon meilleur ami. Il passe ses bras autour de ma taille et me serre contre lui, puis il encadre mon visage et embrasse plusieurs fois mon front. Lorsque sa voiture s'éloigne, je me dirige vers la mienne... avant de me figer.

Robin se tient sur le trottoir, raide comme un piquet, les mains dans les poches, le visage fermé. Aucun doute, il a tout vu de notre échange et il est furieux.

Je m'approche de lui. Je voudrais qu'il m'embrasse ou me prenne dans ses bras mais il ouvre la portière de sa voiture sans un mot. Je m'installe côté passager et me prépare à répondre à ses questions ou à ses reproches, mais c'est silencieusement qu'il prend place derrière le volant.

— C'est une habitude, ça ne veut rien dire, je me sens obligée de préciser.

Il hoche la tête. Bon sang, je préfère encore lorsqu'il m'inonde de questions, au moins je sais ce qui se passe dans son esprit.

— Qu'est-ce que tu fais là ?

— Je venais te rendre visite, mais apparemment, tu allais déjà quelque part...

— Déjeuner. Je n'ai pas encore mangé.

— Alors je t'accompagne.

Son ton morne me met mal à l'aise. Je cherche un sujet de conversation qui comblerait le silence.

— Au fait, comment ça s'est passé ? je demande.

— Quoi donc ?

— Ton rendez-vous de ce matin.

Il fronce les sourcils.

— Pour tes bureaux...

— Ah oui. J'en ai visité deux, mais ils ne conviennent pas.

— De quoi croyais-tu que je parlais ?

— De rien. Je n'étais pas concentré.

Autrement dit, il était perturbé par ce qu'il a vu. Je prends sa main et il finit enfin par se détendre. Il caresse doucement ma cuisse puis enlace nos doigts et pose nos paumes sur le levier de vitesse.

Après de longues minutes de route, nous arrivons devant un charmant restaurant. Quand nous y entrons, deux employés saluent Robin, ce qui veut dire que c'est un habitué. Nous sommes conduits jusqu'à une petite table un peu en retrait. Une des serveuses s'approche immédiatement de nous et salue mon compagnon avec un large sourire.

— Je suis contente de te revoir, Robin. Cela faisait un petit moment que je ne t'avais pas vu dans le coin.

— Salut, Coleen.

Elle ne cesse de le dévisager, bien trop ravie de le voir à mon goût. Finalement, elle se tourne vers moi.

— Coleen, pour vous servir. Ravie de vous rencontrer.

— Ravie également.

Elle nous tend deux menus puis s'éclipse.

— Tu viens souvent ici ? je demande à Robin mine de rien.

— Je venais au moins trois fois par semaine, avant.

— Avant quoi ?

— Pendant ma dernière année d'études.

Je consulte le menu, puis je pense à quelque chose.

— Tu as déjà mangé ?

— J'ai rapidement grignoté après mon rendez-vous alors je vais prendre quelque chose moi aussi.

Je parcours la carte. Je n'ai pas grand appétit et comme Robin connaît l'endroit, j'ai envie qu'il commande pour moi.

— Leur pain de viande est délicieux et il est servi avec une salade verte aux noix. Un vrai régal, dit-il comme s'il avait lu dans mes pensées.

— Alors va pour le pain de viande, je décide.

— Je vais prendre la même chose que toi.

Il prend ma main et la porte à ses lèvres pour y déposer plusieurs baisers.

— Est-ce que tu cherches à me séduire ?

— Il y a des chances. Ça marche ?

— Plutôt bien, je réponds, mutine.

Il sourit à son tour. Coleen revient à cet instant prendre notre commande.

— Deux pains de viande, s'il te plaît.

Elle griffonne rapidement sur son calepin puis s'adresse à nouveau à Robin :

— J'ai déjà dit au cuisinier que tu étais là, histoire qu'il te prépare ton dessert préféré.

Cette toute petite phrase me serre la poitrine. Cette fille connaît son dessert préféré ? D'accord, elle est serveuse, et savoir ce que les gens aiment manger est son métier, mais je suis prête à parier qu'elle ne connaît pas les préférences de tous ses clients.

Mon esprit saute déjà à des conclusions peu réjouissantes mais je préfère ne pas me précipiter. J'attends que Coleen soit partie pour essayer d'en savoir plus.

— Elle te connaît bien, on dirait, je fais remarquer à Robin.

Il s'apprête à me répondre mais la sonnerie de son téléphone le coupe dans son élan. J'ai le temps de voir apparaître « Antony » sur l'écran avant qu'il ne s'en empare.

— Je dois répondre. Je reviens tout de suite, dit-il en se levant.

À peine est-il sorti du restaurant que la serveuse revient et dépose deux bols de salade aux noix sur notre table.

— Je vous apporte le...

— Vous connaissez bien Robin ?

— C'est un habitué, répond-elle.

Je vais probablement la mettre mal à l'aise avec mes questions mais je me lance quand même :

— Il est donc juste un très bon client ?

Elle comprend ce que je cherche à savoir, je le vois sur son visage. Elle semble gentille ; en tout cas, elle ne donne pas l'impression de vouloir mettre à tout prix le grappin sur Robin.

— Ce n'était pas sérieux entre lui et moi, juste quelques fois, de temps en temps.

Mais elle ne réussit qu'à m'inquiéter davantage. Robin et elle passaient donc du bon temps tous les deux, juste comme ça, pour s'amuser. Pile le genre de relation que je craignais qu'il ne veuille entamer avec moi...

— Et quand il venait ici, il était seul ? je reprends.

— La plupart du temps. Mais il était parfois accompagné. Robin n'est pas un homme à qui on peut dire non, il sait charmer.

Le cuisinier rappelle soudain Coleen, et elle s'éclipse. Robin revient à cet instant et fourre son téléphone dans la poche de sa veste. Nos regards se croisent, et sans que j'aie besoin de prononcer le moindre mot, il comprend que je suis au courant pour ses coucheries avec la serveuse.

— Elle et moi, c'était juste un flirt, Lia.

— Tu as amené beaucoup de tes *flirts* ici ?

Il hausse nonchalamment les épaules.

— En général, quand j'ai un rendez-vous, c'est ici que je viens, oui.

Outch.

Je ne pense pas qu'il se rende compte de ce qu'il vient de dire. Toutes ses conquêtes sont venues ici ? Je suis donc comme toutes les autres, finalement, pas plus importante à ses yeux.

Alors qu'il me détaille, il prend conscience de la signification de ses propos. Il prend ma main, prêt à s'expliquer, mais à cet instant, Coleen apporte les pains de viande et les dépose devant nous.

L'odeur me soulève le cœur. J'ai perdu l'appétit.

Mon Dieu, mais qu'est-ce que je fous ici ? Avec lui ? Pourquoi est-ce que je me suis laissée embarquer là-dedans ?

— Lia.

— Je n'ai plus faim.

— Ne te braque pas pour ces conneries.

— J'ai besoin... de rentrer chez moi.

Je me lève prestement et quitte le restaurant, Robin sur les talons.

— Ne t'en va pas comme ça. C'est stupide.

Je marche rapidement sur le trottoir, mais pas assez vite pour le semer.

— Laisse-moi au moins te raccompagner, insiste-t-il.

— Pas la peine, je vais prendre un taxi.

— Lia, c'est idiot, j'ai...

— Non !

Mon ton est sans appel.

— Je n'ai pas envie que tu me ramènes, j'ai envie de rentrer chez moi. Seule.

— Tu ne vas quand même pas te braquer parce que la serveuse est une ex ?

— Tu n'as vraiment rien compris.

Je hèle un taxi. Robin attrape ma main au moment où la voiture se gare sur le bord de la route, mais j'ouvre tout de même la portière.

— Sérieusement ? Tu vas partir comme ça ?

— J'ai besoin de rentrer me reposer.

— C'est faux ! Tu as juste envie de m'éviter.

Je le dévisage un court instant.

— Écoute... Peut-être qu'on s'est un peu trop précipités.
— Comment ça ?
Il avance, je recule. Je ne veux pas qu'il me touche ni qu'il m'approche, je suis trop vexée et déçue.
— On ne se connaît pas, et apparemment, tu n'es pas encore prêt à assumer une quelconque petite amie.
— Lia ! Je suis désolé, d'accord ? Maintenant calme-toi et reviens dans ce putain de resto.
Je secoue la tête.
— Je pense qu'on fait une erreur. On ferait peut-être mieux d'en rester là avant que les choses n'aillent trop loin.
J'ai débité ma phrase le plus rapidement possible. Robin se fige, comme si mes mots l'avaient percuté de plein fouet. Il s'approche si brusquement de moi que nos corps se touchent.
— Tu me jettes ?
— Désolée.
Je monte dans le taxi et ferme la porte.
— Tribeca, j'annonce.
Le taxi démarre... et le contrecoup de ma réaction me tombe presque immédiatement dessus.
Qu'est-ce que je viens de faire ? Bien sûr que Robin a des ex, il doit même en avoir un sacré paquet. Les relations, ce n'est pas vraiment mon truc, je ne sais pas encore comment gérer ça... Tout ce que je sais, c'est que, si je décide de me mettre en couple, ce n'est pas pour devenir une conquête parmi tant d'autres. Je mérite mieux.
Malgré tout, je me demande si je n'ai pas réagi trop rapidement, si je n'aurais pas dû réfléchir avant de monter dans les tours. Peut-être que Robin a simplement été maladroit, peut-être qu'il est simplement allé dans le restaurant qu'il connaissait le mieux sans penser que c'était là-bas qu'il avait amené toutes les autres filles qu'il a fréquentées ? Peut-être que, pour lui, m'amener

ici était une façon de conjurer le mauvais sort ? Mais comment savoir ce qu'il pense vraiment, ce qu'il ressent ? Est-ce que je suis un défi, une conquête qui lui résiste et que c'est pour cela qu'il persiste ? Ou est-ce que je suis plus que ça ?

Je lâche un grognement de frustration, si bien que le chauffeur de taxi me lance un regard étrange dans le rétroviseur.

Je dois rentrer, me reposer, essayer de faire le tri de tout ce que j'ai dans la tête et rappeler Robin plus tard pour qu'on parle tranquillement.

Arrivée devant mon immeuble, je paie le taxi et prends l'ascenseur pour rentrer chez Chris.

Ma conscience me reproche d'avoir réagi comme je l'ai fait, mon cœur aussi me fait la morale, mais ma raison s'exprime plus fort que les autres. Et elle, elle me dit que j'ai fait le bon choix.

Mon téléphone sonne. Robin. Je ne décroche pas, laissant la sonnerie s'époumoner dans le vide jusqu'à ce qu'elle s'arrête... et qu'elle recommence aussitôt.

Une fois.

Deux fois.

Trois fois...

Puis plus rien.

Je n'ai pas envie que notre relation s'arrête, j'ai besoin de Robin, mais je ne peux pas ignorer qu'il m'a blessée.

Une migraine commence à faire son apparition. J'ai la désagréable sensation de sentir mon pouls battre dans mes tempes ainsi qu'à l'arrière de ma tête. Je me traîne dans ma chambre et m'allonge, espérant qu'après une sieste je me sentirai mieux...

Chapitre 16

Je me réveille en sursaut lorsque la porte de ma chambre s'ouvre.

— Tu vas bien, ma puce ?

Je regarde le réveil. Merde, j'ai dormi près de quatre heures. La bonne nouvelle, c'est que je n'ai plus mal à la tête. À la place, je me sens engourdie et surtout déphasée.

Chris s'assoit sur lit.

— Ça va ? s'enquiert-il.

— Je faisais une sieste. Tout va bien.

Mon meilleur ami *sent* les choses, et, me concernant, il ne laisse rien passer. Je sais qu'il voit que quelque chose cloche. Son front se plisse, sa mâchoire se contracte. Il s'inquiète. Je lève une main pour le dissuader de me poser des questions.

— Matt sera là dans une heure, m'informe-t-il finalement.

— Super, dis-je en m'efforçant de sourire. J'ai besoin d'aller prendre une douche.

J'embrasse la joue de mon meilleur ami et rejoins la salle de bain. Une soirée avec mes *Men in Black*, c'est ce qu'il me faut pour me sentir mieux et m'aider à y voir plus clair.

Lorsque je reviens dans la chambre vêtue d'un pull *oversize*, je jette un œil à mon téléphone mais l'écran n'affiche rien.

Je ne sais pas si je suis soulagée ou vexée que Robin ne se batte pas davantage.

J'enfile des chaussettes hautes avant de rejoindre Chris dans la cuisine. Matt fait son entrée quelques minutes plus tard avec des pizzas.

— Il faut que tu te changes, pitchoune.

Je regarde mon pull.

— Pourquoi ?

— Comment ça, pourquoi ? Ce soir, les Yankees affrontent les White Sox.

— Mais on avait dit qu'on regardait un film ! je proteste.

— Désolé, pitchoune, mais c'est non négociable. On regardera un film après le match si tu veux. Tiens, enfile ça, ordonne Matt.

Il me tend un long t-shirt blanc à rayures noires floqué du numéro de son joueur préféré. Il est déjà en train d'ouvrir les cartons de pizza et l'odeur est tellement alléchante que je n'ai pas envie de perdre mon temps à parler mode. Je retourne dans ma chambre pour retirer mon pull et le remplacer par le t-shirt. Je vois que mon téléphone s'allume, m'indiquant que je viens de recevoir un message de Robin, mais je refuse de le lire. Mon cœur et ma raison ne se sont pas encore mis d'accord sur la décision à prendre le concernant et je ne veux pas que ses textos m'influencent.

Quand je retourne dans le salon, Matty a allumé l'écran plat et Chris sort de la cuisine avec deux verres de vin et de la bière. Je prends une part de pizza avant de m'asseoir entre mes deux meilleurs amis.

Dès le début du match, Matt est à fond. Chris, lui, est partagé entre l'écran du salon et celui de son portable.

— Ça va ? je demande en engloutissant ma deuxième part de pizza.

— Il va falloir que je parte quelques jours, tu sais, pour la galerie que j'ouvre à Boston.

— Il y a un problème ?

— Les travaux n'avancent pas comme je l'espérais. C'est l'histoire de deux jours, trois maximum.

Il passe son bras autour de mes épaules et embrasse ma tempe.

— Je vais te manquer ?

— Bien sûr.

— *Home run* !

Matt s'affale à côté de moi et je trinque avec lui.

— Au fait, n'oublie pas que ton bilan a lieu dans deux jours, lance Chris avant de boire une gorgée de vin.

— Je sais, je bougonne en fermant les yeux.

Et puis il me dit :

— Je ne serai pas là...

Je relève brusquement la tête.

— La galerie à Boston. Je pars demain soir.

— Tu es toujours venu avec moi jusqu'à maintenant.

— Matt me remplacera. Ce n'est pas ce qui était prévu, mais si j'avais pu m'organiser autrement, je l'aurais fait. Tu le sais, n'est-ce pas ?

Bien sûr que je le sais. Jamais Chris ne me laisserait en plan.

Je me force à sourire de manière rassurante pour ne pas l'angoisser. Après tout, ces bilans médicaux ne sont qu'une formalité, j'ai l'habitude d'en faire. Même s'il n'est pas à mes côtés, tout va bien se passer.

— Oui, je le sais.

Il me reprend dans ses bras.

— Est-ce qu'on pourrait arrêter de faire des examens tous les six mois ? Une fois par an suffirait amplement.

— En six mois, il pourrait t'arriver n'importe quoi, alors imagine en un an ! argumente-t-il.

— Comprends-moi. J'en ai ma claque des médecins. Même le docteur Walid dit qu'on pourrait espacer les examens. Ça fait plus de cinq ans, maintenant...

— Walid n'est pas à ma place. Parfois, il ferait mieux de la boucler.

Je jette à Chris mon regard le plus implorant. Mon meilleur ami est têtu, surtout en ce qui concerne ma santé, mais heureusement, au fil des ans, j'ai appris à le faire craquer.

— Je vais voir ce que je peux faire, finit-il par soupirer.

— Merci.

— Attends avant de me remercier. Je n'étudierai la question que si les prochains résultats sont bons.

Nous scellons notre accord en nous tapant dans la main.

Pendant le reste du match, je ne cesse de penser au message que Robin m'a envoyé. J'aurais dû le lire, je *devrais* le lire. Mais j'ai un peu peur de découvrir ce qu'il a à me dire.

Alors que je suis perdue dans mes pensées, Matt me ramène à la réalité. Il se plaint de manquer de bières. Chris se dévoue pour aller en chercher à l'épicerie en bas de la rue, et après s'être assuré que je n'avais besoin de rien, il quitte l'appartement.

À cet instant, je n'y tiens plus. C'est comme si le message non lu de Robin possédait une force magnétique qui m'attirait irrésistiblement vers lui. Je laisse Matt s'agiter devant la télé et je file dans ma chambre. J'ai le cœur qui bat à cent à l'heure lorsque je découvre ce texto :

[Alors c'est ça ? Tu décides que c'est terminé et tu crois que je vais te laisser faire ? Il est hors de question que je te laisse partir. Je passe te voir, on doit mettre les choses au clair et je n'en ai rien à cirer que ton pote apprenne pour nous deux. D'ailleurs, je pense que c'est même une très bonne idée.]

Je me fige.

Oh merde ! *Robin* ? *Ici* ? *Avec Chris* ? *Non, non, non* !

Le message a été envoyé il y a déjà plus de trente minutes. Quelle horreur, Robin doit être presque arrivé en bas de l'immeuble, à l'heure qu'il est. Il ne faut pas qu'il rencontre Chris, surtout avec Matt ici, ce serait un véritable désastre. Ça ne peut tout simplement pas se produire.

Je fonce dans mon dressing passer un short en jean. Puis, portable en main, je sors de ma chambre le plus calmement possible.

— J'ai perdu une boucle d'oreille. Dans le hall de l'immeuble, je crois.

— Tu veux que je vienne t'aider à la retrouver ? propose Matt.

Heureusement, il est bien trop absorbé par ce qui se passe à la télé pour me porter un réel intérêt.

— Non, merci.

Je suis certaine qu'il ne m'entend même pas partir.

Je ne sais pas ce que Robin a en tête, mais une chose est sûre, je vais l'attendre de pied ferme.

Mon angoisse s'apaise un peu lorsque je me souviens qu'il ne peut pas utiliser l'ascenseur privé. Les étages défilent à une lenteur mortelle et j'ai le temps de me poser des milliers de questions.

Qu'est-ce qui lui prend, pourquoi fait-il ça ? Pourquoi maintenant ?

Enfin, j'arrive au rez-de-chaussée. J'aperçois Robin en pleine discussion avec Braden, le portier de l'immeuble. Ça aurait pu être pire... Je me précipite vers les deux hommes. Lorsque Robin m'aperçoit, il est à la fois surpris, heureux et contrarié.

— C'est bon, Braden. Je m'en occupe.

J'attrape mon visiteur par la manche de sa chemise et le tire jusque dans l'ascenseur. J'insère la carte dans la fente et lorsque nous commençons à monter, j'appuie sur le bouton d'arrêt pour bloquer la cabine.

— Non mais qu'est-ce que tu fais ? j'attaque.

— Toi, qu'est-ce que tu fais ? Bordel, Lia, on ne bloque pas un ascenseur comme ça !

— Tu voulais parler à Chris ?

— Je voulais d'abord te parler à toi.

Il s'approche de moi et me fait reculer contre la paroi de l'ascenseur.

— Il est hors de question qu'on s'arrête là.

— Robin...

— Non, écoute-moi !

Il pose ses mains à plat de chaque côté de mon visage.

— Je te l'accorde, j'ai merdé, je n'aurais jamais dû t'emmener dans ce restaurant. Je suis désolé de t'avoir blessée. Mais en me disant qu'on ferait peut-être mieux d'en rester là, tu m'as fait beaucoup plus de mal.

Je détaille ses prunelles azur.

— Je ne voulais pas te faire de mal, c'est juste que...

Je repose ma tête contre la paroi froide et ferme les yeux.

— Quand j'ai parlé avec Coleen, quand j'ai compris que tu avais tes habitudes ici avec d'autres femmes... je me suis sentie minable. J'ai eu l'impression de n'être qu'un nom de plus sur ta liste.

— Bébé... Je n'ai encore jamais fait la cour à une femme. Juste à toi. Je n'ai jamais emmené ces filles chez moi. Juste toi. Je n'ai jamais couru après aucune femme, surtout au début d'une relation, par peur de la perdre. Jusqu'à toi. Tu comprends ? Je sais que... ce n'est que le début pour toi et moi, mais je tiens sincèrement à ce qu'on est en train de construire.

Ses propos confirment que j'aurais dû réfléchir avant d'agir. Bon sang, ce petit discours est touchant.

— J'ai peut-être surréagi, j'avoue.

— Je crois qu'on a tous les deux été idiots.

Sa main se pose sur ma joue, son pouce me caresse tendrement puis ses yeux descendent sur mes jambes.

— C'est quoi cette tenue ?

Il détaille les chaussettes qui couvrent mes genoux, mon short et mon maillot des Yankees.

— Tu regardes le match ? demande-t-il en déglutissant.

— Non, c'est Chris et Matt qui le regardent. Moi, je mange de la pizza.

— T'es trop excitante, comme ça.

Il capture mes lèvres et je ne peux rien faire d'autre que lui rendre son baiser. Ses mains se posent doucement sur ma taille puis remontent jusqu'à ma poitrine prisonnière de mon t-shirt. Ses pouces caressent mes seins à travers le tissu tandis que je passe mes bras autour de sa nuque et me hisse sur la pointe des pieds pour l'inciter à me soulever, ce qu'il fait. J'entoure mes jambes autour de sa taille. Il me plaque contre la paroi puis lâche mes lèvres pour descendre dans mon cou, qu'il mordille et embrasse. Un gémissement s'échappe de mes lèvres. Je passe ma main dans ses cheveux et les serre. Il continue d'embrasser mon cou pendant qu'une de ses mains se faufile sous mon t-shirt pour aller caresser mes seins à travers le soutien-gorge.

— Robin...

— J'ai envie de toi, souffle-t-il.

Sa bouche remonte sur mon menton, laissant des traces de baisers humides sur son passage, puis elle se réapproprie la mienne avec fougue.

— Ici ? Mais...

— Ici ! dit-il avec force.

Non, non et non. Pas ici, pas comme ça. C'est trop tôt. Et pourtant... je détache mes jambes de sa taille et repose les pieds au sol. Je plaque mes mains sur son torse et le fais reculer jusqu'à ce que son dos rencontre à son tour la paroi froide et dure de la cabine. Je déboutonne les boutons de sa chemise un par un.

Ce mec est taillé comme un dieu grec. Un torse impressionnant, des pectoraux appétissants, des biceps musclés et des tablettes de chocolat bien dessinées. Je ne résiste pas à l'envie de poser mes mains sur son torse et de faire glisser mes doigts dessus. J'ai l'impression que des papillons s'envolent dans mon ventre à mesure que je parcours sa peau.

— Ça te plaît ? demande-t-il.

Je lève les yeux vers lui. Son sourire éclatant étire ses lèvres et ses yeux sont remplis de désir. Un frisson me parcourt la colonne vertébrale.

— C'est très appétissant, je réplique, mutine.

Il hausse les sourcils et se mord la lèvre sans se départir de son sourire.

— Appétissant, hein ?

Il passe son bras autour de ma taille et me colle contre lui.

— À mon tour de me rincer l'œil.

Le ton de sa voix est *sexuel.* Il soulève mon t-shirt, lentement, trop lentement, et le passe au-dessus de ma tête.

Qu'est-ce qui m'arrive ? Pourquoi est-ce que je me laisse faire ?

Ses yeux pétillent lorsqu'il découvre ma poitrine.

— Tout va bien là-dedans ?

Je sursaute et recule en entendant la voix d'un homme résonner dans la cabine.

— Qu'est-ce que...

Robin est aussi perturbé que moi.

— L'ascenseur s'est bloqué mais ne vous inquiétez pas, on va vous sortir de là.

Je reconnais alors la voix de Raynan, le concierge de l'immeuble.

— Merde !

Je m'empresse de remettre mon t-shirt. Robin jure et reboutonne sa chemise, à ma plus grande déception. Je m'approche du haut-parleur et appuie sur le bouton.

— Ray ? C'est Lia.

— Mademoiselle Amalia ? Vous allez-bien ? Ne vous inquiétez pas, nous faisons au plus vite.

Je soupire. À cause de moi – ou de Chris, plutôt – Raynan a deux emplois. Il est non seulement le concierge de l'immeuble mais aussi ma nourrice attitrée à ses heures perdues. Chris a décrété que quelqu'un devait veiller sur moi en son absence et a donc décidé de verser un salaire important à Raynan pour qu'il s'en charge en plus de ses heures de travail. En deux ans, je n'ai fait appel à lui que deux fois – j'aurais l'impression de profiter de lui si je lui demandais constamment de me rendre des services, et je n'aime pas l'idée que quelqu'un est à ma disposition –, mais il se sent obligé d'anticiper mes moindres besoins et il a pris à la lettre la mission que Chris lui a donnée : celle de me servir de nounou. J'imagine dans quel état il doit être de savoir que c'est moi qui suis coincée dans cet ascenseur.

— Tout va bien, ne vous en faites pas. J'ai appuyé par erreur sur le bouton d'arrêt. Je vais rectifier le tir, dis-je, mal à l'aise.

— Vous êtes sûre ? Le mécanicien va arriver, il vous fera sortir de là.

— Non, non, tout va bien. Je vais simplement appuyer sur le bouton pour repartir.

— Bien. Faites attention.

Attention ? En appuyant sur un bouton ? Je rêve.

— Mademoiselle Amalia ? chuchote Robin derrière moi.

Je me retourne vers lui.

— Je t'expliquerai. C'est bon, tu es décent ?

Il hoche la tête. Je fais la moue.

— Tu es déçue ? s'amuse-t-il.

— Évidemment.

L'air sérieux, il prend mon visage en coupe.

— Tout va bien entre nous ?

Je hoche la tête.

— Tout va très bien.

Il frotte nos nez l'un contre l'autre et embrasse mes lèvres. J'appuie sur le bouton et nous amorçons notre descente.

— Si Ray te demande, on ne se connaît pas !

— Tu te fous de moi ? D'abord Matt, ensuite Chris, et maintenant... cette personne ?

— Désolée. S'il te plaît, Raynan connaît Chris et...

— Et Chris ne doit pas savoir, termine Robin, ronchon. Tu crois que tu vas être crédible en disant qu'on ne se connaît pas alors qu'on se trouve dans un ascenseur privé que seuls toi et tes potes peuvent emprunter ?

Nom de Dieu. Je suis dans une mouise interminable...

Robin s'adosse contre la paroi et croise les bras sur son torse. Les manches de sa chemise sont remontées jusqu'aux coudes, ce qui me permet d'admirer ses avant-bras.

Même ses avant-bras sont sexy...

— Arrête de me regarder comme ça ou je fais en sorte que cet ascenseur tombe définitivement en panne pour te garder ici, prévient-il.

Je rougis immédiatement, me détourne et me mets face aux portes pendant que Robin se marre derrière moi. Nous arrivons au rez-de-chaussée et je retiens mon souffle alors que les portes s'ouvrent. Je ne pense qu'à une chose.

Faites que Chris ne l'apprenne jamais.

— Bon sang, ma puce, j'ai cru que...

Mes yeux s'écarquillent lorsque je vois mon meilleur ami aux côtés de Ray, un pack de bière dans les mains. Il esquisse un pas dans ma direction avant de s'arrêter en voyant qui se trouve derrière moi.

Quelle galère. Je dois m'enfuir, et vite. Les Bahamas, c'est pas mal en cette saison, non ?

— C'est quoi ce bordel ? s'emporte Chris.

Chapitre 17

— Chris, je...

La colère déforme les traits du visage de mon meilleur ami. Il s'empare de mon bras et m'attire brusquement contre lui.

— On rentre, on doit parler, assène-t-il.

— Lâche-la.

Mes yeux s'écarquillent lorsque Robin intervient.

Ne t'en mêle pas, par pitié.

— C'est quoi ton problème ? attaque Chris.

— C'est plutôt à moi de te demander ça, répond Robin.

— Arrêtez, s'il vous plaît.

J'essaye vainement de me faire entendre, priant pour que la situation ne dégénère pas.

— Je crois qu'on a beaucoup de choses à se dire, lance Chris en me dévisageant.

— Elle n'a aucun compte à te rendre, à ce que je sache, intervient Robin.

— Justement, tu ne sais rien, alors ferme-la et casse-toi.

— Chris, arrête, je le réprimande.

— Je ne partirai pas tant que tu ne lui auras pas lâché le bras, assène Robin.

Chris me libère aussitôt, réalisant qu'il m'a peut-être fait mal.

— Si vous voulez parler, on monte à l'appartement, mais il est hors de question qu'on se donne en spectacle, c'est compris ? je les préviens.

Les deux hommes me regardent, puis Chris me pousse sans ménagement dans l'ascenseur. J'attrape la main de Robin au passage pour que lui aussi monte à l'intérieur de la cabine. Je sais que je n'éviterai plus la discussion avec mon meilleur ami, à présent, alors il vaut mieux qu'il soit là.

Les portes de l'ascenseur se referment sur nous. Robin tient ma main droite et Chris la gauche. Je ferme les yeux et prend une profonde inspiration pour me calmer.

Lorsque nous entrons dans l'appartement, nous sommes accueillis par Matt, qui s'exclame :

— Qu'est-ce que vous faisiez ? Vous avez loupé la... C'est quoi, ça ?

Il pointe Robin du doigt, incrédule.

— Maintenant, vous allez arrêter de me prendre pour un con et m'expliquer ce qui se passe, attaque Chris.

— Qu'est-ce qu'il fait là ? renchérit Matt.

— Calmez-vous, je vais vous expliquer.

— Il n'y a rien à expliquer, on est ensemble, c'est tout, s'emporte Robin.

Je le fusille du regard.

— Ensemble ? s'étranglent mes deux meilleurs amis.

— Ce n'est pas un drame, on...

Je tente de trouver les bons arguments, mais je patauge. La mâchoire de Chris se contracte furieusement.

— Ça fait deux semaines que tu me mens et que je m'inquiète de ce que j'aurais pu faire de mal pour que tu me fuies comme ça. J'ai flippé tout à l'heure quand Ray m'a appelé pour me dire que tu étais coincée dans l'ascenseur, mais en fait, tu étais tout simplement en train de batifoler comme une adolescente. Et tu me dis que ce n'est pas un drame ?

— Pour qui tu te prends ? Tu n'as pas le droit de parler à Lia de cette manière, s'énerve Robin.

— Ne t'en mêle pas, lui conseille Matt, qui est moins en colère que je ne le pensais.

— Ne me dis pas ce que je dois faire. Sors tout de suite de chez moi, menace Chris en avançant d'un pas.

— Calme-toi, dis-je en l'arrêtant.

Je me sens minuscule au milieu des trois hommes, d'autant que la tension entre eux augmente de seconde en seconde.

— Est-ce qu'on peut parler sans s'énerver ? S'il vous plaît ? je demande.

Je fixe Matt, parce qu'il finit toujours par se ranger de mon côté. Robin, lui, glisse sa main dans la mienne. Le fait qu'il se tienne droit à mes côtés et qu'il n'ait pas peur de faire face à mes amis finit de me convaincre que c'est un mec bien. Beaucoup d'hommes lâcheraient l'affaire face à mes *Men in Black*, mais pas Robin.

Mon cœur fait l'équivalent d'un salto arrière dans ma poitrine.

Waouh.

— C'est vrai. On est ensemble, j'admets, la gorge serrée.

— Depuis quand ?

Il n'y a pas d'animosité dans la voix de Matt, mais Robin s'agace tout de même.

— Lia, arrête de te justifier, bon sang !

— La ferme ! rugit Chris.

Sans lâcher ma main, Robin s'approche de lui. Son corps est imposant, son regard menaçant.

— C'est quoi ton problème ? Tu la veux ? Tu as eu des années pour tenter quelque chose, mais elle est avec moi, maintenant.

— Robin ! je m'indigne.

Qu'il parle de moi comme si je n'étais pas là me révolte, et qu'il lance ce genre de choses au visage de Chris me fait de la peine.

— Lia, sors-le d'ici avant que je ne lui explose sa petite gueule de connard, lâche mon meilleur ami.

— Chris ! je m'écrie, choquée.

C'est insupportable. Si ces deux-là restent dans la même pièce, ils vont finir par se battre et j'ai le sentiment que Matt ne fera rien pour arrêter ça. Je dois calmer Chris et lui faire comprendre mon point de vue, et surtout, je dois mettre Robin à l'abri.

— Je te raccompagne.

Je plonge mon regard dans le sien. Il est déçu, je le sens. C'est la deuxième fois que je le repousse aujourd'hui. Pourtant, je n'ai aucune envie qu'il s'en aille et j'espère de tout cœur qu'il le comprendra.

— C'est vraiment ce que tu veux ?

— Je t'appelle ce soir, je lui assure en m'approchant de lui.

Sans un regard en arrière, il se dirige alors vers l'ascenseur d'un pas pressé.

— Robin, attends !

Je le rattrape avant qu'il n'entre dans la cabine.

— Je suis désolée.

— Ce mec se permet de régenter ta vie, Lia. Tu trouves ça normal ?

— S'il te plaît, je ne veux pas me disputer avec toi et je ne veux pas que tu m'en veuilles.

— Il te dirige, martèle-t-il.

Je secoue doucement la tête. C'est faux, bien sûr que c'est faux, mais j'imagine que de l'extérieur c'est l'image que ça donne.

— Je sais ce que tu penses mais crois-moi, ce que tu as vu ce soir ne reflète pas la réalité. Je voulais prendre mon temps et parler à Chris quand j'aurais été sûre pour nous deux. Je n'ai aucune envie que tu t'en ailles mais j'ai besoin de discuter avec lui et j'aimerais que tu le comprennes.

Je sais que j'en demande beaucoup à Robin. À sa place, je ne sais pas si je pourrais accepter une telle situation.

— J'ai besoin de toi, j'ajoute, parce qu'il reste silencieux.

Il détaille mon visage puis ferme les yeux un instant.

— Je t'appelle dans une heure, que votre discussion soit terminée ou non !

Je hoche vigoureusement la tête. Je déteste qu'on me dise ce que je dois faire, mais je sais que ce n'est pas le moment de faire une scène d'indépendance à Robin. J'ai déjà assez mis sa patience à rude épreuve pour aujourd'hui.

Il prend mon visage en coupe et m'embrasse chastement.

— Moi aussi, j'ai besoin de toi.

Il entre dans l'ascenseur en soupirant de frustration. Lorsque les portes se referment, je retourne auprès de Chris et Matt. Le premier est assis au comptoir de la cuisine, le second est adossé contre le four. La télé est éteinte et le silence règne, mais leurs visages sont toujours aussi furieux.

— Je ne voulais pas que vous l'appreniez comme ça, je commence en m'approchant d'eux.

— Ça fait combien de temps ? demande Chris.

— C'est tout récent. Seulement quelques jours.

Silence.

— Je suis désolée. J'aurais dû vous le dire, mais je voulais être sûre de moi, sûre de lui.

— Pitchoune...

— Mais enfin, Lia...

— Attendez, je plaide. Écoutez-moi. Vous me connaissez mieux que personne, vous savez que je ne fais rien à la légère et que je ne me précipite dans aucune relation. Mais j'ai envie de donner une chance à Robin, il la mérite.

— Ouvre les yeux. Il s'amuse avec toi.

— Il est comme les autres !

— Est-ce que vous êtes allés plus loin ? Est-ce qu'il a essayé de t'y forcer ?

Bon sang de bon sang.

— Vous dépassez les bornes, dis-je, ma patience mise à rude épreuve.

Chris ouvre la bouche pour répliquer, mais je ne lui en laisse pas le temps.

— Au risque de vous choquer, je ne suis plus vierge. Si j'ai envie de coucher avec Robin, c'est mon problème.

Un délicieux problème.

— Je comprends que vous soyez inquiets, je poursuis, mais vous agissez comme si j'étais naïve, ce qui n'est pas le cas. Je ne vous demande pas grand-chose, juste de me faire confiance.

Chris me regarde fixement pendant de longues secondes, puis il détourne le regard.

— Je vois que tu as déjà pris ta décision, constate Matty.

Il m'ouvre ses bras et je m'y réfugie.

— Fais attention, murmure-t-il à mon oreille.

Il me libère et je suis obligée de lever la tête pour croiser son regard.

— Je vais garder un œil sur ce type. Je lui collerai aux basques jusqu'à ce que je sois sûr qu'il est digne de confiance. Qu'il te mérite. Et s'il fait le moindre faux pas, ses rotules feront connaissance avec ma batte de baseball.

Visiblement, le match lui est monté à la tête...

Matt est un vrai nounours, avec moi du moins, mais il peut être très intimidant quand il veut, et il ne prononce jamais de menaces en l'air. Je sais qu'il est inévitable qu'il garde Robin à l'œil jusqu'à ce qu'il soit rassuré et je l'accepte.

— Je vais vous laisser, Chris et toi, continue-t-il. Vous avez besoin de parler.

Il embrasse mon front puis serre l'épaule de Chris en passant à côté de lui.

— Vas-y doucement, le prévient-il.

Et il quitte l'appartement.

Pendant un instant, Chris et moi nous fixons... jusqu'à ce que je craque.

— Je suis désolée de t'avoir menti, mais je ne savais pas comment te parler de Robin et moi, je lui avoue.

J'étais certaine que tu allais voir notre relation d'un mauvais œil.

Je prends place sur le tabouret en face de lui.

— Je ne veux pas que ça nous éloigne, je poursuis à mi-voix. Je ne veux pas que tu me laisses.

— Je ne te laisserai jamais. Je sais que je suis excessif mais je suis triste que tu n'aies pas eu assez confiance en moi pour tout me dire tout de suite.

— C'est faux, j'ai confiance en toi plus qu'en quiconque.

Un nouveau silence s'installe entre nous. C'est Chris qui finit par le rompre.

— Tu devras tout lui dire si tu veux construire quelque chose de sérieux, j'espère que tu en as conscience. Mais je t'en prie, assure-toi d'abord qu'il le mérite. Faire entrer un inconnu dans notre vie peut nous mettre tous les trois en danger...

— J'attendrai de voir où nous mène notre relation et s'il s'avère qu'il est le bon... alors oui, je lui dirai tout. Mais pas tout de suite, il en est hors de question. Je sais que son regard sur moi changerait, et je ne le veux pas.

— J'aime ta tête bien faite.

Chris embrasse mon front.

Je suis soulagée. Ça aurait pu être bien pire. Robin et mes deux meilleurs amis sont tous les trois impulsifs, sanguins et imprévisibles. Et ils ne sont pas prêts à se retrouver dans la même pièce à nouveau... Je ne le permettrai pas, du moins, pas avant qu'ils n'aient accepté la place que chacun a dans ma vie.

— J'oublie que tu as vingt-trois ans, que tu n'es plus le bébé de dix-sept ans que j'ai rencontré et qui avait tant besoin de moi, dit Chris, nostalgique. C'est normal que tu fasses ta vie, mais je garderai toujours un œil sur toi. Je te protégerai toujours.

— J'aurai toujours besoin de toi, mais je voudrais que toi aussi tu fasses ta vie, Chris, et que tu arrêtes de la gérer en fonction de moi.

— Ne t'en fais pas pour moi, tout va bien.

Il se dirige vers sa chambre, mais à la dernière seconde, il se retourne et me dit :

— Finalement je ne suis pas surpris. Quand je l'ai vu à mon expo, je me suis douté qu'il te voulait. Tu n'imagines pas le nombre d'hommes que tu laisses raides amoureux sur ton passage. Je ne pensais juste pas qu'il arriverait à te faire succomber aussi vite.

— Tu es toujours mon numéro un, je murmure.

— On en reparlera dans quelques mois, rit-il.

— Tu seras toujours mon numéro un, et tu sais pourquoi.

Il me fait un clin d'œil puis entre dans sa chambre. Je rejoins la mienne, et j'y ai à peine fait un pas que mon téléphone se manifeste.

Robin, évidemment.

Je lui raconte rapidement ma discussion avec Chris, puis je reste plus d'une heure à discuter avec lui de tout et de rien. Sa voix me fait fondre. Son timbre grave est terriblement sexy.

Lorsque je raccroche, je suis soulagée qu'il ne soit plus mon secret. Mais très vite, j'appréhende l'après. Bien sûr, je souhaite que notre relation dure le plus longtemps possible, mais si c'est le cas, il va falloir que tout le monde trouve ses marques.

Chris et Matt ont longtemps été les seuls hommes de ma vie et je ne peux m'empêcher de penser qu'il faudra maintenant en rajouter un à l'équation pour que mon bonheur soit complet.

Chapitre 18

Il est à peine sept heures du matin lorsque je sors de l'ascenseur vêtue d'un pantalon de yoga et d'une brassière. J'attache rapidement mes cheveux en queue-de-cheval, salue Braden... et manque de rentrer dans Robin.

— Qu'est-ce que tu fais là ?

— Bonjour à toi aussi.

Il s'approche et enroule son bras autour de ma taille pour m'embrasser. Je ne sais pas si je vais être capable de me lancer dans ma séance de sport matinale, parce qu'après son baiser j'ai déjà les jambes qui tremblent.

— Tu ne peux pas aller courir dans cette tenue, dit-il d'une voix rauque.

— Pourquoi ?

— Pourquoi ? répète-t-il.

Il prend mon poignet et me fait tourner sur moi-même.

— Pour ça ! dit-il en me désignant. Tu t'es vue ? Tu ressembles à...

— Une sportive ?

— Une bombe !

Je me jette un rapide coup d'œil.

— N'exagère pas.

— Tu vas voir.

Il s'approche de Braden et lui demande :

— Comment est-ce que vous la trouvez ?

— Robin...

— Je vous demande pardon ? s'étonne le portier en clignant des yeux.

— Vous ne trouvez pas qu'elle est trop sexy pour simplement aller courir ?

Braden rougit violemment. Le pauvre... J'ai envie de lui venir en aide, mais en même temps, je veux savoir jusqu'où ira Robin. Sa réaction m'amuse, même si je n'en montre rien.

— Euh... mademoiselle Amalia est très... très jolie, bafouille le portier en ajustant sa casquette.

— Merci de votre aide, ronchonne Robin.

Nous quittons l'immeuble en laissant derrière nous un Braden bien content d'échapper à notre débat.

— Je suis jolie, dis-je en haussant les épaules.

— Il t'appelle mademoiselle Amalia, il n'allait pas dire que tu as un cul à faire se damner les saints, même s'il le pense. Parce que je t'assure qu'il le pense. Comme tous les mecs qui vont te croiser habillée comme ça, d'ailleurs.

J'ouvre grand les yeux et baisse la tête en direction de mon ventre nu.

— Oh. Tu crois que beaucoup d'hommes vont me regarder ?

— À ton avis ?

— Tu penses que je devrais aller me changer ?

— Absolument, soupire-t-il, soulagé.

— Ça te met mal à l'aise qu'on puisse me dévisager ?

— Bien sûr. Tu es ma nana, je n'ai pas envie que d'autres mecs te reluquent.

Je pose mes mains sur mes hanches.

— Eh bien il va falloir t'y faire. Hors de question que j'aille me changer, je vais toujours courir comme ça, parce que je me sens bien dans cette tenue. Alors si ça te met mal à l'aise, il va falloir que tu prennes sur toi. Homme des cavernes...

Robin est contrarié. Tant mieux.

— Ils ont intérêt à garder leurs yeux rivés droit devant eux...

Il me fait signe de monter dans sa voiture et démarre, direction Central Park.

— Tu ne m'as pas répondu, qu'est-ce que tu fais là ?

— Hier, au téléphone, tu m'as dit que tu voulais te lever tôt ce matin pour aller courir. J'ai décidé de m'inviter.

— J'ai toujours couru seule.

— C'était avant de me connaître.

En réalité, je suis contente qu'il m'ait rejointe, en attestent les petits picotements de joie dans mon ventre.

Central Park, le matin, fourmille de sportifs. Joggeurs, cyclistes, fans de yoga, c'est ici que se retrouvent les New-Yorkais qui ont besoin de faire le plein d'énergie avant d'attaquer leur journée.

Robin et moi commençons à courir à petites foulées, côte à côte. Je pensais qu'il en profiterait pour discuter à tout-va, mais il reste silencieux. Après une dizaine de minutes, nous accélérons le rythme, toujours en silence. Le souffle de Robin est régulier et il ne semble même pas transpirer. En même temps, avec un corps comme le sien, c'est sûr qu'il doit être habitué à l'activité physique. Ses bras musclés me font de l'œil, ils dépassent de son t-shirt et j'ai une furieuse envie de les embrasser. Mais c'est une autre partie de son corps qui m'attire le plus, aujourd'hui.

Ses jambes. Son short s'arrête au-dessus du genou. J'aperçois un morceau de ses cuisses à chaque foulée qu'il fait mais je n'arrive pas à en voir davantage. J'imagine qu'elles doivent être aussi musclées que le reste de son corps...

Ses mains sont grandes, ses pieds ont l'air de l'être, *il* est grand et imposant... Si tout est proportionnel, j'imagine à quoi doit ressembler son...

— Regarde où tu vas, s'écrie-t-il en me tirant près de lui, me faisant ainsi éviter une collision avec un cycliste.

Nous continuons à courir pendant une demi-heure. Si nous avons démarré doucement, nous terminons en sprint. Les grandes jambes de Robin lui permettent de tenir le rythme sans aucune difficulté.

Essoufflée et en nage, je me laisse finalement tomber sur un banc tout en regardant mon compagnon de course. De la sueur forme un V sur son t-shirt gris et la peau de son cou est brillante, mais même comme ça, il est irrésistible. Il sort une bouteille d'eau de la poche de son short, en avale une longue gorgée puis me la tend. La lueur dans son regard lorsqu'il me regarde boire me donne l'impression de faire la chose la plus érotique au monde.

— Ne laisse pas ton corps se refroidir si vite.

— Continue de te chauffer tout seul !

Il s'esclaffe puis retire son t-shirt pour essuyer son front et son cou.

Ma bouche était déjà sèche, mais désormais, c'est le désert de Gobi...

Puis il quitte le chemin pour s'installer sur l'herbe juste en face. Je le regarde, émerveillée, commencer à faire des pompes.

C'est donc à ça que ressemble le paradis ?

Dix. Vingt. Trente. Quarante...

Je suis amoureuse de ses bras.

Une fois remise de mes émotions, je décide d'aller pimenter sa séance d'entraînement. Je ne peux pas le voir torse nu et couvert de sueur sans l'approcher et trouver une raison de le toucher. Alors qu'il entame une nouvelle série de pompes, je m'assois sur ses fesses. Il s'arrête net, le torse plaqué contre la pelouse.

— Frimeur. Je te rassure, tout Central Park a compris à quel point tu es doué pour les pompes, j'ai même vu certains mecs quitter les lieux les larmes aux yeux. Tu peux ralentir.

Il ricane et prend appui sur ses coudes.

— Tu crois vraiment que tu vas réussir à m'arrêter ?
— Frimeur et arrogant. Voyez-vous ça...
— Qu'est-ce que je gagne si j'arrive à te soulever ?
Je fais mine de réfléchir.
— Je prends le risque de te laisser choisir ta récompense.
Son sourire quand il tourne la tête dans ma direction me ferait presque regretter ma décision.
— Un baiser pour chaque pompe, décide-t-il.
Un baiser ? C'est moins cher payé que ce que j'imaginais.
— Et je décide de l'endroit où je t'embrasse.
Là, ça se gâte. Mais c'est moi qui ai lancé le défi, je ne peux pas revenir en arrière.
— Étonne-moi.
— Installe-toi correctement.
Ses fesses aussi sont musclées. Nom de Dieu !
Je ramène mes jambes contre moi et il commence à se soulever. L'effort est plus important, c'est sûr, mais il s'en sort incroyablement bien. Nous en sommes déjà à dix pompes, et même si les muscles de son dos sont tendus, il ne semble pas en souffrir. Arrivé à vingt, il se laisse tomber sur le sol. Je suis impressionnée. Enchaîner trois quarts d'heure de footing et cent pompes dont deux séries avec un poids mort sur lui ?
Mon mec, c'est Hercule. Je ne vois que ça.
— J'ai atteint mon quota pour la journée.
Je me relève pour lui permettre de se redresser. Une fois debout, il s'approche de moi jusqu'à ce que nos bouches se frôlent.
— Vingt pompes, vingt baisers. Où je veux, dit-il, ravi.
Où il veut...
— OK.
Ma voix a tremblé. La honte...
Il baisse sa tête. Mon souffle se bloque dans ma gorge. Je crois qu'il va m'embrasser, mais il n'en fait rien. Il me sourit, apparemment ravi de voir les réactions qu'il provoque en moi.

Je suis terriblement attirée par cet homme, je ne peux pas le nier. Alors, lorsqu'il s'éloigne, je l'attire à nouveau contre moi et j'écrase mes lèvres contre les siennes.

Sa bouche est aussi brûlante que le reste de son corps. D'un bras dans mon dos, il me plaque contre son torse. J'ai le sentiment d'être une toute petite chose emprisonnée dans une masse de muscles... et j'adore ça.

Il me soulève de terre pour que nos visages soient à la même hauteur. Je m'accroche à ses épaules sans cesser une seconde de l'embrasser. Sa main libre profite que je sois totalement à sa merci pour partir en balade sur mes fesses. Il les presse avec douceur, me donnant envie de me tortiller contre lui. Tous mes muscles sont engourdis, et je ne saurais dire si c'est à cause du sport ou du baiser.

À bout de souffle, je finis par m'écarter de lui et par reposer les pieds par terre.

— On ferait mieux d'y aller, dis-je d'une voix rauque. Je vais être en retard à l'agence à cause de toi.

Je m'attends à ce qu'il sourie ou qu'il me sorte l'une des reparties dont il a le secret, mais il reste très sérieux, peut-être trop. Il me dévisage comme s'il essayait de percer un mystère.

— Tu es si différente de celle que je m'étais imaginé.

Il a presque l'air déçu. Je penche la tête sur le côté, m'apprêtant à lui demander ce qui se passe, lorsqu'il retrouve son visage souriant.

Soulagée, je lui prends la main. Nous retournons jusqu'à sa voiture.

— Est-ce que tu veux qu'on sorte, ce soir ? Je pourrais passer te prendre, propose-t-il.

— Je vais avoir une grosse journée demain, alors je pense plutôt me coucher tôt.

— Pas de problème. Tu n'auras qu'à m'appeler pour décompresser.

Il s'arrête devant l'immeuble de Chris, et je me dis que ce début de matinée a été bien meilleur que ce que j'espérais.

— Je crois que, finalement, j'aime bien avoir un compagnon de footing.

— Je suis le compagnon idéal. Tu ne pouvais pas mieux tomber.

Je me penche et l'embrasse.

— À plus tard.

— Salut, bébé.

Sous la douche, je passe un long moment à rêvasser, repassant dans ma tête mes souvenirs de notre séance de sport. Et finalement, j'arrive devant l'agence avec plus d'une heure de retard. Pour me faire pardonner, j'achète un smoothie pour Maria. Le café lui manque, mais elle est obligée de s'adapter, maintenant. Je n'oublie pas non plus de déposer à Richard son petit déjeuner et ses repas. Il éclate de rire en me voyant courir pour rejoindre mon immeuble.

Lorsque j'arrive à mon étage, la scène que j'y découvre est surréaliste. Maria est confortablement installée dans son fauteuil, les yeux fermés... en train de se peloter les seins. Littéralement. Mon assistante m'a habituée à beaucoup d'excentricités, mais là, je dois dire que je reste sans voix. Heureusement, elle est vêtue.

— Euh... Maria ?

Elle ouvre un œil, puis le referme et continue. Formidable.

— Je souffre, Lia. J'ai l'impression qu'une deuxième paire de nibards est en train de pousser sur la première.

— C'est pour ça que tu te masses les seins ?

— Pour quoi d'autre, à ton avis ?

Mais oui, c'est vrai, ça, pour quoi d'autre ? J'aurais dû y penser tout de suite...

— D'accord. Je t'ai pris un smoothie... Tu pourras le déguster quand tu auras les mains libres. Et sinon j'ai eu des appels ? Des messages ? Des rendez-vous ?

— Coleman passe te voir à quatorze heures. Elle piaffait tellement dans le téléphone que j'ai compris seulement la moitié de ce qu'elle disait, mais l'idée générale, c'est qu'elle adore ce que tu as fait dans son penthouse. À mon avis, cet après-midi, tu vas non seulement recevoir des dollars par centaines de milliers mais aussi plein de nouveaux contacts.

Décidément, cette journée est parfaite en tous points.

Maria a bien décodé madame Coleman. Cette dernière arrive à l'agence à quatorze heures tapantes, et pendant près de deux heures, elle ne cesse de me répéter à quel point elle se sent bien dans son nouveau penthouse. Elle passe en revue chaque pièce, me dit ce qu'elle y préfère. Elle est comblée et je ne tarde pas à l'être moi aussi lorsqu'elle me signe un chèque avec tellement de zéros que j'en ai le tournis.

Avant de partir, elle m'informe qu'elle m'a recommandée à quelques-uns de ses amis millionnaires et, à dix-sept heures, Maria a déjà rajouté deux rendez-vous supplémentaires à mon planning. Mon agenda commence à être vraiment chargé, il va bientôt falloir que j'embauche. De plus, le congé maternité de Maria débutera dans quelques mois : je vais devoir trouver quelqu'un pour assurer ses fonctions en son absence, et une personne de plus pour m'aider à honorer les contrats.

Merde. Il faut que je me bouge.

Mais pour l'instant, je range ces préoccupations dans un coin de ma tête, bien décidée à profiter à fond du reste de cette journée idyllique.

Malgré tout, ma bonne humeur s'envole le soir même quand je vois Chris faire sa valise pour Boston. Il ne part que pour deux jours, mais je suis triste qu'il s'éloigne. Et je le suis encore davantage en pensant que demain, pour la première fois, c'est seule que je devrai affronter mes examens médicaux.

Chapitre 19

Je me lève de mauvaise humeur. Je n'ai envie de rien. J'enfile un jean, un t-shirt et un long gilet, tous noirs. Aujourd'hui, je me la joue morose jusque dans la tenue. La seule pointe de couleur vient de mes UGG couleur camel. Je les adore. Je les mets chaque fois que je m'apprête à faire quelque chose que je n'aime pas, ou juste pour me sentir bien dans mes chaussures.

Nous sommes vendredi et c'est aujourd'hui que j'ai rendez-vous à l'hôpital de Lenox Hill pour mes examens. Chris m'a déjà appelée depuis l'aéroport pour me rassurer et s'excuser à nouveau de son absence. J'ai ensuite reçu un message de Robin me souhaitant une bonne journée et me demandant de l'appeler ce soir.

Il n'est pas au courant de l'endroit où je me rends. Pour le moment, et pour une durée indéfinie, je préfère qu'il ne sache rien.

C'est d'un pas lourd et traînant que je prends l'ascenseur et sors de l'immeuble pour rejoindre Matt, qui m'attend dehors. Je m'engouffre à l'intérieur de sa Jeep.

— Tu en as mis du temps !

— J'ai eu du mal à me lever, je bougonne.

— Ne sois pas grognon, dit-il en démarrant.

— Tu sais que je déteste faire ça. Et Chris n'est pas là...

— Mais moi, je suis avec toi. Je ne te lâcherai pas d'une semelle.

Je soupire.

— Merci, Matty.

Le trajet se fait en silence. Lorsque nous arrivons à l'hôpital, nous sommes accueillis par Michelle, l'une des infirmières du service du docteur Walid.

— Comme d'habitude, nous allons commencer par les prélèvements sanguins, Amalia. Je vous conduirai ensuite en salle d'auscultation, puis au scanner et... comment va votre tête, ces derniers temps ?

— Bien. Je n'ai pas eu besoin de prendre mon traitement depuis des mois.

— Parfait. Monsieur Walsh n'est pas avec vous ?

— Non, je le remplace, l'informe Matt. Je resterai avec Lia, comme il le fait habituellement.

— Bien. Nous allons commencer. Suivez-moi.

— Quand il sera là, j'aimerais parler au docteur Walid, je précise. J'ai quelque chose à lui demander.

***

Il est quatorze heures lorsque je sors de ce foutu centre hospitalier. J'empeste l'hôpital, les produits médicaux et le stérilisant, je suis fatiguée, j'ai les veines en feu et j'ai envie de pleurer... mais je me retiens. Matt me conduit jusqu'au penthouse et j'appelle Chris en route. Il décroche à la première sonnerie.

— Ça va, ma puce ? Tout s'est bien passé ?

— Je ne le ferai plus. C'est fini.

— Quoi ?

— J'ai parlé avec Walid. Il manque quelques résultats mais les premiers sont très bons. Il est d'accord pour qu'on ne fasse plus qu'un bilan annuel à partir de maintenant.

— Tu as décidé ça sans me consulter ? me reproche mon ami.

Matt pose sa main sur ma jambe et se rapproche du téléphone.

— J'étais d'accord, mec.

— Ne t'en mêle pas, Matt. Lia...

— Ce n'est pas toi qui te retrouves baladée de salle d'examens en salle d'examens. Ce n'est pas toi qu'on détaille à la loupe. Tu ne peux pas comprendre, Chris, je murmure.

— Lia, ma puce, je suis désolé, dit-il plus calmement.

Il ne peut peut-être pas comprendre ce que je vis, mais il me comprend, *moi*.

— Tu n'étais pas là, je chuchote d'une voix tremblante. Tu n'étais pas là.

Je ne devrais pas le lui reprocher. Chris a mis sa vie entre parenthèses depuis bien trop longtemps pour moi. Il me donne tout, sans cesse. Je ne peux pas le faire culpabiliser.

— Mais Matt était là, et il m'a fait rire, je reprends pour alléger l'atmosphère. Enfin bref, c'est décidé. C'est mon corps et je ne veux plus faire ça. Plus autant, du moins.

Je sais à son silence que Chris va chercher un moyen de me faire changer d'avis.

— Comme tu veux. Je reviens dans deux jours, on en discutera calmement...

— Je ne changerai pas d'avis.

— ... D'ici là, on aura reçu le reste de tes résultats. On pourra considérer la question en ayant toutes les données du problème.

— D'accord.

Il raccroche immédiatement. Je sais qu'il lui faut du temps pour digérer ma décision, mais j'espère que lorsqu'il reviendra dans deux jours, il aura compris.

— Ça va aller, me console Matt alors que je pose ma tête sur son épaule.

— Je t'aime, tu sais ?

— Je t'aime aussi, pitchoune.

Chapitre 20

Assise sur le grand tapis couleur crème du salon, je suis en train de vider un pot de Nutella. Je me sens atrocement seule dans l'immense penthouse. Matt est passé prendre le petit déjeuner ce matin avec moi, mais il a dû partir bosser, ses centres sportifs ont un succès fou le week-end. Chris ne rentre que demain soir et Robin, eh bien, il me manque. Hier, en sortant de l'hôpital, je me suis contentée de lui envoyer un message au lieu de l'appeler comme il le souhaitait. Il avait envie de passer me voir mais je ne pouvais pas prendre le risque qu'il remarque les pansements sur mes bras aux endroits ou l'infirmière a prélevé mon sang, ainsi que ma mine fatiguée. Aujourd'hui, je me sens mieux et je voudrais le voir. Sa présence est dangereusement addictive, il est en train de me devenir indispensable et ça me fait peur.

Comme si nous étions connectés, mon téléphone s'anime alors, affichant son prénom. Mon pouls s'emballe tant que je dois laisser passer plusieurs sonneries avant de décrocher.

— Salut.

— Salut.

— Tu me manques.

Le penser, c'est une chose, mais je n'aurais pas dû le dire. Pas si vite, pas à ce stade de notre relation. Je ne veux pas lui faire peur... En même temps, il me manque vraiment.

— Toi aussi tu me manques, répond-il, ce qui me rassure. Qu'est-ce que tu fais ?

— Est-ce que tu veux que je sois franche ou que j'enjolive la vérité ?

— Que tu sois franche.

Je soupire.

— Je suis vautrée sur le tapis du salon en train de regarder une émission sur des gamines enceintes et je me goinfre de chocolat. Je crois d'ailleurs que je ne suis pas loin de la crise de foie...

Il s'esclaffe.

— Est-ce que je...

Une voix en arrière-plan l'interrompt. J'entends vaguement mon prénom et Robin qui affirme :

— Oui, oui, je vais lui dire.

— Est-ce que c'est Ray qui te parle ? je demande en me redressant.

— Je suis devant ton ascenseur mais il refuse de me donner le pass.

Je me lève d'un bond, envoyant valser la cuillère que j'avais dans la main.

— Tu es en bas ? Dans l'immeuble ?

— Tu veux bien dire à Ray de me laisser monter ? Je te mets sur haut-parleur.

— Ah. Oui, OK. Laissez-le monter, ne m'obligez pas à descendre.

— Je vous l'avais dit, ricane Robin dans le combiné. J'arrive, bébé.

Je m'empresse de fermer le pot de Nutella et je fonce le ranger dans mon placard à douceurs personnel. Je file dans ma chambre passer un t-shirt propre, et j'ai tout juste le temps de détacher mes cheveux avant d'entendre le « ding » annonçant l'ouverture des portes de l'ascenseur. Robin entre dans l'appartement. Il émane de lui une assurance magnétique. Cet homme est un concentré de testostérone, une force de la nature qui par un seul de ses sourires peut obtenir tout ce qu'il désire. Et lorsque je croise ses prunelles azur, je sais que c'est *moi* qu'il désire. Il me convoite, il me veut et il est certain de pouvoir m'avoir. Ses lèvres dévoilent ses dents parfaites. Lorsqu'il enroule son bras autour de ma taille, je n'arrive qu'à sourire béatement.

Il m'embrasse puis passe sa langue sur le coin de mes lèvres.

— Il te restait un peu de chocolat ici, murmure-t-il.

— Merci, je réponds, tremblante.

Merci ?

— De rien, rit-il.

Ce n'est pas le moment de jouer les groupies, je dois me reprendre.

— Qu'est-ce que tu fais là ? Ne te méprends pas, je suis contente de te voir, j'étais justement en train de penser à toi.

— Et ça t'a donné envie de te noyer dans le chocolat et de regarder une émission déprimante ?

— Non. Ça m'a donné envie de t'appeler pour te demander de rappliquer.

Je me hisse sur la pointe des pieds pour atteindre sa bouche.

— Une chance que nous soyons connectés, réplique-t-il.

Il retire sa veste, qu'il jette nonchalamment sur un fauteuil, me faisant profiter de sa musculature.

— Tu ne m'as pas appelé hier soir et tu as refusé que je vienne te voir. Est-ce que tout va bien ?

Il dépose ses grandes mains sur mes hanches et m'attire à lui, joignant nos bassins.

— Oui, tout va bien, j'étais simplement fatiguée.

Ses doigts se posent sur ma nuque, la massant furtivement, puis glissent délicatement dans mes cheveux. J'agrippe son poignet, l'empêchant de progresser davantage. Il reprend :

— Je devais te voir, non seulement parce que tu me manquais, mais surtout parce que...

Il pose son front contre le mien tandis que ses mains continuent leurs caresses.

— ... j'avais besoin de faire ça.

Il capture mes lèvres avec une telle fougue que je gémis et m'agrippe à ses bras.

— Je n'ai plus envie d'attendre pour avoir ma récompense. J'ai vingt baisers à te donner, Amalia Gomes. Vingt endroits de ton corps à embrasser. J'ai besoin de le faire maintenant...

Mon Dieu, cet homme !

Il embrasse tendrement mon cou et sa main glisse à nouveau sur mon crâne. Encore une fois, je l'arrête, et j'en profite pour remettre mes mèches en place.

— Tu n'aimes pas qu'on te touche les cheveux ? demande-t-il.

— Si, bien sûr.

Il recule un peu.

— À l'évidence, nòn. Ça fait deux fois que tu m'empêches de passer ma main dedans.

J'argumenterais bien, mais le problème, c'est que je ne sais pas quoi dire. C'est vrai, je le repousse quand sa main progresse un peu trop haut. Pourtant, son toucher est agréable, mais chaque fois mes vieux démons refont surface, m'empêchant de me laisser totalement aller. Combien de temps Robin l'acceptera-t-il avant d'exiger des réponses ? Avant de se lasser ? Pire, avant de découvrir la vérité ?

— Lia ? Tu es avec moi ?

Je reviens au moment présent, déboussolée. Robin me fixe intensément et alors que je m'attends à ce qu'il me questionne, il baisse la tête et effleure mes lèvres des siennes.

— Tu es pleine de secrets, Amalia.

— Non, c'est faux.

— Je ne sais pas quelles sont les raisons qui te poussent à être si méfiante mais j'imagine qu'elles sont justifiées. J'espère qu'un jour tu seras prête à me parler de toi. J'ai envie de découvrir la vraie Lia, pas celle que tu montres à tous… même si elle m'excite incroyablement.

Je suis touchée qu'il puisse lire en moi et deviner que je cache des blessures, mais par-dessus tout, je suis heureuse qu'il n'exige pas d'obtenir des réponses immédiatement et qu'il me laisse du temps. Robin me surprend de jour en jour.

Il m'embrasse tout en m'attirant sur le canapé.

— Est-ce que tu as envie que j'utilise mes baisers maintenant ?

— Oui.

— Tous ?

— Oui.

Je m'allonge lentement sans le quitter du regard. Il insère un genou entre mes jambes et se redresse pour me détailler.

— Il va falloir que tu retires quelques vêtements.

Me déshabiller devant un homme ne m'a jamais angoissée. J'aime mon corps et j'ai confiance en moi. Mais me déshabiller devant Robin se révèle plus complexe. Il a un regard si intense et profond qu'il me cloue sur place. Il semble attendre quelque chose de moi et je me sens à la fois en sécurité et vulnérable.

— Je ne sais pas quels endroits tu as décidé d'embrasser, alors il vaut mieux que tu les retires toi-même, je lui propose.

Il sourit, ravi, puis attrape ma main et me redresse. Lentement, il agrippe les pans de mon t-shirt et le passe au-dessus de ma tête.

— C'est déjà beaucoup mieux. Allonge-toi.

Ses yeux se font plus brillants lorsque j'obéis. Son regard se fixe un instant sur mon collier, plus précisément sur nos initiales à Chris, Matt et moi. Des dizaines de questions traversent ses yeux. Il passe son index sur les pendentifs, les fixe quelques instants puis revient à notre activité.

— Nous n'aurons pas besoin de ça non plus.

Et mon pantalon disparaît.

D'un geste brusque, Robin me rapproche de lui. Je lâche un cri de surprise.

— J'ai pensé à toi toute la journée, avoue-t-il en posant délicatement ma jambe gauche sur son épaule.

Il embrasse ma cheville et dès que sa bouche touche ma peau, la mienne devient sèche. Il glisse ensuite sur mon mollet sans rompre le contact de nos yeux. Lorsqu'il embrasse le creux de mon genou, je gémis, à mon grand dam. Sa bouche parcourt l'intérieur de ma cuisse. Frémissante, je le regarde reposer ma jambe pour prendre la seconde et lui faire subir le même sort délicieux qu'à la première. Lorsqu'il en a terminé avec mes jambes, je fais le compte : déjà dix baisers. Nous en serons bientôt à vingt et je n'ai pas envie que ça s'arrête. J'ai besoin qu'il continue de m'embrasser, j'aimerais qu'il ne s'arrête jamais.

Je retiens mon souffle lorsqu'il pose ses mains de chaque côté de ma taille et qu'il baisse la tête au niveau de ma culotte. Il presse sa bouche contre mon sexe et son souffle chaud m'envoie une décharge électrique au creux des reins. Il m'embrasse *là* sans s'y attarder, puis sur le bas de mon ventre, mon nombril, mon sternum et de chaque côté de mon cou. Plus il s'approche de mon visage, plus mon cœur s'emballe. Il s'occupe finalement de mon menton, du bout de mon nez et de mon front, puis il plonge son regard d'une intensité déstabilisante dans le mien et m'embrasse une dernière fois sur les lèvres.

Le baiser dure une éternité. J'agrippe sa nuque, il presse mes hanches, et avant que je ne réalise ce qui se passe, son corps recouvre le mien.

Je me sens protégée, j'ai l'impression que rien ne peut m'atteindre.

Robin passe un bras sous ma taille et se redresse en m'emportant avec lui. Il s'allonge sur le canapé, m'installant sur ses hanches en me tenant contre lui. Désireuse de partir à la découverte de son corps à mon tour, je passe mes mains sous son pull pour le lui retirer.

— Vingt baisers, c'est trop peu, je souffle en dévorant son torse des yeux. Tu vas devoir tripler ton nombre de pompes.

Il rit et ses abdos se contractent sous mes yeux.

Doux Jésus.

Je m'approche de son visage, bien décidée à lui rendre chacun de ses baisers. Je commence par son front, puis son nez, son menton et les deux côtés de son cou. Je l'embrasse lentement, sensuellement, veillant à laisser une trace humide sur mon passage, comme une marque invisible. J'embrasse chacun de ses pectoraux, son sternum, chacun de ses abdos et son nombril. Plus mon visage s'approche de son entrejambe, plus mon cœur s'emballe… mais pas de la même façon que tout à l'heure. Alors que je me redresse, prête à prendre sa bouche d'assaut, il attrape ma main et la pose sur le renflement de sa braguette. Ma respiration se fait hachée et je dégage doucement ma main. J'embrasse ses hanches et mordille sa peau tendre, ce qui déclenche son rire mélangé à un grondement. Instinctivement, il lève le bassin dans ma direction, et lorsqu'il reprend à nouveau ma main et qu'il la pose sur l'érection qui déforme son jean, rien ne va plus. Ma gorge se serre si violemment que je crains de vomir.

Je sais que je devrais profiter de Robin et du moment, mais c'est plus fort que moi. Je revis ces souvenirs atroces, quand six ans plus tôt, ma vie a basculé.

On m'agrippe violemment, on me crache des insultes au visage...

Effrayée à l'idée que Robin insiste, je retire ma main et bondis du canapé comme s'il était en feu. Hébété, mon beau compagnon se redresse vivement.

— Qu'est-ce qui se passe ?

— Je ne veux pas faire ça.

— Faire quoi ?

— Ne m'y oblige pas !

— Je ne t'oblige à rien, Lia, dit-il en levant les mains.

Consciente de ma semi-nudité, j'attrape mes vêtements et me rhabille en vitesse tout en inspirant profondément pour me calmer. Robin n'a rien fait, j'ai surréagi, j'ai laissé la panique me gagner.

— Lia, tout va bien. Ce n'est que moi.

Ses magnifiques yeux bleus sont maintenant inquiets. Je retourne près du canapé et m'assois lentement.

— Désolée. Je ne sais pas ce qui m'a pris.

— Dis-moi ce que j'ai fait de mal. Si je t'ai donné l'impression de t'imposer quoi que ce soit, je m'en excuse.

— Non, ne t'en fais pas.

— Bien sûr que je m'en fais, Lia, dit-il en s'asseyant à son tour.

Il récupère son pull par terre et l'enfile.

— Est-ce que tu veux qu'on en parle ? Parce que s'il y a quelque chose qui...

Il plisse alors les yeux.

— Est-ce que... ?

Ses yeux me détaillent de la tête aux pieds. Je ne comprends plus rien.

— Lia, je vais te poser une question. Sache que si ta réponse est positive, ça ne me posera aucun problème.

Mon cœur recommence à faire des sauts périlleux dans ma poitrine. Est-ce qu'il sait ? Impossible, comment le pourrait-il ? Est-ce qu'il se doute ? Est-ce que des indices m'ont échappé ?

Il prend ma main et dit :

— Est-ce que tu es vierge ?

Je suis tellement soulagée que je laisse échapper un éclat de rire.

— Non, je ne suis pas vierge, Robin. J'ai simplement envie qu'on prenne notre temps. Nous n'avons aucune raison de nous précipiter.

— Non, bien sûr que non.

— Tout à l'heure, j'ai réagi de cette manière parce que je trouvais que ça allait trop vite, tout à coup. Je suis désolée, j'ai foutu en l'air notre moment.

— Viens là.

Il m'attire entre ses bras et je pose ma tête contre son torse dur mais si confortable.

— Tu n'as rien gâché. Mais la prochaine fois, arrête-moi avec plus de douceur...

Il encadre mon visage et m'embrasse tendrement.

— Je ferais mieux de rentrer, chuchote-t-il.

Alors qu'il se lève, je l'arrête.

— Ou tu pourrais rester. On pourrait regarder des émissions de télé, boire du vin et si tu es sage, je pourrais te montrer ma cachette à sucreries. Et puis... tu pourrais passer la nuit ici, avec moi.

La seule nuit que j'ai passée dans ses bras a été l'une des plus belles et reposantes que j'ai vécues depuis longtemps. Après mon coup de panique de ce soir, j'ai besoin de retrouver ce bien-être, cette sensation de sécurité.

— J'ai vraiment envie de dormir avec toi, je termine à voix basse.

— Pas besoin d'en rajouter, tu m'avais déjà convaincu avec cette histoire de cachette à sucreries.

Pendant la soirée qui suit, nous ne reparlons plus de l'incident qui vient d'avoir lieu. Jusque tard dans la nuit, Robin et moi buvons du vin blanc, nous moquons de certaines auditions des candidats de *The Voice*, débattons de la qualité des plats des participants à

Top Chef, et vers une heure du matin, je lui ouvre mon placard d'Ali Baba.

La dernière chose dont je me souviens avant de sombrer dans le sommeil, c'est sa voix qui me fredonne un air tendre et ses caresses sur mon bras.

Chapitre 21

Cela fait près de trente minutes que je suis assise dans mon dressing à fixer les trois tenues que j'ai présélectionnées sans arriver à me décider pour l'une d'entre elles.

Lorsqu'il est rentré de Boston, il y a deux jours, Chris m'a annoncé que nous étions invités à un gala de charité. Bien que les soirées mondaines ne soient pas ma tasse de thé, je ne rate jamais les événements solidaires auxquels mon meilleur ami participe. Il soutient plusieurs causes et associations, et Matt et moi tenons à apporter nous aussi notre pierre à l'édifice, même si nous n'avons pas autant de moyens que Chris.

J'ai immédiatement pensé à demander à Robin de m'accompagner, mais je me suis bien vite ravisée. Avec Matt et Chris dans les parages, la soirée aurait été un véritable désastre. Il faut que j'y aille doucement si je veux que ces trois-là finissent par s'accepter mutuellement.

Je passe encore un quart d'heure à fixer mes vêtements, puis finalement, je fais mon choix. J'enfile une robe bustier noire fendue sur le côté gauche, qui dévoile ma jambe jusqu'à mi-cuisse. Puis je passe des sandales à lanière Stuart Weitzman couleur argent.

— Chris !

Mon meilleur ami débarque dans mon dressing en pantalon de smoking et chemise blanche. Je me mets dos à lui pour qu'il ferme les boutons de ma robe.

— Une robe fendue, rien que ça, bougonne-t-il en s'exécutant.

— Ne commence pas.

— Comme Stella est mon plus un, je ne pourrai pas garder un œil sur toi, mais avec Matt dans les parages, on sera tranquilles.

— On n'est jamais tranquilles quand Matt est dans les parages, je ricane.

Je quitte le dressing pour me rendre dans la salle de bain. Chris me suit et j'en profite pour tâter le terrain... juste au cas où.

— Est-ce qu'il est trop tard pour que j'invite un plus un moi aussi ?

— Oui.

— Tu es sûr ?

— Lia, ce mec ne t'accompagnera pas ce soir.

Je pivote.

— *Ce* mec est *mon* mec, Chris.

— Ça ne change rien. J'accepte déjà que tu le voies, ne me l'impose pas à des soirées importantes comme celle-ci.

Mon meilleur ami est tellement borné... Il ne laisse jamais rien passer, surtout en ce qui me concerne. Déçue de son attitude, je me détourne et commence à me brosser les cheveux. Lorsqu'il s'apprête à quitter la salle de bain, je lance :

— La prochaine fois, il m'accompagnera. Peu importe le gala, peu importe les invités. Et j'espère que tu l'accepteras.

Je regarde le dos de Chris dans le miroir. Il s'apprêtait à quitter la pièce, mais il reste figé quelques secondes avant de s'éloigner en silence.

Matt arrive alors que je finis d'étaler mon mascara. Au même moment, Chris part retrouver Stella. La soirée aurait pu être sympa, mais avec la harpie dans les parages, je m'attends à m'ennuyer mortellement.

Matt m'attend près de l'ascenseur. Il siffle exagérément en me voyant arriver.

— Mais quelle bombe ! Tu es prête ?

— Affirmatif, capitaine.

Je prends son bras et nous montons dans la cabine.

— Ce soir, voici nos missions, si tu les acceptes : venir en aide aux enfants malades et rendre dingue Marie-Antoinette.

— Évidemment que je les accepte !

— *Partners in crime*[3] *?* dit-il en me tendant son petit doigt.

— *Partners in crime* ! je réponds en l'agrippant du mien.

Quand nous arrivons sur Lexington Avenue, Matt accepte de mauvaise grâce de laisser les clefs de sa Jeep au voiturier. Puis nous entrons dans le building où se tient le gala. Une jeune femme nous demande nos cartons d'invitation et une autre nous propose de laisser nos manteaux au vestiaire avant de nous fournir deux petites pancartes avec un numéro, destinées aux enchères.

J'avais dix-neuf ans la première fois que Chris m'a emmenée dans une réception de ce genre. Je me souviens avoir été intimidée par les lieux et par l'élégance des femmes, mais surtout par les manières coincées des invités. Même maintenant que je connais les codes de la haute société new-yorkaise, il m'arrive parfois de ne pas me sentir tout à fait à mon aise dans les événements mondains. Je refuse de donner dans l'excès de manières.

— Tu ne trouves pas ça hypocrite, toi, de porter des vêtements hors de prix pour venir défendre la cause des plus démunis ? me demande Matt lorsque nous entrons dans la salle de réception bondée.

---

3. Partenaires de crime.

La décoration est chic et sophistiquée. Je jette un œil au haut plafond, aux moulures, j'aperçois des tables rondes dans le fond de la pièce, un bar à notre droite. Le sol en marbre est étincelant et sur notre gauche sont disposés les objets mis aux enchères. Des invités sont déjà en train de les admirer.

— C'est vrai, mais ce qui importe, c'est qu'on puisse récolter de l'argent pour les enfants malades, je réponds à sa question précédente.

Il pique quelques petits-fours sur le plateau d'un serveur, m'en donne un et avale les autres.

— Je suis sûr qu'on aura encore faim en sortant d'ici. On se fera un resto, si tu veux, propose-t-il.

— J'ai envie de frites.

— Alors des frites tu auras.

Nous trinquons et, verre en main, nous décidons d'aller nous aussi jeter un œil sur les objets proposés aux enchères. Chris n'est pas encore arrivé ; j'imagine que Stella doit faire exprès de passer un temps infini à se préparer, histoire de bien se faire remarquer lorsqu'elle arrivera.

Une balle de baseball signée par Alex Rodriguez attire soudain l'attention de Matt.

— Lia ! Je veux ça !

— Ne le dis pas trop fort. Si certains t'entendent, ils feront monter les enchères juste pour t'embêter.

— Je ne partirai pas sans cette balle, pitchoune. Alex Rodriguez, Lia ! Tu sais que j'aime autant le sportif que le mec en lui-même ? Je suis amoureux de lui depuis que j'ai dix-huit ans.

— Tu as les moyens de l'acheter ?

— Je comptais jongler avec les millions de Chris, répond Matt, penaud, ce qui me fait rire.

— Tu es au courant que notre meilleur ami n'est pas notre banque ? On ne peut pas toujours taper dans sa caisse.

— Il a assez de millions pour faire vivre ses descendants sur quatre générations... Je suis sûr qu'il ne m'en voudra pas si je lui en prends quelques-uns pour avoir ma balle dédicacée par A-Rod.

Je lève les yeux au ciel. Lorsque Chris a proposé à Matt une aide financière pour ouvrir sa première salle de sports, ce dernier s'est offusqué. Il a préféré prendre un crédit et taper dans ses économies que de dépendre de quelqu'un. Il voulait se lancer et réussir seul. Mais il semblerait qu'avec Alex Rodriguez en jeu, il n'ait plus aucun scrupule à se servir de l'argent de notre meilleur ami.

De mon côté, le jour où j'ai annoncé à Chris que je montais ma boîte, il s'est empressé de sortir son carnet de chèques avant même que j'aie fini de lui exposer mon idée. Je me suis sentie indignée et j'ai refusé qu'il me prête ne serait-ce qu'un centime. Comme Matt, j'ai démarché les banques et mené ma barque seule.

Parfois, j'ai mal au cœur de voir Chris prêt à nous donner son argent si facilement. C'est presque comme si en nous couvrant de cadeaux et en nous faisant des chèques il s'assurait de notre amitié. Comme s'il avait besoin de nous donner des choses pour qu'on l'aime. C'est d'une absurdité incroyable. S'il habitait un appartement minuscule, s'il n'était pas cet homme riche et respecté qu'il est aujourd'hui ou s'il devait tout perdre demain, Matt et moi continuerions à l'aimer follement malgré tout. Chris semble oublier que lorsque nous nous sommes connus tous les trois nous étions seuls, perdus, brisés à bien des égards, et que notre train de vie était bien différent de celui qui est désormais le nôtre. Nous nous sommes aimés avec nos cicatrices et nos blessures, et ni l'argent ni le luxe n'y changeront quoi que ce soit.

— Marie-Antoinette à douze heures, gronde soudain Matt.

Je lève la tête et aperçois Chris accompagnée de Stella. Sa longue robe bleu roi épouse parfaitement les courbes de son corps mince, ses cheveux blonds sont attachés en une queue-de-cheval basse, son maquillage est discret, son sourire assuré. Malgré notre inimitié, je ne peux nier que c'est une très belle femme.

— Rappelle-moi pourquoi tu l'appelles Marie-Antoinette ? je demande à Matt en voyant le couple s'approcher de nous.

— Parce que parfois je rêve qu'elle termine comme elle : décapitée.

J'étouffe un rire au moment où Chris et Stella se plantent devant nous.

— Bonsoir, Matthew. Bonsoir, Amalia, nous salue la blonde.

Ses doigts aux ongles manucurés caressent l'avant-bras de mon meilleur ami. Une manière évidente de marquer son territoire.

— Bonsoir, Stella, répond Matt en s'inclinant exagérément.

Pour ma part, je me contente d'un hochement de tête.

— Est-ce que vous avez vu des objets qui vous intéressent ? demande Chris.

Matt hoche la tête, mais avant qu'il ne puisse dire quoi que ce soit, Stella lâche :

— Vous n'avez pas les moyens d'enchérir, de toute façon.

Son ton est si hautain qu'il déclenche en moi de violentes pulsions. Comme il serait libérateur de lui décocher un bon crochet du droit...

— Qu'est-ce que tu en sais ? réplique Matt.

— Eh bien, vu vos situations...

— Ne parle pas de ce que tu ne connais pas, Stella, la prévient Chris. *J'ai* les moyens d'enchérir, alors eux aussi.

Voilà qui clôt le débat.

Notre ami n'hésite jamais à recadrer sa copine quand elle va trop loin. Heureusement pour mes nerfs...

— Bien. Je vais aller saluer des amis. À plus tard.

Elle quitte notre groupe, le rouge aux joues, le regard dur.

Aussitôt, Matt explique à Chris son besoin vital d'acquérir la balle de baseball dédicacée. Chris lève les yeux au ciel puis hoche la tête.

— Et toi, ma puce ? me demande-t-il ensuite. Tu as vu quelque chose qui te plaît ?

— Non, je ne veux rien. Je me contenterai de faire une donation.

— Combien veux...

— Avec mon propre argent, je le coupe. Coleman vient de me payer et ça a bien rempli mes comptes. En plus, tous ses amis millionnaires sont en train de me contacter, donc je peux subvenir seule à mes besoins.

— Frimeuse, ronchonne Matt.

— Je suis fier de toi, renchérit Chris.

Nous nous sourions, puis il poursuit :

— Je vais aller me prendre un verre, on se retrouve à table. Et toi, dit-il à l'attention de Matt, pas plus de cinquante mille.

Matty se frotte les mains.

Quel gamin...

Pressé de se remplir le ventre, mon géant préféré nous entraîne à la table qui nous est réservée. Je m'installe à la place prévue pour moi, entre mes deux meilleurs amis. Heureusement, Stella ne sera pas dans mon champ de vision. Lorsqu'elle et Chris nous rejoignent et prennent place, je vois qu'elle aussi se réjouit de ne pas croiser mon regard pour le reste du repas.

Un autre couple nous rejoint bientôt, suivi d'un homme d'une trentaine d'années. Peu à peu, tous les convives s'assoient et un groupe de musiciens s'installe sur l'estrade. Lorsque les plats sont apportés, ils commencent à jouer une mélodie lente et douce.

— Homard poché, salade chaude et radis fondants accompagnée d'une vinaigrette à la mangue, annonce l'un des serveurs.

Je pose une main réconfortante sur l'épaule de Matt, qui regarde son assiette d'un air dépité. Les portions servies ne sont pas assez copieuses à son goût... Il lève les yeux au ciel quand on lui dépose dans une petite assiette un morceau de pain ainsi que le couteau qui va avec.

Dès que tout le monde est servi, Chris propose de trinquer. L'homme en face de moi me fait un clin d'œil quand nos verres s'entrechoquent.

— Vous êtes ? demande-t-il avec un sourire séducteur.

— Prise, répond Chris avant que j'aie eu le temps de m'exprimer.

Je le fusille du regard, tout comme Stella.

— C'est la vérité, dit-il en se tournant vers elle. Lia a un... mec.

Je devrais être offensée de son ton perplexe, mais je suis bien trop surprise qu'il admette l'existence de Robin.

— Vraiment ? s'exclame la blonde, soudain très joyeuse. Mais c'est super, Amalia ! Enfin, tu as quelqu'un dans ta vie !

Elle serre la main de Chris dans la sienne. Le message est clair : maintenant que tu as un copain, tu vas pouvoir lâcher le mien.

La jalousie maladive de Stella frise la paranoïa. Si elle connaissait notre histoire, ou même si elle nous avait bien observés, elle saurait qu'entre Chris et moi il n'y a aucun sentiment amoureux. Simplement un profond respect et une amitié infinie.

Je décide de me détacher de la conversation et de me concentrer sur mon assiette. Malheureusement, je n'ai pas d'appétit. Je suis assaillie par les prémices d'une migraine, et plus le repas avance, plus la douleur se fait présente dans ma tempe. Au bout d'un moment, je m'excuse et me retire aux toilettes pour prendre un médicament sans que personne le remarque. Je n'ai pas envie d'inquiéter Matt et Chris, ni que les inconnus à table se posent des questions.

Je profite de ce moment de calme pour appeler Robin. À ma grande surprise, il décroche presque immédiatement.

— Bébé ?

Ce surnom a beau être l'un des plus répandus, j'ai le sentiment d'être unique chaque fois qu'*il* le prononce.

— Qu'est-ce que tu fais ?

— Je bois un verre avec Taylor. Et toi ?

— Chris m'a embarquée à un gala de charité, mais sa copine est avec lui et comme on n'arrive pas à s'entendre toutes les deux, l'ambiance est morose. De mon côté en tout cas.

— Je vois. Tu veux que je vienne te sauver ?

— J'aimerais bien, mais j'ai promis à Chris de rester.

Je marque une petite pause puis je reprends :

— Mais on pourrait peut-être se voir après le gala ?

— J'adorerais ça.

J'ai conscience de sourire exagérément lorsque je retourne à ma place, mais je n'y peux rien. Je jette un regard circulaire autour de la table. Chris est en grande conversation avec le couple en face de lui, l'inconnu discute avec Stella, et Matt boude devant le plat qui a été apporté pendant mon absence. C'est sans conviction qu'il plante sa fourchette dans ses légumes croquants, tout en marmonnant quelque chose qui ressemble à « frites »...

C'est seulement après le dessert que les enchères sont lancées, avec la mise en vente d'une tenue de scène portée par une célèbre chanteuse pop pendant l'une de ses tournées. Mes yeux s'écarquillent lorsqu'elle est adjugée pour cinquante mille dollars.

Les objets s'enchaînent, les prix s'envolent. Une paire de gants d'un boxeur qui m'est totalement inconnu part pour plus de cent mille dollars. Incroyable.

Après une paire de boucles d'oreilles en émeraudes et diamants, c'est au tour de la balle de baseball que Matt convoite d'être présentée. Les enchères démarrent à cinq mille dollars, mais les sommes grimpent à une vitesse folle. Lorsque mon ami s'aperçoit que le budget alloué par Chris est bientôt atteint, il se tourne vers moi.

— Combien est-ce que tu voulais donner, pitchoune ?

— Je ne sais pas. Quinze mille ?

— Parfait, je prends.

— Mais...

— De toute façon, ça revient au même puisque l'argent ira à l'association. Soixante-cinq mille, claironne-t-il.

Ils ne sont plus que deux à enchérir, mais la jeune femme qui affronte Matt ne semble pas décidée à lâcher le morceau. Lorsqu'elle annonce quatre-vingt-dix mille dollars, mon meilleur ami repose son carton sur la table en soupirant.

— C'est pas grave. De toute façon c'est beaucoup trop d'argent pour une simple balle.

— Quelqu'un pour cent mille ? demande le commissaire-priseur.

La jeune femme sourit lorsqu'elle voit que Matt reste silencieux.

— Dernière chance. Quatre-vingt-dix mille une fois, quatre-vingt-dix mille deux fois, ad...

— Cent cinquante mille dollars, annonce Chris en levant son carton.

L'autre enchérisseuse se contente de hausser les épaules et de reposer son carton. Matt pousse un cri de joie.

— T'es mon Dieu, s'écrie-t-il en tapant dans la main de Chris.

— C'est beaucoup d'argent, je m'indigne.
Mon meilleur ami hausse les épaules.
— Ça fait tellement plaisir à Matt... Et puis, ce n'est pas la balle que j'ai achetée, mais de nouveaux appareils de soins pour les enfants. Honnêtement, Lia, ça ne m'empêchera pas de dormir ce soir, bien au contraire !

***

Lorsque nous quittons le gala, une heure plus tard, Chris m'informe qu'il va passer la nuit chez Stella et Matt me raccompagne au penthouse. Chose promise, chose due, il s'arrête dans un fast-food et nous commande des frites, que nous grignotons dans la voiture.
Je reçois un message de Robin lorsque nous arrivons devant mon immeuble.

[Je viens de déposer Taylor chez elle, j'arrive dans Tribeca. Est-ce que tu es encore au gala ?]

Qu'il soit près d'ici m'arrange. Je lui propose de venir au penthouse et il accepte.
— Merci, Matty.
Je dépose un baiser sur la joue de mon ami.
— Je vais patienter avec toi, dit-il en engloutissant les dernières frites.
— Quoi ? Non ! Je peux... Attends, comment ça, « patienter » ?
— Ne me prends pas pour un con, Lia. Je sais bien qu'*il* va venir. Vous avez un penthouse pour vous tout seuls, vous seriez bêtes de ne pas en profiter.
Il descend de voiture, salue Braden et se dirige vers l'ascenseur. Je traîne des pieds mais monte avec lui dans la cabine. Une fois dans l'appartement, il ouvre le frigo et se sert une bière.
— Sérieusement, Matt, j'ai passé l'âge d'avoir un chaperon.

— Tu ne seras jamais trop vieille pour que je te protège, me dit-il avec un regard entendu.

— Tu n'as plus besoin de le faire.

Il me fixe en silence. Je reste les bras croisés à le défier du regard puis, voyant qu'il ne compte rien ajouter de plus, j'envoie un message à Ray pour qu'il laisse Robin monter lorsqu'il arrivera.

— Matt, tu...

— Je veux le voir, grogne-t-il, mettant fin au débat.

Lorsque l'ascenseur s'ouvre, quelques minutes plus tard, je me raidis. Robin apparaît, me détaille, se fige et sourit. Mon cœur s'emballe si fort que je suis obligée de poser une main sur ma poitrine pour me calmer.

— Bébé... Tu es... Tu es superbe.

Je lui fais les gros yeux et secoue la tête, mais il continue sur sa lancée :

— On va se dépêcher d'enlever cette robe, parce que...

— Ho là, doucement mon gars, s'écrie Matt en sortant de la cuisine pour manifester sa présence.

Le sourire de Robin s'efface lorsqu'il aperçoit mon géant.

— Matt s'en va, dis-je pour tenter de le rassurer.

— Matt aimerait bien avoir une discussion avec le type qui veut te déshabiller.

— Matt va prendre sa bière et se barrer d'ici.

— Matt peut rester ici autant qu'il le veut.

— Hé, je suis là ! proteste Robin.

Je m'approche de lui et l'embrasse sans me demander ce qu'en pensera mon géant de meilleur ami.

— Tu m'as manqué, je chuchote.

Il sourit, fier de lui, et caresse ma joue. Matty se racle la gorge, pose sa bière sur le comptoir de la cuisine et s'approche de nous. Il s'arrête à la hauteur de Robin, épaule contre épaule.

Ils sont imposants tous les deux. Même avec mes talons de douze centimètres, je me sens minuscule à leurs côtés.

— Maîtrise ta queue et garde ta braguette fermée, grogne Matt.

Robin reste impassible mais son regard est noir, menaçant.

Leur combat silencieux me semble durer des heures avant que Matt ne se décide enfin à quitter l'appartement.

Chapitre 22

— Je suis désolée. Comme tu peux le constater, Matt est parfois brut de décoffrage.

— Moi qui pensais qu'il n'y avait que Chris qui était ingérable...

Je pince les lèvres.

— Ne leur en tiens pas rigueur, ils veulent juste me protéger.

— J'ai compris... Mais de quoi ?

— De rien. Ils me considèrent simplement comme leur petite sœur et ils prennent leur rôle de grands frères étouffants très au sérieux.

Robin soupire. Ses mains quittent mes hanches.

— Pourquoi est-ce que tu ne me fais pas confiance ?

— Pardon ?

— Tu te méfies de moi.

— Non. Je te jure que je te fais confiance, Robin.

— Chaque fois que je te pose une question, soit tu éludes, sois tu me sers une réponse incomplète. Ne crois pas que je ne l'ai pas remarqué. Je n'ai pas envie de te forcer à te confier à moi, mais tu ne me dis vraiment rien. Que tu veuilles garder tes petits secrets, d'accord, mais que tu te mures dans le silence dès que je t'interroge...

Son air blessé m'attriste. Je serais dans le même état que lui s'il passait son temps à changer de sujet lorsque je lui pose une question, ou si je le sentais sur la défensive.

— Il y a des choses que je ne peux pas te dire, j'avoue à mi-voix. Je suis désolée, j'aimerais pouvoir t'en parler et je ne dis pas que je ne le ferai jamais, mais il faut que tu me laisses du temps.

— Si tu ne peux pas me le dire, c'est que tu ne me fais pas confiance. Qu'est-ce que j'ai fait pour que tu doutes ?

— Rien. Rien du tout.

Si ça ne concernait que moi, je lui parlerais de mon passé, mais voilà, le secret que je garde n'est pas seulement le mien et il est hors de question que Chris ou Matt payent les frais de mes révélations.

Malheureusement, ma réponse le conforte dans son idée et je ne peux que le comprendre.

— Je ferais mieux d'y aller, déclare-t-il.

— Non, Robin, reste.

Je me sens démunie alors que je le regarde tourner les talons et entrer dans l'ascenseur. Je ne sais pas si je dois le rattraper ou lui laisser de l'espace. Je me dis finalement que lui courir après ne servirait à rien puisque je ne serais toujours pas apte à répondre à ses questions. Alors la meilleure solution est de le laisser réfléchir... J'entre dans mon dressing, retire ma robe et mes escarpins, puis je me démaquille, enfile une nuisette et me mets au lit.

À deux heures du matin, je ne dors toujours pas. Le départ de Robin repasse en boucle dans ma tête.

J'aurais dû le retenir...

Je me retourne pour la énième fois, donne quelques coups à mon oreiller pour le regonfler et repose ma tête en soupirant. Mais rien n'y fait, le sommeil me fuit. S'il m'est souvent arrivé de ne pas comprendre la cause de mes insomnies, cette fois, je sais ce qui me tient éveillée.

Je dois parler à Robin.

Je rejette les couvertures et sors de mon lit. J'entre dans mon dressing, passe un bas de jogging, un t-shirt à manches longues, j'enfile des baskets et quitte l'appartement. Nous sommes en plein milieu de la nuit, Robin sera probablement endormi, mais je dois le voir à tout prix.

J'adore me balader dans New York la nuit. Lorsque je n'arrive pas à dormir, je prends souvent ma voiture pour rouler dans les rues en attendant que la fatigue me gagne.

La première fois que j'ai ressenti le besoin de conduire en pleine nuit, c'était après un cauchemar si violent qu'il m'avait semblé être vraiment en train de se produire. En réalité, c'était un souvenir que mon subconscient me faisait revivre. Comme je n'arrivais plus à trouver le sommeil, j'ai décidé de faire une balade. La paix que j'ai réussi à retrouver cette nuit-là le temps d'une petite heure derrière le volant de ma voiture a été inespérée, et depuis, j'arpente les rues chaque fois qu'un cauchemar me réveille en sursaut. Et Dieu sait qu'il y en a eu, des cauchemars… Dieu sait qu'il y en a encore parfois. Moins qu'avant, c'est vrai, mais suffisamment pour me tourmenter.

Je me gare devant l'immeuble de Robin, monte à son étage puis toque à sa porte. Je ne veux pas risquer de le réveiller en sursaut si j'utilise la sonnette. Plusieurs secondes s'écoulent. Je frappe à nouveau, plus fort cette fois, et il finit par ouvrir, vêtu seulement d'un bas de survêtement. La vue de son torse me fait retenir mon souffle. Je n'ai jamais vu des pectoraux et des abdominaux aussi sculptés. Ses cheveux partent dans tous les sens et ses yeux sont remplis de sommeil. Il est à la fois torride et adorable. Surpris, il hausse les sourcils mais se décale pour me laisser entrer.

— Tout va bien ? demande-t-il en refermant la porte.

— Je te fais confiance, j'annonce sans préambule.

Il croise les bras sur son torse.

— C'est vrai, je t'assure, je poursuis. Ce n'est pas parce qu'il y a des choses que je ne peux pas te dire que je ne te fais pas confiance. Le fait que je me trouve ici au beau milieu de la nuit en est déjà la preuve. Tu as raison, j'ai mes secrets et ça ne sert à rien que je continue à le nier, mais il faut que tu comprennes que je n'ai jamais laissé aucun homme entrer dans ma vie, pas comme je le fais avec toi, en tout cas. Peut-être que pour toi c'est une relation comme une autre qui débute, mais pas pour moi. Chaque étape est une avancée monumentale en ce qui me concerne. Je veux que tu fasses partie de ma vie et je veux faire partie de la tienne mais tu ne peux pas me demander de tout te déballer de mon passé aussi tôt. Je ne connais pas tout de toi non plus. J'imagine qu'on apprendra à se découvrir avec le temps. Tu ne dois pas me brusquer parce que si tu le fais, je vais me braquer et mettre des barrières entre nous.

J'avance d'un pas. Il tend ses bras pour m'enlacer mais je n'en ai pas terminé :

— Ce n'est pas mon genre de courir après les hommes, ni après qui que ce soit d'ailleurs. Si ce que je viens de te dire te semble absurde et que tu penses que cette relation s'annonce trop compliquée – et elle le sera, crois-moi, il y aura plein d'obstacles entre nous et tu en as déjà rencontré deux –, alors il vaut mieux qu'on y mette un terme tout de suite. On se quitte et on reprend nos vies chacun de notre côté, comme avant, comme si on ne s'était jamais connus. En revanche, si tu décides que ça vaut la peine de continuer, parce que toi aussi tu veux faire partie de ma vie, parce que toi aussi tu ressens quelque chose pour moi, alors il faudra t'armer de patience et attendre que je sois prête avant de me demander de tout te raconter.

Voilà, tout est dit. La balle est dans le camp de Robin. S'il décide qu'il n'a pas envie de s'encombrer d'un fardeau comme celui que je représente, je préfère qu'il me le dise maintenant, avant que mes sentiments pour lui ne se développent, avant que mon attachement pour lui ne devienne trop fort.

— Tu es une femme tellement difficile à cerner, Amalia... La plupart du temps, c'est comme si tu étais sur le point de conquérir le monde, et parfois, tu sembles prête à te briser en milliers de petits morceaux.

Il glisse une mèche de cheveux derrière mon oreille et laisse traîner sa main sur ma joue.

— Je veux faire partie de ta vie, moi aussi, et maintenant que je sais à quoi m'en tenir, je serai patient, je te le promets.

Soulagée, je me hisse sur la pointe des pieds pour poser mes lèvres sur les siennes. Je ne pensais pas que cette discussion se passerait aussi bien, mais encore une fois, Robin me prouve qu'il est différent. Ses grandes mains se posent dans mon dos. Il m'embrasse d'une manière délicate, comme si j'étais une petite chose fragile, et c'est complètement différent de ce à quoi il m'a habituée. Mais ce n'est pas ce que je veux. J'ai besoin de passion, j'ai besoin de le sentir plus près, j'ai besoin de le sentir partout sur moi, en moi. Depuis le début, Robin déclenche en moi des sentiments et des sensations complètement inédites. Il transpire la testostérone, il est l'image même du mâle dominant et ça dérègle mes hormones, ça les rend folles. Aussi, je m'accroche à sa nuque et je lui grimpe littéralement dessus. Il passe un bras sous mes fesses pour me soulever. Je l'embrasse plus fort. J'ai *besoin* de me lier à lui. Je voulais attendre, je voulais le tester, je voulais prendre mon temps, mais à cet instant, il n'en est plus question. Je *veux* Robin Edwards plus qu'aucun autre homme auparavant.

— Tu veux y aller doucement, me rappelle-t-il entre deux baisers.

— Plus maintenant. Je te fais confiance, dis-je à nouveau, en le regardant dans les yeux, cette fois.

Il me fixe pendant une poignée de secondes et j'ai l'impression que c'est lui qui va instaurer une barrière entre nous. Il semble hésiter, surpris, avant de m'entourer brusquement de ses bras et de m'emporter dans sa chambre. Une fois à l'intérieur, il s'empresse de refermer la porte et de me plaquer tout contre en écrasant son corps contre le mien, me coupant le souffle.

— Tu es sûre ?

— Certaine.

Sa bouche s'étire en un sourire sensuel avant de s'emparer voracement de la mienne. Ma main fourrage dans ses cheveux, les tirant sans ménagement. J'ai soudain tellement envie de Robin que je ne me contrôle plus. Qu'il soit déjà torse nu n'arrange rien. D'une main, je caresse son dos musclé. Son bassin avance contre le mien en réponse tandis qu'il pousse un grondement terriblement excitant.

J'ai trop chaud. J'ai besoin d'enlever mes vêtements, mais le corps de Robin m'en empêche.

Je tente de le repousser. Autant essayer de déplacer une montagne.

— Déshabille-moi, je halète alors qu'il mordille mon cou.

Il me maintient contre la porte de la chambre à l'aide de son bassin. Sa force m'impressionne. Je lève les bras au-dessus de ma tête et mon pull s'envole. Robin passe alors ses bras sous mes fesses. Mon dos quitte la porte pour rencontrer le matelas de son lit. J'envoie valser mes baskets, mais lorsque je fais glisser une bretelle de mon soutien-gorge, il m'arrête.

— Laisse-moi faire.

J'abdique et le regarde retirer le sous-vêtement. Ses yeux se rivent sur mes seins, pétillants d'envie. Il se penche au-dessus de ma poitrine, ses cheveux chatouillant mon menton, et le bout de sa langue glisse sur l'un de mes tétons.

— Laisse-moi prendre soin de toi.

Ses lèvres explorent mes seins, les cajolent, les vénèrent, puis elles planent au-dessus de ma poitrine et lorsqu'il parle, son souffle qui caresse ma peau me fait frissonner.

— Laisse-moi te faire du bien, te montrer à quel point je te désire.

Je sursaute lorsque ses doigts glissent de mes côtes jusqu'à mes hanches. Il sourit et se redresse. Mon jogging disparaît, ainsi que mes chaussettes et ma petite culotte. Je suis complètement nue devant Robin, dont le regard me passe au crible. Ma peau s'enflamme. Ses larges mains se posent sur l'intérieur de mes cuisses et écartent mes jambes. Ma respiration accélère, mes poings se crispent d'anticipation sur la couverture.

— Le baiser que je t'ai donné *ici* la dernière fois était trop rapide. J'avais envie de plus et j'avais envie que tu me demandes de t'en donner plus, dit Robin en déposant un doux baiser sur le bas de mon ventre.

— J'ai besoin que tu me donnes plus, maintenant, je murmure.

Son sourire en coin est craquant. Ses bras entourent mes cuisses, il me rapproche de lui et lorsque sa langue entre en contact avec mon sexe, je me cambre. Sa langue est intraitable avec mon clitoris et ses doigts jouent délicieusement avec la pointe de mes seins. Ma respiration est hachée et je sens le rouge me monter aux joues quand une vague de chaleur me parcourt le corps. Je pousse un cri lorsque Robin mord l'intérieur de ma cuisse avant que sa langue ne reprenne son rythme dévastateur. Le plaisir est si intense que je jouis avec une rapidité déconcertante.

Groggy, le souffle court, je ne réalise que Robin a quitté la chambre que lorsque j'en entends la porte se refermer. Mais il revient presque aussitôt et me montre un préservatif dans sa main pour répondre à ma question muette. Je me redresse sur mes coudes lorsqu'il commence à retirer son pantalon de survêtement. Je ne veux pas louper une miette du spectacle. Et je dois dire que je ne suis pas déçue. J'avais donc raison, tout est bien proportionnel. Robin Edwards est imposant *de partout !*

J'avale ma salive et frissonne en le regardant enfiler le préservatif d'un geste sûr. Il monte sur le lit, je lui vole un baiser et son corps prend place sur le mien.

— Regarde-moi. Ne ferme pas les yeux, ne détourne pas le regard.

Je lui obéis, me noyant dans ses prunelles azur. Je pose doucement mes mains sur son visage et, les yeux toujours plongés dans ceux de l'autre, nous soupirons en même temps lorsque nos corps s'unissent enfin.

— Robin.

J'ai besoin de dire son prénom, à défaut de toutes ces autres choses que je voudrais lui dire mais que je dois garder pour moi.

Il frotte son nez contre le mien puis m'embrasse et se met à bouger. J'enroule mes jambes autour de sa taille, passe une main dans ses cheveux, l'autre sur son dos, et j'accompagne ses mouvements avec mon bassin. Je griffe sa peau un peu plus fort et il grogne, augmentant la cadence de ses coups de reins.

Ni lui ni moi ne cessons de nous regarder, et cela décuple les sensations. Je vois son plaisir dans ses yeux et il devine le mien.

— J'avais besoin de ça. Avec toi, murmure-t-il.

Je mets quelques secondes à interpréter ses paroles. Il avait besoin de ça, besoin de sentir cette connexion que nous partageons à cet instant, besoin de sentir le lien qui se forme, qui se consolide.

Je serre son grand corps dans mes bras jusqu'à ce que nos bustes soient écrasés l'un contre l'autre.

— J'avais besoin de toi, je chuchote en retour.

Notre course à l'orgasme semble interminable. C'est seulement au bout d'un long moment qu'il enfouit sa tête dans mon cou tandis que je m'agrippe à ses épaules, et que nous atteignons notre but ultime dans un concert de cris.

Je suis une véritable poupée de chiffon dans les bras de Robin, vidée de toutes mes forces. Il pose sa tête sur ma poitrine, me bouleversant totalement.

C'était absolument...

— Incroyable, je termine à haute voix.

— Je suis d'accord.

Il embrasse mon sternum et repose sa tête contre mon cœur dont les battements sont désordonnés. Je glisse alors ma main dans ses cheveux pour le caresser, envahie par un élan de tendresse dévorant.

Notre position m'arrache un sourire. C'est comme si nos corps étaient faits pour parfaitement s'emboîter, comme si nous nous connaissions depuis toujours, comme si nous étions faits pour être ensemble.

***

Je suis réveillée par le bruit de l'eau qui coule dans la douche. J'ouvre les yeux et mets un moment à me rappeler de l'endroit où je suis et de ce qui s'est passé hier soir. Je souris alors que des souvenirs délicieux me reviennent en mémoire. Robin qui m'enlace, m'embrasse, la sensation de ses lèvres qui parcourent mon corps...

Je n'ai jamais été aussi bien de toute ma vie.

Je me lève et me dirige vers la salle de bain. Dans un nuage de vapeur épaisse, Robin, dos à moi, est en train de se laver. Je le détaille un instant. Son dos est musclé, ses fesses sont fermes, je ne résiste donc pas et entre dans la douche à mon tour. Je me mets sur la pointe des pieds pour embrasser sa nuque. Il se retourne vivement en souriant.

— Bonjour, mademoiselle Gomes.

— Bonjour, monsieur Edwards.

Il m'attire à lui et m'embrasse langoureusement, du genre de baiser qui fait tout oublier.

Les mains de Robin commencent à parcourir mon corps. Elles montent et descendent le long de mon dos, me prodiguant de douces caresses. Sa tendresse contraste avec la passion des ébats que nous avons partagés hier soir.

Lorsqu'il met fin au baiser, sa main caresse tendrement ma joue et ses yeux s'ancrent aux miens. Aucun mot n'est échangé, nous sommes juste plongés dans la contemplation l'un de l'autre.

Soudain, Robin fronce légèrement les sourcils. Qu'est-ce qui le perturbe ? Je passe mon pouce sur le petit pli qui s'est formé entre ses yeux.

— Ça va ?

Je chuchote pour ne pas briser la quiétude de ce moment.

— Tu es belle, dit-il simplement. J'en prends de plus en plus conscience chaque jour.

Aussitôt, je rougis. Il me sert son petit sourire en coin.

— Mal à l'aise avec les compliments ?

— Un peu.

— Eh bien, il va falloir t'y habituer, avec moi.

Mon sourire s'élargit.

Après ce moment de tendresse, nous nous lavons mutuellement, et je dois calmer les ardeurs de Robin quand je vois la direction que prend notre douche.

Nous prenons le petit déjeuner en nous souriant bêtement. Je nous trouve niais, c'est vrai, mais je nous adore.

— Qu'est-ce que tu as prévu de faire, aujourd'hui ? je l'interroge.

— Ça tombe bien que tu me demandes ça, parce que je crois que j'ai trouvé mon futur bureau.

— Vraiment ? C'est génial !

— Et j'aurais besoin que tu viennes y jeter un œil. J'aimerais vraiment que tu m'aides à le rendre accueillant et chaleureux.

— Aujourd'hui, ça risque d'être compliqué, mais pourquoi pas demain ?

— Tu as beaucoup de travail ?

— J'ai surtout une assistante enceinte qui approche de son congé maternité, un remplaçant à lui trouver et un nouveau décorateur à embaucher.

— Tu vas t'en sortir, j'en suis sûr.

Il se ressert du café pendant que j'envoie un message à Ray pour lui demander de m'apporter des vêtements de rechange, puis je me mets à contempler Robin.

Est-ce normal que le mouvement de sa mâchoire lorsqu'il mâche me mette dans tous mes états ? Est-ce normal d'avoir l'impression que mon cœur est enveloppé dans une sorte de cocon quand je pose les yeux sur lui ? J'en doute.

— Quoi ?

Il relève les yeux sur moi, me surprenant à le regarder. Je ne réponds pas, me contentant de le dévisager de cet air guimauve que j'arbore probablement.

Pour autant, malgré la légèreté que je ressens ce matin, je n'oublie rien de ce qui s'est passé hier soir ni de la manière dont mes secrets peuvent à tout moment mettre en péril la relation que nous construisons. C'est pour cela que j'ai besoin de savoir...

— Est-ce que tout va bien entre nous ?

— Avec ce qui s'est passé hier soir, tu as vraiment besoin de poser la question ? réplique-t-il en jouant malicieusement des sourcils.

Je secoue la tête, pas encore totalement convaincue. Il termine son café d'une traite, attrape doucement ma main et m'attire entre ses jambes.

— Tout va bien.

Et lorsque ses lèvres se posent contre les miennes, j'en suis enfin certaine.

Chapitre 23

— Couleur du sol ?

Je place devant Robin quelques échantillons et j'attends qu'il fasse son choix. Comme il se contente de hausser les épaules, je lui explique :

— La couleur du sol est déterminante pour le reste de la décoration. Par exemple, si tu pars sur du parquet en chêne sombre, les peintures ainsi que les meubles devront être dans des teintes claires pour garder de la luminosité et une impression d'espace. En revanche, avec un sol clair, tu pourrais te lâcher un peu plus sur les couleurs et la déco. Tu conçois des habitations, il faut donc que lorsque tes clients entrent dans ton bureau, ils soient conquis. Parce que s'ils se sentent bien chez toi, ils te feront confiance pour créer leur chez eux... Tu m'écoutes ?

— J'ai envie de toi !

Je lève les yeux au ciel.

— Je me disais bien que ton regard perdu dans le vague n'était pas causé par une trop grande concentration.

— Je n'y peux rien. J'ai envie de toi.

Il y a un mois, lorsque j'ai rendu visite à Robin en pleine nuit, notre relation a pris un tournant déterminant. Je passe désormais plusieurs nuits par semaine dans son appartement et je peux compter sur les doigts d'une main le nombre de fois où j'ai déjeuné seule ces quatre dernières semaines. Je dois dire que j'adore ça.

La confiance s'installe doucement entre nous, mais nos sentiments semblent évoluer rapidement. En tout cas, c'est vrai pour les miens.

Aujourd'hui, je profite de notre pause déjeuner pour montrer à Robin des échantillons pour son cabinet d'architecte. Il s'est décidé à investir dans un local à Greenwich Village, et je ne peux qu'approuver. Depuis que je pense à me trouver mon propre chez-moi, ce quartier vient en bonne place dans le top de ceux où j'aimerais vivre. D'ailleurs, j'ai profité des recherches de Robin pour me renseigner auprès des agents immobiliers moi aussi, et j'ai même visité deux appartements. Ils ne m'ont pas plu, mais c'est un premier pas.

Depuis une semaine, Robin est officiellement propriétaire de bureaux... vides. J'ai donc décidé d'en prendre la décoration en main. Malheureusement, il ne me facilite pas la tâche.

Il se lève et s'approche de moi.

— Robin, non.

— Non ?

— Non. Enfin, pas maintenant.

Mon refus semble l'amuser plus qu'autre chose. Il faut dire que j'ai bien du mal à être convaincante, avec le large sourire qui étire mes lèvres.

— Je suis sérieuse, j'insiste néanmoins. Il faut qu'on avance pour que tu puisses commencer à recevoir des clients le plus vite possible.

Il m'encadre de ses bras en posant ses mains sur les accoudoirs de mon fauteuil et rapproche son visage du mien. Ses yeux m'hypnotisent. Alors que nos bouches sont sur le point de se toucher, il se redresse et dit :

— Tu as raison. Le travail d'abord.

— Hé !

J'agrippe le col de son pull et l'attire contre moi pour prendre ce qu'il m'a fait miroiter. Il rit contre mes lèvres avant de répondre à mon baiser puis il sourit, fier de lui, quand il reprend place sur la chaise face à moi.

J'inspire et recouvre mes esprits.

— Je disais donc : couleur du sol ?

Après une heure de discussion, j'ai enfin les réponses que je voulais. Je note ses envies, que je combine à mes idées, et le résultat nous emballe tous les deux. Je décide de profiter que nous soyons seuls et au calme pour aborder quelque chose qui me trotte en tête depuis quelques jours.

— On dîne ensemble au penthouse, ce soir ?

— Si tu veux.

— Avec Chris et Matt ?

Il me dévisage pendant quelques secondes, impassible, avant de finalement réagir :

— Tu n'es pas sérieuse ? Tu veux vraiment me jeter dans la fosse aux lions ?

— Je voudrais juste qu'on se retrouve tous les quatre autour d'un bon repas pour discuter. Ça fait plus d'un mois qu'on est ensemble, toi et moi, et la situation est au point mort. Quand tu viens me chercher, tu ne montes même pas jusqu'à l'appartement. Et quand je suis au téléphone avec toi, Chris quitte la pièce. C'est ingérable.

— Nous agissons en adultes. Plutôt que d'en venir aux insultes ou aux mains, on préfère s'éviter.

— Sauf que vous m'obligez aussi à éviter l'autre quand je suis avec un de vous deux.

Robin continue à manger, pas du tout ému par mon discours. Il pioche dans ma salade et me sourit comme si de rien n'était. Lorsqu'il voit que je suis tout à fait sérieuse et que je ne changerai pas d'avis, il soupire et repose ses couverts.

— Bébé, c'est trop tôt. Tu l'as dit toi-même, nous ne sommes ensemble que depuis un mois. Quand tes amis verront qu'entre nous c'est du sérieux et que ça dure, ils se calmeront enfin et accepteront notre couple.

— Mais enfin, pourquoi tu refuses de les voir ?

— Je n'ai pas dit non, je pense juste que le moment n'est pas encore arrivé. Et je vais être franc, qu'on se retrouve tous les trois dans la même pièce... c'est risqué. Pour tout le monde.

— *Teimoso* [4], je bougonne en me levant.

— Quoi ?

Je jette nos déchets dans la poubelle sans lui répondre. Voyant probablement que la situation me contrarie, il se lève, passe ses bras autour de moi et plaque doucement mon dos contre son torse.

— Écoute, Lia, je n'ai pas envie de te fâcher... Mais vu l'énergie que tes amis dépensent à essayer de nous foutre en l'air, je n'ai pas envie de leur faire la causette autour d'un repas.

— Je gérerai Chris et Matt, je réplique en m'appuyant contre lui.

— Pourquoi veux-tu à tout prix qu'on les voie ? Et pourquoi est-on obligés de parler de ça maintenant ?

Son nez glisse contre ma joue et il m'embrasse tendrement.

— Tu es sûr que c'est la seule raison ? je lui demande sans me laisser distraire. Que tu veux prendre ton temps ? Parce que je commence à croire qu'il y a quelque chose d'autre.

Il se détache de moi en soupirant de lassitude.

— On est bien comme ça, tous les deux, on avance à notre rythme. Pas besoin de tout précipiter. Tu veux me forcer à fraterniser avec tes potes et ensuite, quoi ? Tu voudras que je rencontre tes parents ? Bientôt, tu vas me dire que tu as déjà réservé la salle pour notre mariage et trouvé les prénoms de nos gosses ? Arrête de vouloir nous bousculer, putain.

Je suis stupéfaite. Je ne comprends pas la réaction de Robin. Tout ce que je sais, c'est que je n'ai pas mérité

4. « Têtu », en portugais.

qu'il s'énerve. Comment peut-il se mettre dans une telle colère alors que je n'ai fait que lui poser une question ? Devant mon état de choc et comprenant qu'il est allé trop loin, il s'avance à nouveau, mais je recule, me dérobant à lui.

— Je ne sais pas pourquoi tu pètes les plombs de cette manière ! je m'exclame. Tu ne veux pas dîner avec Chris et Matt ? Très bien. Faire véritablement leur connaissance ne t'intéresse pas ? C'est comme tu veux ! Mais si tu ne souhaites pas faire d'efforts, ne t'attends pas à ce que j'en fasse de mon côté.

— Je n'ai pas dit que...

— Je ne te demandais pas de te jeter d'une falaise, à ce que je sache, simplement de passer une soirée avec eux, avec moi, comme une personne civilisée. Je leur ai proposé la même chose ce matin et ils ont réagi exactement comme toi. Des gamins de cinq ans auraient plus de maturité que vous ! Il y a un mois, tu me reprochais de te cacher des choses, et quand je te propose de faire un pas en avant dans ma vie, tu refuses. C'est quoi ton problème ?

À son tour de se prendre une gifle verbale. Figés l'un en face de l'autre, nous nous défions du regard. Finalement, Robin attrape sa veste et quitte mon bureau en claquant la porte derrière lui.

Et merde !

Peut-être que j'y suis allée un peu fort, mais il fallait que les choses soient dites. Je n'ai pas l'habitude d'être éloignée de Chris et Matt et je ne veux pas m'y habituer. Quant à Robin, je tiens bien trop à lui pour céder à la pression que me mettent mes deux meilleurs amis pour que je rompe avec lui.

Je ne vois donc qu'une solution : réunir tout le monde et jouer cartes sur table. J'aurais peut-être dû être plus patiente et répondre à Robin avec plus de tact, mais en même temps, il ne m'a pas épargnée non plus. Son premier contact avec Chris et Matt l'a vraiment échaudé et je comprends qu'il rechigne à leur faire face à nouveau. Malgré tout, je ne lâcherai pas l'affaire.

Agacée, je décide de le laisser ruminer dans son coin et je rumine dans le mien. Plusieurs fois dans l'après-midi je suis tentée de l'appeler, mais je résiste. À la place, j'essaye de me concentrer sur mon travail. Peine perdue : je suis trop préoccupée. Je suis plongée dans mes pensées lorsque Maria débarque dans mon bureau, des dossiers sous le bras.

— Je reviens du rendez-vous avec nos fournisseurs peintures et sols, et tu seras contente d'apprendre que j'ai réussi à renégocier les tarifs.

— T'es la meilleure.

— C'est pour ça que tu n'as toujours pas commencé à chercher mon successeur ? Parce que je suis la meilleure ?

— Et aussi parce que tu gères l'administratif d'une main de maître, que tu n'hésites pas à menacer les fournisseurs pour obtenir des rabais, que tu penses toujours à m'apporter le café alors que tu n'y es pas obligée, que j'ai débuté avec toi, que je suis sûre que personne d'autre ne trouvera grâce à mes yeux et parce que tu es mon amie...

— C'est vrai. Je suis irremplaçable, dit-elle en me faisant un clin d'œil.

— C'est pour ça que je vais te laisser t'occuper du recrutement de la personne qui prendra la relève et du nouveau décorateur. J'ai besoin de plus de monde, alors autant faire le bon choix tout de suite. Je te fais confiance.

— Tu es sûre ? Tu ne veux même pas faire passer les entretiens ?

— Si, bien sûr, mais je te fais confiance pour organiser une première sélection. Ensuite, nous nous occuperons des entretiens toutes les deux. Il faut que nous tombions d'accord.

— Marché conclu. Je vais poster les annonces dans la journée et je m'occupe du reste.

Elle se lève et se dirige vers la porte, mais se retourne brusquement.

— Ah oui, j'ai oublié de te prévenir : demain matin j'ai rendez-vous chez mon médecin. J'ai les pieds qui commencent à gonfler, c'est une horreur.

— Pas de problème. Il faudra que tu précises tes rendez-vous sur les plannings pour que je puisse m'organiser. Au fait, quand est-ce que tu connaîtras le sexe du bébé ?

— À ma prochaine échographie. J'ai tellement hâte...

Je souris. Sa joie est communicative...

Parler de son bébé me fait soudain penser à quelque chose. Maria va peut-être râler, mais j'ai envie de savoir.

— Tu ne m'as jamais dit à quoi ressemblait le père ?

— Le géniteur, rectifie-t-elle en s'adossant contre la porte.

Le regard dans le vide, elle se plonge dans ses souvenirs et sourit malicieusement.

— Grand, musclé comme j'aime, les cheveux bruns, de beaux yeux bleus, enfin pas tout à fait, un mélange de bleu et de vert. Je n'ai pas choisi au hasard. Il avait une voix grave et un peu rauque et un sourire de malade.

Elle soupire rêveusement et redescend sur Terre.

— Mon enfant aura des gènes parfaits, conclut-elle en riant.

Elle ouvre la porte et me dit en partant :

— Quand est-ce que tu me présentes ton beau mâle ? Je vais finir par croire que c'est le petit ami invisible.

— Quand il acceptera de s'asseoir à la même table que mes amis, je ronchonne lorsque mon assistante ne peut plus m'entendre.

Robin ne me contacte pas du reste de la journée. Même si je n'ai pas envie de faire le premier pas, je trouve ridicule de rester fâchés pour une connerie, alors je décide de l'appeler une fois rentrée chez moi. J'ai cependant la surprise de le voir à côté de l'ascenseur lorsque j'entre dans l'immeuble. Mon cœur bondit dans ma poitrine et, immédiatement, une boule d'appréhension, de joie et d'autres sentiments sur lesquels je refuse de m'arrêter se forme dans ma gorge.

— Qu'est-ce que tu fais là ?

— J'ai réfléchi à ce que tu m'as dit. Tu as raison, on se comporte comme des gamins et on devrait jouer cartes sur table.

Mon soulagement est immense. Voir Robin faire un effort me motive à faire plier Matt et Chris. Je ne leur laisserai pas le choix, ils dîneront avec l'homme que j'ai choisi, et sans se comporter comme des sauvages.

— Merci, je murmure en posant ma tête contre le torse de Robin.

— Mais si je fais un pas en avant, tu dois en faire un aussi.

— Oui, bien sûr.

— Génial. On a rendez-vous au restaurant avec mes sœurs dans une heure.

Je me redresse et fronce les sourcils.

— Pardon ?

— Tu tiens à tout prix à ce que je me lie avec Chris et Matt qui sont, j'ai l'impression, les personnes les plus importantes de ta vie.

Tu es en train de devenir l'une de ces personnes, toi aussi...

— Je tiens donc à ce que tu rencontres mes sœurs, dont je suis très proche.

— Mais... je croyais que tu voulais attendre ? Que tu ne voulais pas que je nous brusque ?

— Je sais aussi que je veux partager des choses avec toi. Je connais déjà Chris et Matt, et même s'ils me détestent, j'ai une longueur d'avance sur toi. Je me suis rendu compte que c'était injuste de te demander de t'ouvrir à moi alors que je ne me suis pas vraiment dévoilé. Quoi de mieux que de te présenter mes sœurs pour cela ?

L'angoisse !

— Ça t'embête ? demande Robin en me scrutant.

— Non... non, mais...

— Mais ? Parle, Lia !

— Bordel de merde, j'ai la trouille.

Il me fixe un instant puis éclate de rire.

— La trouille ? Mais pourquoi ?

— Ne te moque pas de moi. C'est stressant.

— Je leur ai déjà parlé de toi et elles sont excitées à l'idée de te rencontrer.

— Tu leur as parlé de moi ? je répète, surprise.

— Évidemment. Tu as déjà vu Taylor au resto italien et elle s'était rendu compte que... tu ne me laissais pas indifférent. Quant à Nina, elle est adorable, tu n'as rien à craindre d'elle.

Je soupire.

— Après la scène que je t'ai faite tout à l'heure, je serais vraiment idiote de dire non.

Il se penche pour capturer mes lèvres en m'attirant doucement contre lui.

— On y va ?

— Hein ? Non ! Je dois monter me changer, je ne peux pas y aller dans cette tenue !

— N'importe quoi, tu es très bien comme ça.

— Je monte me changer, c'est non négociable. Tes sœurs sont sûrement adorables, mais elles vont me jauger, m'analyser, elles vont vouloir savoir si je te mérite, toi, leur grand frère à qui elles vouent probablement un culte.

Il lève les yeux au ciel mais capitule.

— Ce que Lia veut...

— ... Lia l'obtient toujours, je termine en entrant dans l'ascenseur.

Lorsque nous entrons dans le penthouse, nous trouvons Chris assis au bar de la cuisine avec Matt. Ils nous jettent un coup d'œil et la tension dans l'appartement augmente immédiatement. Je soupire de lassitude en entrant dans ma chambre, accompagnée de Robin.

— Ton dîner promet d'être épique, ricane ce dernier.

Je me contente de hausser les épaules, puis j'enfile une longue jupe couleur marron glacé fendue jusqu'au-dessus de la cuisse ainsi qu'un crop top blanc à manches longues et des escarpins. Je fais ensuite un saut dans la salle de bain, où j'attache mes cheveux en queue-de-cheval. Pour le maquillage, je décide de me limiter à du mascara.

Robin sourit et me prend dans ses bras lorsque je retourne dans la chambre.

— Tu me laisseras t'enlever cette tenue, ce soir ?

— Si tu es sage...

Il m'embrasse à m'en faire perdre le souffle puis il pivote et nous fait basculer sur le lit. Nous tombons en riant, il dépose un baiser dans mon cou et sa main se faufile déjà sous mon haut, mais je l'arrête.

— N'y pense même pas.

— Tu m'as dit que tu étais stressée et il se trouve que je connais un très bon remède contre ce fléau.

— Je n'en doute pas, mais avec Dupond et Dupont à côté, ce n'est même pas envisageable.

Il grogne et se redresse à contrecœur. Lorsque nous quittons ma chambre, Chris et Matt sont toujours attablés au bar mais ils ne nous jettent pas un regard. J'en suis blessée. Malgré tout, je décide de ne pas m'encombrer l'esprit avec ça.

Toujours mener une bataille à la fois. Et ce soir, un autre défi m'attend.

Opération séduction des sœurs Edwards...

Chapitre 24

Le stress monte de plus en plus. Je sais que je vais être passée au crible et je redoute les questions qui vont m'être posées. Est-ce que je pourrai y répondre ? Devrai-je enjoliver ? Mentir ?

Robin prend ma main tandis que nous entrons dans un restaurant situé sur Madison Avenue. Il repère rapidement ses sœurs et nous entraîne au fond de la salle bondée et bruyante. Taylor, superbe dans une courte robe noire, est accompagnée d'une petite brune.

— Robbie. Comment tu vas ? s'enquiert sa jumelle.

— Bien, merci. Salut Nina.

Tandis que les trois s'enlacent, je suis frappée par l'entente entre eux. Les deux sœurs regardent leur frère comme s'il était une sorte de héros et cela m'attendrit beaucoup.

— Les filles, je vous présente Lia. Bébé, je te présente Nina, le fléau de la famille. Quant à Taylor, tu l'as déjà rencontrée.

— Tu sais ce qu'il te dit, le fléau ? Salut, Lia.

Nina me serre dans ses bras, ce qui me surprend, mais je n'en laisse rien paraître. Taylor, elle, esquisse un sourire en me tendant la main.

Les Edwards ont beaucoup de traits physiques similaires. Le même sourire, les mêmes lèvres pleines et les mêmes yeux bleu lagon qui me font pâlir de jalousie.

Nous prenons place tous les quatre autour d'une table ronde. Robin est à ma gauche, Nina à ma droite et Taylor face à moi.

— J'aime beaucoup ta jupe, me lance cette dernière.

Je remarque son regard scrutateur, mais je ne m'en offusque pas. Le dîner de ce soir est un test et je comprends rapidement que c'est Taylor qui va m'évaluer.

— Merci, je réponds en souriant timidement. Et j'aime beaucoup ta...

— Tu as quel âge ? me demande Nina sans me laisser le temps de finir mon compliment.

— Vingt-trois ans.

— Tu fais quoi dans la vie ?

— Je suis décoratrice d'intérieur et j'...

— Vraiment ? Je suis une passionnée de déco. J'ai aidé Taylor à aménager son appartement et sans vouloir me vanter, je m'en suis plutôt bien sortie.

— C'est génial parc...

— Si je comprends bien, vos métiers sont similaires, me coupe Taylor. Rob construit des habitations, et toi, tu les décores.

— Mais oui ! s'exclame Nina en souriant largement. C'est un signe. Comment vous êtes-vous rencontrés ?

Je prie pour que le flot incessant de questions s'arrête enfin, histoire que je puisse formuler ne serait-ce qu'une seule réponse complète et ne pas passer pour une écervelée.

— On se calme, les filles, vous ne laissez pas Lia en placer une ! tempère Robin. Et vous allez l'effrayer.

— Oh, désolée, Lia... C'est juste que je suis tellement contente de te rencontrer ! s'écrie Nina, si excitée qu'elle semble sur le point de taper des mains.

Avec ses cheveux bruns mi-longs, son visage en forme de cœur, ses yeux semblables à ceux de Robin et sa peau claire, la jeune femme est superbe. Elle me semble dynamique, drôle et avenante. Le doux sourire sur son visage angélique me met à l'aise.

— C'est très rare qu'on rencontre les petites copines de notre frère, ajoute Taylor.

Et apparemment, ça la perturbe beaucoup.

Pourquoi est-ce que Robin me présente ? Est-ce que ça veut dire que c'est sérieux entre nous ? Suis-je assez bien pour lui ? Taylor se pose toutes les questions légitimes pour une sœur aimante. Sans compter que le fait qu'elle soit la jumelle de Robin doit sûrement exacerber son inquiétude. J'imagine qu'elle me voit comme celle qui va lui voler sa moitié.

— Lia n'est pas qu'une simple décoratrice, explique Robin. Elle est aussi femme d'affaires. Elle a monté sa boîte et sa réputation est en train d'exploser.

Il caresse le dessus de ma main avec son pouce. J'ai soudain envie de grimper sur ses genoux et de ne plus en bouger pour le reste du repas.

— Et tout ça à seulement vingt-trois ans ? s'étonne Taylor.

J'acquiesce sans insister. Être le centre de l'attention commence à me mettre mal à l'aise, même si je sais que c'est inévitable, au regard des circonstances.

— Et toi ? Tu travailles dans quel secteur ? je demande à la jolie blonde.

Un serveur arrive à cet instant pour nous apporter le menu. Mes yeux s'écarquillent quand je vois les prix des plats. J'ai beau vivre avec Chris depuis des années et être habituée à ses goûts de luxe, certaines choses me font parfois dresser les cheveux sur la tête. Près de quatre-vingt-dix dollars pour un gaspacho ? À savoir l'équivalent d'une soupe à la tomate assaisonnée ?

— Je suis critique gastronomique, me répond Taylor une fois que l'agitation est retombée.

— Elle passe son temps à manger et à voyager à travers le pays pour découvrir de nouveaux restaurants, la taquine Nina.

— C'est résumé très rapidement, mais c'est à peu près ça, confirme la blonde en riant.

— Le jour où tu nous as croisés chez l'italien, j'accompagnais Taylor pour une dégustation incognito, m'informe Rob.

— Dis-moi que tu t'es régalé. C'est l'un de mes restaurants préférés ! je m'exclame.

— C'était délicieux, en effet, acquiesce-t-elle.

Je fais mine d'être soulagée puis je me tourne vers Nina.

— Et toi ? Que fais-tu dans la vie ?

Elle pousse un long soupir.

— Pas grand-chose. Je me cherche. J'ai arrêté les cours après le lycée. Je voulais prendre le temps de réfléchir à ce que je voulais faire, mais ça fait deux ans que j'enchaîne les petits boulots et je n'ai toujours pas trouvé.

— Ça va venir, Nin', ne t'en fais pas, la rassure Robin. Prends ton temps.

Les réactions que provoque cet homme chez moi sont ahurissantes. Le voir avec ses sœurs m'attendrit et me donne envie de l'embrasser. Le regard qu'il pose sur elles est rempli d'amour. De son côté, Nina le regarde avec une totale admiration dans les yeux. Taylor, elle, est plus retenue. Ce soir, sa préoccupation, c'est moi, pas son frère.

Impulsivement, je propose à la benjamine :

— Tu pourrais venir bosser à mon agence, si tu veux.

Elle écarquille les yeux.

— Tu n'as pas de diplôme de décoratrice mais je pourrais t'employer quelque temps pour que tu voies si c'est un domaine d'activité qui te plaît. Tu aiderais Maria, mon assistante, jusqu'à ce qu'elle parte en congé maternité, puis tu pourrais reprendre ses fonctions et m'accompagner sur certains chantiers pour apprendre le métier. Enfin, si tu en as envie.

Pourquoi ne dit-elle rien ? Et pourquoi me regarde-t-elle avec de si grands yeux ?

— Oui. Oui, oui, oui, j'accepte !

Son petit cri aigu est à la fois embarrassant et attendrissant.

— Bien. On va organiser ça, alors.

Robin serre ma cuisse sous la table en guise de remerciement. Taylor, elle, me jauge encore plus intensément que tout à l'heure. Quant à Nina, elle est si excitée que j'ai peur que le verre qu'elle tient dans ses mains crispées n'explose.

Le serveur revient pour prendre notre commande. Au moment de récupérer mon menu, il me sourit et me fait un clin d'œil. Désarçonnée, je fronce les sourcils et le suis du regard lorsqu'il s'éloigne.

— Tout va bien ?

Robin prend mon menton entre ses doigts et me fait lentement tourner la tête.

— Tu le connais ? demande-t-il, contrarié, en faisant un signe de tête en direction du serveur.

— Non. Non, j'ai cru... Laisse tomber.

— Vous êtes ensemble depuis combien de temps ? nous demande Taylor, ce qui nous reconnecte au monde extérieur.

Je retire lentement ma main de celle de Robin et réponds :

— Un peu plus d'un mois.

— Oh, c'est très court. Quand Robin a parlé de présentations, j'ai imaginé que cela faisait déjà longtemps que vous étiez ensemble.

— La durée de notre relation n'a pas d'importance, affirme Rob à sa jumelle. Je trouvais que c'était le bon moment.

— Je suis simplement surprise.

— Tu n'as pas à l'être.

Maintenant que je les vois interagir tous les deux, j'ai le sentiment que la relation qu'entretiennent Robin et Taylor est complexe. Ils s'aiment, c'est évident, mais Robin agit avec beaucoup plus de tendresse envers Nina. Peut-être parce que c'est la petite dernière ?

En tout cas, la brune me fait un geste de la main pour me signifier de ne pas m'offusquer de la réaction de sa sœur, ce qui me fait sourire.

Le serveur revient avec nos entrées, les dépose et repart sans m'accorder une attention particulière. J'ai peut-être rêvé son clin d'œil.

La conversation se poursuit. J'apprends que Nina et Taylor vivent ensemble à Brooklyn, mais que la famille Edwards est originaire de Pennsylvanie. À l'inverse de Robin, qui a arrêté ses études lorsque ses parents se sont vus dans l'incapacité de les financer, Taylor a décidé de gérer de front ses cours et autant de petits boulots qu'il lui en fallait pour payer des factures. Aujourd'hui, elle gagne confortablement sa vie et héberge Nina, la benjamine, qui après le lycée a décidé de suivre ses aînés et de venir vivre à New York à son tour.

À leur demande, je leur parle ensuite de mes origines, de mon lieu de naissance. Le stress que je ressentais à mon arrivée commence à s'envoler.

Une fois nos entrées terminées, le serveur nous rapporte les menus pour que nous choisissions les plats.

— Je n'arriverai pas jusqu'au dessert, je soupire.

— Oh crois-moi, quand tu verras leur carte des douceurs, tu trouveras encore un peu de place pour commander quelque chose, dit Taylor.

Elle semble elle aussi plus décontractée. Elle me sourit même un peu. Nina, quant à elle, ne cesse de parler. Elle est en plein débat avec son frère à propos de baseball.

— Sa saison est pourrie, Nina, admets-le.

— Jamais !

Je les écoute en souriant puis ouvre mon menu... et reste figée. Un morceau de papier se trouve à l'intérieur.

Simon
212-882-3641
Appelle-moi !

Qu'est-ce que... ?

Surprise, je referme la carte un peu trop fort, ce qui alerte Robin.

— Un problème ? s'enquiert-il.

— Non, tout va bien.

— Tu ne prends rien ?

— Et si tu choisissais pour moi ? Tu as l'air de bien connaître l'endroit, alors je te fais confiance.

Il fronce les sourcils.

— C'est idiot, il y a tellement de bonnes choses. Regarde par toi-même.

J'ouvre à nouveau le menu, plus doucement cette fois. Je m'assure que Robin est concentré sur autre chose avant de l'incliner légèrement pour faire glisser le morceau de papier. Je le rattrape et alors que je suis sur le point de le froisser, la main de Robin fait soudain disparaître la carte. La contrariété se lit sur son visage. Ses yeux se rivent sur le mot que je tiens entre mes mains.

— Qu'est-ce que tu fais ?

— Rien.

— C'est quoi, ça ? insiste-t-il.

— C'est... une note que je me suis faite... pour me souvenir de quelque chose.

— Et elle se retrouve dans le menu du restaurant ?

Outch.

— Montre-moi.

Je secoue la tête.

— Lia. Montre-moi ce foutu bout de papier.

— Robin, qu'est-ce qui se passe ? s'interroge Taylor.

— Rien, assène-t-il. Lia, c'est la dernière fois que je te le demande.

— Pardon ? je m'indigne. Qu'est-ce que ça veut dire ?

— Ça veut dire que si tu ne me montres pas tout de suite ce qu'il y a sur ce putain de bout de papier, je vais devoir te le prendre des mains !

Je le regarde, déconfite. Ne comprend-il pas que si je ne veux pas le lui montrer, c'est pour l'épargner ? Je sais qu'il est d'un tempérament jaloux, je n'ai pas envie qu'il se fasse des films pour rien. Mais la façon dont il vient de me parler me met hors de moi.

Oh et puis merde ! Tu l'auras voulu, Edwards.

Je pose brutalement le petit mot devant lui. Ses sœurs nous dévisagent, incrédules.

Génial, nous allons passer pour un couple de barges...

Robin et moi nous défions du regard avant qu'il ne déplie le malheureux morceau de papier. Ses yeux s'écarquillent. Ce qu'il voit ne lui plaît pas du tout.

En moins d'une seconde, l'air du restaurant se charge en électricité. Le visage de Robin se métamorphose et c'est un homme des cavernes que j'ai désormais devant moi.

Sauve qui peut !

— Le fils de pute !

Il hèle le serveur, qui s'approche en souriant, ignorant de ce qui l'attend.

Robin n'a même pas besoin de se lever pour l'intimider. Devant son regard noir, le pauvre homme se tasse sur lui-même.

— C'est vous, Simon ? demande mon hyper-jaloux de petit ami d'une voix dure.

L'intéressé hoche la tête. Il me jette un rapide coup d'œil puis remarque que la note qu'il m'a laissée se trouve dans la main de Robin. Il pâlit.

— Oui, monsieur, balbutie-t-il.

— Ma copine n'aura pas besoin de votre numéro, et elle se passera aussi de vos clins d'œil, assène mon mâle en déchirant le morceau de papier.

— Oh, je suis...

— J'aimerais que ce soit l'un de vos collègues qui nous serve pour le reste de la soirée, je refuse que vous continuiez à la reluquer impunément.

La réaction de Robin met tout le monde mal à l'aise. Le pauvre serveur ne sait plus où se mettre, Taylor et Nina regardent leur frère comme si elles le découvraient, et moi, je suis partagée entre l'envie de m'énerver parce qu'il ose parler à ma place et celle de... l'embrasser. Je n'aurais jamais cru que la jalousie pouvait me faire cet effet. Non, en fait, je crois que c'est Robin qui rend la jalousie sexy. C'est probablement le seul homme à être aussi excitant lorsqu'il se transforme en Cro-Magnon.

— Bien sûr, monsieur.

Simon fait volte-face et s'éloigne rapidement. C'est tout juste s'il ne se met pas à courir. Fier de lui, Robin se réinstalle contre le dossier de sa chaise et pose une main sur mon genou en signe de revendication.

C'est le geste de trop.

— Tu me suis dehors une minute ?

Je me lève sans me retourner pour m'assurer qu'il m'emboîte le pas, certaine qu'il va me suivre. Sur le trottoir, je croise les bras et attaque :

— C'était quoi, ça ?

— Qu'est-ce qu'il y a ? J'ai fait ce que j'avais à faire.

— Tu n'étais pas obligé d'humilier ce pauvre homme devant tout le monde.

— C'est quoi, le problème ? Tu voulais garder son numéro, c'est ça ? Tu voulais l'appeler et aller boire un verre avec lui ?

— T'es vraiment con quand tu t'y mets.

— Ce mec était en train de te draguer ! Tu aurais voulu que je le laisse faire ?

— Ce que j'aurais voulu, c'est que tu ne parles pas à ma place, c'est quelque chose qui m'est insupportable. J'allais m'en occuper. Je serais allée lui rendre son mot et lui dire que je n'étais pas libre, mais tu as préféré jouer à « moi homme, toi femme à défendre ». C'est vraiment...

Il est sur moi en une enjambée. Ses mains prennent mon visage en coupe et ses lèvres s'écrasent sur les miennes, me coupant la parole et le souffle. Je suis à la fois désarçonnée et soulagée qu'il apaise la tension de cette manière.

— J'ai fait ce que j'avais à faire, répète-t-il, plus calmement cette fois. Je te veux toute à moi et je ne peux pas accepter qu'un autre mec essaye de te draguer. Alors pardon d'avoir parlé en ton nom. Tu as raison, je n'aurais pas dû. Mais en ce qui le concerne *lui*, qu'il s'estime heureux que sa petite gueule soit encore intacte. Je ne m'excuserai pas d'éliminer la concurrence.

L'électricité entre nous n'a plus rien à voir avec celle qui était présente dans le restaurant. Nos caractères impulsifs viennent de créer des étincelles d'un autre genre. Même si nous sommes en pleine dispute, la tension entre nous est chargée de sensualité. Je sens mon désir s'éveiller, parce que Robin, sa jalousie et son besoin de me revendiquer font gonfler mon ego et réveillent la possessive en moi, me donnant envie de le laisser marquer son territoire devant tout le monde... et de le revendiquer à mon tour.

— Mais quelle concurrence ? Je ne suis pas intéressée par ce serveur, c'est toi qui m'intéresses. On peut passer à autre chose ? Tes sœurs doivent se demander ce qu'on fait.

— Avoue que tu as aimé que je joue à « moi homme, toi femme à défendre », me demande Robin d'une voix rauque.

Ses yeux balayent mon visage. Ils sont si bleus, si profonds que j'ai l'impression d'être aspirée dans un tourbillon quand je les regarde.

— Ne parle plus pour moi, je martèle en éludant sa question.

— Compris. Maintenant, avoue !

J'inspire, plante mes iris dans les siens et dis :

— Il se pourrait qu'éventuellement j'aie peut-être été un peu...

— Excitée.

— Émoustillée par ta démonstration.

Son sourire me fait lever les yeux au ciel. Je lui mets une petite tape sur le bras.

— Est-ce que ça va devenir une sorte de rituel entre nous ? me demande-t-il. S'engueuler sur un trottoir avant de se réconcilier ?

Je soupire malgré mon sourire.

— Je ne sais pas, Robin, mais j'ai l'impression que notre vie sera loin d'être de tout repos.

Il prend ma main, enlace nos doigts, et nous retournons près de ses sœurs. Heureusement, elles ne reviennent pas sur l'incident qui vient d'avoir lieu, même si je sais qu'elles n'en pensent pas moins.

Le reste de la soirée se déroule dans la bonne humeur. Taylor et Nina sont vraiment de chouettes filles, et je me découvre de réelles affinités avec la benjamine.

— J'espère te revoir très bientôt ! me dit cette dernière en me prenant dans ses bras lorsque nous sortons du restaurant.

Cette fois, son étreinte ne m'a pas prise par surprise. Taylor, elle, claque une bise rapide sur ma joue. J'ai l'impression que c'est une façon de me dire qu'elle m'accepte, ou en tout cas, qu'elle ne me rejette pas.

Dans la voiture, je pose la tête contre l'épaule de Robin. À chaque feu rouge, il dépose un baiser sur ma tempe et en profite pour respirer mes cheveux. Je me sens bien, sereine, et je somnole presque.

Il descend de voiture en même temps que moi et m'accompagne à l'intérieur de mon immeuble. Sa main se balade sur mes fesses tandis que je me blottis contre son flanc. Je m'apprête à lui demander de rester pour la nuit lorsque j'entends mon prénom résonner dans le hall. Mon prénom complet.

— Amalia ?

Je ferme les yeux. Je reconnaîtrais cette voix aiguë et bien trop mielleuse pour être honnête n'importe où.

Stella...

La blonde sort de l'ascenseur privé qui mène à l'appartement de Chris. Son sourire lui mange la moitié du visage et vu l'éclat qui brille dans ses yeux, je me prépare déjà à encaisser une pique.

— Stella. Tu vas bien ? je me force à demander.

— Magnifiquement bien. Je viens de passer la soirée avec les garçons. On se voit beaucoup, ces temps-ci, tous les trois.

Traduction : je suis en train de prendre ta place et je m'en réjouis...

— Super. Bon, ben, bonne soirée.

— Attends un peu, tu ne me présentes pas ? demande-t-elle en minaudant devant Robin.

Je me tourne vers mon petit ami, qui lui tend la main et lui sert son sourire éclatant.

— Stella, je te présente Robin, mon petit ami. Rob, je te présente Stella, la copine de Chris.

— Enchantée, Robin, dit-elle en lui serrant la main.

— De même, répond-il.

— Vous n'avez pas l'air aussi terrible que ce qu'en dit Christopher, susurre-t-elle.

Savoir que Chris lui a parlé de Robin de manière négative me contrarie. Et je me doute que Stella a parfaitement conscience de l'impact des paroles qu'elle vient de prononcer.

— Et vous êtes exactement comme Lia vous a décrite, lui répond Robin sans se départir de son sourire.

Mon héros.

Je me retiens d'éclater de rire.

— Tu nous excuseras, Stella, mais on va monter se coucher. On est crevés.

— Je ne suis pas certaine que cela fera plaisir à Chris, mais après tout, c'est toi qui vois. Au revoir, Robin. Amalia...

Mon héros et moi entrons dans la cabine quand Stella ajoute :

— Oh, Amalia, ne t'en fais pas, je prendrai soin des garçons chaque fois que tu auras envie d'aller passer du bon temps avec ton petit ami.

Sur ces dernières paroles, elle quitte l'immeuble. J'ai envie de me lancer à sa poursuite, de lui faire un croche-pied et de la regarder s'étaler sur le sol. J'ai envie de lui hurler des insultes, de lui arracher sa pince à chignon et de la lui coller dans le...

Du calme, Lia, du calme.

— C'est donc elle, la fameuse Stella, lâche Robin.

— Quelle garce !

— Avec ce que tu m'avais raconté, je m'attendais à faire face à une sorte de monstre. En réalité, elle m'a l'air aimable, mais après tout je ne la connais p...

— C'est une garce, je répète avec plus de vigueur.

— Elle est jalouse de ta relation avec Chris ?

— Elle est jalouse de la Terre entière, je soupire.

— Tu sais... Je la comprends un peu.

J'écarquille les yeux. Robin s'explique immédiatement :

— Ce que je veux dire, c'est que ce n'est pas simple de trouver sa place à côté de votre trio. Et je suis moi-même un peu – OK, beaucoup – jaloux de la relation entre Chris et toi.

— Sauf que Stella pense que Chris et moi baisons derrière son dos. Toi au moins, tu ne penserais jamais une chose pareille. Alors, je persiste à affirmer que Stella Jones est une garce.

— OK, c'est une garce, abdique Robin.

Je l'entraîne dans l'appartement dès que les portes de l'ascenseur s'ouvrent.

— Je devrais peut-être y aller. Stella n'a pas tort quand elle dit que ça ne plaira pas à Chris de me voir ici.

— Moi femme, toi homme qui doit obéir.

Il s'esclaffe. Je ne sais pas ce que j'aime le plus entre son sourire, son rire ou ses yeux.

— Tu vas me séquestrer ? susurre-t-il en posant ses mains sur ma taille.

Sa voix. Ses mains. Ses abdos. Son visage. Ses bras. Ses fesses. Bon sang, je dois lui trouver des défauts de toute urgence sinon je suis perdue.

— Ce que Lia veut... je commence.

— ... Lia l'obtient tou...

Cette fois, c'est moi qui lui coupe la parole et, je l'espère, le souffle aussi. Je passe mes bras autour de sa taille pour me coller contre lui et l'embrasse.

— Je ne vais pas pouvoir garder les mains dans les poches si je passe la nuit avec toi.

— Mais j'espère bien que tu te serviras de tes mains. Je te rappelle que j'ai une salle de bain attenante à ma chambre. Et si on allait prendre une douche ? Le bruit de l'eau couvrira d'éventuels... sons.

Il n'en faut pas plus pour convaincre Robin. Il me renverse sur son épaule et m'entraîne avec lui.

La seule chose à laquelle j'arrive à penser lorsqu'il me déshabille, c'est que j'ai besoin de cet homme.

Démesurément et dangereusement.

Chapitre 25

— *And IIIIIIIII will always love youuuuuuuuuu...*

— *... IIIIIIIIIII will aaaaaalways love youuuuuuuuuu*

— *Youuuuuuuuuu* [5].

Pardonne-nous, Whitney...

À la demande de Maria, c'est la cinquième fois que nous écoutons cette chanson. Nous avons tellement hurlé que mes cordes vocales sont au bord de la démission. C'est la pause déjeuner et nous avons quitté le bureau pour aller nous chercher de quoi manger. Et chaque fois que nous nous retrouvons toutes les deux dans ma voiture, c'est plus fort que nous, le trajet tourne au « car-show », comme les appelle mon assistante.

— Bordel de merde, soupire Maria. Whitney savait y faire pour transmettre de l'émotion. Paix à son âme.

Je jette un coup d'œil à mon amie et la vois essuyer des larmes.

—Qu'est-ce qui t'arrive ?

— Mes hormones sont détraquées. Je suis devenue super-émotive. Tiens, ce matin j'ai pleuré pendant près de dix minutes sans pouvoir m'arrêter.

— Qu'est-ce qui s'est passé ?

— Je n'arrivais pas à ouvrir mon pot de confiture, avoue-t-elle, honteuse.

Je m'esclaffe et lui montre ma boîte à gants pour qu'elle y prenne des mouchoirs. Elle s'exécute puis renifle disgracieusement.

---

5. *I Will Always Love You,* Whitney Houston.

— Ça va durer combien de temps cette histoire d'hormones ? je demande.

— Je ne sais pas. Pendant toute la grossesse, apparemment, mais plus les mois passent, pire c'est, à ce qu'il paraît. Enfin, toutes les femmes sont différentes.

— Ça va aller, Maria. Encore cinq mois à tenir.

— Qu'est-ce qu'on fait dans ce quartier, au fait ? demande-t-elle lorsque je m'arrête devant un Subway. Ce n'est pas dans nos habitudes d'aller si loin. Quoi... c'est quoi ce sourire ? Tu me fais peur, Lia !

— Robin a rendez-vous dans ce quartier, je vais essayer de lui tomber dessus par hasard.

— Non ! Je vais enfin rencontrer le divin amant ? s'enthousiasme Maria. Mais avant, mon habitant et moi avons besoin de manger. Et vite.

Elle se rue à l'intérieur du Subway comme si elle ne s'était pas nourrie depuis des semaines. La vue de son sandwich me coupe presque l'appétit. Du fromage, des cornichons, du bœuf, du pastrami, du jambon, encore du fromage et des cornichons... c'est sans fin.

— Tu as déjà commencé à acheter des affaires pour le bébé ?

— Pas avant d'avoir passé le stade des trois mois.

Je hausse un sourcil pour qu'elle m'explique.

— Avant, tu as encore pas mal de risques de faire une fausse couche. Bien sûr, ça ne veut pas dire que ce n'est pas possible après, mais cela arrive moins souvent.

— Mais tu en es déjà à ton quatrième mois, là...

— Attendre quelques semaines de plus ne fera pas de mal.

— Tu ne penses pas regretter un jour ? Je veux dire, pas ton enfant, mais plutôt la manière dont ça s'est passé ?

Elle soupire et croque dans son sandwich. Comment une si petite personne peut-elle prendre de si grosses bouchées ?

— Tu sais... de toute façon...

Elle avale une gorgée de son jus de fruits.

— Si je ne l'avais pas fait « comme ça », je me serais fait inséminer dans une clinique. Dans tous les cas, mon bébé n'aurait jamais connu son père.

— Tu n'as pas peur qu'il t'en veuille un jour ? Tu as déjà pensé à ça ? À la manière dont tu vas lui dire ?

— Pour l'instant je me laisse porter, je n'ai pas envie de m'angoisser pour des choses qui ne se produiront pas avant au moins trois ans, avant qu'il ne parle et qu'il commence à se demander pourquoi la plupart de ses copains d'école ont deux parents. Je suppose que je lui dirai le plus tôt possible, comme ça il pourra grandir en paix.

— Je pense que c'est une bonne idée.

Nous continuons de marcher en parlant de sa grossesse.

Je trouve que la décision de Maria est très courageuse. Décider d'avoir et d'élever un enfant seule, je trouve ça remarquable. À sa place, je ne sais pas si j'y arriverais.

Au cours de notre balade, je la surprends plusieurs fois en train de lorgner sur des hommes que nous croisons. Incroyable, cette femme ne s'arrête jamais.

Nous tournons à l'angle d'une rue. Je suis alerte, j'essaye de repérer Robin autour de moi.

— J'aurais dû prendre un dessert, soupire Maria en se frottant le ventre.

Je ricane, mais soudain, j'aperçois une silhouette familière. Celle de l'homme qui occupe toutes mes pensées. Robin. Il est quelques mètres devant nous, en train de s'acheter un hot dog. Force est de constater que même de dos, il est beau.

— Qu'est-ce que c'est que ce sourire niais ?

Maria me fait redescendre de mon nuage. Elle qui tient tant à le rencontrer, elle va être comblée.

— Tu vois le beau mec, là-bas ? Celui qui s'achète un hot dog ?

— Hmmm... Grand, plutôt baraqué. Il a l'air appétissant.

— C'est Robin. *Mon* Robin.

— Oh ! Il existe vraiment !

Je la bouscule doucement.

— Quelle excuse vas-tu lui servir pour justifier de te retrouver ici en même temps que lui ?

— Je vais juste lui dire la vérité : que j'avais follement envie de le voir.

— Présente-moi, exige-t-elle.

Connaissant Maria et son franc-parler, je préfère poser quelques conditions.

— Tu promets de ne pas l'effrayer ?

— Oui.

— Et de ne pas le reluquer ?

— Aussi.

— Même pas un coup d'œil en direction de ses fesses ?

— Quoi ? T'es dure, là.

Je la fixe sans ciller. Elle finit par abdiquer et prendre mon bras. Nous avançons alors en direction de Robin. Plus je m'approche, plus l'excitation s'empare de moi. Je me prépare à lui sauter dessus pour le saluer comme il se doit, mais je m'arrête soudain.

Il n'est pas seul. Une blonde face à lui grignote un hot dog du bout des lèvres.

Une jolie blonde. Qui n'est pas Taylor. Et que je ne connais pas.

Chapitre 26

À cet instant, trois options s'offrent à moi.

La première : céder à mes instincts meurtriers, sauter sur la bimbo pour lui refaire le portrait et m'occuper ensuite du cas de Robin « Je-Vois-Une-Blonde-En-Cachette » Edwards.

La deuxième : aller interrompre leur tête-à-tête le plus naturellement et calmement possible tout en faisant comprendre à mon petit ami qu'il est dans de sales draps.

La troisième : ne rien faire, retourner à l'agence, attendre de voir Robin seul à seul, espérer qu'il me parle de ce rendez-vous et aviser ensuite.

— C'est qui, celle-là ? demande Maria.

— Aucune idée.

Dans ma voix pointe un mélange de colère et de frustration. Bon sang, je suis tout simplement furieuse. Robin voit une autre femme dans mon dos ! Il se permet de me faire une crise de jalousie pour un serveur qui me donne son numéro mais il ne voit aucun problème à déjeuner avec une autre ? Je suis à deux doigts d'opter pour la première de mes trois options, mais une idée me vient en tête.

— Lia ?

La voix de Maria me ramène au présent.

— Réveille-toi, poursuit-elle. Ils s'en vont.

Merde.

Je sors mon téléphone portable et appelle Robin. J'ai envie de croire que je me trompe, qu'il est digne de confiance et qu'il me parlera de son entrevue dès qu'il aura décroché. Je fais en sorte de le garder dans mon champ de vision même s'il s'éloigne. Il met la main dans son jean et sort son téléphone. Il y jette un œil puis le remet dans son pantalon. Mes yeux s'écarquillent, je suis estomaquée.

Je l'appelle à nouveau. Cette fois, il décroche.

— Salut bébé.

Ben voyons !

— Tu vas bien ?

— Je suis débordé et tu me manques.

Tu peux ranger ton violon, Edwards, tu es démasqué.

— Je me disais qu'on aurait peut-être pu déjeuner ensemble. Tu peux passer à l'agence ?

— Désolé, mais je déjeune avec un client potentiel.

— Ah oui ? C'est génial.

— Ouais. D'ailleurs, il va falloir que je te laisse. Je te rappelle plus tard ?

— OK.

Il raccroche. Je me force à ne pas imaginer le pire et à ne pas paniquer. Peut-être que cette blonde est vraiment une cliente potentielle. Mais dans ce cas, pourquoi Robin m'a parlé d'*un client* ?

Envolées mes envies de faire confiance. Je dois me rendre à l'évidence. Robin me ment. Il voit une autre femme dans mon dos.

Je le regarde de loin et mes yeux me picotent. Il est hors de question que je pleure, surtout pas devant Maria, surtout pas pour ça, mais c'est un fait : je suis blessée. Et déçue.

— Oh, Lia.

Mon assistante passe son bras autour de mes épaules et lance un regard meurtrier en direction de Robin et blondie qui s'éloignent.

— Tu veux que j'aille leur claquer le beignet à tous les deux ?

Je m'esclaffe. Maria et ses expressions provinciales... Puis je me redresse. Hors de question de paraître abattue. Le temps des explications viendra, mais en attendant, je préfère rentrer à l'agence et me remettre au travail.

Une fois de retour, je m'enferme dans mon bureau, mets un peu de musique en fond sonore et m'attaque à l'appartement de trois cent cinquante mètres carrés de monsieur Vitali, situé dans l'Upper East Side. Le propriétaire m'a laissé carte blanche : je sens que je vais m'éclater, sur ce dossier.

Mon téléphone reste silencieux et ça m'agace autant que ça me soulage. J'en veux à Robin. Je ne sais pas comment je réagirais si je l'avais face à moi ou si j'entendais sa voix. Pourtant, s'il m'appelait, cela me permettrait de me rassurer un peu, de me dire que bien qu'il ait déjeuné avec une autre, il pense à moi.

Après deux heures de réflexion sur le plan que j'ai devant les yeux, j'ai besoin d'une pause. Je me masse les tempes. Une migraine est en train de s'installer doucement à l'arrière de ma tête. J'ouvre mon sac à la recherche de mes médicaments, mais la plaquette est vide. Merde ! Je me lève pour me servir un verre d'eau, mais un vertige me prend. Je me rassois sur ma chaise, ferme les yeux et prends de profondes inspirations.

Mon téléphone s'anime alors. Je suis heureuse de voir le nom de Chris s'afficher. Je le salue de la façon la plus enjouée possible, mais je ne peux rien lui cacher.

— Qu'est-ce qu'il y a ? s'inquiète-t-il bien que je me sois évertuée à lui cacher que je suis perturbée.

— Tout va bien.

— Lia...

— Tout va bien, je répète.

— Si tu ne me dis pas la vérité, je vais venir et t'obliger à me l'avouer.

Je sais qu'il ne lâchera pas l'affaire tant qu'il n'aura pas eu ce qu'il voudra. J'opte donc pour une version édulcorée des faits.

— Juste une petite dispute avec Robin. Rien de grave.

Je ne mens pas : je sais que d'une manière ou d'une autre, nous allons finir par nous confronter à propos de la blonde qu'il voit dans mon dos.

— Qu'est-ce qu'il a fait ? demande mon meilleur ami, renfrogné.

— Pourquoi ça ne pourrait pas être moi qui ai fait quelque chose ? je rétorque pour essayer dédramatiser la situation.

— Je te félicite, dans ce cas.

Je ris et secoue la tête.

— T'en fais pas, je vais régler ça toute seule comme une grande. Tu avais quelque chose à me demander ?

— Je voulais juste te dire que Matt va venir vivre avec nous quelques jours. Les propriétaires de l'appartement au-dessus du sien font des travaux et il n'en peut plus.

— Je suis contente qu'il vienne, ça nous rappellera le bon vieux temps.

— À quelle heure faut-il qu'on soit là, ce soir ? Tu sais... pour le dîner.

Bon sang, *le* dîner ! Avec ma découverte de ce midi et ma migraine, j'avais complètement oublié que c'était ce soir qu'il était prévu. C'était le deal entre Robin et moi. Hier soir, j'ai rencontré ses sœurs, et aujourd'hui, il doit passer du temps avec Matt et Chris. Cependant, au regard des derniers événements, je pense que c'est une mauvaise idée de maintenir nos plans. Si Robin me ment, il ne mérite pas de s'installer à la même table que mes deux meilleurs amis.

— Le dîner est annulé.

Moi aussi, je connais Chris par cœur, et même s'il reste silencieux, je sais qu'il est sûrement en train d'esquisser quelques pas d'une danse de la joie.

— C'est dommage, dit-il finalement.

— Bla bla bla... À d'autres.

À cet instant, on frappe à la porte de mon bureau. Elle s'ouvre sur Maria, dépassée de trois bonnes têtes par Robin. Il me sourit tendrement, apparemment très heureux de me voir.

— Lia ?

— Hum ?

La voix de Chris me ramène à la réalité.

— À ce soir.

— À ce soir. Je t'aime.

Je raccroche et lève mon regard vers Robin. C'est la première fois que son sourire ne me fait pas fondre mais au contraire m'agace.

Je suis une grenade dégoupillée et c'est une question de minutes avant que je n'explose.

— Je lui ai dit que tu étais débordée de travail mais il a insisté, annonce mon assistante en me faisant une moue désolée.

— C'est bon, Maria, je la rassure.

Elle sort du bureau et Robin s'approche de moi. Il se penche et m'embrasse. Je tourne rapidement la tête. Hors de question de me laisser attendrir par ses lèvres.

— Ça va ? me demande-t-il.

— Tu voulais quelque chose en particulier ?

— Te voir. Qu'est-ce qui se passe ?

Il fronce les sourcils.

— Rien. J'ai beaucoup de boulot, c'est tout.

Il fait le tour du bureau et s'assoit sur une des deux chaises prévues pour mes clients.

— Ton déjeuner s'est bien passé ? je lance en faisant mine de chercher un document.

— C'était long. Long et ennuyeux.

Je retiens un ricanement.

— Mais tu as concrétisé, finalement ? Le client a signé ?

— C'est en bonne voie, répond-il du bout des lèvres.

Je ne le regarde toujours pas. La grenade est sur le point de faire « boum ».

— Il doit passer demain pour qu'on règle les derniers détails, ajoute-t-il.

Boum !

— Tu me prends pour une conne ?

— Quoi ? Non !

— Ton client ne serait pas une belle blonde avec des jambes interminables, par hasard ?

Son sourire se fige, ses yeux s'écarquillent.

— Comment...

— Comment je le sais ? Je suis allée déjeuner dehors avec Maria et je vous ai vus.

— Donc... tu es venue déjeuner dans le quartier où tu savais que j'étais ?

Je pose les mains sur mon bureau.

— Est-ce que tu vas me le reprocher ? Parce que si c'est le cas, je préfère te prévenir : ça va vraiment aggraver ton cas.

— Bébé, ce n'est pas...

— Ce que je crois ? C'est quoi alors ?

Robin se penche dans ma direction.

— D'accord, je vais être franc avec toi. Elle s'appelle Eleanor. C'est une ex... Attends un peu, laisse-moi t'expliquer, ajoute-t-il en voyant mon air horrifié. Cela fait des semaines qu'elle demande à me voir et que je refuse. Comme elle continuait d'insister, j'ai accepté de grignoter rapidement quelque chose avec elle. C'était la dernière fois, j'ai été clair avec elle.

— Pourquoi ne me l'as-tu pas dit, dans ce cas ?

— Ça s'est fait à la dernière minute.

— Et tu as le culot de me mentir en me disant que tu t'es ennuyé.

Je ricane et secoue la tête de déception.

— Effectivement, je suis sûre que passer une heure les yeux dans son décolleté a dû être une véritable agonie.

— Je ne t'ai pas menti. C'était long et ennuyeux et je me fiche d'elle, Lia.

— Bien sûr. Va donc dire ça à quelqu'un que ça intéresse.

— Bordel, je te jure que...

— Stop. Ne jure surtout pas !

Robin se lève et fait le tour du bureau pour venir près de moi.

— Je me souviens de ta réaction quand tu as rencontré Coleen, et je me suis dit que si tu savais que je déjeunais avec...

— L'une de tes pétasses...

— *Une ex*, tu réagirais mal et tu chercherais à nouveau à me quitter.

— Oh oui, bien sûr, je suis bête. C'est ma faute si tu me mens, c'est parce que *je* risquais de mal réagir que *tu* t'es forcé à organiser un déjeuner clandestin. Quel supplice tu as dû endurer. Juste pour que je sache, tu as baisé tout New York ou seulement une moitié ?

Il se redresse de toute sa hauteur. Son regard se voile.

— Tu t'engages sur une pente glissante, me prévient-il d'une voix teintée de fureur.

— Je crois qu'on est sur la même pente tous les deux, si tu veux mon avis.

Sa mâchoire se contracte.

— Je n'en ai rien à foutre d'Eleanor. Ce déjeuner n'avait aucune importance.

— Il en a pour moi. Si tu n'es pas capable de le comprendre, je ne peux rien pour toi. Et au fait, pas besoin de venir ce soir. Le dîner est annulé.

— OK, j'ai merdé. J'aurais dû te dire la vérité mais je savais que tu le prendrais mal, alors...

— J'ai du travail.

— Quoi ?

— J'ai. Du. Travail, je répète en détachant chaque mot. Je veux que tu sortes d'ici.

— Lia...

— Va-t'en, maintenant ! S'il y a bien une chose que je ne supporte pas, c'est qu'on trahisse ma confiance. Alors pars, je suis trop énervée pour te parler ou même te regarder.

Au début, Robin ne bouge pas et j'hésite à hausser le ton encore une fois pour qu'il comprenne. Puis il se dirige vers la porte sans rien dire avant de s'arrêter et de revenir vers moi à grandes enjambées.

— Je n'ai rien à me reprocher, je n'ai rien fait de mal ! Ta réaction est démesurée.

Je me lève d'un bond, hors de moi.

— Démesurée ? Vraiment ? Tu inventes un pseudo-client pour déjeuner avec ton ex. Tu me fais un scandale pour un serveur qui me laisse son numéro mais tu ne vois aucun inconvénient à voir cette bimbo dans mon dos. Et tu trouves que ma réaction est démesurée ?

— Arrête, maintenant. J'avais vraiment rendez-vous avec un client avant le déjeuner. Tu veux que je te le prouve ?

— Sors d'ici. Je n'ai pas envie d'entendre un autre mensonge.

— Non ! Je ne veux pas qu'on laisse les choses dans cet état.

— Sors d'ici ! Je ne le répéterai pas, Robin.

Il me dévisage pendant ce qui me semble être une éternité. Je ne cille pas.

— Tu surréagis, lâche-t-il finalement. De toute façon, tu n'as pas envie de m'écouter et tu n'es pas en état de le faire, donc je t'appellerai ce soir, quand tu te seras calmée.

— Si je ne réponds pas, je suppose que tu sais comment joindre Eleanor ?

— Ça suffit, Lia ! Je t'appelle ce soir, martèle-t-il. Et tu as intérêt à répondre !

Il claque la porte en sortant.

Quel culot. Comme si c'était à moi de me calmer. Il pourra toujours m'appeler, il est hors de question que je décroche. Et s'il se pointe au penthouse, il sera reçu comme il le mérite.

Je suis bien trop énervée pour continuer à travailler. Je quitte l'agence et monte dans ma voiture. J'ai besoin de rentrer, de me reposer et de voir les deux seules personnes qui ne me décevront jamais.

Ma tête tourne, mes oreilles bourdonnent et ma migraine est de plus en plus insupportable. Conduire dans cet état est dangereux, mais heureusement, je ne suis plus très loin de chez moi.

En sortant de l'ascenseur, je suis essoufflée comme si je venais de monter tous les étages en courant. Mon pied heurte une valise et je manque de m'étendre par terre. Chris apparaît au bout du couloir tandis que Matt sort de ma chambre.

— Mes... médicaments, je balbutie.

Puis mes jambes me lâchent et je m'effondre.

Chapitre 27

CHRIS

— Elle est arrivée chez nous et s'est effondrée. Je n'ai pas vu de signes avant-coureurs ni de...

— Calmez-vous, monsieur Walsh, nous allons nous occuper d'elle, me dit le docteur Walid.

— Mais pourquoi est-elle inconsciente ? s'inquiète Matt.

— Ce doit être une crise d'anémie aiguë. Il me semble que cela faisait un bout de temps qu'elle n'en avait pas eue. Et puis, elle s'est peut-être cognée en tombant. Nous allons la conduire en salle d'auscultation.

— Je viens avec elle, je décide.

C'est non négociable.

— Je vous suis, intervient Matt, qui porte Lia dans ses bras.

Depuis que nous sommes arrivés à l'hôpital, il refuse de la lâcher, prenant régulièrement son pouls. Il l'aime tellement... tout comme moi.

Nous suivons Walid jusqu'à une chambre au troisième étage. Là seulement, Matt dépose Lia sur le lit.

— Heureusement qu'elle est inconsciente. Si elle était éveillée, je n'aurais jamais pu lui faire une prise de sang si vite.

Lia a une sainte horreur des piqûres et elle ne se gêne jamais pour le faire savoir. C'est tout juste s'il ne faut pas l'attacher lorsque les infirmières s'approchent d'elle avec leur aiguille.

— Elle devrait revenir à elle sous peu, affirme le docteur. Les résultats me seront envoyés d'ici une heure. J'ai besoin de savoir à combien est son taux de fer. S'il est trop bas, je lui ferai une perfusion pour lui en injecter une dose, ce sera plus rapide que par voie médicamenteuse. Ça ne lui plaira pas mais nous n'aurons pas le choix. Est-ce que vous savez ce qu'elle a fait aujourd'hui ? Comment sa journée s'est déroulée ? Et son traitement, le prend-elle en cas de besoin ? demande-t-il en prenant sa tension.

Je commence à avoir quelques notions de médecine et le chiffre qui s'inscrit sur l'écran ne me ravit pas. À peine dix. Bordel ! C'est bas, pour une tension, bien trop bas à mon goût.

Walid soulève doucement la tête de Lia et inspecte l'arrière de son crâne.

— Je ne sais pas, dis-je finalement en réponse aux interrogations du docteur.

Puis quelque chose me revient en tête.

— Elle s'est disputée avec son *copain*.

Le mot m'écorche la bouche.

— Elle n'était pas bien lorsque je l'ai appelée tout à l'heure, je poursuis. Vous croyez que ça peut avoir un rapport ?

Si c'est le cas, j'espère que ce connard a une bonne assurance maladie, parce qu'il risque de se retrouver avec quelques fractures bien placées qui lui coûteront cher en frais médicaux...

— Non, vous le savez aussi bien que moi, me répond Walid, nous en avons déjà parlé, monsieur Walsh. L'organisme d'Amalia a du mal à fixer le fer et ses crises d'anémie apparaissent subitement. Les symptômes ne sont pas progressifs, ils surviennent tout à coup, et si les épisodes sont rares, ils sont violents lorsqu'ils surviennent. C'est pour cela qu'il est particulièrement important qu'Amalia garde toujours une boîte de son traitement avec elle.

— Celle-ci est vide, indique Matt en sortant une plaquette du sac de notre amie.

Michelle, l'une des infirmières du service du docteur Walid, entre dans la salle pour apporter le dossier médical – bien trop épais – de Lia.

— Sa dernière crise remonte à deux ans, reprend le médecin en examinant le dossier. Il se peut que le stress d'une dispute ait intensifié les symptômes mais il ne peut en aucun cas en être la cause. Quoi qu'il en soit, elle va avoir une jolie bosse pendant quelques jours, continue-t-il. Mais tout devrait...

Le docteur s'interrompt lorsque Lia se met à bouger. Matt et moi lui fonçons immédiatement dessus.

— Bienvenue parmi nous, mademoiselle Gomes, la salue le doc.

Elle ouvre les yeux et lorsqu'ils sont habitués à la lumière, elle fronce les sourcils.

— Qu'est-ce que je fais là ?

Son regard parcourt la pièce, puis elle remarque le pansement sur son avant-bras. Elle grogne et détourne les yeux.

— Tu ne te souviens pas ? je m'inquiète.

Son front se plisse, elle tente de se souvenir.

— Oh... Je revenais de l'agence et je ne me sentais pas bien. J'ai eu de la chance que vous soyez là, Matt et toi.

— Bordel, Lia, tu as conduit alors que tu ne te sentais pas bien ? Je t'ai déjà dit d'appeler un de nous dans ces cas-là, rugit notre géant de meilleur ami.

Lia pose sur lui de grands yeux tristes. Je lève les yeux au ciel, sachant d'avance comment ce duel va se terminer. Matt ne résiste *jamais* au regard de cocker de Lia.

— Pardon, Matty.

— C'est rien, pitchoune, tu m'as fait peur, c'est tout, lui dit-il d'une voix plus douce.

Et voilà comment un mec d'un mètre quatre-vingt-dix et de près de quatre-vingt-quinze kilos se transforme en guimauve.

— Vos constantes sont satisfaisantes, néanmoins vos résultats d'analyse n'arriveront que dans une heure, explique Walid à Lia. Essayez de patienter jusque-là.

Puis il se tourne vers moi.

— Vous me suivez une minute ?

Ma tension grimpe en flèche à l'idée qu'il veuille me communiquer de mauvaises nouvelles concernant Lia.

Nous sortons de la chambre, il en referme la porte et arrête Michelle qui pousse un chariot sur lequel se trouvent tout un tas d'ustensiles médicaux.

— À votre tour, dit-il en me montrant le tensiomètre.

— Ce n'est pas la peine.

— Je ne vous laisse pas le choix.

Il enroule le scratch autour de mon biceps et laisse la machine faire ses calculs.

— Ce n'est pas parce qu'Amalia est faible que vous devez négliger votre propre santé. Je vous l'ai déjà dit des centaines de fois.

— Je suis adulte, docteur. Je sais prendre soin de moi.

Il ricane. Je ne peux pas lui en vouloir : même moi, j'ai du mal à croire à ce que je dis.

— Constantes normales. Comment allez-vous, ces jours-ci ? Lors de son bilan, Amalia m'a confié que vous étiez stressé, en ce moment.

Merci, Lia !

— J'ai des hauts et des bas, comme tout le monde.

— Sauf que ces bas ont une répercussion sur vous bien plus importante que chez les autres. Maintenez-vous en bonne santé, Christopher. C'est tout ce que vos amis demandent.

Il tourne les talons et je m'oblige à respirer lentement pour calmer mes émotions.

Je n'ai jamais été du genre à croire aux signes, c'est une des choses qui nous différencie, Lia et moi. Elle pense que, la plupart du temps, les choses arrivent pour une bonne raison. Je ne suis pas d'accord.

La vie n'est simple pour personne, il arrive forcément à un moment donné que nous souffrions, que nous soyons confrontés à la perte d'un être cher, ou que nous ayons le sentiment d'être perdus, dans une impasse. La vie est faite ainsi.

La mienne a été pour le moins chaotique. J'ai touché le fond. Quand je vois mon existence aujourd'hui, je me demande comment j'ai pu passer de « mort psychologiquement » à l'homme que je suis désormais. Je n'avais rien et aujourd'hui j'ai tout. Tout.

Mais mon « empire », comme l'appelle Lia, n'a aucune valeur si Matt et elle ne sont pas auprès de moi. L'argent contribue au bonheur, c'est vrai, mais il ne le fait pas. Face à la souffrance, la maladie, la mort, l'argent ne sert à rien. Et c'est continuellement ce que je me répète, je n'idolâtrerai jamais les billets verts comme beaucoup d'êtres humains le font.

Avoir connu la pauvreté me donne un autre regard sur la richesse. Et c'est à mon avis un vrai plus.

Finalement, la seule chose qui m'importe, c'est que Lia et Matt soient près de moi, qu'ils aillent bien et que nous restions soudés. Lia m'a sauvé d'une façon qu'elle ne comprendra sans doute jamais complètement. Et Matt... Sans lui...

Nous nous sommes sauvés tous les trois.

Alors voir Lia sur ce lit d'hôpital nous rend nerveux, Matt et moi. Nous ne l'avons que trop vue dans ces couloirs, et ça a été les pires moments de nos vies. Des moments que nous avons tous essayé d'oublier... en vain.

Walid parti, je retourne dans la chambre, je m'installe sur le lit et me mets à fixer Lia en silence. Elle tourne la tête et ferme les yeux. Matt s'allonge à côté d'elle, me jetant un regard pour me faire comprendre que ce n'est pas le moment de jouer au lourd. Il a raison, l'heure des reproches n'est pas venue, mais plus tard, quand Lia ira mieux, elle n'y coupera pas.

Michelle m'apporte une chaise, je quitte le lit et le silence s'installe. J'ai l'impression que Lia est en train de s'endormir. Sa tête est posée contre le torse de Matt et ce dernier lui caresse les cheveux. Ils sont inséparables. Et dire qu'au moment de leur rencontre, Lia refusait d'approcher ce géant... Il la terrifiait.

Les minutes défilent, j'attends les résultats de la prise de sang la boule au ventre. Tout ce qui concerne Lia m'angoisse, c'est ainsi depuis des années et je doute que cela change avec le temps.

Finalement, Walid revient. Mes deux amis se redressent et je me lève pour les rejoindre.

— Bonne nouvelle, Amalia. Votre taux de fer est bas, cependant, nous n'aurons pas besoin d'avoir recours à la perfusion. Nous allons augmenter la posologie de votre traitement pour les quarante-huit prochaines heures. Ensuite, vous reviendrez au dosage normal pendant une semaine. Vous qui détestez tant les hôpitaux, faites-vous une faveur et n'hésitez pas à prendre vos médicaments pour prévenir une crise. Vous savez en reconnaître les symptômes, maintenant.

Elle acquiesce énergiquement en s'emparant des deux pilules et du verre de jus d'orange que lui tend le médecin.

— Les résultats indiquent aussi que votre taux de glucides est légèrement inférieur à la moyenne, poursuit-il. Vous avez mangé quelque chose, aujourd'hui ?

Elle continue de boire sans répondre, comme une gosse qui essaye de gagner du temps avant d'avouer sa bêtise. Ce n'est qu'au bout de quelques secondes qu'elle pose doucement son verre et s'éclaircit la gorge.

— Eh bien, j'ai eu beaucoup de travail et quelques péripéties m'ont... coupé l'appétit... mais ça ne peut pas faire de mal à ma ligne, lance-t-elle dans une tentative pour dédramatiser.

Sauf que personne ne trouve ça drôle.

Bordel, si en plus elle oublie de manger... Elle me jette un coup d'œil. Je sais qu'elle comprend déjà qu'elle va avoir droit à une engueulade.

— Peut-être que vous devriez rester ici pour la nuit, histoire d'être sûre de ne pas faire un autre malaise, propose le doc.

La Lia qui se faisait toute petite laisse place à une Lia déterminée.

— C'est non ! Je rentre chez nous dès maintenant.

— Et c'est parti... bougonne Matt.

— Lia...

— Je ne resterai pas ici cette nuit. Je vais bien. Les médicaments vont faire effet, je vais rentrer me reposer et demain tout ira mieux...

— Lia...

— J'ai déjà passé une journée entière ici il y a un mois, dit-elle en basculant ses jambes hors du matelas. Je ne veux pas passer une nuit de plus dans cet endroit.

— Lia...

— Mademoiselle Gomes, tente Walid, peut-être que...

— Amenez-moi une décharge à signer, lui répond-elle avec un geste de la main.

— LIA.

Elle se tourne enfin vers moi et me dévisage. Je crie rarement sur elle, mais lorsque sa santé est en jeu, je ne plaisante pas.

— Si le docteur Walid dit que c'est mieux pour toi, alors tu restes ici. Matt ira chercher des affaires pour nous et je passerai la nuit avec toi.

— Non, geint-elle.

Elle saute par terre. Un vertige la prend et elle est obligée de prendre appui sur le lit. Aussitôt, je m'approche d'elle pour la maintenir en équilibre.

— Lia, stop. Une nuit, ce n'est rien du tout, en plus, Chris sera là, lui assène Matt. Et je peux rester aussi si tu veux.

— Bon sang, mais puisque je vous dis que je vais bien ! On a déjà connu pire, tous les trois, vous vous souvenez ? Ce n'est pas une petite carence de fer qui va nous empêcher de vivre. Est-ce que vous pouvez comprendre que j'en ai ma claque des médecins ?

Elle ajoute rapidement :

— Ne le prenez pas mal, docteur Walid.

Ce dernier est amusé. Après six années passées avec Lia, plus rien ne le surprend venant d'elle.

Je la fais asseoir au bord du lit et tente de la raisonner.

— Je veux juste être certain que tu ne referas pas de malaise.

— Tu sais très bien que non. En six ans, je n'en ai jamais fait deux d'affilée. J'ai mon traitement à la maison, je sais gérer tout ça, il n'y a pas de quoi paniquer.

— Sauf que c'est la première fois que c'est aussi grave. Tu as perdu connaissance, bordel de merde !

— Parce que je suis tombée !

Elle passe une main sur l'arrière de la tête et grimace en sentant la bosse qui s'y est formée.

Je suis à la fois exaspéré et anxieux. Je déteste voir Lia dans cet hôpital, mais je déteste encore plus sa foutue obstination.

Elle ferme les yeux et soupire profondément, ce qui veut dire qu'elle fait tout pour se contenir et ne pas exploser. Elle sait qu'une dispute ne me fera pas changer d'avis, bien au contraire.

Mais lorsqu'elle ouvre à nouveau les paupières et qu'elle pose son regard sur moi, je sais que je suis foutu.

Oh non, pas les yeux de cocker...

— S'il te plaît, Chris, ramène-moi chez nous. Je ne veux pas rester ici, tu sais comme j'ai cet endroit en horreur. Je te jure que je vais bien, je dormirai avec toi ce soir. Tu peux très bien prendre soin de moi, on n'a pas besoin de tout cet attirail médical. S'il te plaît, ramène-moi avec toi.

Et voilà comment, du haut de mon mètre quatre-vingt-douze et de mes quatre-vingt-six kilos, je deviens guimauve à mon tour.

Chapitre 28

Je persiste, ils en font beaucoup trop ! Je me sens déjà mieux et je peux marcher seule, mais Matt ne veut rien entendre. Son bras est fermement enroulé autour de ma taille, me plaquant contre son flanc. J'ai l'impression d'être une petite chose fragile et je déteste ça. C'est comme si j'étais renvoyée six ans en arrière, lorsque j'avais besoin qu'on me tienne littéralement la main pour que je parvienne à faire quelques pas.

Mais si la trop grande attention que me portent mes meilleurs amis m'étouffe parfois, je ne peux pas la leur reprocher. J'en ai eu trop longtemps besoin, je la leur ai trop souvent demandée. C'est l'amour et l'habitude qui guident Matt et Chris.

Quant à Robin, il est clair que lui se laisse gouverner par ses coups de tête.

Je suis la première à l'apercevoir devant l'ascenseur de notre immeuble. Trois secondes plus tard, je sens Matt se tendre et j'entends Chris lâcher un « putain » sonore.

Nom de Dieu... Cette journée n'en finira donc jamais ?

— Robin, qu'est-ce que...

— Qu'est-ce qu'il fout là ?

— Matt !

— Elle n'est pas d'humeur.

— Chris !

— Elle est assez grande pour parler toute seule, affirme Robin.

Ça lui va bien de dire ça alors qu'hier il terrorisait Simon le serveur et le rabrouait en mon nom.

— Écoute, la journée a été difficile, commence Chris. Lia a besoin de repos, sûrement pas de...

— Je sais comment s'est déroulée sa journée, j'ai été avec elle une partie du temps, réplique Robin, acide.

Je suis tellement crevée que je ne trouve pas la force de protester. Je ne rêve que d'une chose : mon grand lit douillet et confortable. Le conflit puéril entre les garçons n'a pas de sens, et s'il continue, il va devenir insupportable.

— Ouais, et apparemment elle se serait bien passée de ta visite, lâche Chris. C'est quoi cette dispute entre vous ?

Ça, ça ne te regarde pas, Chris.

Mais mon esprit embrumé ne trouve pas la force de protester à voix haute.

— Mêle-toi de ce qui te regarde, répond Robin, et pour une fois je suis contente qu'il le fasse pour moi.

— Baissez d'un ton, Alpha un et Alpha deux, et rentrez dans ce putain d'ascenseur, ordonne Matt.

Il m'entraîne vers la cabine et je regarde, amusée, Chris et Robin s'empresser de nous suivre avant que les portes ne se referment. Le second s'approche de moi et soulève délicatement mon menton.

— Qu'est-ce que tu as ?

— Je vais bien.

— Elle vient de faire un rapide aller-retour à l'hôpital, explique Matt, vendant la mèche.

Les prunelles de Robin se teintent d'inquiétude. Il prend ma main et m'attire contre lui. Je me laisse faire sans protester et j'enfouis même ma tête dans son torse pour respirer son parfum. Je n'oublie pas son déjeuner avec Eleanor, je n'oublie pas notre dispute, mais je suis trop fatiguée pour lutter. Demain est un autre jour, demain j'aurai à nouveau l'énergie de l'affronter.

Une fois en haut, Chris ouvre la porte de ma chambre, Robin m'aide à enlever mes chaussures ainsi que ma veste, puis il m'allonge sur le matelas.

— Pourquoi es-tu venu ? je demande.

— Tu n'as répondu à aucun de mes coups de téléphone, j'avais besoin de te voir. On devait discuter de ce qui s'est passé cet après-midi.

— Tu crois vraiment que c'est le moment ? soupire Chris, énervé. Lia a besoin de repos, alors sors d'ici.

— Pourquoi, qu'est-ce qui s'est passé exactement ? J'ai le droit de savoir.

— Tu n'as aucun droit sur elle, réplique mon meilleur ami en lançant un regard noir à Robin.

— Pas plus que tu n'en as.

Tous les deux se toisent comme s'ils étaient prêts à se battre.

— Si vous avez quelque chose à vous dire, allez le faire au salon, les gars, gronde Matt.

À ma grande surprise, ils sortent tous les deux de la chambre.

Non, non !

— Matt, ne les laisse pas seuls, ils vont en venir aux mains ! je supplie.

— C'est le but, pitchoune. Depuis le temps qu'ils se cherchent, il faut que ça sorte.

— Mais non, je m'indigne en me redressant, ce qui me vaut un vertige.

Matt me recouche immédiatement mais je proteste à nouveau.

— Ils vont se blesser, ne les laisse pas faire !

Mon meilleur ami s'assoit à côté de moi et prend ma main.

— Ils sont tous les deux en train de se tirer la bourre pour savoir lequel est le mâle le plus important dans ta vie. Qu'ils se castagnent un bon coup, ça évacuera la tension et ça leur permettra de repartir sur de bonnes bases.

Je tends l'oreille, mais je n'entends aucun bruit dans la pièce voisine, ce qui m'inquiète encore plus. Je retrouve des forces, assez en tout cas pour pointer un doigt menaçant sous le nez de Matt.

— Écoute-moi bien, Matthew McGregor. Si jamais l'un d'eux est blessé, je te tiendrai pour personnellement responsable. Si jamais Robin a...

À cet instant, des éclats de voix résonnent.

— Sors d'ici !

— ... adulte, arrête de la traiter comme une gamine.

— ... connais rien.

— ... est avec moi !

C'en est trop. Des deux mains, je force sur l'épaule de Matt pour qu'il se lève. Il finit par le faire lorsqu'il me voit sur le point d'aller régler moi-même le problème. Il quitte la pièce et va se mêler à la dispute. Mais il ne prend pas immédiatement le parti de Chris, ce qui m'étonne.

Les voix graves des trois hommes résonnent de plus en plus. Chacun campe sur ses positions, affirmant que c'est de lui que j'ai le plus besoin. Instinctivement, j'ai envie d'aller me planter devant Robin pour mettre fin au débat, de l'amener ici, dans la chambre, pour le tenir contre moi, mais peut-être que Matt a raison, finalement. Une bonne engueulade leur fera du bien à tous les trois.

Ils parlent en même temps et se crient tellement dessus que je ne comprends plus rien de ce qu'ils disent. Seuls quelques mots m'arrivent aux oreilles. Parmi eux, « jouet », « fragile », « propriété ». C'est cependant « cul » qui me laisse le plus perplexe.

Je prends mon téléphone et appelle Ray, au cas où. Si les choses s'enveniment, Braden et lui ne seront pas de trop pour m'aider à calmer la meute de mâles en colère.

Alors que j'explique la situation au concierge, les éclats de voix cessent soudain.

Merde, pourquoi sont-ils si calmes, tout d'un coup ?

Je m'attends à ce que l'un des trois hommes de ma vie entre dans la chambre, mais je ne vois rien venir. Bordel ! Je raccroche au nez de Ray – je m'excuserai plus tard –, me lève, inspire profondément deux fois pour calmer la nausée qui me menace, puis je sors de la chambre.

Ahurie, je découvre Chris assis sur le canapé, le regard vide. Matt, bras croisés, détaille Robin comme s'il le voyait sous un nouveau jour. Quant à mon petit ami, il rive ses yeux aux miens dès qu'il m'aperçoit. Il a envie de me prendre dans ses bras, c'est clair, mais il semble attendre l'accord de mes *Men in Black* pour m'approcher.

Je suis larguée.

— C'est suffisant ? dit-il sans me quitter des yeux, si bien que je ne suis pas sûre que c'est à moi qu'il s'adresse.

— Ça a le mérite d'être clair, en tout cas, répond Matt.

— Quoi ? Mais qu'est-ce que vous racontez ? je demande.

Robin me prend enfin dans ses bras et embrasse mon front avant de me dire :

— Viens te reposer.

Je suis un peu perdue, je l'admets, mais je lui emboîte le pas sans résister. Une fois dans la chambre, il retire ses chaussures, sa veste et même sa chemise, mais il garde son pantalon. Puis il s'allonge avec moi. J'ai beau être épuisée, la vue de son torse me donne un regain d'énergie. Je le laisse m'attirer contre lui. Il cale ma tête contre son cou et je passe un bras autour de son torse. Sa peau est chaude, son parfum est enivrant. Je me sens tout à coup si bien que j'ai l'impression de flotter.

— Je te promets de te laisser te reposer très bientôt, mais avant, j'aimerais qu'on parle de ce qui s'est passé tout à l'heure. Je n'ai pas envie que notre dispute s'éternise.

Je me contente de hocher la tête. C'est peut-être mieux si j'écoute ce qu'il a à me dire alors que je suis calme.

— Il y a quelques jours, Eleanor m'a contacté pour qu'on aille boire un verre ensemble, mais j'ai refusé. Elle a insisté. J'ai continué de décliner jusqu'à ce midi, quand elle m'a accusé d'inventer des excuses pour ne pas la voir. J'ai été pris de remords et je lui ai proposé un hot dog rapide pour être vite débarrassé d'elle.

Je l'écoute attentivement, le nez toujours au creux de son cou, les yeux grands ouverts.

— J'en ai profité pour lui dire que je ne voulais plus aller boire des verres avec elle, que je n'étais plus libre et qu'elle devait arrêter de m'envoyer sans cesse des messages.

— Alors pourquoi tu m'as menti ? Pourquoi m'avoir raconté que tu étais avec un client potentiel ? je demande d'une petite voix.

— Je me suis senti obligé de le faire. Comment aurais-tu réagi si je t'avais appelée pour te dire que je déjeunais avec Eleanor ? Tu m'aurais envoyé balader, ensuite tu m'aurais raccroché au nez et tu aurais ignoré mes messages.

— Et j'aurais eu raison.

— Moi aussi j'ai eu raison. Je sais que je n'aurais pas dû te mentir, mais je voulais te protéger. Je voulais éviter exactement ce qui est arrivé.

Je redresse la tête pour pouvoir le regarder.

— Qu'est-ce que tu as ressenti hier soir, au restaurant, quand Simon m'a laissé son numéro ?

— J'ai eu envie de l'éventrer, répond-il du tac au tac.

Ah oui, quand même.

— Eh bien, j'ai ressenti à peu près la même chose en te voyant tout à l'heure avec *elle*. Le problème, c'est que si tu me caches des choses et que je finis par les découvrir quand même, je vais imaginer les pires scénarios, t'en vouloir et agir en conséquence. Et rien de bon ne peut sortir d'une telle situation, j'espère que tu le sais.

Il acquiesce. Je soupire.

— Je déteste te voir approcher d'autres femmes.

— Je déteste te voir approcher d'autres hommes.

— Je suis possessive, je chuchote, comme si ça pouvait rendre mon défaut moins énorme.

— Je suis jaloux et possessif, renchérit-il.

Je m'esclaffe, puis je retrouve mon sérieux pour lui demander :

— Tu crois qu'on est anormaux ?

C'est à son tour de rire.

— J'espère bien. La normalité, c'est d'un chiant...

Je repose ma tête contre son torse et ferme les yeux.

— Ma petite tornade, susurre-t-il.

Il se redresse doucement et saute du lit. Je m'apprête déjà à réclamer son retour, mais je reste muette lorsqu'il défait le bouton de son jean. Je le regarde retirer le vêtement et j'apprécie le spectacle sans aucune honte. Quand il ne lui reste que son caleçon, Robin remonte sur le lit, retire mon pantalon et mon chemisier, puis il rabat les couvertures sur nous. Mue par le besoin de ne faire qu'un avec lui, je me hisse sur son corps et me blottis tout contre son torse, entourant sa nuque de mes bras.

— Pourquoi est-ce que ta chambre est si blanche ? demande-t-il en me caressant le dos. J'aurais pensé que, toi, la pro de la déco, tu te serais fait plaisir ici.

C'est vrai que mon lit est entièrement blanc, du sommier jusqu'aux taies d'oreiller. Mes meubles sont en bois clair, ainsi que les murs. Les seules touches de couleur – du mauve et du gris – viennent des cadres aux murs ainsi que des objets et bibelots disposés un peu partout.

— Parce que le blanc est ma couleur préférée. Elle m'apaise.

Même si je ne devrais peut-être pas, j'ai envie d'en dire un peu plus à Robin.

— Il y a eu une période de ma vie où j'avais beaucoup de mal à m'endormir. Pour moi, la nuit était synonyme de cauchemars et de... choses terribles. Pour me calmer et m'aider à trouver le sommeil, on me répétait que je devais m'imaginer légère, comme flottant sur un nuage. J'ai fini par prendre le conseil au pied de la lettre. J'ai transformé ma chambre en une sorte de nuage et quand j'y entre, je laisse toute ma colère, ma peine et mes craintes dehors. Je me sens bien, sereine, et encore aujourd'hui, m'endormir dans une pièce presque entièrement blanche me rassure.

Je ne sais pas si Robin en a conscience, mais je viens de lui ouvrir une porte vers une part de ma vie que je m'efforce de garder secrète depuis des années.

— Qu'est-ce qui s'est passé pour que la nuit te terrifie à ce point ?

Je n'en dirai pas davantage, alors je me contente de caresser les petits cheveux sur sa nuque en gardant le silence.

Après quelques minutes, comprenant sûrement que je resterai muette, Robin reprend :

— Je m'inquiète pour toi. Que t'est-il arrivé aujourd'hui ? Pourquoi es-tu allée à l'hôpital ?

Ça, je peux lui expliquer.

— J'ai juste fait une grosse crise d'anémie, ça m'arrive parfois.

— Qu'est-ce qu'il faut faire, dans ces cas-là ?

— J'ai un traitement qui permet de les enrayer, mais quand les symptômes apparaissent brutalement, je n'ai pas le temps d'anticiper et il faut m'amener à l'hôpital. Soit les médecins font remonter mon taux de fer avec des médicaments, soit ils me mettent sous perfusion. Cette fois, je m'en suis bien sortie, je n'ai eu qu'à prendre des cachets.

— Et tu rentres chez toi comme ça ? Ils ne te gardent même pas en observation pour la nuit ?

Je me racle la gorge.

— En fait, il serait conseillé que je reste là-bas, mais je signe une décharge à chaque fois. Je déteste les hôpitaux.

Les mains de Robin s'écrasent sur mes joues et il me force à relever la tête. Ses yeux sont brillants de colère.

— Quoi ? Mais... merde, Lia, c'est ta santé qui est en jeu !

— T'en fais pas, je gère. Et puis Chris sait comment réagir en cas de besoin. D'ailleurs, après ce genre de crises, je dors avec lui pour qu'il puisse me surveiller.

Le regard de Robin se voile. Je mériterais des claques pour ce que je viens de dire ! Il repose ma tête contre son torse, m'entoure de ses bras et me serre fort.

— C'est moi qui dois veiller sur toi, désormais, et tu auras intérêt à m'apprendre ce que Chris sait. Tu ne partageras plus jamais ton lit avec quelqu'un d'autre que moi.

Décidément, il n'y a que Robin pour rendre la jalousie si sexy...

Sa main reprend ses caresses dans mon dos. Cette fois, il n'attend plus de moi que je fasse la causette. Je suis si fatiguée que mes yeux me brûlent.

J'ai cependant un sursaut de conscience avant de sombrer dans le sommeil. Je dois lui demander ce que Matt, Chris et lui se sont dit ! Je dois savoir comment ils ont réussi à se calmer, et surtout, je dois comprendre ce que Matt voulait dire par : « Ça a le mérite d'être clair ».

Mais l'appel de Morphée est bien trop grand.

Demain, j'aurai tout le temps de poser mes questions.

Chapitre 29

Je me réveille doucement et constate que je suis seule dans mon lit. Je me redresse immédiatement. Où est Rob ? Il n'est quand même pas parti ? Est-ce que Chris l'a mis dehors ? Non, il n'aurait pas fait ça...

Quoique...

Je me sens mieux, ce matin. Je suis reposée, et surtout, mon mal de tête a disparu. Je ressens juste un léger inconfort au niveau de mes côtes, comme un pincement lorsque je bouge. En tout cas, j'ai dormi comme un loir. Le réveil indique déjà onze heures. Je me réveille rarement aussi tard, même en week-end.

Après avoir passé une nuisette, je me rends dans la cuisine, alléchée par l'odeur de nourriture. Robin est aux fourneaux, vêtu seulement d'un jean. Il n'a apparemment pas jugé important de passer un t-shirt.

La vue de son dos musclé me met dans tous mes états. Je m'approche sur la pointe des pieds pour le surprendre tandis qu'il sifflote en faisant frire du bacon dans une poêle. J'enroule mes bras autour de sa taille et me serre contre lui. Il pose ce qu'il a en main et se retourne pour me détailler.

— Salut beauté. Bien dormi ?

— Hm hm.

— Tu étais moins vêtue quand je t'ai laissée dans le lit, fait-il remarquer en passant ses doigts sous les bretelles de ma nuisette.

— C'est vrai. Est-ce que tu sais, par hasard, pourquoi mes côtes me « chatouillent » ?

— Tu as passé une partie de la nuit sur moi. Ça n'a pas dû être très confortable. Je me suis endormi avant de pouvoir t'installer correctement, mais de mon côté, tout va bien.

— Je t'assure que tu es très confortable.

Je me mets sur la pointe des pieds et pose doucement mes lèvres sur les siennes.

— Est-ce que tu as faim ? chuchote-t-il contre ma bouche.

— Hm hm.

— Oui ou non ?

— Hm hm.

Je reprends mon baiser et je crochète ma main derrière sa nuque pour le garder contre moi.

— J'ai préparé des œufs...

Je me fiche de la nourriture, c'est sa bouche qui m'intéresse.

— Du bacon... gronde-t-il avant de répondre à mon baiser avec fougue.

Ma seconde main se perd dans ses cheveux.

— Et des...

Sa voix faiblit à chaque nouveau baiser.

— Des ?

— Des...

Je mordille sa lèvre inférieure.

— Oh et puis merde, grogne-t-il en me soulevant dans ses bras.

Il prend le temps de tendre le bras derrière lui pour retirer la poêle du feu puis me pose sur le plan de travail et s'insère entre mes jambes.

— Tu veux ma mort !

Les bretelles de ma nuisette glissent de mes épaules. Les mains de Rob remontent sur mes cuisses, puis il agrippe mes fesses et me plaque contre lui. Je m'accroche à ses épaules solides alors qu'il me fait ressentir des sensations comparables à celles d'un grand huit rien qu'avec son baiser.

Mais ce n'est pas n'importe quel baiser.

Bon sang, j'ai réveillé la bête.

Il avance de quelques pas et me plaque contre le frigo. Le bruit de bouteilles qui s'entrechoquent me fait sourire. Alors que mes doigts commencent à parcourir la peau de son torse, un *ping* retentit. Il me faut environ deux secondes pour réaliser qu'il provient de l'ascenseur. Je pousse Robin de toutes mes forces et bats des pieds pour qu'il me lâche. Il recule, perdu. Visiblement, lui n'a rien entendu. Je remonte les bretelles de ma nuisette à la hâte et tente de me recoiffer, mais je suis presque certaine de faire complètement l'inverse.

— Que...

Chris apparaît. Il se fige en nous voyant. Robin comprend enfin ma réaction, mais ça ne l'empêche pas de paraître fier de lui. Moi, j'ai l'impression de m'être fait prendre la main dans le pot de confiture.

Mon meilleur ami nous fixe si longtemps que je m'attends à ce qu'il pique une crise comme hier soir. Au lieu de ça, il prend sur lui et me dit :

— J'imagine que tu vas mieux.

Je hoche la tête. Robin croise les bras – *bon sang, ses bras* – et mon regard est soudain attiré par ce qui se passe en dessous de sa ceinture.

Nom. De. Dieu.

— Je passais prendre quelques affaires. Je dors chez Stella pour le reste du week-end.

— Tu n'es pas obligé de partir. Robin et moi pouvons aller chez lui.

— T'inquiète, répond mon meilleur ami.

Il disparaît dans sa chambre. Robin en profite pour m'attirer contre lui, mais je le repousse gentiment.

— Cache ça, je chuchote en pointant la bosse qui déforme son jean.

Il se contente de rire et de reprendre place derrière les fourneaux.

Chris revient quelques minutes plus tard, sac en main. Il ne semble pas décidé à nous accorder de l'attention, alors je me dépêche de le rejoindre lorsqu'il est sur le point d'entrer dans l'ascenseur.

— Tu t'en vas à cause de nous ?

— Stella trouve que je ne passe pas assez de temps avec elle. Je crois qu'elle a raison.

— Est-ce que tu m'en veux ? je lâche.

— Tu es adulte, tu peux faire ce que tu veux.

— Donc, tu m'en veux. J'aime bien Robin, Chris, vraiment bien. Essaye de comprendre.

Il soupire, las, et s'adosse contre la paroi de l'ascenseur. Je comprends qu'il veuille me protéger comme il l'a toujours fait, mais il ne laisse même pas sa chance à Robin. Je ne comprends pas pourquoi il le voit comme une menace.

— Qu'il range son bordel et qu'il ne se serve plus dans ma cuisine comme s'il était chez lui. Et assurez-vous d'être seuls avant de vous sauter dessus.

— Pas de problème, je réponds en souriant.

Je sais que c'est sa façon de me donner son feu vert.

— Et fais quand même attention. Ce n'est pas parce que tu es amoureuse que...

— Je n'ai jamais dit ça.

— Ouais, ouais. Fais gaffe quand même.

L'ascenseur se ferme et mon esprit s'allège.

En retournant dans la cuisine, je n'y trouve pas Robin. Je l'aperçois au bout du couloir, dos à moi, l'air préoccupé. Il parle à voix basse au téléphone. Je m'approche sur la pointe des pieds.

— Il en est hors de question... Non... Je t'ai déjà dit que j'en avais marre. Je n'en sais rien, OK ? J'ai essayé mais... je ne suis au courant de rien. Fous-moi la paix, maintenant, et ne m'appelle plus.

Il raccroche et sursaute, surpris de me voir si proche de lui.

— Tout va bien ? je demande.

— Tu m'espionnes ? répond-il en plissant les yeux.

— Pourquoi je ferais ça ?

Il range son téléphone dans la poche arrière de son pantalon et retourne dans la cuisine pour finir de préparer le petit déjeuner.

— Tu ne m'as pas répondu, je le relance. Tout va bien ?

— Quelques petits soucis avec le cabinet d'architecte. Ce n'est jamais simple de faire confiance à des équipes pour assurer les chantiers.

— Tu es sûr ? Tu avais l'air plutôt... je ne sais pas, on aurait dit que...

— Je suis simplement stressé par la montagne de paperasse dont je dois m'occuper. Mais ça va, je t'assure.

Rob transfère les œufs dans des assiettes et dépose le bacon, des toasts et des fruits sur le comptoir. Je m'approche de lui et pose ma main sur son dos nu.

— Tu as besoin d'aide ?

— Ça va aller, mais merci.

Il passe son bras autour de mon cou et embrasse ma tempe.

— Au fait, qu'est-ce que vous vous êtes dit, hier soir, Chris, Matt et toi ? Vous vous hurliez dessus et l'instant d'après, plus rien.

— Quelques trucs, dit-il d'un ton nonchalant.

— Tu ne veux pas me le dire ?

— Non.

Ah.

Je suis tentée d'insister mais je commence à connaître Robin, maintenant. Il est têtu. S'il a décidé qu'il ne dirait rien, il campera sur ses positions.

Je questionnerai Matt à la place. Je sais que lui finira par cracher le morceau.

— Je pourrais m'y habituer, dis-je en montrant le petit déj.

— Pas moi. J'ai fait ça pour que tu craques un peu plus pour moi, mais tout le monde sait que la place d'un homme n'est pas dans la cuisine.

Je lève les yeux au ciel.

— Je suis très habile avec un couteau, Edwards. Si j'étais toi, je réfléchirais avant de parler, je le menace.

— Bien sûr, bébé, réplique-t-il en me faisant un clin d'œil.

Je fixe la tasse de café qu'il me tend, mais ce n'est pas une boisson chaude que je veux. J'ai envie de profiter de mon beau mâle et de reprendre là où nous nous sommes arrêtés avec l'arrivée de Chris. Lentement, je pose le mug sur le comptoir. Robin m'attire contre lui. Ses yeux pétillent déjà. Je prends sa main et je l'entraîne jusqu'au canapé, sur lequel je le pousse. Il se laisse tomber sans se départir de son sourire.

À nous deux, Edwards.

Je grimpe sur le canapé, me place à califourchon sur lui et capture sa bouche.

— Lia, gronde-t-il. Je n'ai pas de capote sur moi.

Il ne me faut qu'une seconde pour décider quoi faire.

— Je te fais confiance.

Nous nous déshabillons en riant. Nous sommes tellement pressés que nos gestes sont maladroits. Robin m'embrasse goulument chaque fois qu'il me déleste d'un nouveau vêtement. Quand je lui retire son caleçon, je tangue et manque tomber du canapé. Il me retient en s'esclaffant de plus belle.

Je suis subjuguée par la vision de son corps viril et puissant. Robin Edwards en tenue d'Adam agit comme un cocktail Molotov sur mon système nerveux. Je plonge à nouveau sur sa bouche, m'assois sur ses cuisses et agrippe ses cheveux avec force. Sa large main se pose sur mes omoplates et descend le long de mon dos.

Il attrape mes fesses et me tire brusquement, brisant le contact de nos lèvres pour attirer mon bassin près de sa bouche. Je me laisse faire. L'envie et l'anticipation me rendent muette et immobile.

— Nom de Dieu, souffle-t-il.

Il pose sa tête sur l'accoudoir du canapé et abaisse mes hanches. Je retiens mon souffle. Sa langue passe sur mon clitoris. La sensation me fait haleter. Très vite, sa bouche s'active sur mon sexe, titillant mon petit bouton de plaisir.

— Tu es délicieuse.

Ce mec causera ma perte.

Un frisson me parcourt l'échine lorsqu'il lève sur moi ses yeux si hypnotiques. Je me mets à bouger contre sa bouche, mes yeux restant rivés aux siens.

— Robin... Robin... je halète.

Impossible de détourner mon regard de ses iris bleu lagon. Ses mains appuient sur mes reins et il augmente la pression de sa langue. Je vais devenir folle, s'il continue. Je rejette la tête en arrière et le gémissement qui s'échappe de ma gorge me gêne, mais je ne peux plus rien contrôler.

Il s'arrête soudain. Mes jambes tremblent. Il passe sa main derrière ma nuque et plaque sa bouche sur la mienne, mais j'ai envie de plus que d'un baiser. Je reprends mon ancienne place sur ses cuisses et commence à bouger doucement, caressant mon sexe avec le sien.

— Lia... Putain, ne me rends pas dingue ! m'avertit-il.

— Pourquoi ? je réplique innocemment.

Il ferme les yeux. Sa mâchoire est contractée. Je commence moi aussi à être torturée. J'arrête ces mouvements de bassin qui nous rendent fous tous les deux et je me positionne sur son membre. Il prend alors mes hanches et me pénètre brutalement, m'arrachant un cri de plaisir. Il impose le rythme, et ses coups de reins sont si brusques que je suis obligée de prendre appui sur ses bras pour ne pas basculer. Son sourire me rend encore plus fébrile que je ne le suis déjà.

— Plus vite...

Il pose ses mains sur ma taille et augmente la cadence à ma demande. Je sens sa langue venir titiller la pointe de mes seins.

Dans un bref éclair de lucidité, je me dis que je ne reconnais pas cette fille qui se déchaîne sur son petit ami en gémissant et en demandant toujours plus... À ma décharge, Robin me rend dingue ! Bientôt, je nous sens tous les deux au bord du gouffre.

— Lia... Il faut que tu jouisses, je ne vais plus tenir très longtemps.

Une de ses mains quitte ma hanche pour se glisser entre nous et caresser habilement mon clitoris.

— Oh... mon... ROBIN.

Un râle rauque et sexy s'échappe de ses lèvres au moment où il atteint le point de non-retour. Nos corps sont pris de spasmes incontrôlables et délicieux. Je m'effondre sur lui, la tête contre son torse, essoufflée. Sa poitrine se soulève à un rythme effréné. Il m'entoure d'un bras et me caresse les cheveux d'une main.

Les secondes, les minutes passent. Aucun de nous deux ne veut rompre le charme de ce moment. Robin fait glisser le bout de ses doigts le long de mon dos et je suis bien, je me sens à ma place dans ses bras.

— Je crois que les œufs et le bacon ont refroidi, lâche-t-il.

Je m'esclaffe et redresse la tête pour le dévisager.

— Tes yeux... Lequel de tes parents a les yeux bleus ? je demande en traçant le contour de sa paupière.

— Les deux. Et ils les ont transmis à Nina, Tay et moi, sans exception.

— Les tiens sont plus clairs que ceux de tes sœurs. Ils sont...

— Bleu clair ?

Je lève les yeux au ciel.

— Magnifiques, je termine.

— Et les tiens...

Il se rapproche pour scruter mes prunelles.

— Un mélange de marron et de vert.

— Hazel. On appelle ça des yeux hazel.

— Hazel... répète-t-il. Tes parents aussi ?

Je secoue la tête.

— Verts pour ma mère, marron pour mon père. Je n'avais pas envie de choisir, dis-je en haussant les épaules.

Il approche sa bouche de mon front et y dépose un baiser puis je ferme les yeux lorsqu'il embrasse mes paupières l'une après l'autre. Je suis complètement bouleversée, mon cœur bat si fort que j'en suis déroutée. Robin me met dans tous mes états, et ce depuis notre rencontre.

Peut-être est-il temps de voir les choses en face, peut-être est-il temps que j'accepte l'évidence. Moi qui avais si peur d'employer le mot « amour », il me semble que c'est exactement ce que je ressens pour cet homme.

Merde !

Il ne me *semble* pas, c'est exactement ce que je ressens pour Robin. Je suis amoureuse de lui. Complètement. Mon cœur s'emballe dès que je pense à lui. Il me chamboule, il m'a complètement envoûtée.

Et je l'aime.

Je l'aime.

Mon cœur et moi allons avoir une conversation honnête, nous devons être conscients de ce à quoi nous nous exposons en tombant amoureux de Robin Edwards. C'est pourquoi, jusqu'à nouvel ordre, il ne saura rien de mes sentiments pour lui.

Chapitre 30

Je retire mes escarpins dès que l'ascenseur s'ouvre et, pour me détendre de ma journée, je m'imagine déjà enfiler une tenue confortable, m'affaler sur le canapé avec un verre de vin blanc et enchaîner les épisodes de *Friends*, ma série préférée de tous les temps. J'ai probablement dû voir chaque saison au moins une dizaine de fois mais je ne m'en lasse pas.

Pourtant, mes projets sont vite réduits en cendres lorsque je trouve Dupond et Dupont assis sur le canapé, bras croisés.

Qu'est-ce que j'ai encore fait ?

— Bonsoir, pitchoune.

Je m'approche, sourcils haussés. Chris me montre le fauteuil en me faisant signe de m'y installer.

— On doit te parler, dit-il avec le plus grand sérieux.

Ils commencent à me faire flipper...

— Qu'est-ce qui se passe ? je demande en posant chaussures et sac à main à mes pieds.

Matt s'éclaircit la gorge.

— Avec Chris, on a discuté et on...

— Matt m'a dit que tu pensais prendre un appartement et partir d'ici.

J'en reste bouche bée. Matt également, et il le fait savoir à Chris.

— Sérieusement ? T'avais pas plus subtil ?

— C'est vrai ou pas, Lia ? Tu as envie de prendre un appartement et de vivre seule ?

— Oh... ben... je... parce qu'en fait, j'ai...
— Oui ou non ?
— Oui. Enfin... oui, j'y pense, c'est vrai. Tu sais aussi bien que moi que je ne pourrai pas vivre éternellement avec toi.
Je m'attends à ce que Chris me débite un long discours, qu'il me mette en garde contre d'éventuels dangers ou qu'il me fasse du chantage affectif pour me convaincre de rester avec lui, mais au lieu de ça, il me tend un morceau de papier.
— Qu'est-ce que c'est ?
— Une liste d'appartements à visiter. Bien sûr, tu n'es pas obligée de choisir parmi ceux-là, mais je me suis dit que c'était un bon début. Ça te fait déjà cinq visites.
J'en reste ébahie.
— Ne me regarde pas comme ça. Je t'aime, Lia, et je ne te laisserai jamais tomber, tu le sais.
Je m'empresse de me réfugier dans ses bras. J'ai envie de pleurer. Je sais qu'il prend sur lui, je sais que ça lui fait de la peine de me voir penser à partir, mais je suis heureuse qu'il comprenne et qu'il m'aide... comme il l'a toujours fait.
— Merci, Chris.
— Tu vas me manquer, murmure-t-il.
— Je ne suis pas encore partie. Je vais peut-être mettre des années avant de trouver l'appartement de mes rêves.
— J'espère bien, dit-il en riant.
Je dépose un baiser sur sa joue puis je le regarde. J'ai conscience que mes yeux sont brillants d'émotion, et les siens le sont tout autant. Nous n'avons pas besoin de dire quoi que ce soit pour nous comprendre. Nous savons tous les deux qu'il n'y a rien que nous ne ferions pas l'un pour l'autre.
— Je viendrai les visiter avec toi, intervient Matt.
— Tu m'as vendu, je l'accuse.
— Et j'ai bien fait. Allez, viens là.

Je l'enlace également, puis je m'installe entre mes deux meilleurs amis sur le canapé.

La perspective d'un appartement à moi, d'une vie seule commence à se concrétiser. Et ça me terrifie autant que ça m'excite.

***

— Il te plaît vraiment, celui-ci ? demande Matt.

— Tu rigoles ? Je l'adore ! Un duplex au dernier étage avec deux chambres, une grande salle de bain, une immense cuisine ouverte sur un salon-salle à manger, un dressing... et bon sang, une terrasse sur le toit ! Je le veux, je trépigne.

— Ne te précipite pas, Lia, tu peux encore en visiter d'autres, tempère Chris.

— J'en ai déjà vu au moins quinze et j'ai un vrai coup de foudre pour celui-là. Je t'assure, c'est le bon.

— Bon... je vais faire ce qu'il faut, dit-il en partant rejoindre l'agent immobilier qui attend dans le couloir.

Je fais à nouveau le tour des lieux, en terminant par la terrasse. La vue est à couper le souffle. Un appartement comme ça en plein Greenwich, on n'en trouve pas des masses. On doit être des dizaines à se placer dessus, il sera vendu avant la fin de la journée, c'est certain. Il a été refait à neuf il y a tout juste deux mois et j'adore que tous les murs soient blancs, je vais pouvoir m'amuser. L'espace salon est immense, et de grandes baies vitrées agrandissent encore plus la pièce. Le dressing de ma chambre est bien plus petit que celui de chez Chris, mais c'est un détail. J'ai déjà prévu d'enlever tout le carrelage au sol pour le remplacer par du joli parquet clair. Je brûle d'impatience à l'idée de faire de cet endroit mon cocon.

— J'aime bien, avoue Matt en me rejoignant sur la terrasse. Tu n'es pas loin de chez moi, et Greenwich Village est un quartier sûr.

— Merci, Matty. Je sens que je vais être super bien ici. Même si...

— Même si ?

Je grimace.

— Ça va me faire bizarre de me retrouver toute seule.

— Ah, ça... Même si au début j'étais contre, je trouve que c'est une bonne chose que tu prennes ton envol. Et je suis soulagé que tu ne me sortes pas une connerie du genre : « Je vais m'installer avec Robin ». Tu sais, si je ne lui ai pas encore démoli la tronche, c'est parce qu'il est vraiment canon. Ce serait du gâchis.

Je lève les yeux au ciel.

— Quand est-ce que tu emménages ?

— Rien ne dit que l'appartement sera à moi.

Matt rit à gorge déployée.

— Bien sûr que si. Tu veux cet appartement, alors Chris va te l'offrir sur un plateau. Personne ne résiste à ses millions.

Mon meilleur ami et moi avons pourtant passé un marché. J'étais d'accord pour qu'il s'occupe de la négociation du prix, mais sûrement pas pour qu'il participe à l'achat, j'espère qu'il s'en souvient.

Lorsque, avec mes deux acolytes, nous nous sommes officiellement lancés dans ma recherche d'appartement, j'ai sérieusement étudié la question de mon budget. Vivre avec Chris depuis trois ans m'a été plus que bénéfique. Le penthouse lui appartenant, je n'ai jamais eu de loyer à payer et il a toujours refusé que je lui donne le moindre centime pour régler les factures, ce qui nous a d'ailleurs valu de nombreuses disputes. J'ai donc pu économiser et, finalement, au bout de trois ans et grâce au développement de mon agence, mes comptes en banque sont bien remplis. La conclusion du contrat Coleman m'a donné le coup de pouce qui me manquait pour franchir le cap de mon premier achat immobilier. Enfin, vu les prix du marché, j'ai demandé un crédit auprès de mon banquier. J'ai donc un budget confortable, qui me permet de m'offrir un appartement somptueux comme celui-ci.

Je dois l'admettre, je suis fière de dire que chaque centime qui passera dans l'achat de cet appartement viendra de ma poche.

— Tu sais pourquoi c'est celui-là qu'il me faut ?

Matt secoue la tête.

— Il y a une seconde chambre et ce sera la vôtre. Vous pourrez venir quand vous voudrez et je vous promets d'en faire une pièce super virile.

— Encore heureux qu'une chambre nous soit réservée. On est les deux hommes de ta vie.

Vous deux... et lui.

C'est à ce moment que Chris nous rejoint sur la terrasse, le sourire aux lèvres. Il m'annonce que l'appartement est à moi et que je pourrai y emménager dans trois semaines.

— Mais je n'ai même pas fait d'offre !

— J'ai essayé de te faire dépenser le moins possible, ne t'en fais pas. L'agent a téléphoné au propriétaire et il a accepté. Il est parti préparer les papiers, on le retrouve à son bureau.

— Chris, mais...

— Je me suis porté garant, j'ai su me montrer convaincant.

Comme l'a dit Matt, personne ne résiste aux millions de Chris...

Soulagée, je m'apprête à hurler de joie, mais Matt me devance et me soulève dans ses bras pour me faire tourner dans les airs. Je m'accroche à son cou et ris avec lui. Chris nous regarde en souriant, et pour finir, nous grimpons dans son Range Rover direction l'agence immobilière.

— Je ne sais pas si vous avez remarqué, mais Christopher Street est à seulement trois rues de mon appartement, je lance nonchalamment.

Le clin d'œil que mon meilleur ami me fait dans le rétroviseur m'indique qu'effectivement il avait remarqué... et que ça lui plaît.

— Même si tu pars, je ne serai jamais vraiment loin de toi, dit-il, tout heureux.

Évidemment.

***

Le jour du déménagement est arrivé à une vitesse folle. Quitter le penthouse s'est révélé plus difficile que je ne le pensais. En réalité, c'est quitter Chris qui m'a fait le plus de peine.

Je me retrouve au milieu des cartons, en plein dans un grand moment de solitude. À une période de ma vie, je trouvais une sorte de réconfort et de sécurité dans le fait de ne devoir compter que sur moi. Mais depuis que j'ai rencontré Chris et Matt, je n'ai plus jamais été seule. Alors, à cet instant, j'ai peur. J'angoisse à l'idée d'aller me coucher parce que ce sera ma première nuit dans un nouvel appartement, dans un immeuble que je ne connais pas et où il n'y a ni Ray ni Braden pour s'assurer qu'aucun inconnu ne peut entrer.

Je m'endors agitée, si bien que mes rêves se changent en cauchemars, puis en souvenirs terrifiants.

L'air froid de la nuit. L'odeur âcre d'une ruelle reculée et mal famée. Mon cœur qui tambourine dans ma poitrine.

Il m'attrape par les cheveux puis me jette par terre.

— Fais-le, sale pute.

— S'il vous plaît. Ne me faites pas de mal.

Ma gorge est serrée. J'ai conscience d'être en train de cauchemarder mais je n'arrive pas à m'arracher aux griffes du sommeil.

— Fous-toi à poil. Dépêche-toi.

— Pitié, ne faites pas ça.

Le coup de poing qu'il m'assène au visage me coupe la lèvre inférieure. Il déchire le tissu de mon haut.

Non !

Je me réveille en aspirant une grande goulée d'air. Mes membres tremblent, mon estomac se soulève, je réprime de justesse un haut-le-cœur. Mon premier réflexe est de sauter sur mon téléphone pour appeler Robin, mais je me ravise. Le faire venir en pleine nuit m'obligerait à tout lui raconter.

Je tremble si fort que mon portable s'échappe de mes mains et tombe sur le parquet de la chambre. Je le ramasse et j'hésite à contacter Chris ou Matt, mais j'y renonce. Si je fais ça, ils seront confortés dans l'idée que mon déménagement était prématuré. Je ne peux pas les inquiéter plus qu'ils le sont déjà.

Je repose mon smartphone, remonte mes genoux contre ma poitrine et ferme les yeux. Puis je fredonne une chanson que j'avais l'habitude d'entendre quand j'étais petite.

— *E o mar bramindo*
Diz que eu fui roubar
A luz sem par
Do teu olhar tão lindo [6].

Doucement, les battements de mon cœur s'apaisent.

— *Sorrir, bailar, viver, sonhar contigo* [7].

Il faut que je me chante la mélodie quatre fois avant d'enfin parvenir à me détendre.

Vivre seule est un défi. Et je le relèverai.

6.« Et la mer rugissante
Dit que j'ai volé
La lumière sans pareil
De ton si beau regard. »
Canção do mar, Dulce Pontes

7. « Sourire, danser, vivre, rêver avec toi. » — *Canção do mar*, Dulce Pontes

Chapitre 31

J'enfile mes gants de boxe, concentrée. Le cours d'aujourd'hui est un peu particulier : je le partage avec Chris.

— Alors ? C'est comment de vivre seule ? demande Matt en installant les sacs de frappe devant nous.

— Ça ne fait qu'une semaine. Je ne peux pas encore faire de bilan.

— L'autre est toujours fourré chez elle, de toute façon, elle ne vit pas seule, bougonne Chris en se mettant en position.

Je ne sais pas ce qui cloche avec mon meilleur ami, mais il est morose, depuis quelques jours. J'ai bien essayé de le faire parler mais il refuse de me dire quoi que ce soit. La petite voix dans ma tête qui me dit qu'il a du mal à accepter mon départ est bruyante, bien trop, et pour un peu elle créerait en moi un sentiment de culpabilité.

Chris rajuste son t-shirt et son short et se met à sautiller en attendant que Matt ait terminé d'installer les sacs. Soucieuse, je le dévisage pour tenter de comprendre ce qui le tracasse. Mes yeux s'arrêtent une seconde sur ses jambes bronzées et musclées, mais plus particulièrement sur le tatouage sur son mollet droit. Un L, un M et un C reliés par une corde. Pour Matt, Chris et moi, porter notre histoire et notre trio sur nous est une évidence. Les mecs ont décidé de se tatouer. Quant à moi, je ne me sépare jamais de mon collier. Robin a déjà remarqué mes pendentifs. Je me demande quelle serait sa réaction s'il remarquait les tatouages de Chris et de Matt. Il se poserait encore plus de questions et il comprendrait aussi à n'en pas douter que l'amitié que nous partageons tous les trois est unique.

Chris se met à frapper furieusement le sac devant lui dès que Matt s'est écarté. Je regarde mon géant blond, qui est aussi étonné que moi par la ferveur de notre ami. Contrariée, je me mets à taper moi aussi de toutes mes forces. Matt nous laisse quelques instants le temps d'aller accueillir de nouveaux inscrits et de leur présenter la salle de sports.

— Pourquoi tu frappes si fort ? demande Chris, enchaînant les crochets gauche et droit.

— Je pourrais te retourner la question !

C'est fou comme se défouler sur un sac peut détendre. Cette activité est devenue un moyen pour moi de fuir mes souvenirs hantés, et elle m'a appris non seulement à canaliser mes émotions mais aussi à gérer ma tristesse et mon angoisse quand mon passé m'aspire. Une chose que boxer n'a pas encore réussi à m'apprendre, cependant, c'est à contrôler mon impulsivité. Mais peut-être que je n'y parviendrai jamais. Seul le temps me le dira.

Je commence à être essoufflée à force de donner des coups de toutes mes forces. Chris délaisse son sac de frappe pour venir se placer face au mien, qu'il attaque à son tour.

Gauche.

Droite.

Gauche.

Droite.

Sa puissance me déstabilise avant de me motiver. Lorsque Matt nous retrouve, nous frappons chacun d'un côté du sac.

— Vous avez toujours combattu ensemble, lâche-t-il.

C'est vrai. Chris et moi avons connu notre lot d'épreuves, et lorsque nos routes se sont croisées, mon fardeau est devenu le sien et le sien est devenu le mien.

— Avec toi aussi, je lâche, essoufflée.

Si je devais parler du rôle de Matt dans notre trio, je dirais qu'il en est le ciment. Combien de fois nous a-t-il relevés alors que nous croulions sous le poids de la souffrance, Chris et moi ? Combien de fois a-t-il mis sa peine de côté pour soulager la nôtre ?

— Allez, stop, ordonne-t-il, voyant que nous entrons dans une sorte de transe colérique.

Je fais tomber mes gants sur le tapis et tente de reprendre mon souffle. Chris m'imite en s'asseyant sur un banc. Il retire son t-shirt, le jette par terre, puis il attrape mon poignet pour que je prenne place à ses côtés.

— Lia, tu sais que je ne porte pas *ton mec* dans mon cœur mais... tu as l'air vraiment bien avec lui, alors peut-être que tu devrais... tu sais... lui en parler.

L'espace d'un instant, je reste choquée.

Pourquoi évoque-t-il ça maintenant ? Dans quel but ?

J'entends Matt siffler son désaccord. Il nous rejoint en deux enjambées.

— Je n'arrête pas d'y penser, explique Chris. Je ne t'ai jamais vue aussi attachée à un homme, à part moi, bien sûr.

Il me fait un clin d'œil pour tenter d'amortir le poids de ses paroles.

— Comme je te l'ai dit, je ne l'aime pas, poursuit-il, mais je dois avouer que quand il te regarde avec des yeux remplis d'amour, ça m'aide un peu à accepter votre relation.

— Mec, t'es pas sérieux, elle ne va pas le mettre au courant ! s'exclame Matt. Ça fait six ans qu'on garde ça bien au chaud. Imagine qu'ils rompent dans quelques semaines ou quelques mois !

— Elle ne va pas garder ce secret toute sa vie. Je suppose que Robin t'a déjà posé plein de questions sur nous, non ? Comment on s'est rencontrés, ce genre de choses ?

— Chris, tu te rends compte des conséquences s'il décidait d'en parler ne serait-ce qu'à une de ses sœurs ? Ça commence toujours comme ça : une personne se confie à une autre, qui elle aussi répète ce secret à quelqu'un, et en moins de temps qu'il n'en faut pour le dire, des dizaines de personnes sont au courant.

— Lia, si tu restes avec lui pendant des années encore, qu'est-ce que tu comptes faire ? Robin va bientôt se rendre compte qu'il y a beaucoup de pièces manquantes dans le puzzle de ta vie et il va vouloir les trouver par lui-même si tu ne lui dis rien. Tu ne penses pas qu'il est préférable que tu lui apprennes la vérité plutôt qu'il la découvre lui-même ?

Je suis surprise. Quelle mouche a piqué Chris ? Il déteste pourtant Rob !

— Moi, je suis contre, intervient Matt. Tu imagines un peu ce qui pourrait se passer pour toi si ça venait à se savoir ? Ta réputation, ta carrière professionnelle, tu pourrais risquer de tout perdre, Chris. Réfléchis. Et puis, pense à Lia : qu'est-ce que ça va lui faire de se replonger dans son passé ?

— Si elle n'en parle à personne, c'est juste pour me protéger et je refuse de lui imposer ça plus longtemps.

Je regarde mes deux amis. Leurs visages sont déformés par l'inquiétude. Instantanément, je suis renvoyée six ans en arrière, lorsque tout a basculé. Contrairement à ce que pense Chris, si je garde mes souvenirs pour moi, ce n'est pas uniquement pour le protéger. Je n'ai pas envie de revivre ce qui s'est passé, et raconter cette période de ma vie à Robin changerait à coup sûr son regard sur moi. Il y a des choses qu'il ne pourrait pas comprendre. Bien sûr, s'il venait à découvrir toute la vérité par lui-même, ce serait un désastre. Il n'aurait pas tous les tenants et les aboutissants, il serait obligé de déduire seul certaines choses... et tout serait détruit entre nous.

— Je ne sais pas, Chris, finis-je par dire. Tu m'as tellement protégée pendant toutes ces années... Je ne veux pas que l'on puisse te pointer du doigt ou prendre le risque de te faire perdre tout ce que tu as construit. Je t'aime, je vous aime tous les deux. Je pense que c'est mieux si nous gardons tout ça pour nous. Ça fait six ans que c'est ainsi, il n'y a pas de raison que ça change. Pas tout de suite, en tout cas.

— Réfléchis bien, Lia, insiste Chris. Il arrivera forcément un jour où tu seras obligée de tout dire à Robin, et s'il découvre dans quelques années que vous avez bâti votre relation sur des non-dits...

Il n'a pas besoin de terminer sa phrase pour que je comprenne ce qu'il veut dire. Si je lui cache des choses pendant si longtemps, il ne me le pardonnera pas lorsqu'il l'apprendra. Pourtant, je ne suis pas prête à lui révéler quoi que ce soit. Je viens seulement de m'avouer que j'étais amoureuse de lui ; lui révéler mon passé et l'origine du lien qui m'unit à Chris et Matt serait prématuré. C'est encore trop douloureux, et ça le sera probablement toujours. Je ne peux pas faire ça maintenant.

J'écarte les bras pour étreindre mes deux meilleurs amis. Pendant de longues secondes, nous restons collés les uns aux autres. Eux comme moi réalisons l'importance de la révélation potentielle de notre passé. Pendant des années, il n'a concerné que nous.

Je n'ai pas seulement fait entrer Robin dans ma vie, je l'ai fait entrer dans *notre* vie à tous les trois. Je suis maintenant partagée entre ma volonté de protéger mes meilleurs amis, comme je l'ai toujours fait, et mon envie de me confier à l'homme que j'aime pour ne pas le perdre.

Ma conversation avec Chris et Matt tourne en boucle dans ma tête pendant tout le reste de la journée. J'y pense encore quand je rentre chez moi.

Mon appartement est complètement aménagé et lorsque ma touche déco y sera ajoutée, il sera superbe. En attendant, il est vide et je m'y sens seule. C'est un sentiment qui m'a habitée toute cette semaine. Robin me rend visite tous les jours, c'est vrai, mais il ne passe pas toutes les nuits avec moi. C'est une étape que nous ne sommes pas encore prêts à passer, c'est trop tôt.

Je m'attends à tout moment à ce que Chris sorte de la cuisine et à voir Matt affalé sur le canapé, une bière à la main. Mais il n'y a personne. Tout ce que j'ai, c'est ce grand et bel appartement silencieux. J'ai le sentiment que mon adaptation va prendre du temps, mais j'y arriverai.

La porte d'entrée s'ouvre. Il faudra que je pense à la fermer à double tour, désormais. L'ascenseur privé de Chris nous garantissait la sécurité, mais je ne dispose plus de cet avantage.

Le soulagement m'envahit lorsque Robin entre dans l'appartement. Il referme la porte, s'y adosse et je m'appuie contre l'évier. Nous nous regardons, nous jaugeons, nous admirons. C'est quelque chose que nous aimons faire après une journée sans avoir vu l'autre. Passer quelques instants à nous dévisager en silence, à apprécier la vision que nos prunelles nous renvoient.

— Tu veux qu'on sorte manger quelque chose ? propose-t-il.

Je fais un signe de tête en direction de l'évier pour lui montrer le carton à pizza vide, puis je le rejoins en quelques pas et passe mes bras autour de lui. Je le serre contre moi et je ferme les yeux, enfouissant ma tête contre son torse tandis qu'il pose son menton sur le dessus de ma tête. Il me serre contre lui, et mon soulagement est instantané. Je relève la tête pour croiser ses yeux bleus et brillants. Il capture doucement mes lèvres et ses mains viennent encadrer mon visage. J'entoure sa nuque de mes bras et je me laisse envoûter par les lèvres douces, tendre, habiles et ô combien délicieuses de mon mâle. Je frissonne de bonheur lorsqu'il quitte ma bouche pour continuer ses baisers dans mon cou. Il me fait reculer pendant qu'il m'embrasse puis il me soulève soudain et me pose sur le plan de travail de la cuisine. En moins de temps qu'il n'en faut pour le dire, il enlève ses chaussures, sa veste et s'attaque déjà à ma salopette en jean. Je jette mes Converse par terre et défais mes cheveux qui sont restés attachés en chignon toute la journée. Il revient alors à mes lèvres et enfouit son nez dans ma chevelure.

— Tu sens tellement bon, bébé.

Je saute du plan de travail, retire son t-shirt gris ainsi que son pantalon. Mes mains glissent sur son torse musclé, mon doigt trace le contour de ses pectoraux puis de ses abdos. Je ne résiste pas à l'envie de le goûter et passe ma langue sur sa peau. Son odeur est enivrante. Tous mes sens sont en alerte. Robin ne le sait pas, mais je me suis acheté une bouteille de son parfum. Lorsqu'il n'est pas avec moi la nuit et qu'il me manque, j'en vaporise sur mon oreiller et je m'endors en le respirant. Pathétique, peut-être, mais n'est-ce pas là le propre d'une fille amoureuse ?

Il caresse mes cheveux et j'embrasse son cou pendant qu'il soulève mon débardeur et me le retire. Il recule et me détaille sans vergogne de son regard brûlant.

— Tu es parfaite.

Il me torture à coup de lentes et délicieuses caresses. La patience ne sera pas mon fort, ce soir : j'en veux déjà plus, mais je sais que Robin est décidé à me faire languir. Mes mains agrippent l'élastique de son boxer. Il les repousse. Pourtant, il plaque son bassin contre le mien et, accrochant mon regard, il me fait sentir à quel point il a envie de moi. Je retiens mon souffle, perdue dans ses yeux.

— Tu veux me rendre dingue ? je demande, bien que je connaisse déjà la réponse à cette question.

— Mademoiselle Gomes, il va falloir que vous appreniez à être patiente.

— Je suis venue au monde avec quinze jours d'avance. Je suis née impatiente, M. Edwards.

Il fonce sur mes lèvres pour me faire taire. Le baiser qu'il me donne est tout sauf tendre. Il me dévore, mais je ne m'en plains pas, au contraire. Il presse un peu plus son bassin contre le mien et, en réponse, je lui rends son baiser avec un empressement non dissimulé. Nous sommes tous les deux essoufflés lorsque nous y mettons fin.

Je suis certaine que Robin aimerait que je réclame, que je le supplie, mais ce n'est pas dans ma nature.

Il me prend par la taille et me fait reculer contre le four. Dans un mouvement rapide, il nous débarrasse des derniers vêtements que nous portons encore. Un peu précipitamment, il me retourne, puis sa main glisse sur mon ventre et descend sur mon intimité brûlante. Instinctivement, je me laisse aller contre lui, et, m'abandonnant, je pose ma tête sur son épaule et ferme les yeux... à peine quelques secondes. Il ne me laisse aucun répit et je sens qu'il sait exactement comment il a envie que les choses se passent. Il se déplace de quelques pas, écarte mes jambes et m'aide à prendre appui sur le plan de travail. Ses mains glissent le long de mon dos jusqu'à mes fesses, qu'il pince. Puis, tendrement, trop lentement, il s'immisce en moi.

— La vue est magnifique, soupire-t-il dans mon dos.

Il se penche sur moi et embrasse mes omoplates, puis il trace une ligne de baisers humides le long de ma colonne vertébrale. J'attrape sa main posée sur ma hanche et la place sur le plan de travail, puis je la recouvre de la mienne et j'enlace nos doigts. Il va et vient en moi avec fougue et empressement, ce qui me fait sourire. La vérité, c'est que Robin a beau me taquiner, il est aussi impatient que je le suis...

Il embrasse mon épaule, puis la mord, m'arrachant un gémissement, et il recommence son petit manège en longeant ma clavicule. Sa barbe naissante chatouille ma peau tandis qu'il remonte jusqu'à ma nuque, qu'il attaque un peu plus fort. C'est trop, beaucoup trop de sensations mélangées.

Je resserre mes doigts autour des siens lorsque le plaisir ravage mon corps. Il ne tarde pas à me suivre en murmurant mon prénom à mon oreille, son front collé contre ma tempe.

Comblée, je me laisse tomber sur les avant-bras. Quant à Robin, il colle sa joue contre la peau luisante de mon dos. Quand nos souffles se font plus réguliers, il me fait pivoter et me prend dans ses bras.

— Ça va ? demande-t-il en détaillant mes traits.

Je hoche la tête en me blottissant contre lui.

— Très bien, j'articule d'une voix pâteuse. Très très bien.

Nous restons un moment groggy et apaisés, encore nus l'un contre l'autre. Je fais glisser mon nez sur la peau de son torse, il enfouit son visage dans mes cheveux et me respire doucement. Il caresse du bout des doigts chaque endroit qu'il a mordu, et en réponse, je titille l'un de ses pectoraux. Soudain, sans prévenir, il me soulève et nous emporte jusque dans la salle de bain, à l'étage.

Dans la douche, nous passons plus de temps à nous câliner qu'à nous laver. Il sort pendant que je finis de me nettoyer et revient avec des vêtements pour nous deux.

Ce matin, je lui ai demandé d'apporter quelques affaires ici. Même si vivre ensemble n'est pas encore à l'ordre du jour, je n'ai pas envie que certains matins soient gâchés parce qu'il doit rentrer chez lui prendre une douche et se changer. Cela n'a peut-être l'air de rien, mais c'est un grand pas pour lui comme pour moi.

Je passe un short en coton et un débardeur tout en regardant avec nostalgie ses fesses musclées disparaître sous le tissu du boxer.

— Tu viens ?

Sa voix me tire de ma rêverie.

Plus tard, allongée dans mon lit entre les bras de Robin, je réalise que je me sens bien mieux que tout à l'heure. Finalement, je n'avais pas besoin que l'appartement soit bruyant ou rempli de monde pour m'y sentir bien. J'avais juste besoin que Robin l'emplisse de sa présence.

— Il faut qu'on parle.

Je lève le regard vers lui.

— De quoi ? je demande, fébrile.

Il se redresse sur un coude, appuyant sa tête dans la paume de sa main.

— J'aimerais en savoir plus sur toi.

Je pivote face à lui.

— Tu en sais déjà beaucoup.

— Pas assez, dit-il en secouant la tête.

J'avale ma salive et tente un trait d'humour.

— On recommence le jeu des quatre questions ?

— Non, plus de jeu. De toute façon, j'ai toujours des questions d'avance sur toi, ce n'est pas drôle.

Plus de jeu. Bien... Bien, bien, bien.

L'angoisse.

— Je t'écoute.

Chapitre 32

— Parle-moi de ton enfance.

J'étais persuadée qu'il me ferait passer un interrogatoire sur Chris et moi, mais je suis soulagée qu'il choisisse ce sujet. Prenant à mon tour appui sur mon coude, je me mets dans la même position que lui.

— J'ai eu, je crois, la meilleure enfance qu'on puisse imaginer. Mon père et ma mère se sont rencontrés au Brésil lorsqu'ils avaient dix-neuf ans. Mon père était venu y passer des vacances avec des amis. Entre eux, ça a été le coup de foudre tout de suite et mon père a décidé de rester là-bas. Un an après leur rencontre, je pointais le bout de mon nez. Évidemment, je n'étais pas prévue, mais ils ont tout de suite décidé de me garder. Ma mère m'a raconté comment mon père l'a suppliée de m'appeler Amalia et comment elle a cédé, bien sûr, dis-je en souriant.

Robin joint nos mains.

— Pourquoi est-ce qu'il voulait à tout prix t'appeler comme ça ?

— Parce qu'Amália Rodrigues était la chanteuse préférée de sa mère, ma grand-mère. Elle avait toujours répété à mon père que si elle avait eu une fille, elle l'aurait appelée Amalia. Mon père a été bercé par ses chansons toute son enfance et il voulait rendre hommage à sa mère. C'était une femme incroyable.

— C'est un très beau prénom, murmure Robin en embrassant le bout de mes doigts.

— Je sais, dis-je, mutine.

— *C'était* une femme incroyable ? reprend-il.

— Elle est morte quand j'avais douze ans d'une très longue maladie. Elle était... parfaite. Il n'y a vraiment pas d'autre façon de la décrire. La liste de ses qualités était interminable. Elle était gentille, douce, très humaine, généreuse... Elle s'appelait Rosa et elle était, au même titre que mes parents, ma personne préférée au monde.

— Tu n'étais pas proche ton grand-père ? Et de tes grands-parents maternels ?

— Je ne les ai jamais connus. Ma mère a coupé les ponts avec eux lorsqu'ils ont voulu l'inciter à avorter de moi. Et pour ce qui est de mon grand-père paternel, José, je l'aimais, ne te méprends pas. Mais contrairement à ma grand-mère, il était réservé et ne montrait pas ses sentiments. Il était solitaire et il riait rarement. Mais ça ne l'empêchait pas d'être un bon grand-père, au contraire. Seulement, lorsque ma grand-mère est morte, il ne l'a pas supporté. Un an après, presque jour pour jour, il s'est suicidé.

— Je suis désolé, bébé.

— Avec les années, j'ai fini par comprendre pourquoi il avait fait ça, mais je n'ai pas encore réussi à lui pardonner. Un jour, j'y arriverai... Quand penser à lui me fera moins de peine. Mais je l'aime, il ne peut pas en être autrement.

Robin dépose un baiser sur le dos de ma main et attend que je poursuive.

— Les sept premières années de ma vie, je les ai passées entre le Brésil et le Portugal. Douze mois d'un côté de l'océan, douze mois de l'autre. J'adorais ça. Pourquoi choisir quand on peut avoir les deux ? C'était la philosophie de mes parents. Ils étaient jeunes, ma mère voguait de petit boulot en petit boulot et mon père s'est formé pour devenir pompier. Que ce soit au Brésil ou au Portugal, il n'avait aucun mal à se faire une place dans une caserne chaque année. Le principal, c'était que nous soyons nourris, en bonne santé et heureux, peu importait où nous vivions. Mon père répétait souvent : « Tant que nous sommes tous les trois, tout ira bien ». Et puis un jour, ils ont décidé que je devais avoir une vie plus stable et comme ils n'étaient pas capables de trancher entre leurs deux patries, ils ont décidé de partir à la découverte d'un pays étranger. Les États-Unis représentent l'Eldorado pour beaucoup de gens, et mes parents étaient de cet avis. Mon père nous a embarqués ici, à New York. Il a rapidement trouvé un emploi dans une caserne et, après quelques années, il est devenu capitaine de brigade. Voilà, tu sais tout.

— À côté de ton enfance, la mienne est d'un banal...

J'ai conscience d'avoir eu probablement la meilleure enfance qu'on puisse rêver d'avoir.

— J'ai une question, continue Robin. Comment faisais-tu pour suivre à l'école si tu changeais de pays tous les ans ?

— Ma mère me donnait des cours à la maison. En arrivant ici, à New York, ils ont décidé de garder ce mode d'éducation, et comme mon père a décroché un poste important dans la brigade de pompiers, maman a pu se permettre de rester avec moi. Malheureusement, lorsque j'ai eu dix ans, mes parents ont commencé à avoir peur que je ne sois pas assez sociabilisée, alors ils m'ont inscrite dans une école publique. Ça a été un choc, pour moi. Avant, je voyageais tout le temps, je n'avais pas d'emploi du temps précis, et comme je suis fille unique, je n'étais pas habituée à être entourée de tant d'enfants. Ça a été l'enfer, et encore maintenant, je garde un très mauvais souvenir de cette période.

— Comment ça ?

— Comme je te l'ai dit, je suis fille unique, toute l'attention de mes parents était donc focalisée sur moi et je n'avais aucune contrainte. Ne te méprends pas, je n'étais pas pourrie-gâtée et je respectais mon père et ma mère, mais aucun autre adulte n'avait encore eu son mot à dire sur ma vie. Alors quand je me suis retrouvée dans une classe remplie de gamins avec des professeurs qui me disaient ce que je devais faire, quand et comment, je n'ai pas réussi à m'y habituer. De plus, en arrivant à New York, je ne parlais pas bien anglais et les autres se moquaient souvent de moi. En grandissant, je me suis rebellée. J'allais à contre-sens de ce qu'on me disait par pur esprit de contradiction. Je rejetais toute forme d'autorité. J'en ai beaucoup voulu à ma mère de ce changement radical. À quinze ans, j'ai quitté le lycée. De toute façon, j'avais déjà été renvoyée de deux écoles différentes.

— Tes parents ne s'y sont pas opposés ?

— Non.

— Et comment as-tu fait pour avoir ton diplôme de décoratrice d'intérieur ?

— J'ai passé des certifications en candidat libre à dix-huit ans, et ensuite, j'ai pu m'inscrire à la formation.

Il hoche la tête pendant que je joue avec ses doigts.

— Tes parents sont toujours à New York ?

— Oui.

— Tu les vois souvent ?

— Oui.

Un silence s'installe entre nous. Je n'ose pas regarder Robin. Cet homme lit en moi comme dans un livre ouvert et je ne veux pas prendre de risque.

— Tu penses bientôt me les présenter ? s'enquiert-il finalement.

Je relève subitement la tête.

— Pourquoi ?

Il semble surpris par ma question.

— Parce que c'est logique. Toi et moi, on est ensemble...

— Depuis deux mois seulement !

— Bientôt trois...

Je suis complètement paumée.

— Attends, que je sois sûre de bien comprendre. Il y a encore quelques semaines, tu me reprochais de vouloir aller trop vite. Puis tout à coup tu me fais rencontrer tes sœurs, et maintenant, tu veux que je te présente à mes parents ?

— Oui, dit-il simplement.

Je me redresse et m'assois.

— Dis-moi ce que j'ai loupé.

— Tu n'as rien loupé, mais je pense que c'est le bon moment. On est ensemble, tu connais mes sœurs, je connais tes amis, je veux rencontrer tes parents... C'est logique.

— Je n'ai pas rencontré les tiens, je réplique.

Il se redresse lui aussi.

— Si tu veux, je nous organise ça la semaine prochaine. Mes parents habitent en Pennsylvanie alors il faudra...

— Non, je... ce n'est pas ce que je voulais dire. Je ne veux pas rencontrer tes parents.

Il hausse un sourcil.

— Enfin, si, mais pas maintenant, j'ajoute précipitamment.

— Mais je veux connaître ta vie, tes racines, je veux tout savoir de toi, et quoi de mieux que de rencontrer les personnes qui te connaissent par cœur pour ça ? insiste-t-il.

— Robin, je...

— Pourquoi tu ne veux pas, tu as honte de moi ?

— N'importe quoi ! Arrête, enfin !

— Tu ne comptes jamais me présenter ?

— Robin...

— J'ai envie d'avancer avec toi, Lia, j'ai des projets pour nous et j'aimerais les concrétiser.

— Robin...

— Si tu as besoin de rencontrer mes parents pour ensuite me présenter les tiens, alors d'accord. Je te jure que tu verras ma famille entière, jusqu'à ma grand-tante Betty. Tu feras le tour du clan Edwards parce que j'ai envie que le moindre de mes cousins sache ce que tu représentes pour moi. Tu peux comprendre ça ? J'ai envie que tout le monde nous voie ensemble, que tout le monde réalise que...

— D'ACCORD !

Il se tait, coupé dans son élan.

— D'accord ?

— Tu veux rencontrer mes parents ? Pas de problème.

Je me lève d'un bond et fonce dans mon armoire pour prendre un jean, un pull et des UGG, que j'enfile en vitesse.

— Qu'est-ce que tu fais ?

— Habille-toi, on y va.

— Où ça ?

— Voir mes parents.

— Quoi ? Putain, Lia, je ne disais pas...

— C'est maintenant, Robin. Profite que je suis décidée parce que sinon, crois-moi, tu vas attendre un très long moment.

Nous nous faisons face en silence. Il semble peser le pour et le contre. Il s'approche finalement de l'armoire et en sort un pull bleu nuit ainsi qu'un jean.

— Pas besoin de t'habiller correctement, ils ne s'arrêteront pas sur ta tenue.

J'attrape mon sac et sors de la chambre. C'est à ce moment que je prends soudain conscience de ce que je m'apprête à faire. Mon ventre se tord alors que j'attends Robin près de la porte d'entrée. Quand il me rejoint, ses deux bras m'entourent et me serrent.

— Je ne veux pas rencontrer tes parents dans cette ambiance tendue.

Je ferme les yeux et soupire.

— Tu as raison.

Je me retourne et passe mes bras autour de sa taille.

— Tu as raison, je répète. Si je veux que ça marche entre nous, il faut que je me dévoile. Comprends que je t'en ai déjà dit beaucoup ce soir, et cette rencontre, cette nuit, ce sera encore plus important. Alors ne t'attends pas à apprendre chaque jour quelque chose me concernant.

— Bien sûr, bébé.

Je dépose un baiser dans son cou.

— Viens.

Nous quittons l'appartement, puis nous grimpons dans ma voiture et nous nous engageons dans le trafic new-yorkais.

— Parle-moi.

Je prends sa main, qui repose sur ma joue, et dépose un baiser sur sa paume.

— Tu vas savoir, dis-je simplement.

Un long moment plus tard, nous arrivons. Je coupe le moteur et détache ma ceinture. Robin me jette un regard perdu, puis il comprend enfin.

— Lia...

— Pas maintenant.

Je sors de la voiture et il me suit lentement, en silence. Il prend ma main et enlace nos doigts pour me transmettre sa force.

Je pousse la grille et entre dans la demeure de mes parents. Tout est calme, silencieux. L'émotion me submerge mais je tiens bon.

Chapitre 33

Je traverse les allées, Robin derrière moi, et je m'arrête face aux deux tombes côte à côte. Ma gorge se noue.

Il y a bien longtemps que j'ai arrêté de pleurer. J'ai vite compris que ça ne servait à rien, que ça n'arrangeait pas les choses, que ça ne rendait pas les événements moins dramatiques. Avec le temps, j'ai appris à économiser mes larmes, mais parmi toutes mes blessures encore ouvertes, la perte de mes parents est celle qui ne cessera jamais de me faire mal. Pourtant, j'ai déjà trop pleuré sur leurs tombes. Maintenant, j'apprends à rester forte, digne.

Avec douceur, Robin caresse mon dos en fixant les deux tombes. Je sais qu'il lit les dates, qu'il voit que mes parents sont morts à un an d'intervalle. Je sais qu'il a envie de poser des questions mais qu'il comprend que ce n'est pas le moment. Pourtant, même si je suis envahie par la tristesse, j'ai envie de me confier à lui. Je lui ai déjà parlé de mon enfance, et lui avouer que mes parents ne sont plus de ce monde était l'une des choses que je redoutais le plus. Lui expliquer les conditions de leur mort ne sera pas facile, mais j'ai envie de le faire. Plus que ça, même : j'en ai *besoin.*

Ma tête posée contre le torse de Robin, j'attends que ma tristesse se dissipe un peu pour parler. Je respire son odeur réconfortante pour me donner du courage. Patiemment, il continue ses douces caresses, déposant de temps en temps de petits baisers sur le haut de ma tête. Alors que je m'apprête à briser le silence, il me devance.

— Je suis désolé. Tu veux qu'on rentre ?

Je secoue la tête, puis je la tourne en direction des deux tombes et me mets enfin à parler :

— Il y a sept ans, mon père a été appelé sur une intervention. Une école maternelle avait pris feu et il y est allé avec sa brigade. Il y avait un novice dans le lot. Mon père est entré dans le bâtiment en feu, mais le novice a paniqué. Il l'a aidé à sortir avant de retourner à l'intérieur de l'école. Un morceau du plafond s'est écroulé sur lui et il est mort sur le coup.

La prise de Robin se resserre autour de moi. Maintenant que je suis lancée, je ne peux plus m'arrêter.

— C'est affreux, ce sentiment. Tu perds une partie de toi et tu ne peux rien faire. C'est tellement définitif. Du jour au lendemain, tout bascule. Je lui ai dit au revoir ce matin-là, comme tous les jours, et je ne me doutais pas que c'était un adieu. Si ça avait été le cas, je l'aurais empêché de partir. Ou alors, je lui aurais au moins dit que je l'aimais et qu'il avait été le meilleur père possible.

Les larmes tentent de faire surface, mais je tiens bon.

— Il y avait des centaines de personnes à son enterrement. C'était démentiel, mais je ne voyais rien, je n'entendais rien. Je n'arrivais pas à détacher mon regard de ce putain de cercueil. Comment ne pouvait-il rester que ça de mon père, qui était si grand et robuste ? Sa voix tournait en boucle dans ma tête. « Tant qu'on est tous les trois, tout ira bien ». Sauf que tout venait d'exploser. On ne serait plus jamais tous les trois. Désormais, c'était seulement ma mère et moi.

Cette fois, je détourne la tête. Je ne suis plus capable de regarder ces pierres tombales.

— Ma mère a fait une dépression. Elle n'a pas supporté de perdre son mari. Il était son grand amour, tu sais, le seul... Je me suis retrouvée orpheline de père avec en plus une mère à charge. Je faisais tout : le ménage, les courses, je payais les factures, je l'emmenais en balade, je faisais ce qu'elle aurait dû faire pour moi. Elle pleurait tout le temps, ne parlait presque plus, c'était l'enfer. Je savais qu'elle souffrait, mais jamais je... jamais je n'aurais cru qu'elle pourrait me faire ça.

Robin retient son souffle et, inconsciemment peut-être, resserre encore l'étau de ses bras autour de moi.

— Elle s'est suicidée, je révèle finalement.

— Mon amour...

— Je venais de perdre mon père, Robin. Moi aussi je souffrais, moi aussi j'avais envie de hurler et de passer mes journées à pleurer, mais elle ne m'a pas laissé le choix, elle ne l'a jamais fait. Quand elle m'a obligée à aller à l'école, quand elle m'a fait devenir adulte à seize ans, quand elle s'est foutue en l'air et a décidé que je pouvais m'en sortir toute seule... elle n'a pensé qu'à elle. Elle m'a laissé un mot, elle y présentait ses excuses, et elle disait qu'elle comprenait pourquoi mon grand-père s'était suicidé lui aussi. C'était trop dur, elle ne pouvait pas. Elle n'a pas pensé une seconde à ce que ça me ferait de la découvrir morte sur le sol de sa chambre...

Ma respiration s'accélère. C'est une image que je n'oublierai jamais. Elle me hantera éternellement.

— On devait être trois pour que tout aille bien et ils m'ont laissée toute seule.

Je m'arrête là. Je ne peux plus rien dire. J'ai eu une enfance parfaite et une adolescence cauchemardesque. Du jour au lendemain, j'ai tout perdu. Je n'avais plus rien, plus personne. J'étais encore une gosse et je suis entrée dans le monde des adultes de la manière la plus violente possible.

— Tu n'es plus seule, maintenant. Tu ne le seras plus jamais.

— Tu promets ?

— Je te le jure.

— Tu ne me quitteras jamais ?

Il pose ses deux mains sur mes joues et les caresse de ses pouces. Je colle mon front contre le sien et il frotte le bout de nos nez.

— Jamais.

Les yeux humides malgré moi, un sourire contraint sur le visage, je lui tends mon petit doigt. Il y enroule le sien et scelle sa promesse d'un baiser.

— Je sais que je réagis parfois de manière disproportionnée. C'est quelque chose que je n'arrive pas encore à gérer. J'ai peur d'être abandonnée... J'ai aimé trop de personnes qui ont fini par partir et me laisser seule.

— Je comprends, mais tu peux me faire confiance.

En effet, je commence à croire que oui, je le peux vraiment.

— Tu me laisses un petit moment ? je demande. Je te rejoins à la voiture.

— Bien sûr.

Il embrasse mes lèvres, mon front, puis s'éloigne pour me laisser un peu d'intimité. Je m'accroupis devant les pierres tombales et replace le bouquet de tulipes que j'ai apporté à mes parents il y a quelques jours.

— Alors ? Est-ce que Robin vous plaît ?

Je tire un mouchoir de la poche de mon jean et essuie les larmes au coin de mes yeux avant qu'elles ne tombent et laissent des traces sur mes joues.

— Avant que tu ne t'inquiètes, *Pai* [8], oui, je te promets qu'il me traite bien. Je suis sûre que vous vous seriez bien entendus tous les deux. Quant à toi, *Mãe* [9], je suis certaine que tu le trouves mignon !

Une brise fraîche s'engouffre sous mon pull, ce qui me fait frissonner.

— Je dois y aller, mais je reviendrai très vite.

---

8. Papa.
9. Maman.

Je retourne près de la voiture. Robin m'attend, appuyé contre le capot. Je lui lance mes clefs et m'installe côté passager. Il agrippe ma main dès que nous démarrons et il ne la lâche pas du reste du trajet.

Nous rentrons chez moi en silence, nous nous déshabillons toujours en silence et nous nous retrouvons dans la même position qu'il y a quelques heures. Le corps de Robin s'emboîte derrière le mien, son bras repose sur mon ventre, sa bouche effleure ma nuque, sur laquelle il dépose quelques petits baisers.

Je me laisse lentement emporter par Morphée tandis que Robin fredonne doucement quelque chose de sa voix grave et sexy. Au bout d'un moment, il se penche vers moi, et alors que je pense qu'il va m'embrasser, il murmure à mon oreille :

— Lia... Et si on vivait ensemble ?

Chapitre 34

Je cours jusqu'au restaurant de Sam pour qu'il me donne la nourriture du jour et que je puisse la livrer à Richard. Une fois arrivée, je patiente devant l'établissement en attendant que le repas soit prêt et je regarde frénétiquement ma montre pour vérifier l'heure. C'est officiel, je suis en retard.

Je jette des coups d'œil à droite à gauche, fébrile. C'est une journée chargée qui nous attend, Maria et moi, et je n'ai pas de temps à perdre. Malgré tout, je prends sur moi. Je fais ça pour Richard et je préfère être en retard que de renoncer à lui apporter un repas.

Soudain, alors que je jette un énième regard à la rue autour de moi, j'aperçois sur le trottoir d'en face une jeune femme tenant à la main un appareil photo tourné dans ma direction. Dès que je la remarque, elle se redresse, grimpe dans une voiture et s'éloigne avant que j'aie pu comprendre ce qui se passe.

Qu'est-ce que...

M'a-t-elle prise en photo ? Mais pourquoi l'aurait-elle fait ? Je ne suis ni une célébrité ni quelqu'un d'important.

Je n'ai pas eu le temps de la détailler : son objectif a attiré toute mon attention. La seule chose que j'ai pu apercevoir, c'est sa chevelure blonde. Sa silhouette m'a aussi semblé vaguement familière.

— Amalia ?

Je reviens à moi et prends le sachet que Sam me tend. Je le remercie et retourne jusqu'à ma voiture, préoccupée et inquiète. Ça n'a aucun sens. Pourquoi une inconnue me prendrait en photo et s'enfuirait-elle aussitôt après ?

Peut-être que je suis simplement parano, que je n'étais pas la personne qui intéressait la jeune femme. Après tout, les trottoirs sont bondés.

Perplexe, je grimpe dans ma voiture sans cesser de penser à cet étrange événement. Je dépose sa nourriture à Richard et j'entre dans mon agence encore perturbée. Une nouvelle préoccupation m'accapare cependant bientôt l'esprit. Je repense à la soirée de la veille avec Robin, à ce que je lui ai avoué de mon passé, mais aussi et surtout à la dernière chose qu'il m'a dite avant que je m'endorme. Il veut qu'on vive ensemble ? Juste quand je pensais que nous étions sur la même longueur d'onde, à savoir désireux de prendre notre temps, il faut qu'il me pose cette question.

Bon sang, Robin...

Je pose mon sac et me précipite sur la machine à café.

— J'ai mon échographie dans trois jours, la gynéco va me dévoiler le sexe du bébé. Tu m'accompagnes ? lance Maria depuis son bureau.

C'est le type de proposition qui ne se refuse pas et qui redonne le sourire, peu importe l'humeur qui nous colle au train depuis le réveil.

— J'en serais honorée, j'accepte immédiatement.

— Génial.

Je m'apprête à m'installer devant mon ordinateur lorsque je repense à quelque chose.

— Au fait, la sœur de Robin va passer cet après-midi, je lance. Elle a un peu d'expérience dans la déco et j'aimerais voir comment elle se débrouille. Si elle est compétente, elle pourrait à la fois t'aider à l'administratif et m'épauler sur les aménagements. Même si cela ne me dispenserait pas de recruter en plus un décorateur à plein temps.

— Son nom ?

— Nina Edwards. Elle est le portrait craché de Robin, tu ne peux pas la louper.

Maria hoche la tête puis nous retournons chacune à nos bureaux.

La matinée passe à toute vitesse. Je suis plongée dans mon travail, accaparée par la recherche d'idées d'un style zen et cocooning. Je suis tellement concentrée que je remarque à peine que l'on frappe à la porte et que quelqu'un entre. Cependant, je reconnais tout de suite *son* parfum. Ma bouche sourit sans que je le lui aie commandé. Je relève la tête et croise le regard de mon sublime petit ami. Il s'approche de moi avec une grâce folle et je me lève aussitôt. Il m'attire rapidement contre lui et fonce sur mes lèvres.

— On va déjeuner ? propose-t-il.

J'acquiesce, enthousiaste.

— J'aimerais te parler de quelque chose.

Mon sourire se fane un peu. Je sais parfaitement qu'il va revenir sur ce qu'il m'a dit hier soir et je n'ai pas du tout envie d'être confrontée à son regard plein d'espoir. Malgré tout, je sais que je ne couperai pas à cette discussion : je ne peux décemment pas ignorer la proposition de Robin.

Je prends la main qu'il me tend et me laisse guider.

***

— J'ai réservé un créneau à Nina cet après-midi. Je dois aller visiter un nouvel appartement, alors je vais l'amener avec moi. Comme ça, je pourrai voir directement comment elle se débrouille.

— Je te le répète, c'est très gentil de prendre ma sœur à l'essai, mais je ne veux surtout pas que tu t'y sentes obligée.

— De toute façon, j'ai besoin de recruter, alors que ce soit Nina ou quelqu'un d'autre, je m'en moque.

Robin tend la main par-dessus la table pour prendre la mienne. J'avais une faim de loup en arrivant dans le restaurant, mais plus je pense à ce dont nous allons parler, plus mon estomac se noue.

La serveuse apporte à Robin un énorme burger. Avec tout le sport qu'il fait, il peut se permettre de manger tout ce qu'il veut. Moi, je me contente d'une salade et d'une petite portion de frites que je touche à peine. Je préfère piocher celles qui se trouvent dans l'assiette de Robin.

L'écran de son portable s'allume soudain. Le nom d'Antony s'affiche.

Encore lui…

Après un bref regard à son portable, Robin le coupe et le met dans sa poche.

— Tu t'es endormie tôt, hier, commence-t-il en me jetant un rapide coup d'œil.

Je trempe nonchalamment une frite dans le ketchup de son assiette et prends mon temps avant de répondre.

— J'étais épuisée. Physiquement et émotionnellement.

— Je comprends, dit-il en hochant la tête. Tu vas souvent voir tes parents ? Enfin…

— Au moins une fois par semaine. C'est bête, mais j'ai besoin de leur raconter ce que je fais.

— Ce n'est pas bête du tout, réplique-t-il le plus sérieusement du monde.

Je croise son regard et je ne peux m'empêcher de lui sourire.

— Je leur ai déjà parlé de toi, tu sais.

— Je suis flatté, répond-il avec un sourire timide.

Cet homme est extra. Je n'ai pas le droit de me jouer de lui ainsi.

— Robin, j'ai… comment dire…

Je prends une gorgée d'eau, gênée.

— Qu'est-ce qui se passe ? demande-t-il, intrigué.
— J'ai...
Je soupire.
Arrête un peu. Assume tes actes.
— J'ai entendu ce que tu as dit, hier soir.
Le silence accueille ma révélation. Je relève les yeux vers Robin, m'attendant à ce qu'il soit vexé ou blessé, mais il est simplement surpris.
— Pourquoi n'as-tu rien dit ?
Parce que j'ai peur, parce que m'engager ne faisait pas partie de mes plans, parce que je crains déjà de te perdre alors que tu n'es à moi que depuis quelques mois, parce que faire des projets c'est prendre le risque de les voir tomber à l'eau. Parce que je t'aime et que je n'ai pas encore été capable de te l'avouer, et que tu ne me l'as pas dit non plus. Parce que je ne veux pas tout gâcher, parce que je redoute que tu découvres ce que je m'évertue à cacher. Parce que...
— Lia ? Tu es avec moi ?
— Je ne savais pas quoi te répondre, j'avoue piteusement.
Il hoche doucement la tête et recommence à manger.
— Tu m'en veux ? je lui demande.
— Non. Tu n'es pas prête à vivre avec moi, je ne vais pas t'y obliger.
— Ce n'est pas ça. Hier soir, j'avais l'esprit embrouillé, mais je t'assure que je vais réfléchir à ta proposition. Je n'ai pensé qu'à ça de toute la matinée, d'ailleurs.
— Vraiment ?
— Bien sûr.
— Je suis content que tu ne rejettes pas l'idée d'emblée.
Je prends doucement sa main.
— On pourra en reparler dans quelque temps ?
— Évidemment.
Il porte nos doigts enlacés à ses lèvres et embrasse les miens plusieurs fois. Un poids énorme s'envole de mes épaules. Je croyais que cette conversation serait

beaucoup plus pénible... Mais en fin de compte, tout va bien. Je suis soulagée que Robin comprenne mes réticences.

Et puis, pour atténuer mon refus autant que parce que le moment me semble opportun, je décide de faire un pas dans sa direction. Je tire les clefs de mon appartement de ma poche et les pose sur la table.

— Et si on allait en faire un double après le déjeuner ?

Rob penche la tête sur le côté.

— Vraiment ?

— Vraiment. Comme ça, tu pourras venir chez moi quand tu le souhaites. C'est un bon compromis, non ?

Son sourire éclatant me confirme que ma proposition est le genre de preuve d'amour dont il avait besoin.

Le déjeuner continue dans une atmosphère plus légère. J'écoute mon bel architecte me parler de ses progrès à son cabinet.

— Un ami de la famille aurait besoin de quelqu'un pour faire les plans de sa nouvelle maison et mon père lui a soufflé mon nom. C'est un chirurgien et il veut construire une villa capable d'accueillir ses cinq enfants et onze petits-enfants pendant les périodes de vacances. Inutile de préciser que le contrat est juteux.

— Génial. Où est-ce qu'il va habiter ?

— À Pittsburg. Je vais là-bas pour trois jours. Je pars après-demain.

Je fais la moue.

— Trois jours sans te voir ?

— Ça va passer vite. Oh, et j'ai une bonne nouvelle. Ce matin, j'ai signé mon premier contrat.

— Vraiment ? Je suis fière de toi ! je m'écrie un peu trop fort.

Quelques regards curieux se tournent dans ma direction.

— C'est un bon début, répond Robin, plus mesuré.

— Je suis certaine que tu vas tout déchirer et que tu l'auras aussi, le contrat du chirurgien. Tu es le meilleur.

— Tu ne m'as jamais vu à l'œuvre... Comment peux-tu savoir si je suis doué ?

— Je sais que tu excelles dans certains domaines... Ça me suffit.

Je lui fais un sourire coquin.

— Ma nana est obsédée.

Je me contente de lui faire un clin d'œil, ce qui le fait rire.

— Qu'est-ce que tu dirais si on sortait ce soir ? propose-t-il soudain.

— Bien sûr, où veux-tu aller ?

— Je connais un bar très sympa. Je me disais qu'on pourrait peut-être demander à mes sœurs, Matt, Chris, et puis Maria aussi, s'ils veulent sortir avec nous.

J'avale ma frite de travers.

— Tu veux qu'on sorte... tous ensemble ?

— On ne va pas passer notre temps à s'éviter. Je voudrais vraiment qu'on puisse tous bien s'entendre.

Je suis extrêmement touchée par son geste. Depuis le début, Chris et Matt mènent la vie dure à Robin. Il aurait toutes les raisons de les éviter et de leur en vouloir. Mais il tient à faire des efforts, et je sais que c'est pour moi.

Je me lève sous son regard étonné puis je me penche vers lui et l'embrasse.

— Je suis très chanceuse que tu sois mon petit ami, Robin Edwards.

— C'est moi qui suis chanceux.

En retournant à ma place, joueuse, je lui pique une nouvelle frite.

— Ça suffit, maintenant ! proteste-t-il.

Il ferme sa grande main sur mon propre bol et le verse entièrement dans son assiette.

— Non mais tu rigoles ? Je n'ai plus rien !

Il met une frite dans sa bouche et me regarde en jouant des sourcils. Je me penche vers lui et croque dedans.

— Tu n'es qu'un gamin, dis-je en riant.

— Il me semble que je t'ai déjà prouvé que j'étais un homme, un vrai...

Mes joues rosissent et je ne peux qu'acquiescer énergiquement à sa remarque.

Chaque moment que je passe avec Robin est incroyable. Il rend ma vie plus belle d'une manière que je n'aurais pas imaginée il y a encore quelques mois. Il ne sait pas à quel point sa proposition de réunir tout le monde ce soir me rend heureuse. J'espère que Chris et Matt se tiendront à carreau, et j'espère qu'ils feront des efforts, parce que si ce n'est pas le cas, je demanderai à Robin de ne plus en faire.

Cependant, même si je suis heureuse de la tournure que prennent les événements, je suis loin d'être sereine à l'idée de cette sortie en bande.

Pourvu que tout se passe bien.

Chapitre 35

J'enfile un slim taille haute avec un crop top noir ainsi qu'un long gilet fleuri, puis j'agrémente le tout de sandales à lanières.

— Tu es sexy même en jean et t-shirt, je fais remarquer à Robin lorsqu'il sort de la salle de bain. C'est injuste.

Il se penche pour m'embrasser en riant.

— C'est parti, dit-il en m'entraînant avec lui.

Nous quittons mon immeuble et, conscients que nous allons probablement boire quelques verres, nous préférons prendre un taxi. Après un long moment passé dans les mythiques embouteillages new-yorkais, nous arrivons devant un pub qui a l'air bondé. Nous avons convenu avec le reste du groupe de nous retrouver ici. Seule Maria ne pourra hélas pas venir : elle ne se sent pas très bien et préfère se reposer chez elle.

Robin nous entraîne au fond du pub en serrant ma main. Je repère Chris de loin tandis que les sœurs de Rob arrivent derrière nous.

— Robbie ! s'écrie Taylor pour couvrir le brouhaha ambiant.

Elle enlace son frère puis se tourne vers moi.

— Lia, je suis contente de te voir.

— Moi aussi, Taylor. Salut, Nina.

— Re-salut, patronne, dit-elle avec un grand sourire.

J'ai décidé de lui laisser sa chance. Non pas parce qu'elle est la sœur de Rob, mais parce que ses idées sur l'appartement de monsieur et madame Strauss m'ont bluffée. Elle a littéralement hurlé de joie en apprenant la nouvelle. Cependant, elle ne travaillera à l'agence qu'à mi-temps, ce qui lui convient parfaitement.

J'embrasse Matt et Chris et m'apprête à m'asseoir quand il se produit soudain quelque chose qui me laisse sans voix : Robin tend la main en direction de mon meilleur ami. Après quelques secondes d'hésitation et un regard vers moi, Chris la prend et la serre.

Bordel de merde.

Rob salue ensuite Matt, qui lui répond plus facilement. Malgré tout, il se fige en prenant sa main. La chemise de mon géant est remontée jusqu'à ses coudes et Robin aperçoit pour la première fois le tatouage à son poignet. Les rouages de son cerveau se mettent en marche, il fixe les trois initiales gravées à l'encre noire sur la peau de mon ami et ses yeux font la navette entre la poignée de main qu'ils échangent et mon cou orné de mes pendentifs.

Je n'ai pas besoin d'être dans la tête de Robin pour savoir ce qu'il pense à cet instant : si Matt s'est tatoué nos initiales, si je les porte constamment à mon cou, c'est que quelque chose de bien plus grand qu'une amitié nous lie. S'il voyait le tatouage identique que porte Chris à son mollet, il exigerait probablement des explications immédiates. Au lieu de cela, il préfère garder ses questions pour lui et faire en sorte que la soirée se passe bien.

Je souris à mon géant pour s'être montré avenant envers Rob et embrasse la joue de Chris pour le remercier de la main qu'il lui a tendue, dans tous les sens du terme. Il me fait un clin d'œil, puis nous nous asseyons sur des poufs carrés très confortables. Un serveur arrive et prend nos commandes. Il fait clairement du rentre-dedans à Nina, qui se laisse volontiers séduire, sous l'œil peu amène de Robin. Une fois que nous sommes servis, nous trinquons.

Je suis plutôt satisfaite du début de soirée. Tout le monde discute et rit, il arrive même que Chris ou Robin rebondissent sur les dires de l'autre. Incroyable.

Après une troisième tournée, les langues se délient un peu et Nina décide de lâcher quelques infos croustillantes.

— Lia ? Est-ce que Robbie t'a parlé du surnom qu'il avait lorsqu'il était petit ?

— Bien sûr qu'elle le sait.

— Pas du tout.

Robin et moi avons répondu en même temps. Je lui lance un regard amusé.

— Je suis tout ouïe, Nina, j'insiste en me rapprochant d'elle.

— Nina, n'y pense même pas...

— Il s'appelait Princesse Lily !

Un court silence s'installe, vite rompu par l'hilarité générale.

— Nom de Dieu, mec, Princesse Lily ? en rajoute Matt en riant de bon cœur.

Chris tente de garder son sérieux, mais il est clair que la situation l'amuse. Quant à Robin, il se tasse sur lui-même et met sa tête dans ses mains en gémissant.

Nina reprend ses explications, pas le moins du monde intimidée par le regard noir de son frère.

— Taylor et moi, on s'amusait souvent à jouer aux princesses super-héros quand nous étions gamines, sauf que dans notre jeu, nous devions être un groupe de trois princesses. Alors on déguisait Robin et son petit nom était Princesse Lily. Il adorait ça.

— N'importe quoi !

— Ne mens pas, Robbie, renchérit Taylor en riant.

Il gémit à nouveau.

— Merci, maintenant, ça va la faire fuir, se plaint-il en me désignant d'un mouvement de tête.

Je prends son visage en coupe.

— Il n'y a pas de danger, et puis, ne t'inquiète pas, tu es tout ce qu'il y a de plus viril, dis-je en déposant un rapide baiser sur ses lèvres.

— Ça, c'est sûr, réplique-t-il en m'approchant de lui, sous les rires de nos amis.

Je sens un poids s'envoler de mes épaules lorsque je vois que Chris nous regarde sans la moindre animosité. Il ne fait pas semblant et ça me réjouit.

Les verres s'enchaînent, la soirée est de plus en plus détendue, l'ambiance de plus en plus bon enfant et Matt et Robin de plus en plus éméchés. Chris a décidé de s'arrêter après son premier verre, et je remarque un rapprochement entre Taylor et lui, ou du moins, une très bonne entente. Matty a également mis mes belles-sœurs dans sa poche, mais cela n'a rien de surprenant. Il est de ceux qu'on est obligé d'aimer.

La tournée de trop arrive alors, celle qui fait passer Robin d'éméché à vraiment très éméché.

— C'est ma Lia, ça ! s'écrie-t-il à la cantonade. Elle est à moi et à personne d'autre.

Les autres – pas vraiment plus sobres que lui – sourient, et je commence à rougir.

— C'est la plus belle de toutes et je l'aime.

Chute de la tension.

Genoux qui flanchent.

Troubles respiratoires.

Il m'...

— Je t'aime, répète-t-il plus fort, comme si je n'avais pas déjà entendu la première fois.

Tachycardie.

Inflammation de la peau.

Sensation de vertige.

Il se redresse en titubant, écrase mes joues entre ses mains robustes, si bien que ma bouche ressort exagérément, et répète :

— Je. t'ai. me.

— J'avais compris.

Rassuré, il relâche mon visage, permettant à nouveau à mon sang de circuler dans mes joues.

Je ne sais plus quoi dire, quoi penser. Surtout, je ne sais pas si je dois prendre sa déclaration au sérieux. Je devrais peut-être répondre quelque chose, mais j'ai peur que Robin ne s'en souvienne pas demain.

Il s'affale sur un pouf et enroule soudain ses bras autour de ma taille, m'attirant sur ses genoux. Ses lèvres tracent le contour de ma mâchoire, puis il pose sa tête dans le creux de mon cou. Pendant un long moment, il reste silencieux, presque immobile. Nos amis décident de nous laisser de l'intimité et s'éclipsent près du bar. Alors, un peu comme je le ferais pour un enfant, j'enroule mes bras autour de Robin et je commence à le bercer lentement de droite à gauche. Il enfouit un peu plus sa tête dans mon cou, soupire, puis soudain ses mains se posent sur mes hanches et descendent lentement.

— J'ai envie de te faire l'amour ici, tout de suite, murmure-t-il.

D'abord, je pense qu'il n'est pas sérieux, mais sa main droite essaye de se faufiler sous mon haut. Je l'arrête immédiatement et redresse sa tête pour que nos regards se croisent.

— Rob, il en est hors de question.

— Mais je suis sexy, pourtant. C'est toi qui le dis.

Sa voix pâteuse me donne envie de rire, mais je me contiens.

— Ce n'est pas parce que tu es sexy qu'on peut faire ce genre de choses en public.

Son sourire est tellement craquant que j'ajoute :

— Tu sais quoi ? On va rentrer.

— Tu as raison, on va aller faire l'amour chez nous.

Chez nous ?

— Si tu veux, dis-je pour l'apaiser. Mais d'abord, on va dire au revoir à tout le monde.

Nous nous dirigeons vers le bar pour saluer le groupe. J'en profite pour appeler un Uber. Matt, très joyeux, me soulève dans ses bras pour me saluer. Nina, en pleine discussion avec le barman, qui semble hypnotisé par son décolleté, nous fait un rapide signe de la main avant de servir un sourire dévastateur à sa pauvre victime, qui en perd ses moyens.

— Appelez-nous quand vous serez arrivés, dit Taylor en regardant son frère.

Il lui embrasse le front. Malgré de petits yeux fatigués et un sourire béat qui ne le quitte pas, Robin tient plutôt bien debout. Et si l'alcool rend certains hommes moins attractifs, il n'a, lui, rien perdu de son sex-appeal. Par précaution, je passe tout de même un de ses bras sur mes épaules pour lui offrir un appui. Nous commençons à nous diriger vers la sortie du bar lorsque Robin se détourne brusquement et s'écrie en direction de nos amis :

— À bientôt tout le monde. Nous, on va faire l'amour...

Notre groupe est aussitôt pris d'un fou rire, tout comme certains clients installés au bar. Seul Chris ne partage pas l'hilarité générale.

Je fais un dernier signe de la main et m'empresse de quitter les lieux, entraînant Robin avec moi. Heureusement, nous n'avons pas à attendre longtemps avant que le Uber n'arrive. Rob s'allonge sur la banquette et pose sa tête sur mes jambes.

— Caresse-moi les cheveux, mon amour, réclame-t-il.

J'obtempère, attendrie malgré moi.

— Je l'aime. Je l'aime, vous savez, dit-il au chauffeur.

— Je vous crois, bougonne ce dernier.

Je lève les yeux au ciel puis reporte mon attention sur le paysage qui défile par la fenêtre.

— Vous pourriez vous dépêcher ? On doit faire l'amour, demande soudain Robin en étouffant un bâillement.

— Mais ce n'est pas vrai, tu vas arrêter avec ça ? je le réprimande, aussi gênée qu'amusée.

Après quelques minutes, nous arrivons à l'appartement. Je suis épatée par l'équilibre que Robin parvient à conserver malgré tout l'alcool qu'il a ingurgité. Je l'allonge sur le lit et commence à lui retirer ses vêtements.

— Ma tigresse, ronronne-t-il en croisant les mains derrière sa tête.

Au moment où je l'enfouis sous les couvertures, son téléphone se met à hurler. Je m'en empare rapidement pour couper la sonnerie mais lorsque je vois le prénom de Nina s'afficher, je décide de décrocher.

— Vous êtes bien rentrés ?

— Oui, on vient d'arriver à l'instant.

— Je voulais m'assurer que Robin ne t'avait pas posé de problèmes.

— Rien de bien grave, juste un moment de honte face au chauffeur qui nous a ramenés.

Elle ricane. Matt l'appelle au loin.

— Bon, je vous laisse faire ce que vous avez à faire...

— Il ne va rien se passer. Ton frère est plein comme un tonneau et déjà au lit.

— Ça ne me regarde pas. Bonne nuit, Lia.

— Bonne nuit.

Je raccroche au moment ou un message s'affiche sur l'écran du téléphone. Il me prend de court, et je le lis malgré moi :

[Ne me lâche pas maintenant, on est près du but. Continue !]

Antony. Encore ce nom. C'est la troisième fois que je le vois s'inscrire sur le portable de Robin. Je me souviens que la première fois, au restaurant, il s'était éclipsé dehors pour prendre l'appel de cet Antony. Ce midi, il n'a pas répondu, et il a même coupé son téléphone.

Je repose le portable sur la table de nuit. Je m'en veux d'avoir lu ce message, même si ce n'était pas intentionnel. Pourtant, quelque chose m'intrigue. Le message de cet Antony me semble tout sauf amical. Est-ce que Robin a des ennuis ?

Je décide toutefois que je suis trop fatiguée pour chercher des réponses. De toute façon, ce ne sont pas mes affaires. Antony est peut-être tout simplement l'un des amis de Robin. Après tout, je n'en connais aucun.

Je me déshabille rapidement et me faufile à mon tour sous la couette en me blottissant contre l'apollon qui y dort déjà.

Le sommeil m'emporte immédiatement.

Chapitre 36

Je grimpe l'escalier, avec dans les mains un verre d'eau, de l'aspirine et une bouteille de jus de fruits. J'entre dans la chambre sur la pointe des pieds, dépose ce que j'ai apporté sur la table de nuit et m'assois doucement sur le lit.

Robin est allongé sur le ventre, les bras enserrant un oreiller. Il est si beau, endormi, que je ne résiste pas à l'envie de passer ma main dans ses cheveux.

Plus les semaines passent, plus il est évident que cet homme est tout ce que je désire. Même son sale caractère me charme, c'est dire.

La soirée d'hier a été parfaite. J'étais entourée des personnes qui me sont le plus proches, j'ai ri, et même s'il était saoul, Robin m'a déclaré sa flamme.

Il m'aime. Je prie pour qu'il s'en souvienne aujourd'hui.

Je continue de caresser ses cheveux. Son visage est détendu. J'examine ses traits, sa mâchoire puissante, son nez droit, ses lèvres pleines et douces. Puis mes yeux descendent sur ses biceps, ses bras, le haut de son dos. Ma bouche s'assèche devant sa beauté brute. Même endormi, il dégage une force, une puissance incroyable.

À contrecœur, je décide de le laisser se reposer. Il trouvera l'aspirine et le verre d'eau sur la table de nuit à son réveil. Je retire lentement ma main de ses cheveux, mais alors que je m'apprête à me lever, sa main agrippe mon poignet.

— Encore… murmure-t-il d'une voix ensommeillée.

Je souris et me réinstalle sur le lit.

— Depuis quand es-tu réveillé ? je demande en reposant mes doigts sur son crâne.

— Depuis que tu as commencé tes caresses.

Il entrouvre les yeux, passe son bras autour de ma taille et m'allonge sur le lit, puis il pose sa tête sur ma poitrine et referme les paupières. Mes mains se posent sur son dos et glissent sur sa peau.

— J'adore quand tu fais ça, souffle-t-il.

— Tu n'as pas trop mal à la tête ? je le taquine.

Son grognement résonne dans ma poitrine.

— Est-ce que j'ai été lourd ? Je parie que j'ai dit des conneries.

— Si peu…

Il relève la tête.

— Vas-y, je suis prêt !

Je me mords la lèvre pour ne pas rire.

— Disons que tu voulais que l'on fasse l'amour au milieu du bar… Je n'ai réussi à te convaincre de partir qu'en te faisant croire qu'on ferait ça à l'appartement. Le pub entier pense désormais que nous nous sommes envoyés en l'air en rentrant hier soir. Chris a failli s'étrangler avec son verre en t'entendant hurler ça. Ensuite, on a pris un Uber et tu as pensé que c'était une bonne idée d'informer le chauffeur de tes intentions en lui demandant de se dépêcher parce que nous devions… tiens, je te laisse deviner.

— Quel con.

— Bizarrement, tu étais plutôt mignon.

Sa joue se refait une place sur ma poitrine et je devine son sourire malicieux. L'envie de lui parler de son « je t'aime » me brûle les lèvres, mais mon cœur n'est pas prêt à subir un éventuel rejet. Je décide donc de parler d'autre chose.

— Tu as reçu un message d'Antony, hier soir.

Son corps se raidit contre le mien, confirmant mes craintes. Cet Antony lui cause des ennuis.

— Tu as lu mes messages ? demande-t-il, suspicieux.

— Pour qui tu me prends ? Hier soir, Nina a appelé sur ton téléphone pour être certaine qu'on était bien rentrés. Le message s'est affiché à ce moment-là. Je ne me serais jamais permis de fouiller dans ton portable.

La mine contrariée, Robin roule sur le côté et attrape son smartphone. Il lit le texto, mais ce dernier ne lui fait visiblement ni chaud ni froid. Il repose son téléphone et se lève sans manifester de réaction particulière.

— Un problème ? je demande.

— Rien que des conneries. T'en fais pas. Je vais prendre une douche.

J'ai le sentiment que ce sont plus que de simples conneries, mais après tout, est-ce que je ne me suis pas déjà trompée ? Est-ce que je n'ai pas déjà sauté à des conclusions trop hâtives ? Si Robin reste si détaché, c'est que ses histoires avec Antony ne doivent pas être si importantes.

J'étends les bras et les jambes et je ferme les yeux un instant. Quelques minutes plus tard, Robin revient dans la chambre, une serviette autour de la taille. Il s'assoit sur le bord du lit et avale deux gélules d'aspirine. Je tourne la tête dans sa direction, balayant d'un regard son dos divinement dessiné. Tête baissée, il reste immobile un instant. Puis il me demande, me prenant de court :

— Est-ce qu'on va faire comme si rien ne s'était passé ?

Je hausse les sourcils, bien qu'il soit de dos et apparemment pas décidé à me regarder.

— Hier soir, reprend-il. Est-ce que tu vas faire comme si je n'avais rien dit ? J'étais peut-être bourré mais je n'ai pas tout oublié.

Heureuse qu'il se le rappelle, je m'agenouille derrière lui et passe mes bras autour de son cou.

— J'avais peur que tu ne t'en souviennes pas.

J'embrasse sa mâchoire à plusieurs reprises. Il se détend considérablement et pivote face à moi.

— Et j'ai peur que tu n'aies rien à répondre, murmure-t-il.

Tendrement, je pose ma main sur sa joue râpeuse.

Dire « je t'aime » n'a jamais été mon fort. Je peux le montrer, le prouver, mais le dire m'a toujours paru semblable à un saut dans le vide. Ces trois petits mots changent tout. Je n'arrive pas à comprendre ceux qui les utilisent à tour de bras, pour tout et n'importe quoi, la plupart du temps sans mesurer leur importance et leur impact. Dire « je t'aime », c'est s'ouvrir complètement, c'est avouer son attachement et admettre que, sans cette personne, notre vie n'aurait aucun sens. C'est dévoiler son cœur, l'exposer, le mettre à nu et prendre le risque qu'il s'en retrouve blessé.

En vingt-trois ans de vie, je n'ai dit « je t'aime » qu'à quatre personnes. Mes parents ont évidemment eu tout mon amour, et même après tout ce qui s'est passé, je ne cesserai jamais de les aimer.

Matt et Chris également. Pour m'avoir sauvé la vie, pour lui avoir rendu toutes ses couleurs et pour tout ce qu'ils font chaque jour pour moi, je les aime et par-dessus tout, j'aime le leur dire. J'aime qu'ils le sachent.

Et puis... Robin. Depuis qu'il est entré dans ma vie, cet homme a chamboulé toutes mes certitudes. Petit à petit, il perce ma carapace et réapprend à mon cœur à se laisser aller et à aimer. Depuis Robin, j'ai l'impression d'avoir embarqué sur un grand huit et, à cet instant, c'est comme si j'étais sur le point de dévaler la plus vertigineuse des descentes sans harnais ni ceinture de sécurité. Et le plus fou dans tout ça, c'est que je n'ai pas peur de plonger dans le vide. J'ai hâte.

— Je t'aime aussi.

Ses épaules se détendent, mais avant qu'il ne m'embrasse, je l'arrête.

— J'ai besoin que tu comprennes ce que ça signifie pour moi. Je ne dis pas ça souvent, en fait, je ne le dis presque jamais. Et j'ai besoin d'être sûre que pour toi c'est pareil. Que tu prends la mesure des mots que tu viens d'employer. Que c'est aussi important pour toi que pour moi.

Il reste silencieux pendant si longtemps que l'angoisse me tord le ventre. Finalement, il encadre mon visage et le rapproche du sien de sorte que nos nez se frôlent.

— Si tu savais à quel point c'est important pour moi... Je ne pourrais jamais prendre ça à la légère, Lia. Crois-moi. J'aurais préféré te le dire autrement qu'avec plusieurs verres dans le nez, mais ça fait un moment que je le sais.

Émue, je cache mon visage dans son cou. Il me serre, m'écrasant presque contre lui.

— Tu te souviens du jour où tu es revenue de l'hôpital ? Quand tu m'as trouvé près de l'ascenseur ?

J'acquiesce, embrasse son cou et passe mes bras autour de sa taille.

— Ce soir-là, Chris et moi avons eu... quelques mots. Ensuite, Matt s'en est mêlé. Tu m'as demandé ce que je leur avais dit pour les calmer. Eh bien, maintenant, tu sais. Ils m'ont accusé de n'être avec toi que pour le sexe, alors je leur avoué que j'étais fou amoureux de toi.

Je comprends mieux, maintenant. La remarque de Matt, le visage presque pétrifié de Chris... Ils s'attendaient sûrement à ce qu'entre Robin et moi tout se termine au bout de quelques semaines. À vrai dire, c'est aussi ce que je pensais au départ. Chris a dû réaliser que notre histoire était plus sérieuse qu'il ne le pensait et, à bien y réfléchir, c'est à partir de ce soir-là qu'il a commencé à insister pour que je révèle tout de mon passé à celui que j'ai choisi.

Penser à cela me crispe, mais d'un baiser Robin me fait tout oublier. J'inspire profondément, ferme les yeux et dis sans réfléchir :

— Tu me manques.

Il recule un peu pour me regarder.

— Je suis juste là.

— Je sais, ce que je veux dire, c'est que... même quand tu es là, parfois, tu me manques. C'est idiot.

— Non, ce n'est pas idiot. Explique-moi.

— Tu ne vas pas comprendre.

— Je commence à cerner ton esprit compliqué, dit-il en souriant. Explique-moi.

Blottie dans ses bras, je décide d'être complètement honnête. Après tout, si sa possessivité excessive ne m'a pas fait fuir, il n'y a aucune raison pour que mon obsession pour lui l'effraie.

— J'ai parfois le sentiment que j'aurais beau te serrer dans mes bras ou t'embrasser une journée entière, je n'en aurais jamais assez. J'ai l'impression que j'aurais toujours besoin de plus... tellement plus...

Je passe mes mains derrière sa nuque et pose mon front contre le sien.

— J'ai tellement besoin de toi, Robin.

Il plonge sur mes lèvres et me donne un long baiser passionné. Sa langue vient doucement enlacer la mienne et je me laisse envahir par les sensations familières et toujours aussi délicieuses que me font éprouver ses lèvres.

Tous les deux rassurés sur les sentiments de l'autre, nous nous recouchons. C'est dimanche, et hier soir, nous sommes rentrés tard. Nous méritons de passer une journée au lit à ne rien faire.

Robin reprend sa position de tout à l'heure : il s'allonge sur moi et pose sa tête contre ma poitrine.

— Si j'ai bien compris, hier, je voulais te faire l'amour mais tu as refusé, c'est ça ?

Je m'esclaffe.

— Sans vouloir te vexer, je ne pense pas que tu aurais pu assurer.

— Vraiment ? Tu me sous-estimes.

Il dépose un baiser sur mon front, découvre ses dents et les fait glisser le long de ma tempe, puis sur ma joue et enfin sur mon menton.

— Je demande à voir, je murmure.

— Je préfère te prévenir qu'aujourd'hui tu n'auras pas le droit de me refuser quoi que ce soit.

Je pouffe, mais mon rire s'arrête lorsqu'il prend mes poignets et remonte mes mains au-dessus de ma tête.

— Tu es à moi tout entière, aujourd'hui... et tous les autres jours aussi.

Cela peut peut-être paraître fou, mais je suis heureuse de lui appartenir. Je me sens à ma place dans ce monde depuis que Robin est entré dans ma vie. J'ai besoin de lui pour vivre.

Et je sais que, tout autant que je lui appartiens, il est mien.

Chapitre 37

— Prête ?

— Je suis tellement impatiente !

Maria et moi montons en voiture pour nous rendre chez son gynécologue, sur Lexington Avenue.

— J'ai un pressentiment. Je suis sûre que c'est un garçon, s'écrie mon assistante, qui ne tient plus en place.

— Tu sais ce qui serait génial ? D'aller faire du shopping pour ton bébé après ton rendez-vous.

— Ça ne posera pas de problème ? Nina est toute seule à l'agence.

— Je ne m'en fais pas, elle s'en sortira. Aujourd'hui, sa mission est de répondre au téléphone, de prendre les rendez-vous et de me faire une maquette pour la suite parentale des Strauss. C'est un bon entraînement pour elle.

— Alors on va faire du shopping pour bébé ! s'écrie Maria en tapant dans ses mains.

En traversant la rue pour rejoindre ma voiture, j'ai la désagréable impression d'être épiée. C'est étrange, je n'avais encore jamais ressenti ça. Je me retourne pour essayer de comprendre pourquoi je ressens cet inconfort, mais derrière moi, rien d'autre que des gens pressés qui arpentent les trottoirs.

Lorsque nous arrivons au cabinet du docteur Muller, sa gynécologue, Maria s'annonce à l'accueil et nous patientons ensuite dans la salle d'attente. Les murs sont recouverts d'affiches sur la grossesse, sur les contraceptions, mais il y a aussi de magnifiques photographies de bébés.

— Mademoiselle Delano ?

Une grande femme blonde souriante, aux cheveux coupés à la garçonne, s'approche de nous. Elle nous salue, Maria et moi, d'une poignée de main ferme, et fait signe à mon assistante d'entrer.

— J'ai demandé à une amie de m'accompagner, précise cette dernière.

— Pas de problème. Enchantée, je suis le docteur Muller.

Nous la suivons dans son bureau, dont les murs sont tapissés de dessins d'enfants. Après quelques questions de routine, Maria retire ses vêtements et grimpe sur le pèse-personne en faisant la grimace.

— Vous n'en êtes qu'à votre cinquième mois de grossesse et vous avez déjà pris dix kilos. Ce n'est pas bon, mademoiselle Delano.

— Je n'arrive pas à m'arrêter de manger, avoue Maria en rougissant.

— Je sais que c'est difficile, mais il faut que vous compreniez que si vous prenez trop de poids, vous risquez d'avoir des complications lors de l'accouchement, et le bébé pourrait être en souffrance.

Maria pâlit, réalisant ce qui peut arriver à cet enfant qu'elle désire tant si elle ne se contrôle pas. Son regard à cet instant reflète sa détermination. À partir de maintenant, elle fera attention à la moindre chose qu'elle mangera... et je serais bien inspirée d'en faire autant.

Cela fait deux jours que Robin est parti à Pittsburg pour le contrat que son père lui a dégoté, et cela fait deux jours que je m'empiffre pour pallier le manque. Si je ne ralentis pas, je ne rentrerai bientôt plus dans le sweat qu'il m'a laissé...

Que je lui ai demandé de me laisser... Que j'ai exigé qu'il me laisse !

Lorsque Maria s'allonge sur la table d'auscultation, je m'approche en fixant le petit écran posté à sa droite. Dans quelques secondes, son bébé apparaîtra sur l'écran et, sans savoir pourquoi, un frisson me parcourt. C'est la première fois que j'assiste à une échographie et je suis émue que mon amie me fasse assez confiance pour me permettre d'assister à cette étape importante.

Le docteur Muller verse du gel sur le ventre de Maria et démarre l'auscultation.

— Alors, voyons voir...

Elle branche le monitoring. Les battements rapides d'un petit cœur résonnent presque immédiatement. Je suis subjuguée par ce son.

— Des mains parfaites. Dix petits doigts. De très jolis pieds, tous les orteils. Tout va bien, votre enfant est en parfaite santé et il grandit normalement.

Le docteur Muller est soudain tout sourire.

— Eh bien voilà, il s'est tourné du bon côté, je vais pouvoir vous dire de quel sexe est votre bébé.

Maria essuie une larme. Elle exerce une petite pression sur ma main et je me sens émue moi aussi.

— Je veux savoir, docteur, annonce mon assistante. Garçon ou fille ?

Je dois avouer que je suis aussi impatiente qu'elle.

— C'est un garçon.

Un sourire se dessine sur les lèvres de mon amie, mais elle éclate soudain en sanglots. Je n'ose imaginer ce qui se passe dans sa tête. Élever un enfant seule, ce n'est pas ce qu'il y a de plus simple, et même si Maria est déterminée et qu'elle a bien mesuré les conséquences de son choix, je sais qu'elle ne peut s'empêcher d'y penser.

Après avoir repris son souffle, elle se détend et sourit à nouveau.

— J'ai tellement hâte qu'il soit là.

J'essuie la larme qui coule sur sa joue et la serre dans mes bras.

— Je suis contente pour toi, je murmure à son oreille.

— Moi aussi, je suis contente pour moi, répond-elle en recommençant à pleurer.

Finalement nous éclatons de rire.

L'auscultation terminée, Maria se rhabille et nous quittons le cabinet du docteur Muller. Dans la voiture, mon amie ne détache pas ses yeux des photos de l'échographie. Elle s'extasie sur la moindre petite chose qu'elle voit. Elle l'affirme : son fils sera le meilleur.

Nous décidons de nous rendre dans un centre commercial pour faire nos emplettes. Maria achète quelques vêtements aussi bien pour elle que pour le bébé. Elle craque aussi sur un lapin en peluche bleu ainsi que sur d'autres doudous, puis elle passe devant un livre intitulé *Dix Mille Prénoms.*

— Il faut que je lui trouve un beau prénom. Quelque chose de fort.

Elle achète l'ouvrage et ma mission – que je prends très à cœur – est de lui lister des propositions pendant que nous nous rendons dans un Starbucks pour boire quelque chose et faire une pause.

— Bastian, Miguel, Jake, Alejandro, Patrick, Carson, Victor, Alexis, Blake...

— Blake. J'aime beaucoup. Note !

J'entoure le prénom sur le livre, corne la page et continue.

— Caden, Riley, Brayden, Bryce, Trevor, Henry, Jeremy, Noah, Liam...

— Riley et Liam.

J'entoure et corne à nouveau la page.

Maria et moi continuons notre petit manège jusqu'à ce que nous entrions dans le café. Nous commandons deux *Green Tea Lemonade* et nous nous installons à une table. Je reprends ma liste.

— Sean, Tom, Elijah, Ronan, Carter...

— Elijah, m'interrompt mon amie.

— J'aime beaucoup Ronan aussi, dis-je à mon tour. Stan, Max, Marlon...

— Marlon ? J'aime comme ça sonne.

— C'est original !

— Je veux donner à mon bébé un prénom qui le démarque des autres. La conception de mon fils est originale, *je* suis originale, il sera unique. Je veux que son prénom le soit aussi. Tu n'aimes pas Marlon ? C'est frais, mignon et rare.

— Je ne sais pas trop.

Je sirote tranquillement ma boisson en parcourant le livre. Certains prénoms me laissent perplexe. Étonnamment, je trouve le mien au détour d'une page. C'est assez rare pour le noter. Je profite aussi de notre pause pour donner à Maria le body pour bébé que j'ai acheté en douce. Elle le serre contre sa poitrine et m'agrippe soudainement. Je ris de sa réaction.

Remises de nos émotions, nous quittons le Starbucks et prenons la direction de ma voiture.

— Quand rentre Robin ? demande soudain Maria.

— Demain, dis-je en soupirant.

— Tu es sûre ?

— Évidemment. Pourquoi cette question ?

Je fourre nos achats dans le coffre. Lorsque je me redresse, je remarque que Maria s'est figée. J'ouvre la portière de son côté pour qu'elle s'installe sur le siège passager, mais c'est comme si elle était déconnectée de la réalité.

— Maria ? Tu vas bien ?

Pas un mouvement.

— Qu'est-ce qui se passe ?

— Lia... Oh, Lia, je suis désolée.

Et moi, je suis larguée.

Mon amie tourne son visage vers moi puis me montre du doigt la rue d'en face. Je regarde dans cette direction, cherchant ce qui peut bien la perturber à ce point. Et puis je vois, je comprends, et je me fige à mon tour.

Là, sur le trottoir d'en face, se trouve Robin... avec une femme à son bras. Souriants, joyeux, ils s'apprêtent à traverser la rue.

Je suis sous le choc. Je n'arrive pas à croire ce que je vois, le spectacle qui se joue devant moi me donne envie de vomir.

Décrire ce qui se passe en moi à cet instant est impossible. Tout ce dont je suis sûre, c'est que la colère enfle dans ma poitrine. Je devrais probablement détourner les yeux : la vision de leurs visages heureux est comme un coup de poignard en plein cœur. Je devrais monter dans ma voiture et m'enfuir... mais je n'y arrive pas. La seule chose que je suis capable de faire, c'est de les regarder.

Je les suis des yeux lorsqu'ils traversent en discutant. J'aperçois la voiture de Robin garée à quelques mètres d'eux. Ils s'en approchent, ils vont monter dedans et partir tous les deux.

Ma Lia intérieure blessée et trahie se révolte. Elle réclame vengeance, et tout de suite. Alors que j'imagine déjà quelques plans, je suis brutalement poussée à l'intérieur de ma voiture.

— Mais qu'est-ce que...

— Dépêche-toi de monter là-dedans !

Maria s'empresse de refermer la portière derrière moi. Je suis à moitié étendue sur le levier de vitesse lorsqu'elle grimpe côté conducteur.

— Maria, bordel, qu'est-ce que tu fais ?

— Ils montent dans une voiture. On va les suivre.

— Quoi ? Pas question !

— Oh que si ! Ce mec se fout de toi et crois-moi, il va te devoir des explications.

J'ai à peine le temps de me redresser sur mon siège qu'elle démarre déjà comme une furie. J'attache rapidement ma ceinture de sécurité, déboussolée et un peu inquiète. Le regard de mon amie est si noir que j'ai l'impression que c'est elle qui vient de découvrir son mec en compagnie d'une autre femme.

— Maria, arrête cette voiture. Je confronterai Robin, mais pas maintenant, je suis trop... merde, je suis furieuse.

— Justement, c'est maintenant que ça doit sortir.

Elle accélère encore, slalomant entre les voitures pour suivre la Mercedes devant nous, veillant néanmoins à conserver suffisamment d'écart pour ne pas que nous nous fassions repérer.

— Ralentis, bon sang !

— Mon frère a fait du rallye quand il était jeune, il m'a appris à conduire rapidement et en toute sécur...

— Maria, le feu va passer au rouge !

Elle fonce comme une flèche, se fichant éperdument de mes plaintes.

— On va se les faire, ces traîtres, ma Lia.

Sa rage alimente la mienne. J'imagine plusieurs scénarios pour me venger, et dans chacun d'eux, la rouquine termine avec quelques mèches de tignasse en moins.

Plus je vois la voiture s'éloigner, plus ma colère grandit. Robin me ment... encore ! Il était là, juste là. J'en viens à me demander s'il est même parti, si cette histoire de Pittsburg n'était pas qu'un mensonge de plus. Je remets tout en question et je n'ai qu'une envie : le gifler.

C'est le chaos dans ma tête. J'essaye de me calmer, mais c'est impossible. Robin s'est foutu de moi. Il m'a juré qu'il nous prenait au sérieux... Je lui ai même dit que je l'aimais.

Cette dernière pensée est la pire de toutes.

Maria s'arrête de justesse à un stop, me faisant revenir à la réalité. Elle ouvre la fenêtre et passe sa tête par l'ouverture.

— Tu vas la bouger, ta bagnole ? hurle-t-elle au conducteur devant nous.

C'est la première fois que je vois mon amie dans un tel état de fureur, et si je n'étais pas en train de bouillir de rage, je serais probablement écroulée de rire.

La voiture de Robin ralentit et se gare sur le côté. Maria trouve une place non loin de là et se gare à son tour, puis elle coupe le moteur. Nous avons le réflexe de regarder toutes les deux dans le rétroviseur. Robin et sa pimbêche sortent de la voiture pour s'engouffrer dans une épicerie. Je me laisse guider par ma colère, et plus rien d'autre ne compte que de les humilier comme ils m'ont humiliée. J'ouvre la porte de la voiture tellement fort que je manque d'assommer un passant.

— Appelle-moi si tu as besoin d'un bon crochet du droit, lance Maria.

Je ferme la portière sans répondre et me dirige vers la voiture de Robin. Je ne sais pas combien de temps ils vont rester à l'intérieur de cette boutique, mais même s'il faut que je fasse le pied de grue pendant une heure, je le ferai.

Lorsque j'arrive devant le véhicule, je m'y adosse nonchalamment. Je prends le temps d'inspirer et de réfléchir à un plan d'attaque.

Les minutes passent, mais ma colère ne faiblit pas. Chaque fois que la porte de l'épicerie s'ouvre, mon rythme cardiaque augmente.

Malgré tout, plus je patiente, plus je me dis que l'attente n'en vaut pas la peine. Je suis absolument furieuse mais à quoi cela m'avancera-t-il de faire une scène en pleine rue ? À quoi cela me servira-t-il de m'humilier de la sorte ?

Ils sortent alors de l'épicerie, Robin tient une bouteille de champagne et c'est la goutte d'eau qui fait déborder mes émotions. Toujours adossée contre la voiture, bras croisés sous ma poitrine, je les regarde approcher.

Comme s'il sentait ma présence, Robin lève soudain la tête. Son sourire se fige avant de disparaître complètement. Il baisse la tête, comme vaincu, et pousse un soupir. Je me compose un visage impassible.

Ils s'approchent. La jeune femme à côté de Robin n'a encore rien remarqué de son trouble.

— Bébé...

Pas un mot de ma part. Si j'ouvre la bouche je vais hurler et l'insulter, et je vaux mieux que ça.

— Je sais de quoi ça a l'air...

La femme a maintenant compris que quelque chose cloche. Elle me dévisage et jette de petits coups d'œil à Robin avant de décider de faire un pas en arrière.

— Dis-moi quelque chose, plaide-t-il en posant sa main sur mon bras.

Je me dégage brusquement, puis je me rapproche jusqu'à ce que ma poitrine effleure son buste.

— Tu me dégoûtes.

Je l'esquive et me plante devant la jeune femme, qui serre son sac à main contre elle.

— Je vous le laisse, mais je vous préviens, la fidélité, ce n'est pas son truc.

— Lia !

Je retourne auprès de ma voiture, dans laquelle Maria m'attend. Robin ne cherche pas à me rattraper, ce qui signifie qu'il a parfaitement conscience d'avoir fait une connerie.

Lasse, je m'installe côté passager et claque la portière. Silencieuse, mon assistante s'engage dans le trafic et nous laissons Robin et ses mensonges derrière nous.

Chapitre 38

La colère m'a désertée, remplacée par une peine immense. Robin m'a menti, il m'a probablement trompée depuis le début de notre relation, et moi, je n'ai rien vu. Comment peut-il avoir le culot de me dire qu'il va s'expliquer ? Il n'y a rien à dire de plus, la scène que j'ai surprise parle d'elle-même.

Pourtant, il semblait vraiment triste, presque abattu... Probablement de s'être fait prendre.

Il est vrai qu'il n'a pas eu de chance. Dans une ville de plus de huit millions d'habitants, mes chances de le croiser étaient infimes. Il faut croire que le destin est contre lui.

Je ferme la porte de mon appartement à double tour et monte à l'étage m'écrouler sur mon lit.

Pourquoi ? C'est la seule question qui tourne dans ma tête. Pourquoi, chaque fois que tout semble aller bien pour notre couple, Robin se met-il dans une situation impossible ? Même si je n'ai pas voulu écouter ses explications, je ne cesse de me demander qui est cette fille. Ils avaient l'air de bien se connaître, c'est indéniable. J'aimerais effacer leurs visages de ma mémoire, mais c'est impossible. Je ne vois qu'eux.

Je me redresse vivement et fonce chercher mes vêtements de sport dans mon armoire. Ça fait bien trop longtemps que je ne suis pas allée courir. Ça ne pourra que me faire du bien. J'ai besoin de me vider l'esprit, de me défouler et de m'épuiser.

Je monte dans ma voiture direction Central Park. Une fois là-bas, je m'élance, musique dans les oreilles, et je me bats contre moi-même pour ne pas me laisser happer par les souvenirs d'une autre course ici, avec Robin. C'était une merveilleuse journée. Robin rend toujours mes jours plus beaux, sauf celui-ci.

Je fonce pendant une heure, peut-être un peu plus longtemps. Je ne m'arrête pas, même en nage et à bout de souffle. J'ai tellement de mal à reprendre mon souffle qu'une quinte de toux se déclenche. C'est seulement à ce moment que je consens à faire une pause. Les mains sur les genoux, le dos courbé, je tente de me reprendre.

— Vous allez bien ?

Je me tourne vers la joggeuse qui me regarde, inquiète. D'un signe de la main, je lui indique que tout va bien. Elle semble en douter mais elle s'éloigne quand même. Je retourne jusqu'à ma voiture en trottinant et je bois une grande rasade d'eau après m'être installée derrière le volant.

Je n'ai pas envie de rentrer chez moi. Pas pour me retrouver seule dans mon appartement, où je sais que je vais ressasser encore et encore. Mais il faut bien que je prenne une douche, alors je démarre tout de même.

En arrivant devant ma porte, j'ai la mauvaise surprise de découvrir Robin assis sur le palier. Mon cœur s'emballe, comme chaque fois que je le vois. Je n'y peux rien, j'aime tellement cet homme... Mais je suis bien décidée à ne pas lui pardonner.

— Va-t'en !

Il se redresse, la mine renfrognée.

— Hors de question.

— Je ne veux pas te voir ici. Va-t'en, je répète en haussant le ton.

— Putain, Lia, tu vas m'écouter, oui ? s'écrie-t-il.

— Non !

Il s'adosse au mur, secoue la tête puis éclate soudain de rire.

Qu'est-ce que...

Est-ce qu'il est en train de se foutre de moi ?

— Ça te fait rire ? je m'indigne en le fusillant du regard.

— J'ai hâte de voir ta tête lorsque tu apprendras la vérité.

— La vérité, c'est que tu joues un double jeu et que tu t'es fait prendre.

Ça a le don de faire cesser son rire.

— Bon, assez joué.

Il attrape mon sac, l'ouvre et fouille à l'intérieur.

— Mais...

Il le laisse tomber au sol, m'attire contre lui et se met à me peloter.

— Robin, enfin !

Il finit par trouver ce qu'il cherche dans la poche de mon short : les clefs de mon appartement. Il ouvre la porte, ramasse mon sac, attrape mon bras et nous entraîne à l'intérieur.

— Oh, je vois. L'homme des cavernes est de retour. Qu'est-ce que tu vas faire, maintenant ? Me taper sur la tête avec une massue et me...

— Tais-toi !

Je sursaute. Il pose mon sac sur le canapé et ferme la porte à clef.

— Maintenant, tu vas m'écouter. Et je te jure que si tu m'interromps, je vais vraiment me transformer en homme des cavernes. Je vais te jeter sur mon épaule et t'emmener à l'étage histoire de te faire taire pour de bon. C'est compris ?

Je croise les bras et me contente de hausser les sourcils.

— Tu es ingérable !

— Pardon ?

— Lia... Si tu ne me laisses pas parler je m'en vais, prévient-il.

De mauvaise grâce, je l'écoute.

— L'ami de mon père et moi avons signé le contrat ce matin. J'ai donc avancé mon départ et j'ai atterri à New York dans la matinée. Il se trouve qu'en arrivant à l'aéroport, j'ai reçu un coup de téléphone d'une jeune femme avec qui j'étais à la fac. Elle se portait candidate pour le poste de secrétaire de mon cabinet. Je lui ai proposé de la rencontrer en début d'après-midi. Cela m'aurait laissé tout mon temps ensuite pour venir te retrouver et profiter de toi. On a parlé du bon vieux temps, on a papoté et je lui ai fait passer l'entretien. J'ai décidé de l'engager et la bouteille de champagne, c'était simplement pour fêter ça. Nous devions boire un verre, et j'avais prévu de venir te surprendre ensuite.

Ça, pour être surprise, je l'ai été...

Cela dit, le choc a dû être aussi violent pour Robin que pour moi.

— Je ne te cache pas que ta petite scène l'a contrariée, poursuit-il. Et vu ta réaction, je me suis dit que ce ne serait probablement pas une bonne idée d'engager Solen, finalement. Je vais donc continuer mes recherches.

Je me sens tellement... conne. Mon Dieu, mais qu'est-ce qui m'a pris ? À ma décharge, n'importe quelle fille aurait immédiatement imaginé le pire en voyant son petit ami accompagné d'une jolie nana alors qu'il était censé se trouver dans une autre ville. Et pourtant... je savais que ma réaction était disproportionnée. Mon petit show me semble ridicule, à présent. Comme toujours, mon impulsivité a pris le pas sur tout le reste.

— Et au cas où tu te poserais la question, continue Robin, oui, j'allais t'en parler. Je t'aurais dit que j'avais trouvé quelqu'un et que c'était une de mes connaissances. On en aurait discuté, j'aurais répondu à toutes tes questions, et je t'aurais rassurée sur le fait que tu es la seule dont j'ai envie.

Mes joues sont cramoisies de honte. Comment ai-je pu me tromper à ce point ?

— D'accord, peut-être que ma réaction était excessive, je concède en essayant de garder une contenance.

— Non, tu crois ? Tu m'as humilié, et tu t'es humiliée par la même occasion.

— Je ne pouvais pas savoir.

— Tu aurais pu simplement demander : « Qu'est-ce que tu fais là, Robin ? » Et, la surprise étant tombée à l'eau, je t'aurais répondu.

Il a l'art et la manière de me faire culpabiliser. Mais je le mérite.

— C'est la faute de Maria et de son bébé, je lâche en faisant la moue. Ses hormones déteignent sur moi.

J'arrive enfin à le dérider. Malgré tout – et c'est normal –, il est encore furieux. Je baisse la tête, honteuse.

— Je suis contente que tu sois revenu plus tôt, je grommelle.

Il secoue la tête.

— Ça n'empêche que nous avons un problème !

Mon impulsivité, je sais.

— On n'est plus officiellement ensemble, puisque tu as trinqué à mon célibat, poursuit-il.

— Oui, mais puisque c'était une erreur, on...

— Je me fiche des « oui, mais ». Nous ne sommes plus ensemble. Donc, si tu veux que ça change, il va falloir que tu fasses les choses dans les règles.

— C'est-à-dire ?

Je ne comprends pas où il veut en venir.

— Demande-moi.

— Quoi ?

— Demande-moi de sortir avec toi. Et sois convaincante.

Je ris, certaine qu'il va m'imiter. Mais son regard est plus sérieux que jamais.

— Robin, c'est ridicule. Je ne vais pas te demander ça, je n'en ai pas besoin. J'ai fait une erreur, je le reconnais, mais je n'ai pas besoin de...

— Si j'étais toi, je me ferais toute petite après l'esclandre de tout à l'heure. J'attends. Demande-moi de sortir avec toi, Amalia Gomes. Tout de suite.

Non mais je rêve. Je sais qu'il a raison, que je ne suis pas en position de négocier, mais tout de même !

Et puis je me souviens que, lors de notre premier vrai rendez-vous, au restaurant rooftop, il m'avait demandé la même chose.

S'il y tient...

Je m'approche de lui et souris en voyant son visage s'illuminer.

— Robin, je regrette ce que j'ai dit...

— Non, non, pas d'excuses, juste la demande.

Je ne peux m'empêcher de rire. La situation est grotesque, et en même temps, ça me plaît.

— Robin, je meurs d'envie d'être à nouveau ta nana, la tienne, rien qu'à toi. Tu veux bien qu'on sorte ensemble ? Encore ?

— Avec plaisir, bébé.

Il approche son visage et plonge sur mes lèvres. Je m'accroche à sa nuque et l'embrasse à perdre haleine. Nos retrouvailles auraient dû se dérouler autrement, mais je m'en fiche. Le principal, c'est qu'il soit là et qu'il ne m'ait pas trahie comme je l'ai pensé.

— Est-ce que ça fait de moi un mec bizarre si je te dis que ton petit show m'a excité ? murmure-t-il à mon oreille.

Il lèche mon lobe et presse ma taille entre ses grandes mains.

— Peut-être un peu, je réponds sur le même ton.

— Voir cette lueur dans tes yeux, voir à quel point tu avais envie de sauter sur Solen pour défendre ce qui t'appartient...

Je caresse ses cheveux. Au bout d'un moment, il se redresse et me détaille, un sourire carnassier aux lèvres. La tension sexuelle est à son comble et lorsqu'il m'entraîne sur le canapé, je sais déjà ce qui va se passer ensuite. Il s'allonge et je grimpe sur le sofa à mon tour, rampant vers lui comme un animal sauvage prêt à bondir sur sa proie. Je m'assois à califourchon sur ses cuisses et glisse mes mains sur son torse sans le quitter du regard. Ses mains remontent le long de mes jambes, jusque sur le galbe de mes fesses. Je le débarrasse de son haut et, sans perdre de temps, je m'attaque à son torse offert. La sensation de sa peau sous mes lèvres me fait frissonner. Tandis qu'il commence à me caresser, je repense au jogging que j'ai fait tout à l'heure.

— Je suis allée courir, alors il vaudrait peut-être mieux qu'on continue dans la douche...

— Pourquoi ? dit-il en m'allongeant brutalement contre lui. Tu vas transpirer, de toute façon. On recommencera dans la douche plus tard.

Il fait un mouvement de tête pour capturer mes lèvres, puis repose doucement son crâne contre l'accoudoir sans rompre notre baiser. C'est effrayant de constater à quel point je suis sous son charme. Il me déleste de ma brassière puis fait glisser le bout de ses doigts sur mes tétons dressés. Ma poitrine ainsi que tout mon corps se couvrent de chair de poule et, d'instinct, je ferme les yeux, appréciant la douceur de son toucher.

— Que tu es belle.

Ses lèvres parcourent mon cou et descendent au niveau de mes seins, où le bout de sa langue vient caresser chacune de mes pointes. Il y passe de longues secondes, embrassant, léchant, mordillant, aspirant... Il leur accorde beaucoup de soin et d'attention. Je garde une main dans ses cheveux pendant qu'il me prodigue sa délicieuse torture. Il retire le reste de ses vêtements tout en continuant de cajoler mes seins. Je me redresse juste une seconde pour qu'il puisse faire disparaître mon short. Attirant mes hanches sur les siennes, Robin m'aide à m'asseoir sur lui, et il me pénètre lentement, si lentement que je peux le sentir s'immiscer en moi centimètre par centimètre.

— J'aime qu'on ne fasse qu'un. J'aime être en toi, susurre-t-il en caressant mon visage.

— J'aime te sentir en moi. Fais-moi l'amour, Rob, j'ai tellement envie de toi.

Il accède à ma requête et débute de lents va-et-vient. Ses mains glissent sur ma taille, puis me maintiennent fermement, m'imposant très vite un rythme endiablé. Presque simultanément, nous rejetons la tête en arrière, gémissant notre plaisir. Je passe mes mains autour de ses poignets et je bouge moi aussi, accompagnant chacun de ses mouvements. Les minutes passent et seuls nos souffles erratiques et nos gémissements se font entendre. Je lâche ses poignets, sentant le plaisir commencer sa folle ascension, et je m'accroche à l'accoudoir du canapé.

— Embrasse-moi, ordonne-t-il.

J'obéis. Sentant que mon apogée est proche, il accélère encore. Le gémissement que je laisse échapper dans sa bouche le fait trembler de désir. Je jouis si fort que j'en ai la respiration coupée. Robin vient presque en même temps que moi. Lorsque notre plaisir s'épuise, je m'écroule contre son torse, la respiration encore haletante. Il est lui aussi essoufflé mais sa main caresse déjà mon dos et ses lèvres embrassent le sommet de mon crâne.

Nous restons un long moment blottis l'un contre l'autre, même après que nous nous sommes apaisés. Je dépose de doux baisers sur son torse et frotte mon nez contre sa peau moite.

— Tu me manques déjà.

Je le regarde, étonnée.

— Tu es encore en moi, Rob, à moins de se greffer l'un à l'autre, je ne crois pas que l'on puisse être plus proches.

— Tu sais ce que je veux dire.

— Oui, je sais.

Il replace une mèche de cheveux derrière mes oreilles. Être dans ses bras est tellement bon que je prolonge le moment au maximum.

Et puis je quitte son corps chaud pour me rendre à l'étage afin d'y chercher une tenue confortable. Robin me suit et, une fois sur le palier, il me soulève avant de me jeter sur son épaule.

— Rob !

— Moi, homme des cavernes. Toi, femme tigresse.

J'éclate de rire et m'agrippe à lui pour ne pas perdre l'équilibre. Il nous transporte dans la douche, allume le jet d'eau et nous glisse en dessous. Sa bouche prend immédiatement possession de la mienne. Entre le footing de tout à l'heure et notre sport à deux il y a quelques minutes, je suis épuisée, et l'eau chaude n'arrange rien. Mais apparemment, Robin n'a aucune envie de se reposer.

— Je suis claquée, je marmonne.

— Je sais. Je m'occupe de tout.

Cette fois, il me fait l'amour avec une tendresse infinie, et un sourire naît sur ses lèvres lorsqu'il voit que, malgré ma fatigue, je ne peux m'empêcher de participer.

Je ne peux pas résister à Robin Edwards. Je crois que je ne le pourrai jamais.

Chapitre 39

— J'aimerais rester comme ça pour toujours, murmure-t-il à mon oreille.

Il resserre son bras autour de moi et dépose une pluie de baisers sur mon épaule. Nous sommes allongés l'un contre l'autre dans mon lit depuis un long moment déjà. Aucun de nous ne veut bouger, de peur de faire éclater la bulle de bien-être dans laquelle nous nous trouvons.

— Quelle heure est-il ? demande-t-il en faisant courir ses doigts sur ma hanche.

Sa main passe sur mes cheveux et me caresse tendrement.

— Est-ce que tu veux que je te fasse l'un de mes irrésistibles massages ? propose-t-il.

— Avec plaisir.

Je me mets sur le ventre et il prend place sur mes fesses. Ses douces mains se posent sur mon dos et commencent à le malaxer. Je ferme les yeux pour profiter de ses doigts talentueux et savourer la sensation de ses mains sur moi. Et dire qu'il y a quelques heures nous étions sur le point de rompre... Les non-dits, les secrets, c'est ce qui met une relation en péril. Pourtant, alors que je suis la première à reprocher à Robin de me cacher des choses, je ne vaux pas mieux que lui.

Ses mains quittent mon dos pour monter dans mes cheveux et me masser le cuir chevelu. Je fonds... pendant quelques secondes. Jusqu'à ce que je réalise qu'il est sur le point de découvrir l'un de mes secrets. Je me fige et agrippe son poignet pour qu'il retire sa main, mais c'est trop tard.

— Lia ? C'est quoi cette cicatrice ?

Je suis trop abasourdie pour répliquer. Depuis le début, chaque fois que Robin a voulu fourrager dans mes cheveux, je l'ai arrêté avant qu'il ne découvre ce que je cachais. Mais ce soir, j'ai oublié de me protéger.

— Comment est-ce que tu t'es fait ça ?

Voilà pourquoi je reste tant sur la réserve. Chaque découverte de Robin, même minime, entraîne un flot de questions, auxquelles je réponds par des mensonges. C'est un cercle vicieux.

— Une chute à vélo quand j'étais petite. Je suis tombée la tête la première.

— Une chute à vélo ?

— Tu sais, quand on apprend à faire du vélo, on tombe forcément. Toi aussi tu as dû te prendre de belles gamelles.

— Lia, ne commence pas à me baratiner. Ta cicatrice ne paraît pas si vieille. Dis-moi la vérité. Comment est-ce que tu t'es fait ça ?

— Je viens de te le dire, je suis tombée à vélo quand j'étais petite, je murmure.

Il me dévisage et je vois dans son regard qu'il ne se laisse pas berner. Malgré tout, et sûrement parce que nous nous sommes déjà disputés plus tôt dans la journée, il choisit de laisser tomber... pour le moment du moins.

— Je vais aller nous chercher à manger. Qu'est-ce que tu veux ?

— Italien. Et toi ?

— Ça me va.

Il descend du lit sans rien ajouter.

Je sais qu'il est contrarié. Robin n'est pas idiot : il devine que je lui cache des choses, mais il a la gentillesse de ne pas me mettre au pied du mur. Si c'était lui qui avait un secret, je ne serais probablement pas aussi patiente...

Je me lève à mon tour et passe un short en coton gris avec un t-shirt rouge. J'entends la porte d'entrée se refermer et je me laisse tomber sur le lit en soupirant.

Il faut que je trouve le courage de tout dire à Robin... Mais il va flipper, c'est sûr, il ne me laissera même pas terminer lorsque je commencerai à parler. Et je ne veux pas le perdre. Jamais !

Je décide de m'occuper un peu en l'attendant en faisant un peu de rangement. Au bout d'un moment, je croise mon reflet dans le miroir. Mes cheveux sont complètement en bataille, les mèches partent dans tous les sens mais, bizarrement, mon teint est éclatant. Faire l'amour avec Robin Edwards m'a propulsée sur un petit nuage.

— Je suis revenu !

Je sursaute. Déjà ? Je consulte mon réveil et constate que j'ai passé trois quarts d'heure à ranger et... à penser. Je descends rapidement, guidée par mon ventre qui crie famine. Lorsque j'arrive au bas de l'escalier, je découvre mon Robin avec le même sourire qu'un petit garçon le jour de Noël. Il tient un bouquet de fleurs à la main.

— C'est pour toi.

— Robin, elles sont superbes ! je m'exclame.

Il m'attire dans ses bras et je l'embrasse pour le remercier.

— Pourquoi me les offres-tu ?

— Pour plusieurs raisons. Mais j'aimerais voir si tu sais toujours comment décoder le langage des fleurs.

Je plisse les yeux, me replongeant dans mes souvenirs de l'opération séduction que Robin avait mise en place. Je détaille le bouquet et tente :

— Hmmm... Tu me trouves parfaite, tu as envie de moi et... tu m'aimes ?

— Bravo, bébé.

Je suis tellement émue que ma lèvre inférieure se met à trembler.

— Je t'aime, Rob.

— Je sais, réplique-t-il, goguenard.

— Embrasse-moi.

J'en ai grandement besoin. Je me rends compte que chaque fois que je me suis méfiée de lui, j'ai eu tort. Chaque fois que j'ai imaginé qu'il allait me briser le cœur, je me suis trompée. Robin m'aime. Je n'ai pas le droit de le laisser dans l'ignorance plus longtemps. Je profite de ce baiser qui sera peut-être le dernier car une fois qu'il saura...

— Ça va ? s'inquiète-t-il en me détaillant.

Mes yeux sont rougis...

Courage !

— Oui, ça va. Je suis juste émue.

— Je t'achèterai des fleurs plus souvent.

Je souris timidement et file mettre le bouquet dans un vase. J'en profite pour essayer de réfléchir. Tout lui dire, d'accord, mais comment ? Je ne peux pas lui balancer mes conneries à la figure sans le préparer.

Je m'applique à disposer les fleurs pendant que Robin pose la nourriture sur la table du salon.

— J'ai pris un peu de tout.

— Robin, je dois te dire quelque chose...

— Viens à table.

Je m'installe en face de lui, le cerveau en surchauffe, pendant qu'il remplit nos assiettes.

— Tiens, goûte ça. Ils m'ont dit d'accompagner ce pain avec une sauce sucrée. J'ai trouvé une sorte de caramel dans ton frigo, je pense que ça fera l'affaire.

— Il faut que je te parle, Rob. Attends, quoi ? Du caramel ? Je n'ai pas de...

Il trempe une petite cuillère dans un bol et l'étale sur le morceau de pain. J'écarquille les yeux et lui saute dessus avant qu'il ne le porte à sa bouche.

— Bordel. Non, Robin, ne mange pas ça !

Sa tête est impayable. Un fou rire incontrôlable me prend.

— Qu'est-ce qui t'arrive ?

Son regard perdu ne fait que rajouter à mon hilarité. Je ris tellement que je ne peux même pas lui répondre. Des larmes font leur apparition au coin de mes yeux et mes abdos me font mal tant ils se contractent.

— Lia ?

Je finis par manquer d'air et je me mets à tousser, ce qui inquiète Robin. Il vient doucement me taper dans le dos jusqu'à ce que je me calme. J'essuie alors mes larmes et lui fais face.

— C'est quoi, le souci ? me redemande-t-il.

— Ce que tu voulais manger... ce n'est pas du caramel. C'est de la cire épilatoire naturelle.

Il se fige et écarquille les yeux. Je ne peux pas me retenir et repars dans un fou rire impossible à maîtriser.

— Quoi ? Putain, Lia, pourquoi tu gardes ça dans ton frigo ?

— C'est Maria. Depuis qu'elle est enceinte, elle privilégie le naturel. Elle m'a filé la recette et j'ai voulu essayer.

— Tu ne peux pas utiliser un truc chimique, comme tout le monde ? râle-t-il.

— C'est juste du sucre, de l'eau et du citron.

— Ouais, mais c'est de la cire, beugle-t-il.

— De toute façon, ça ne marche pas. Je vais la jeter.

Je ris encore lorsque je me dirige vers la poubelle. Manifestement, Robin ne se servira plus dans mon frigo sans être sûr que ce qui s'y trouve est comestible.

Lorsque je reviens à table, mon mâle s'est déridé. Il se penche vers moi et m'embrasse brutalement, me mordant la lèvre au passage.

— Tu es un vrai petit clown, dis-moi.

Je le repousse en souriant.

— Au fait, qu'est-ce que tu voulais me dire ? enchaîne-t-il.

J'ouvre la bouche... mais rien ne sort. Mon courage s'est enfui. Par lâcheté, je préfère remettre la discussion à plus tard.

— Rien de bien important.

Notre complicité est parfaite. Je ne veux pas perdre ça, je ne veux pas risquer de perdre Robin alors qu'il me fait revivre. Mes secrets font partie de moi, mais j'ai encore besoin d'un peu de temps avant de les dévoiler.

***

J'ai remarqué qu'après une grosse dispute, Robin et moi avons besoin de moments calmes, comme si nous étions vidés de notre énergie après notre rapport de force.

Nous sommes pelotonnés sur le canapé. Ma tête repose sur son torse, qui se soulève au rythme de ses respirations. Une main posée dans mon dos, l'autre sur mon bras, il dépose quelques baisers sur ma tempe de temps en temps.

— Tu es fatiguée ? demande-t-il.

Je regarde la télé sans la voir, concentrée sur les caresses de Robin.

— Pas du tout. Et toi ?

Il agrippe doucement ma taille et fait glisser mon corps un peu plus haut sur le sien pour que nos visages soient à la même hauteur.

— Pas le moins du monde.

Il colle son nez contre le mien et le caresse doucement, puis il me fixe sans rien dire.

Je crois que ses yeux sont devenus une véritable obsession chez moi. J'ai l'impression de ne penser et de ne parler que d'eux.

— J'ai envie de danser.

Je ris.

— Quoi ?
— Je suis sérieux.
Il se redresse.
— L'envie te prend comme ça ?
— Exactement.
Il me repose sur le canapé et se lève. D'un même geste, il prend nos deux téléphones posés sur la table.
— On va voir si on est compatibles pour la musique.
— Tu es vraiment sérieux ?
Danser ? Comme ça ?
— J'ai l'air de plaisanter ? dit-il en haussant un sourcil. Alors, qu'est-ce que nous avons ? reprend-il en se concentrant sur l'écran de mon téléphone.
— Qu'est-ce qui se passera si mes goûts musicaux ne te plaisent pas ?
— Eh bien, on se quittera de la manière la plus adulte et mature possible. Je suppose qu'on pourra quand même rester amis.
Je ricane, coupe la télé et m'installe confortablement pour regarder Robin. Son t-shirt gris et son bas de survêtement le rendent terriblement sexy. Il est là, tout en muscles et en testostérone, et même alors qu'il ne fait rien de particulier, il émane de lui une force impressionnante.
— De ta playlist dépendra notre avenir, lâche-t-il.
Je secoue la tête. Il sourit alors, me fait un clin d'œil et se dirige vers l'enceinte, sur laquelle il pose mon iPhone.
— Je crois qu'on est vraiment faits l'un pour l'autre, susurre-t-il en revenant vers moi.
— Et si je n'ai pas envie de danser ?
Son sourire carnassier déclenche une série de frissons le long de ma colonne vertébrale.
— Homme vouloir danser. Femme obéir.
Il appuie sur le bouton *play* de mon téléphone puis il s'approche de moi, main tendue. La chanson qu'il

a choisie est l'une de mes préférées. Et s'il l'a choisie, c'est qu'elle fait partie de sa playlist également. En temps normal, résister à cet homme est un véritable défi, mais à cet instant, c'est impossible. Son regard ressemble à celui d'un petit garçon. Je me lève, prends sa main, et il me fait tourner sur moi-même avant de me plaquer doucement contre lui. Et alors que The Civil Wars entonne les premières paroles de *Dance Me to the End of Love,* Robin commence à nous faire tanguer lentement de droite à gauche. Son bras entoure ma taille, sa main libre enserre la mienne, sa joue est posée contre ma tempe. Il fredonne l'air de la musique et je l'imite.

Je ferme les yeux. Finalement, danser est une excellente idée. J'enroule mes bras autour de sa nuque, enfouis mon visage dans son cou et me laisse porter. Robin resserre sa prise autour de ma taille. Plus les notes s'enchaînent, plus nous tanguons lentement, jusqu'à faire du surplace et nous enlacer plus qu'autre chose. Je croise son regard et, silencieusement, nous décidons la même chose : cette chanson sera désormais la nôtre.

Lorsque les dernières notes retentissent, nous échangeons un baiser. Un baiser qui semble ne plus finir. Qui se transforme en moment intense, suspendu dans le temps.

Un moment à part, rien que pour nous, loin des autres, loin du monde.

Chapitre 40

— Nous avons rendez-vous dans trente minutes avec le nouveau décorateur potentiel. Levi Powell, trente ans, cinq ans d'expérience. Il a quitté le Texas pour venir vivre à New York et il cherche un nouvel emploi. Je ne l'ai eu qu'au téléphone, mais il m'a semblé très professionnel. J'espère que ce sera le bon... Après le fiasco des deux dernières semaines, je commence à désespérer.

— Moi aussi. On en a vu onze, Maria, onze ! Et aucun ne faisait l'affaire. Tu vas entrer dans ton sixième mois de grossesse, et même si Nina gère de mieux en mieux tes fonctions, elle n'est pas encore assez qualifiée pour m'aider. Les contrats s'accumulent et je n'ai toujours pas de nouveau décorateur pour me prêter main-forte.

Le problème commence à devenir urgent. Bien sûr, Nina est là, et heureusement, d'ailleurs. Mais j'ai besoin d'autres bras, et rapidement. Mon carnet de rendez-vous est rempli pour les quatre prochains mois et si c'est une bonne nouvelle, c'est également un gros risque. Mes clients sont riches et exigeants. S'ils décident que leur intérieur a besoin d'être refait urgemment, ils n'hésiteront pas à se tourner vers une autre agence. Et je refuse de perdre des contrats. Maria est une perle en ce qui concerne la gestion de l'administratif, de la comptabilité et même des fournisseurs. Mais elle n'est pas décoratrice. Avec un nouvel employé et Nina, je pourrais diviser le temps d'attente par deux, peut-être plus. Ce Levi Powell a intérêt à être exceptionnel, car même dans ma situation, il est hors de question que j'engage quelqu'un de moyennement compétent.

— Salut les bombasses ! lance Nina en arrivant à son tour.

Maria et moi nous jetons un coup d'œil en souriant. L'effet Matty a été immédiat sur la sœur de Robin. Elle ne jure plus que par lui et s'est approprié quelques-unes de ses expressions.

Elle pose son sac ainsi que trois énormes classeurs sur son bureau, se sert une tasse de café et vient nous rejoindre pour papoter.

— J'ai l'impression d'être revenue au lycée. Les révisions me tuent.

Nina a décidé de passer officiellement son diplôme de décoratrice. Mais avant cela, il faut qu'elle se forme. Lorsqu'elle n'est pas à l'agence avec moi, elle est donc en cours. C'est vraiment une chouette fille et notre collaboration se passe à merveille.

Alors que nous rejoignons toutes nos bureaux respectifs, Chris débarque à l'agence, une boîte dans les mains. Heureuse de le voir, je le serre dans mes bras.

— Comment tu vas, ma puce ? me demande-t-il.

— Ça fait longtemps que je ne t'ai pas vu.

— Je sais. On peut aller dans ton bureau ?

— Bien sûr. Maria, si notre rendez-vous arrive, tu peux le faire patienter ?

— Pas de problème. Salut, Chris.

— Salut, Maria. Salut, Nina.

— Salut, Chris, lance cette dernière en rougissant.

Je hausse les sourcils, étonnée de sa réaction, mais je ne me formalise pas. Je referme la porte de mon bureau et mon meilleur ami prend place sur une chaise.

— Qu'est-ce que je peux faire pour toi ?

— J'ai fait un peu de tri chez moi et j'ai vu qu'il restait ça.

Il me tend la boîte bleu ciel plutôt lourde qu'il a apportée.

— Je ne sais pas ce qu'il y a dedans, je te promets que je n'ai pas fouillé, dit-il, en levant les mains devant lui pour clamer son innocence.

— Ce n'est pas comme si j'avais des secrets pour toi, je réplique. Merci, j'y jetterai un coup d'œil.

— Je voulais aussi te dire...

Il marque une pause, ce qui ne lui ressemble pas.

— Chris, est-ce que ça va ? Tu as un problème ?

— Ouais, ouais, tout va bien. J'ai...

Il soupire.

— J'ai rompu avec Stella hier.

Waouh, si je m'attendais à ça !

Bon débarras. Sayonara, Stella la morue !

— Oh, Chris, je suis désolée.

Il ricane en secouant la tête.

— Sérieusement, Lia, je sais que tu la détestes.

— Je la déteste peut-être mais toi, je t'aime, alors si tu es malheureux, je le suis aussi. Et même si je ne l'ai jamais portée dans mon cœur, je dois bien lui reconnaître une chose, c'est qu'elle avait vraiment des sentiments pour toi.

Je me lève, l'enlace et le réconforte en passant doucement ma main dans son dos.

— Mais tu sais, ça va, me rassure-t-il. Ça faisait un bon moment que ça n'allait plus entre nous, alors il valait mieux s'arrêter là.

— Comment a-t-elle réagi ?

Il quitte mon étreinte pour s'adosser contre sa chaise.

— Elle a hurlé, pleuré, elle m'a supplié de ne pas la quitter. Stella a toujours été tellement dans le contrôle que la voir comme ça... Je me sens comme le pire des connards.

— Chris, tu n'as rien à te reprocher. Tu ne pouvais pas continuer à faire semblant. Tu aurais fini de toute façon par mettre fin à cette relation. Faire croire à une personne que tu l'aimes alors que c'est faux, c'est bien plus cruel que de la quitter.

— Je sais, mais si tu l'avais vue... Elle paraissait tellement démunie... J'ai essayé de la calmer, de lui dire qu'on allait parler calmement, mais elle est entrée dans une fureur terrible. Elle m'a traité de tous les noms, puis elle est partie. J'ai essayé de l'appeler pour savoir comment elle allait et où elle était, mais elle ne me répond pas. Ça me fait de la peine, tu sais. Même si je n'ai plus de sentiments pour elle, je m'inquiète. Je ne voudrais pas qu'il lui arrive quelque chose.

— Je te comprends. Ne t'en fais pas, Stella est forte, elle arrivera à surmonter votre rupture, j'en suis sûre. Ça va aller.

— Ouais.

Je le prends à nouveau dans mes bras et j'embrasse sa joue.

— Et toi ? Tout va bien en ce moment ? demande-t-il.

— Oui. Trop bien, même. Je m'attends à ce qu'un truc me tombe sur le coin de la figure à tout moment.

— Arrête d'être pessimiste. Tu mérites d'être heureuse.

Je hausse les épaules.

— Et euh... Robin, il te traite toujours bien ? poursuit-il.

Je m'accroche à ma chaise. Chris l'a appelé par son prénom au lieu de le surnommer « l'autre con », comme il le fait d'habitude.

Aurait-il changé ?

— Très bien, je réponds sans m'étendre sur le sujet.

— Ce n'est pas parce que je le tolère que je ne lui bousillerai pas la gueule s'il fait un pas de travers.

Nope, aucun changement à l'horizon...

— Je sais, je bougonne en levant les yeux au ciel.

Mon meilleur ami me serre contre lui dans une étreinte réconfortante.

— Est-ce que je suis toujours ton numéro un ?

Je m'esclaffe.

— Numéro un ex-æquo ?

Il pouffe et roule des yeux.

— Je le savais.

— Ne boude pas. Je t'aime toujours un million de fois plus que le reste du monde.

— Moi aussi, je t'aime un million de fois plus que le reste du monde, dit-il à son tour.

Ça fait du bien de retrouver Chris. Depuis que je suis avec Robin, j'ai l'impression de le laisser tomber, mais je compte bien me rattraper.

Après encore quelques minutes de discussion, je raccompagne mon meilleur ami jusqu'à l'ascenseur. Dans la salle d'attente, j'aperçois un jeune homme sur un fauteuil, les yeux rivés sur son téléphone. Probablement Levi « J'espère-qu'il-est-compétent-et-qu'il-va-tout-déchirer » Powell. Il a des cheveux blond foncé, il porte des lunettes, il est habillé sobrement sans être tiré à quatre épingles et je dois avouer qu'il est plutôt mignon.

Je prends congé de Chris puis je m'approche de lui et me présente en lui tendant la main.

— Amalia Gomes. Vous êtes Levi Powell ?

Il se lève rapidement, fourre son téléphone dans sa poche et me salue avec un grand sourire.

— C'est moi. Enchanté.

— Venez, allons discuter dans mon bureau. Vous désirez que Nina vous apporte un café ?

— Non merci.

— Mon assistante sera présente à l'entretien.

Levi s'installe face à Maria et moi, ouvre une pochette en carton et nous tend son CV sans que nous ayons besoin de lui demander. Je l'examine en me retenant de faire tout commentaire, mais je suis impressionnée. Diplômé d'une prestigieuse école, il a tout de suite trouvé un emploi dans une grande agence. Il a travaillé sur de gros contrats, dont l'aménagement complet d'une villa pour un couple célèbre.

Rien que ça...

Je glisse le CV en direction de Maria et l'entretien débute.

***

En raccompagnant Levi Powell hors de mon bureau, un poids énorme s'envole de mes épaules.

— Merci de m'avoir accordé votre temps, mademoiselle Gomes. J'espère avoir bientôt de vos nouvelles.

— Étant donné que je suis pressée par le temps, je ne vais pas faire durer le suspense. Vous m'avez convaincue. Je vous prends quinze jours à l'essai. Si c'est concluant, eh bien nous verrons pour prolonger.

— Merci. Merci beaucoup.

Je lui tends la main, il s'en empare et l'enveloppe dans les siennes pour me la serrer chaleureusement.

— Mon frère a appelé, annonce Nina quand Levi a quitté l'agence.

— Il a laissé un message ?

Elle me tend un Post-it du bout des doigts, comme s'il s'agissait d'une bombe à retardement.

Lit. Canapé. Sol. Cuisine. Douche. Terrasse.
Femme choisir.
Homme obéir.

Je pouffe en découvrant le petit mot.

— J'essaye de ne pas m'imaginer des choses, mais c'est compliqué, râle Nina. Je lui avais pourtant dit que je ne voulais pas entendre son message.

La réaction de la jeune femme me fait rire davantage. Je plie soigneusement le Post-it et le range dans la poche de mon pantalon.

— Il t'aime vraiment.

Je lève la tête vers Nina.

— Ça crève les yeux, poursuit-elle.

— C'est vrai ?

D'accord, Robin m'a déjà dit qu'il m'aimait, mais que cela soit flagrant au point que d'autres personnes le remarquent est presque aussi réconfortant que de l'entendre de sa bouche.

— Tu ne le vois pas ? demande Nina, étonnée.

Une des choses attendrissantes chez elle, c'est sa naïveté, et la facilité avec laquelle elle dit ce qu'elle pense.

— Tu es la deuxième femme dont il tombe réellement amoureux. Il ne s'investit pas facilement.

Mon cœur se serre.

La deuxième femme ? Je suis la deuxième ?

— Celle qui lui a brisé le cœur quand il avait vingt-deux ans... C'est elle la première ?

Finalement, le jeu des quatre questions que m'imposait régulièrement Robin aura été bénéfique. Mes souvenirs de ses réponses me permettent de distiller quelques informations qui laissent penser à Nina que je suis au courant de toute l'histoire. Je m'en veux de la piéger pour qu'elle me parle, mais m'entendre dire que je suis la seconde femme me fait mal.

— Ils ont eu un vrai coup de foudre l'un pour l'autre. Ils étaient étudiants dans la même université. Ils sont restés quatre ans ensemble, ils faisaient plein de projets. Robin pensait même à des fiançailles.

Coup de foudre. Quatre ans. Projets. Fiançailles.

— Et elle l'a quitté du jour au lendemain. Elle est partie en Floride avec un autre. Comme ça.

Je déglutis avec peine. Effectivement, cela ressemble à un brisage de cœur en règle.

— Combien de temps a-t-il mis pour s'en remettre ?

Nina grimace.

— Jusqu'à ce qu'il te rencontre, j'étais persuadée qu'il n'avait pas tourné la page. Apparemment, je me trompais. Il faut dire que, depuis qu'il s'est fait larguer, Robin refuse de parler de ses sentiments.

Respire, Lia. Respire.

— Je suis désolée, s'excuse Nina. Ta tête... Je ne voulais pas te blesser. Je croyais que mon frère t'avait parlé de tout ça, c'est ce que j'avais cru comprendre.

— Tout va bien, je la rassure. C'est juste que l'imaginer souffrir me fait beaucoup de peine.

— Je suis contente que tu l'aimes tant. Il le mérite. En fait, vous vous méritez tous les deux.

Je lui souris avant de me réfugier dans mon bureau.

Qu'est-ce que je vais faire de ces informations ? Est-ce que je vais en parler à Robin ? J'aimerais avoir sa version de l'histoire. Peut-être que celle de Nina est erronée ? C'est ce que j'espère, en tout cas. Parce que s'il n'était toujours pas guéri de son premier amour lorsqu'il m'a rencontrée, j'ai peur de ne représenter qu'un lot de consolation.

Je ne cesse de me poser des questions pour le restant de la journée. Quand je passe la porte de mon appartement, la conversation que j'ai eue avec Nina hante toujours mon esprit. Malgré tout, quand je trouve Robin derrière les fourneaux en train de préparer le repas, je retrouve le sourire.

— Salut, bébé. Tu as passé une bonne journée ?

Il s'approche pour m'enlacer. Sa barbe naissante frotte contre ma joue lorsqu'il me serre contre lui.

— Crevante. Mais j'ai enfin trouvé mon nouvel employé.

— *Ton* nouvel employé ? C'est un homme ?

Je lève les yeux au ciel, amusée.

— Il commence quand ?

— Demain, pourquoi ?

— Je t'accompagne à l'agence demain matin.

Je pouffe contre son torse.

— Pourquoi ? Pour jauger la concurrence ?

— La piétiner. Il n'y a aucune concurrence qui tienne, Lia. Tu es toute à moi.

Il capture tendrement mes lèvres et me donne un long baiser.

— Tu m'as manqué, souffle-t-il en caressant ma lèvre de son pouce.

Je me hisse sur la pointe des pieds pour l'embrasser à mon tour.

— Qu'est-ce que tu as préparé ? je demande alors que nous nous dirigeons vers la cuisine.

— Une omelette chorizo-basilic. C'est une des seules choses que je sais cuisiner, mais tu verras, c'est succulent. Quoi ? demande-t-il en voyant mon expression dubitative.

— Je déteste les omelettes...

— Tu... tu détestes ? Mais tout le monde aime ça !

— Eh bien, pas moi, et je ne suis pas tout le monde, je réplique, faussement vexée.

— J'avais remarqué. Il y a autre chose que tu ne manges pas ?

— De manière générale, les œufs qui se voient. Brouillés, sur le plat, à la coque... tu oublies. En revanche, je mange des œufs durs... et aussi les œufs cachés, dans les gâteaux, par exemple.

Robin me regarde comme si j'étais dingue.

— Mais... c'est illogique.

— Peut-être, mais j'ai toujours fonctionné comme ça. Oh, et dernière chose, je déteste la guimauve et le pop-corn. Que tu sois au courant.

Il lève théâtralement les mains, déclenchant mes rires.

— Je suis tombé sur la seule femme qui n'aime pas le pop-corn. Je crois que j'ai fait une erreur, affirme-t-il le plus sérieusement du monde. J'aurais dû aborder une autre fille dans cette galerie.

Mon sourire se fane lorsqu'il prononce ses mots. Même s'il plaisante, ça me fait mal. Avec ce que m'a avoué Nina, je suis sûre que si son ex revenait dans sa vie, il me laisserait pour la retrouver. Je suis bien contente qu'elle soit partie en Floride, à l'autre bout du pays.

— Hé, je blague, me rassure-t-il en s'approchant de moi. Je ne t'échangerais jamais, pour rien au monde.

— Vraiment ?

— Évidemment.

— Pas même contre ton premier amour ?

Il fronce les sourcils.

— Qu'est-ce que tu veux dire ? De qui tu parles ?

— À toi de me le dire.

— Bon, Lia, tu peux être plus claire ?

Je pousse un long soupir et passe la main dans mes cheveux.

— Laisse tomber, je n'aurais pas dû mettre le sujet sur la table. Ce n'est pas important.

— Quel sujet ? Tu en as trop dit, termine, maintenant.

— Rien, c'est juste que... on a un peu parlé avec Nina, et on en est venues à discuter de toi et de...

Je ne termine pas ma phrase, mais je vois dans le regard de Robin qu'il comprend. Il ferme les yeux et soupire de lassitude.

— Putain, je n'en reviens pas qu'elle t'ait parlé de ça, elle sait très bien que je déteste aborder ce sujet. Sans compter que ce n'était pas à elle de te le dire.

— Me dire quoi ?

— Ce qui s'est passé. C'est quelque chose qui m'appartient. J'aurais fini par t'en parler, mais ce n'était pas la priorité. Je te jure qu'elle va m'entendre.

— Elle n'est pas responsable. C'est moi qui l'ai interrogée.

Sourcils froncés, Robin me jauge.

— Je voulais en savoir plus sur ton passé, alors je lui ai en quelque sorte laissé croire que j'étais déjà au courant pour qu'elle se confie, j'explique.

— Pourquoi ne m'as-tu pas simplement posé des questions ?
— Je ne savais pas qu'elle me parlerait de ton chagrin d'amour.
Robin soupire pour la énième fois et finit par s'asseoir sur un tabouret.
— Qu'est-ce que tu veux savoir ? me demande-t-il calmement.
— Je... je sais déjà tout, dis-je d'une petite voix.
Il me fixe, semblant essayer de déterminer si c'est une bonne nouvelle ou non.
— De toute façon, il n'y a rien à dire, lâche-t-il après quelques secondes. Je l'ai rencontrée quand j'étais jeune, on a vécu une histoire ensemble, elle m'a quitté et ça s'arrête là.
— Tu l'aimes ?
— Je l'*aimais*.
— Tu voulais l'épouser...
Il reste silencieux un moment avant de m'avouer :
— Oui.
Pourquoi ai-je voulu l'entendre me dire ça ? Pourquoi est-ce que je tiens à me torturer de la sorte ? Et pourquoi est-ce que j'exige des réponses de sa part ? Peu importe qui est cette fille, elle fait partie de son passé, je n'ai pas le droit de lui faire une scène pour quelque chose qu'il ne peut pas changer.
— C'est terminé, Lia, affirme-t-il face à mon mutisme.
— Je sais.
— Je suis avec toi et je t'aime. Je n'ai personne d'autre en tête.
— Je sais. J'ai simplement eu besoin de quelques minutes pour digérer la nouvelle, mais ça va, maintenant. Je ne t'en veux pas de ne pas m'en avoir parlé. Après tout, c'est ton passé et elle t'a fait souffrir. Ce ne sont pas des choses dont il est facile de parler. Je ne voulais pas te questionner ou te donner l'impression que tu devais me rendre des comptes.

Je caresse sa joue du bout de mon pouce en lui souriant tendrement.

— J'ai confiance en toi, Robin. Et même si ça me fait de la peine d'imaginer que tu as pu souffrir, je suis bien contente que cette fille soit sortie de ta vie. Sans le savoir, elle t'a jeté droit dans mes filets et tu es tout à moi, maintenant.

— Complètement et irrévocablement à toi. Et moi aussi, je suis content qu'elle m'ait quitté. Tu es la meilleure chose qui me soit arrivée.

Rassérénée, je me blottis dans ses bras.

Nous restons un long moment l'un contre l'autre sans rien dire. J'ai tellement besoin de cet homme que c'en est effrayant.

Chapitre 41

— Je ne regarderai pas un film avec Stallone, j'affirme.
— Pas Stallone, Statham.
— Peu importe. Les scénarios sont toujours les mêmes.
— Faux !
— Vrai ! Le mec se voit chargé d'une mission incroyablement dangereuse, le genre qui nécessiterait une armée d'hommes surentraînés pour en venir à bout, mais évidemment, lui, il va s'en charger tout seul. Ensuite, il y a deux possibilités. Soit on lui colle une coéquipière qu'il considère comme un boulet plus qu'autre chose, soit il rencontre une femme au cours de sa mission. Dans un cas comme dans l'autre, ils baiseront et, bien sûr, ils finiront ensemble. Pendant le film, il sortira au moins une fois sain et sauf d'une explosion, il se prendra probablement plusieurs balles dans le corps sans jamais être blessé mortellement... Je continue ?
— Qu'est-ce que tu proposes, dans ce cas ? demande Robin.
Je me tourne vers lui, les yeux pleins d'espoir.
— *Titanic.*
Il me jauge quelques secondes puis éclate de rire.
— *Titanic* ? Hors de question !
— Pourquoi ?
— Le scénario n'est pas mauvais, mais franchement, regarder un film de plus de trois heures pour qu'une fois arrivés à la fin, on nous fasse croire que le mec doit mourir parce qu'il n'y a pas assez de place pour

deux sur une porte en bois ? Bien sûr qu'il y avait assez de place.

— Donc tu l'as regardé.

— Non. J'ai entendu Nina et Tay pleurer leur désespoir et en parler tous les jours pendant au moins un mois, c'est tout.

Je croise les bras sur ma poitrine et hausse les épaules.

— On est dans une impasse.

— On va choisir à pile ou face, décide-t-il.

— Quoi ? Non ! C'est toi l'homme, c'est donc toi qui dois te sacrifier. Laisse-moi la place sur la porte en bois et plonge dans l'eau glacée. Prends exemple sur Jack.

Il sourit et rapproche son visage du mien.

— Pas ce soir, bébé. Alors à moins que tu n'aies une autre idée de film...

Je réfléchis. Je décide de jouer le tout pour le tout et de faire mon regard de cocker, celui qui fait à coup sûr craquer Chris et Matt.

— *N'oublie jamais.*

Robin passe son pouce sur ma joue, embrasse rapidement ma bouche et dit :

— Je vais chercher une pièce.

Je lève les yeux au ciel.

Ma technique des yeux de cocker est rouillée.

— Pile ou face ?

— Pile, je bougonne.

Il lance la pièce et me fait un clin d'œil.

— Face. À moi les explosions et la jolie coéquipière.

Je pousse son épaule et me lève.

— Où tu vas ? me demande-t-il.

— Dans ma chambre. Hors de question que je regarde ton navet.

Il attrape mon poignet et capture tendrement mes lèvres.

— Tu es sûre ?

— Certaine.

S'il ne craque pas, je ne craquerai pas non plus, c'est certain. Je grimpe à l'étage, et alors que j'hésite à aller prendre un bain relaxant, mon regard se pose sur la boîte bleue que Chris m'a apportée. Je n'ai pas encore eu le temps d'y jeter un œil. Je m'assois sur mon lit et l'ouvre. La première chose que j'y trouve me bouleverse. C'est une photo de mes parents et moi lorsque j'avais sept ans. Nous venions d'arriver à New York et nous avions demandé à un passant qu'il nous prenne au pied de l'Empire State Building. Nous sommes souriants, heureux. Nous formons une famille.

Ma gorge se serre, mais je ne laisse pas à mes larmes le temps de couler. Je fouille dans mon armoire à la recherche d'un cadre pour y placer la photo. Cela fait, je la dépose sur ma table de nuit, l'examine, puis je retourne fouiller dans la boîte, pressée de découvrir d'autres trésors.

Elle est remplie de souvenirs en tous genres. Des clichés en compagnie de Matt et Chris, des souvenirs que nous avons rapportés de vacances, certains de mes jouets d'enfant, mon diplôme de décoratrice... Je ne sais pas comment j'ai pu oublier cette boîte, mais ce qui est sûr, c'est que je ne m'en séparerai plus.

J'ai vidé la moitié des objets sur le matelas lorsque Robin débarque dans la chambre. Je continue mon inspection sans lui accorder un regard, mais je lui lance tout de même :

— Alors ? La coéquipière n'est pas à ton goût ?

— Elle n'est pas mal du tout, et elle a de beaux atouts, si tu veux tout savoir.

Je lui jette un oreiller au visage. Il l'intercepte sans mal avant de m'avouer :

— Mais je préfère ma nana.

Il s'installe en face de moi et regarde tout ce que j'ai éparpillé sur mon lit. Il prend mon diplôme, sourit, observe les photos de mes amis et moi. D'un signe de tête, je lui montre celle que j'ai placée sur ma table de nuit. Il s'empresse de s'en approcher et la détaille de longues secondes.

— Tu étais trop mignonne. Tu ressembles tellement à ta mère, c'est incroyable. Mais...

— J'ai le sourire de mon père, je sais.

Il repose le cadre et examine avec moi mes petits trésors.

— Oh, mon collier ! je m'exclame lorsqu'il sort de la boîte une fine chaîne en argent avec un pendentif en forme de triangle.

Cela fait des années que je n'ai pas vu ce bijou.

— Mon père me l'avait offert pour mes quatorze ans.

— Qu'est-ce que ça veut dire ? demande Robin en plissant les yeux pour déchiffrer l'inscription qui s'y trouve gravée.

Je lui prends le bijou des mains. Son contact me donne des frissons.

— *Até o fim dos tempos.* Jusqu'à la fin des temps.

J'inspire lentement et reprends :

— Le triangle nous représentait, mes parents et moi. Tu te souviens ? Tant que nous sommes tous les trois...

Voilà pourquoi je n'ai plus voulu porter ce collier. Sa signification est trop douloureuse, et aujourd'hui, elle ne veut plus rien dire.

— Le fermoir est cassé, remarque Robin.

— Lorsque mes parents sont morts, j'ai arraché la chaîne. J'avais l'impression que le pendentif pesait une tonne autour de mon cou.

Il acquiesce en fixant le bijou.

— Tu ne te rappelais plus de cette boîte ? Elle est pourtant remplie d'objets importants.

— Ça fait des années que je ne l'avais pas ressortie. J'ai enfoui beaucoup de souvenirs dedans, et puis je l'ai oubliée.

Tout comme j'ai essayé d'oublier mon passé... mais c'est impossible.

Robin repose le collier, puis il tire une autre photo de la boîte.

— Vous avez vécu beaucoup de choses ensemble, fait-il en me montrant une nouvelle image de Chris, Matt et moi.

— Beaucoup, je murmure.

— Comment...

Il est coupé dans son élan par mon téléphone, qui se manifeste depuis le salon. Trop heureuse d'échapper aux questions, je me précipite au rez-de-chaussée pour répondre.

— Comment tu vas ? demande Chris lorsque je décroche.

Je m'apprête à lui répondre que tout va bien, mais je me ravise.

— J'ai ouvert la boîte que tu m'as donnée.

Il attend que je poursuive. Au son de ma voix, il a dû comprendre que je suis bouleversée.

— J'ai retrouvé plein de choses, mon collier, entre autres, tu t'en souviens ?

— Bien sûr. Ça ne te donne pas envie de le porter à nouveau ?

— Non. Si. Je ne sais plus... Chris, j'ai...

Je soupire et m'assois sur le canapé.

— Je vais tout lui dire. Ce soir, tout de suite. Je n'en peux plus. J'ai confiance en lui, je sais qu'il m'aime et je l'aime. Je ne peux plus garder ça pour moi, il a le droit de savoir. Est-ce que tu es d'accord ?

— Je t'ai déjà dit que c'était le mieux pour vous. Il faut que tu puisses te libérer du poids de ton passé. Je vais prévenir Matt. Est-ce que tu veux qu'on vienne pour t'aider à lui expliquer ?

— Non, je te remercie. Je ne sais pas si j'arriverai à trouver les mots mais je...

Un bruit sourd résonne alors depuis l'étage.

— Putain ! AMALIA !

Je sursaute. Robin apparaît en haut de l'escalier.

Bon sang, qu'est-ce que...

— Lia ? s'inquiète Chris.
— Je te rappelle !
— Non, ne...
Je coupe la communication et pose mon téléphone sur le canapé. Robin descend les marches en courant presque. Il tient un morceau de papier entre les mains. Ses yeux sont cerclés de noir : il est fou de rage.
— Rob ?
— C'est quoi, ça ?
— Calme-toi, je ne sais pas de quoi tu parles !
— Ne fais pas l'innocente.
— Arrête de crier et explique-toi.
Il brandit la feuille devant moi. Je remarque alors la marque d'un tampon sur le papier attestant de la validité du document, que je reconnais tout de suite.
Non ! Non, non, mon Dieu, non...
— Un certificat de divorce ! « Le mariage entre monsieur Walsh et mademoiselle Gomes a été dissous... », commence à lire Robin.
Il jette le papier à terre et se met à crier.
— Chris et toi avez été mariés pendant deux ans. Deux putains d'années ! Combien de temps encore comptais-tu me le cacher ?
Quel désastre. Mon meilleur ami avait raison depuis le début, j'aurais dû tout dire à Robin il y a bien longtemps. Maintenant, il vient de découvrir un morceau de la vérité, mais sans les explications qui vont avec. J'aimerais pouvoir les lui fournir, mais je suis pétrifiée.
— Robin, calme-toi, s'il te plaît.
— ME CALMER ? SÉRIEUSEMENT ?
Il passe sa main dans ses cheveux et les tire si fort que j'ai l'impression qu'il va se les arracher.
— Vous vous êtes bien foutus de ma gueule tous les deux, hein ? Depuis le début, je le savais, je savais qu'il y avait quelque chose entre vous. Et toi qui me disais que vous étiez seulement amis...

— Je te jure que c'est vrai. Chris et moi, on est amis, rien d'autre...

— Arrête de mentir. J'ai la preuve du contraire sous les yeux.

Je n'ai jamais vu Robin dans cet état. En même temps, qui pourrait l'en blâmer ? J'ai l'horrible sensation que je suis en train de le perdre.

— Laisse-moi t'expliquer, dis-je en m'approchant de lui.

— Recule, Lia, je suis trop furieux, recule...

Je fais ce qu'il me dit. Ses yeux me dévisagent comme s'ils me découvraient pour la première fois, et je peux y lire toute la déception qu'il ressent.

— On a fait ça pour...

— Laisse tomber, je ne veux rien entendre. Tu m'as menti depuis le début, tu t'es foutue de moi.

— Non. Je te jure que non. Mais je ne pouvais pas te le dire parce que Chris...

— Chris, encore et toujours lui ! Tu es complètement obsédée par lui, ma parole. Tu es amoureuse de lui ? Tu pensais à lui quand on baisait ?

Chacun de ses mots me transperce comme un coup de poignard. Comment Robin peut-il penser ça ?

— Je t'en prie, assieds-toi, on va en parler calmement.

— C'est toujours quand toi tu veux, n'est-ce pas ? Ça fait des mois que j'essaye de savoir ce que tu me caches, ce qui ne va pas, et chaque fois tu m'as laissé à l'écart. Et maintenant que la situation t'échappe, tu es prête à parler ? Ça ne fonctionne pas de cette manière, Lia.

Il ne crie plus. Sa voix est morne, éteinte. Il se détourne et remonte à l'étage. Je suis complètement démunie. Sa colère est terrifiante mais compréhensible, je ne sais pas comment réagir, quoi faire, il ne veut pas m'écouter, mais s'il le faisait, il comprendrait...

Le flot de mes pensées est interrompu lorsqu'il redescend, sa veste en main.

— Non, Robin, ne t'en va pas, s'il te plaît ! je m'écrie en me précipitant sur lui.

Il m'esquive sans me regarder et se dirige vers la porte d'un pas décidé. Je lui cours après et le retiens par le bras.

— Reste avec moi, je t'en prie...

Je fixe son dos en espérant qu'il se retourne pour me regarder, mais à la place, il arrache son bras à ma prise et s'en va en claquant la porte.

Je me laisse glisser au sol et fonds en larmes pour de bon.

Il est parti...

Chapitre 42

ROBIN

J'ai toujours su que Lia me cachait quelque chose. Elle me l'avait avoué, elle m'avait prévenu qu'elle avait ses secrets, mais jamais je ne me serais attendu à ça.

Mariée. Elle a été mariée à *lui*. Je n'arrive pas à le croire.

Cela fait une bonne demi-heure que je suis assis dans ma voiture. Je n'ai pas bougé, je ne sais pas où aller. Je me repasse ma découverte en boucle et la dispute qui en a découlé. Maintenant que ma colère est un peu redescendue, j'ai besoin de réponses, mais j'ai peur que Lia ne me les donne pas. Alors je démarre et fonce à Tribeca. Il est temps que Christopher et moi ayons une véritable conversation.

Un portier – qui n'est pas Braden – me demande qui je suis. Je n'ai pas la patience de lui répondre. Je le bouscule et fonce vers l'ascenseur, mais il me rattrape et m'agrippe par le col de ma veste. Je me retourne et le repousse brutalement.

— Du calme, messieurs.

Ray intervient et nous sépare.

— C'est bon, Stan, c'est bon. Je connais monsieur Edwards.

— Je dois parler à Chris, tout de suite. C'est à propos de Lia, j'attaque sans préambule.

— Amalia ? Est-ce qu'il s'est passé quelque chose ?
— Ray ! S'il vous plaît.
Il sort une carte magnétique, déverrouille l'ascenseur qui mène au penthouse, et je m'y engouffre sans perdre de temps. Une fois dans le vaste appartement, je trouve Chris en train de tourner en rond au milieu de son salon. Ma colère refait surface et je la laisse prendre possession de moi : je m'élance sur lui et lui colle mon poing sur la gueule. Il est désorienté quelques secondes, mais il se ressaisit vite et me met à son tour un coup en plein dans la pommette.
— Robin, arrête !
Je l'attrape par le col de sa chemise.
— Explique-toi. Tout de suite.
— Je vais le faire, mais avant, dis-moi comment elle va. Dans quel état l'as-tu laissée ?
Sa tempe commence déjà à enfler. Je suis certain que ma pommette est dans le même état.
— Pour qui tu me prends ? je crache en le relâchant. Jamais je ne lui ferais de mal. Elle n'ira bien que quand je retournerai auprès d'elle, mais je ne le ferai pas tant que tu ne m'auras pas tout expliqué.
— T'étais pas obligé de m'éclater l'arcade, j'allais tout te dire. Assieds-toi.
Il part dans la cuisine, ouvre le congélateur et en sort deux pains de glace qu'il enroule dans des torchons. Puis il revient dans le salon, m'en tend un, pose le sien contre son arcade et s'installe sur le canapé, face à moi.
— Comment l'as-tu appris ? me demande-t-il.
— J'ai trouvé le certificat de divorce dans la boîte que tu lui as donnée. Maintenant, explique-moi. Lia me jure que vous n'êtes qu'amis mais je suis sûr qu'elle me ment.
Il s'enfonce dans le canapé, ferme les yeux et lâche un soupir las.
— Tu as raison, nous sommes plus que de simples amis.

Je me relève d'un bond. Mon poing me démange, je suis prêt à le cogner à nouveau.

— Laisse-moi parler, dit-il en levant une main en l'air.

J'essaye de me calmer puis je me rassois en attendant qu'il s'explique.

C'est alors qu'un détail attire mon regard. Un tatouage sur son mollet, qu'il n'avait jamais découvert devant moi jusque là. Le même que porte Matt à son poignet, celui qui rappelle le collier dont Lia ne se sépare jamais. Un L, un C et un M reliés par une corde épaisse. Ma colère enfle mais je comprends à cet instant que le mariage n'est que la partie émergée de l'iceberg et qu'il y a plus. Beaucoup plus.

— Explique-toi ! j'assène.

— Mon père nous a quittés, ma mère et moi, quand j'avais douze ans...

— Je veux connaître l'histoire de Lia, pas la tienne.

— Si tu veux que je te raconte sa vie, il faut d'abord que tu écoutes ce que j'ai à dire. Boucle-la et laisse-moi parler sans m'interrompre.

Je pose ma poche de froid contre ma pommette et j'attends.

— Je disais donc : mon père nous a quittés, ma mère et moi, quand j'avais douze ans. Il s'est levé un matin et a décidé que son existence de mari et de père de famille ne lui convenait plus. Il ne voulait pas être enfermé dans une case, et surtout, il avait envie de recommencer une nouvelle vie avec sa maîtresse de onze ans de moins que lui. Il a fait ses valises et il est parti sans même nous laisser de mot. Les premiers mois ont été difficiles, mais ma mère a été exemplaire. Malgré tout, en grandissant, j'ai commencé à me rebeller, à me battre au collège. Ça a empiré au lycée. J'ai connu Matt à cette époque. Il se battait contre lui-même, tentait de comprendre qui il était. Il était un peu perdu et moi, j'étais tout le temps en colère. Contre mon père, ce connard, contre ma mère qui n'avait rien fait pour le retenir, et contre moi, qui continuais à espérer qu'il réapparaisse. J'envoyais chier mes profs, je séchais les cours et j'étais toujours dans les embrouilles. Petit à petit, j'ai lâché mon groupe d'amis et j'ai commencé à traîner avec d'autres types. Des types qui picolaient pas mal. J'ai commencé à boire pour faire comme tout le monde, mais l'alcool ce n'était pas mon truc. Un de ces gars m'a alors proposé de tirer sur un joint. Ça, ça m'a plu. J'ai pris l'habitude de fumer régulièrement, jusqu'au jour où il a apporté des cachets d'amphétamine. J'en ai pris. Une fois. Deux fois. C'est ensuite devenu une habitude. Un soir, pendant une fête, il m'a proposé de la cocaïne. Et moi, qu'est-ce j'ai fait ? J'ai dit oui. Avant que je ne comprenne comment, je me suis retrouvé à en consommer régulièrement, à avoir le numéro d'un dealer dans mon répertoire et à passer mon temps à planer. Il faut que tu comprennes qu'une fois que tu as mis le doigt dans l'engrenage, c'est terminé. Tu deviens dépendant. Quand tu prends ces saloperies tu te sens... c'est dingue. T'as l'impression d'être invincible, que tout peut te réussir, que le monde est beau. Tu n'as plus aucune conscience de la réalité. Mais tu es bien. Ça te procure un sentiment de plénitude tellement puissant que tu ne veux plus jamais te sentir autrement. Alors tu en prends dès que tu peux et tu augmentes chaque fois un peu plus les doses. Crois-le ou non, ma mère n'a jamais rien remarqué. Elle était aimante et dévouée, mais j'étais passé maître dans l'art de mentir et de cacher des choses. J'ai été accro à cette merde pendant plus de cinq ans.

Il me faut un moment pour réaliser. Christopher, un ancien toxico ? Incroyable. Je le fixe bêtement comme si je pouvais voir des preuves de ce qu'il me dit sur son visage.

Il pose sa poche de glace sur la table et, bouche bée, je l'imite. Il reprend :

— Un soir, mon dealeur m'a donné rendez-vous dans une ruelle sordide. Le mec n'avait pas encore tourné au coin de la rue que j'ai déjà commencé à préparer ma dose tellement j'étais en manque. C'est à ce moment-là que je l'ai entendue... Lia. En fait, j'ai entendu de petits gémissements qui provenaient de l'énorme benne à ordures au fond de la ruelle. J'ai d'abord voulu me barrer, mais j'ai encore entendu une plainte et j'ai décidé d'aller voir. C'est là que je l'ai trouvée. Derrière la benne, recouverte d'une espèce de bâche. J'ai soulevé le morceau de plastique et... c'était horrible. Elle était si maigre, si pâle. Des hématomes recouvraient ses bras et ses jambes, sa lèvre inférieure était fendue, son œil gauche était tuméfié, mais pire encore, il y avait du sang dans ses cheveux.

Mon poing se ferme par automatisme.

— J'ai paniqué. Je ne pouvais pas prévenir les flics, pas avec ce que j'avais sur moi. Alors je me suis tourné vers la seule personne en qui j'avais confiance et qui ne m'avait pas tourné le dos. Matt. Il a rappliqué en moins de deux et c'est lui qui a prévenu les secours et la police. Moi, je suis rentré chez moi, j'ai pris une douche, j'ai essayé de me calmer et je suis ensuite allé les rejoindre à l'hôpital. On a passé plus de trois heures à attendre qu'un médecin veuille bien nous expliquer ce qu'elle avait. Le bilan était catastrophique. Fracture de la cheville, déshydratation, sous-nutrition, traumatisme crânien, importantes pertes de sang, bref, Lia était en très mauvais état. Comme nous n'étions pas de la famille et que nous ne connaissions même pas son nom, ils ne nous ont pas autorisés à la voir. Matt a fini par rentrer chez lui et j'ai passé une première nuit sur les chaises de la salle d'attente. Le lendemain, même scénario. Impossible de la voir jusqu'au moment où le docteur Walid est arrivé. Je lui ai expliqué que c'était moi qui l'avais trouvée et que j'avais besoin de m'assurer qu'elle allait bien. Il m'a autorisé à entrer dans la chambre. Elle était recouverte de bandages, il y avait des perfs, des tuyaux, des machines dans tous les sens. Elle dormait. Je me suis assis et je suis resté là à la regarder. Et c'est au bout de quelques heures que j'ai réalisé quelque chose. Ça faisait deux jours que je n'avais rien pris. J'avais complètement oublié de m'envoyer la dose que je m'étais préparée.

Chris fixe un point invisible sur le sol de son salon, perdu dans ses souvenirs.

— C'est en la regardant, blessée et fragile, que j'ai compris à quel point la vie était importante. Je ne pouvais pas continuer de foutre la mienne en l'air. Lia a mis du temps avant de se réveiller, et je suis venu la voir tous les jours. Me concentrer sur elle me permettait de ne pas penser à mon addiction. Le jour où elle a ouvert les yeux, elle m'a regardé et elle n'a rien dit. Elle n'a d'ailleurs pas parlé du tout pendant des jours. Finalement, un médecin et une assistante sociale ont déboulé dans sa chambre. Ils lui ont demandé son nom, son âge et tout le reste. C'est là que j'ai appris qu'elle avait dix-sept ans et comment elle s'appelait. C'est aussi là que j'ai appris son histoire. Son père était mort, sa mère venait de se suicider. Lia étant encore mineure, elle avait tout de suite été prise en chasse par les services sociaux. Effrayée, elle avait fui l'appartement de ses parents et avait passé des semaines à dormir dans la rue et à se nourrir comme elle le pouvait. Jusqu'au soir où je l'ai trouvée. Un mec voulait la forcer à coucher avec lui, et comme elle a refusé, il l'a rouée de coups. Le médecin nous a dit que son traumatisme crânien venait du fait qu'il lui avait probablement éclaté une bouteille sur la tête pour l'assommer. Ils ont dû l'opérer pour retirer des petits bouts de verre qui s'étaient incrustés dans son crâne, et maintenant, elle a une cicatrice, là, dit-il en montrant l'arrière de sa tête.

Putain, sa cicatrice !

Mes poings sont tellement serrés que mes ongles s'enfoncent dans la chair de mes paumes.

Voilà pourquoi Lia n'était jamais à l'aise avec le fait que je lui touche les cheveux, et qu'elle m'empêchait souvent d'y passer ma main. Voilà pourquoi je l'ai surprise plusieurs fois à vérifier que ses mèches étaient toujours bien en place. J'ai pris ça pour de la coquetterie, mais maintenant que je connais la vérité...

— Est-ce que... est-ce qu'il l'a...

— Non, elle n'a pas été violée. L'explication la plus plausible, c'est qu'après avoir reçu ce coup de bouteille à la tête, Lia s'est écroulée, inconsciente, et que ça a fait paniquer son agresseur, qui s'est enfui.

Je suis obligé de m'intimer au calme, sinon je risque de partir ratisser la ville à la recherche de ce monstre.

— Quand l'assistante sociale a entendu son histoire, reprend Chris, elle lui a laissé deux choix : aller dans un foyer jusqu'à sa majorité ou, si elle refusait, être renvoyée au Brésil, son pays de naissance. Lia a paniqué et, pour la première fois, elle s'est adressée à moi. Elle ne voulait pas être placée ni quitter les États-Unis. Alors je l'ai aidée. Avec l'accord du docteur Walid, je l'ai fait sortir de l'hôpital et je l'ai emmenée chez Matt. Il était aussi paumé que Lia et moi : ses parents l'avaient foutu dehors quand il leur avait avoué son homosexualité. Quelques jours avant cette soirée, il avait eu une confrontation avec sa mère qui venait de lui cracher de nouvelles horreurs au visage. Ce n'est que bien plus tard que j'ai appris que, ce soir-là, lorsque je l'ai appelé après avoir découvert Lia, il... il avait décidé d'en finir. Il tenait une lame de rasoir au-dessus de ses veines au moment où le téléphone a sonné. Mais malgré ses démons et ses idées sombres, il a accepté d'accueillir Lia chez lui. Les services sociaux me connaissaient : si je l'avais cachée chez moi, j'aurais tout de suite été soupçonné. Les premières semaines, ça a été l'horreur.

Matt terrifiait Lia et elle ne voulait pas que je m'éloigne. La nuit, elle dormait très peu, et quand elle y parvenait, elle faisait des cauchemars, c'était un calvaire. Un jour, Matt, à bout de nerfs, m'a foutu dehors et il s'est enfermé dans l'appartement avec elle. Je ne sais pas ce qu'il lui a dit, ni ce qu'il a fait ; quoi qu'il en soit, quand il m'a autorisé à revenir, elle était accrochée à son bras comme à une bouée de sauvetage. À partir de là, les choses ont commencé à changer. Walid avait été touché et ému par l'histoire de Lia. Il nous a aidés du mieux qu'il le pouvait en passant souvent la voir et en faisant venir chaque jour une infirmière au domicile de Matt. Ensuite, elle a commencé la rééducation de sa cheville et moi, parallèlement, j'ai décidé de me sevrer. Ma première désintox. Au bout de quelques mois, j'ai replongé. C'était tellement difficile de s'arrêter. Je me souviens avoir été malade comme un chien. Tout mon corps réclamait sa dose. Lia m'a aidé. Elle me surveillait, elle me changeait les idées, elle s'est rendue indispensable. J'étais obligé de l'avoir sans cesse dans mon champ de vision pour ne pas craquer. J'ai entamé une seconde désintox avec son aide et celle de Matt, et j'ai commencé à prendre des cours de photo pour m'occuper. Mais Lia n'était pas remise complètement, j'ai dû m'occuper d'elle à mon tour. Entre Lia et la photographie, j'avais tellement à faire que, petit à petit, j'ai réussi à me détacher de la drogue. Matt, elle et moi avons vécu ensemble jusqu'à ce qu'elle soit majeure. À ce moment-là, la menace d'une éventuelle expulsion planait toujours au-dessus de sa tête, alors... je lui ai parlé de la seule solution que je voyais. Nous marier. Ça lui a permis de se reconstruire, de ne plus regarder constamment derrière elle pour voir si elle était suivie. Ça lui a permis de panser ses blessures tout doucement.

Il pousse un profond soupir.

— De mon côté, je me suis mis à poster certaines de mes photos sur un site Internet. Quelques-unes ont été repérées. Un jour, un magazine m'a demandé de venir faire un photoshoot pour un mannequin connu et c'est à partir de ce coup de chance incroyable que tout a commencé. La gloire et l'argent ont afflué petit à petit. J'ai acheté le penthouse, aidé Lia à vendre l'appartement de ses parents, et lorsqu'elle s'est sentie prête à voler de ses propres ailes, on a divorcé...

Chris me regarde et me sourit tristement.

— Alors oui, nous sommes bien plus que des amis, elle, Matt et moi. Tu dois comprendre qu'en trouvant Lia, je lui ai sauvé la vie. M'occuper d'elle m'a empêché de continuer à me droguer et en appelant Matt au secours cette nuit-là, j'ai évité qu'il commette l'irréparable. En nous aimant inconditionnellement, Lia nous a redonné un souffle de vie à tous les deux. Nous avons grandi et guéri ensemble. Nous étions trois individus détruits par la vie et en une soirée, en l'espace d'une heure, nos vies se sont trouvées intimement imbriquées. C'est un lien qui ne se rompt jamais.

Un lien incassable. Comme une corde épaisse. Comme sur leurs tatouages.

Je suis abasourdi. Cette histoire est tout bonnement incroyable. J'ai environ un milliard de questions et je ne sais pas par où commencer.

— Pourquoi... pourquoi l'avoir aidée ? Pourquoi t'être accroché à elle alors que tu ne la connaissais pas ?

— C'est bien moins glorieux qu'il n'y paraît. J'ai agi par pur égoïsme. Me concentrer sur Lia me faisait oublier mon addiction, alors je me suis dit que tant qu'elle était avec moi, tout irait bien. Au départ, je ne pensais qu'à moi, mais petit à petit, je me suis attaché à elle. Aujourd'hui, j'ai encore le sentiment que si elle s'éloigne trop il y a des risques pour que je replonge. Quand on devient addict, on le reste jusqu'à la fin de ses jours. Il m'arrive parfois, lorsque je suis contrarié ou qu'un énorme stress arrive dans ma vie, de vouloir me tourner vers la drogue. Je résiste mais cela engendre des crises de manque. Je prends des médicaments pour me calmer, mais quand ça ne suffit pas, Lia m'aide beaucoup. Et Matt aussi. Notre trio est ce qui m'est arrivé de mieux dans la vie.

— Et le fils de pute qui l'a agressée, j'espère qu'il est en train de croupir en prison ?

— J'aimerais bien, mais malheureusement, Lia n'a pas réussi à en faire un portrait-robot ou à l'identifier. Elle ne se souvenait pas de lui, alors on ne l'a jamais retrouvé.

Putain ! Si un jour je lui mets la main dessus...

— Et sa santé ? j'embraye. Est-ce que son séjour à l'hôpital la dernière fois est une conséquence de ce qui lui est arrivé ?

— Non, elle a toujours fait des crises d'anémie. En revanche, lorsque l'autre connard lui a fracassé une bouteille sur la tête, certains nerfs ont été endommagés. Cela lui cause parfois de violentes migraines, et dans ces cas-là, elle est obligée de se bourrer d'antidouleurs. Il y a aussi...

Chris passe une main sur son visage, comme pour se réveiller.

— Quoi ? Parle !

— Quand Walid lui a fait passer tous les examens après son admission à l'hôpital, il a découvert une petite tumeur dans son sein droit. Heureusement, elle était bénigne, mais depuis, je suis complètement parano. Je fais passer à Lia un bilan médical complet tous les six mois, même si elle a insisté pour que nous réduisions la fréquence, désormais. Sa santé est pour moi une véritable obsession.

— Mais elle va bien, il n'y a pas de quoi s'inquiéter ?

— Non, plus maintenant. Il lui a fallu plus de deux ans pour se remettre de ses blessures physiques, et pour ce qui est du psychologique, je l'ai obligée à consulter un professionnel, mais ça a été une catastrophe. À la fin, je crois que le médecin hésitait à démarrer une thérapie lui-même. Lia refusait de parler de ce qui lui était arrivé, elle inversait les rôles et analysait le professionnel. Elle m'a fait jurer de ne plus jamais l'obliger à refaire ce genre de chose. C'est pourquoi elle est encore fragile par moments, ce qu'elle a vécu est terrible et jamais elle ne pourra totalement en guérir. Mais la femme qu'elle est aujourd'hui... elle est exceptionnelle.

— Elle l'est, je confirme.

Et je crois que ça résume l'essentiel. Je croyais venir ici pour me confronter à une sorte de tromperie, et je repars à la place avec une leçon de courage.

— Je l'aime, tu sais, je lâche soudain. Je suis complètement fou d'elle, et l'une des premières choses que j'ai ressenties en passant du temps à ses côtés, c'est le besoin de la protéger. Je ne sais pas ce qui émane d'elle, elle est... spéciale.

— Peut-être que c'est son superpouvoir. Nous donner envie de prendre soin d'elle et de la protéger de tout.

Maintenant que je sais tout, je ressens un besoin urgent de retrouver Lia. Comme Chris n'a plus rien à dire, je me lève et me dirige vers l'ascenseur.

— Pardonne-lui de t'avoir caché tout ça, dit-il alors que je m'éloigne. On s'est toujours protégés tous les trois, et on le fera toujours. Lia ne voulait pas risquer que je sois montré du doigt à cause de mon passé de toxico, ni que Matt et moi nous attirions des problèmes pour avoir hébergé une fille recherchée par les services sociaux et arrangé un mariage blanc par la suite... Si ça venait à se savoir, je pense que je serais vraiment dans la merde.

Je hoche la tête. Je comprends, maintenant, et je suis à des années-lumière d'en vouloir à Lia.

— Maintenant que je sais ce qui vous unit, je vais essayer de me montrer moins jaloux lorsqu'elle t'évoque.

— Pareil pour moi, ricane Chris.

Je lui lance un dernier regard, puis je quitte le penthouse. Je fonce dans ma voiture et retourne chez Lia aussi vite que je le peux. J'ai besoin de m'assurer qu'elle est là, qu'elle va bien et qu'elle est en sécurité. Avec moi. J'avais déjà besoin d'elle avant ce soir, mais c'est encore plus fort, désormais.

Tout prend enfin un sens. Le lien inexplicable entre Lia et ses amis, ses visites à l'hôpital, sa réticence à s'engager, ses moments d'absence que je remarquais quelquefois, comme si elle était aspirée dans un souvenir, dans une période traumatisante de sa vie.

Et il y avait aussi sa crainte que je l'aie abordée pour de mauvaises raisons. Pensait-elle que je faisais partie des services sociaux ? Que j'en avais après elle ? Et dire qu'elle a vécu dans la rue, qu'elle a eu faim, froid, peur... Qu'elle était seule.

La haine et le sentiment d'impuissance s'abattent sur moi avec violence. Je ne connaissais pas Lia à l'époque, mais je m'en veux de ne pas avoir pu l'aider. Heureusement, Matt et Chris ont été là pour elle... Ce qu'ils partagent est à part, s'être trouvés dans les pires moments de leur vie les a rendus inséparables.

Il fait noir et le silence est complet lorsque je passe la porte de l'appartement. Je monte à l'étage, espérant l'y trouver. La scène que je découvre en entrant dans la chambre me brise le cœur. Lia est recroquevillée sur elle-même et serre un oreiller entre ses bras. Mais ce qui m'interpelle, c'est mon parfum qui embaume la pièce. En regardant attentivement, j'en remarque une bouteille sur sa table de nuit. Je comprends qu'elle en a vaporisé sur l'oreiller et qu'elle s'est endormie en respirant mon odeur.

Je suis complètement bouleversé par ce que je vois, et par tout ce que j'ai appris ce soir. Dire que je n'aurais peut-être jamais rencontré cette femme exceptionnelle si Chris n'avait pas été là, s'il n'avait pas eu ce rendez-vous dans cette ruelle... S'il n'avait pas été accro à la cocaïne, il n'aurait pas rencontré son dealer cette nuit-là et alors ma Lia, mon bébé, serait probablement morte seule et terrifiée à côté d'une benne à ordures.

Je me retiens de hurler. Heureusement pour moi, je n'aurai jamais en tête les images qui doivent hanter Chris, mais les imaginer me rend fou.

J'ai besoin de prendre une douche, j'ai besoin de me calmer, et vite, pour avoir toute la maîtrise de moi-même lorsque je parlerai à Lia. Parce que je vais la réveiller, tout ce qui me tourmente est bien trop grave pour être reporté au lendemain. Et puis, j'ai besoin qu'elle me voie, qu'elle sache que je suis revenu. J'ai besoin de m'excuser auprès d'elle et j'ai besoin de la serrer contre moi jusqu'à l'étouffer de mon amour.

Chapitre 43

J'étais terrifiée à l'idée que Robin ne revienne pas. Je me suis imaginé toutes sortes de scénarios, et dans chacun d'eux, il me quittait pour de bon. Alors entendre le bruit de l'eau qui coule dans la douche me rassure.

Je me redresse et m'assois dans le lit. *Son* odeur flotte partout autour de moi. J'ai vaporisé son parfum sur mon oreiller, dans la chambre et même sur mon poignet. J'avais besoin qu'il soit là, avec moi, et c'est la seule solution que j'ai trouvée pour apaiser mes angoisses.

Le bruit de l'eau cesse, l'impatience de *le* voir grandit en moi. J'espère qu'il sera prêt à m'écouter, calmement, j'espère qu'il comprendra.

Il entre dans la chambre, vêtu d'un simple boxer. Dans la pénombre, il ne réalise pas tout de suite que je suis réveillée. Je le regarde traverser la chambre puis poser jean et t-shirt sur le fauteuil. C'est seulement lorsqu'il s'approche du lit qu'il remarque mes yeux ouverts. Il se fige et plonge immédiatement son regard dans le mien. Je me retiens de toutes mes forces de courir dans ses bras. Je dois le laisser décider de ce qu'il veut faire. Mais, comme en réponse à mes prières muettes, il grimpe sur le lit et, sans dire un mot, m'enlace à m'en briser les côtes. Il ne parle pas, il se contente de me serrer contre lui, et même si j'en suis soulagée, je ne comprends pas pourquoi il fait ça. Il était tellement en colère, tout à l'heure...

Je suffoque presque contre son torse, mais je suis bien. Je n'ai pas la moindre idée de la signification de son geste et une partie de moi voudrait le lui demander. Mais je ne veux pas briser ce moment. Alors je ferme les yeux et je profite simplement de la chaleur de sa peau.

Je sens ses mains se poser sur mon dos et remonter doucement jusque sur ma tête. D'une main, il caresse doucement mes cheveux et de l'autre, il fourrage à la recherche de...

Mais qu'est-ce qu'il fait ?

J'essaye de le repousser, mais c'est impossible, il est bien trop fort. Ses doigts cherchent ma cicatrice et ils finissent par la trouver.

— Non, je proteste d'une voix faible.

Il m'empêche de bouger et, tout doucement, il passe son doigt le long de ma blessure. Puis il me regarde dans les yeux et je comprends. Il sait tout !

— Pardon, souffle-t-il.

Je secoue la tête. Il ne peut pas savoir, c'est impossible. Il ne peut pas être au courant de tout. Pas comme ça, pas sans que j'aie pu lui expliquer moi-même les faits. Son doigt fait de doux et lents allers et retours sur ma cicatrice.

— Je sais, dit-il.

Je ferme les yeux. Je sens aussitôt des larmes affluer, mais j'essaye de les retenir.

— Chris m'a tout raconté.

J'ouvre les yeux de surprise. Chris ?

— Je suis allé le voir.

Je remarque alors que sa pommette gauche est gonflée. Je l'effleure du bout des doigts, mais il tourne la tête et embrasse ma main.

— Il m'a tout raconté, Lia. Je sais tout.

Il chuchote comme s'il ne voulait pas parler de tout cela trop fort, comme s'il ne voulait pas rendre réel ce souvenir cauchemardesque.

Je ne peux pas retenir mes larmes plus longtemps. Robin est au courant de chaque détail sordide de ma triste existence. J'ai honte, j'ai mal, j'ai envie de m'enfuir et de me cacher. Je ne comprends pas comment il peut encore avoir envie de me toucher. J'essaye de me dégager de son étreinte, mais il me maintient contre lui.

— Non, je gémis en le repoussant.

Ma voix est brisée par les sanglots. Il me serre encore plus fort.

— Lia, ne me repousse pas, je t'en prie.

— Laisse-moi.

— Jamais. Je ne te laisserai jamais.

La crise qui m'avait prise après son départ refait surface. Mais il attire mon visage contre son torse et me berce lentement. Nous ne disons rien, il ne pose pas de questions, il me tient juste dans ses bras et me laisse pleurer sur son épaule. Sa main posée sur ma cicatrice n'a pas bougé et si j'en ai été gênée au début, j'accepte doucement qu'il la touche.

Je mesure toute l'importance de ce moment. Pour la première fois en six ans, j'accepte que quelqu'un entre dans cette partie sombre de ma vie. Pour la première fois en six ans, j'accepte de m'exposer, de me mettre à nu et de dévoiler qui je suis vraiment à quelqu'un d'autre que Matt et Chris. Et ça fait étrangement du bien.

— Je suis tellement, tellement désolé pour tout, si tu savais. Tu n'aurais jamais dû souffrir autant... Je suis désolé, désolé, désolé...

Il répète ça pendant un très long moment. Peut-être est-ce parce que c'est Robin et que je l'aime, ou peut-être est-ce parce que je suis arrivée au bout des secrets que je pouvais conserver, mais je sens un poids immense s'envoler de mes épaules et de mon cœur. Garder toutes ces choses en moi a été si éprouvant...

— Je suis désolé que tu aies eu à traverser tout ça, poursuit-il. Vraiment, vraiment désolé. Tu n'aurais pas dû. Tu as perdu ta famille si jeune... Si je pouvais te prendre toute cette peine, je te jure que je le ferais. Je t'aime si fort. Tu es si courageuse. Je suis fier de toi, murmure-t-il à mon oreille en me caressant tendrement le dos.

Une heure... voilà le temps qu'il faut pour que ma crise de larmes cesse. Robin est patient, il me tient dans ses bras et ne me lâche pas un instant, me berçant, me caressant les cheveux et me répétant inlassablement qu'il m'aime.

Je suis encore parcourue de sanglots lorsqu'il nous allonge doucement sur le lit, mais mes larmes se sont taries. Il me garde contre lui, emboîtant son corps derrière le mien, me serrant contre son torse chaud et rassurant.

— Pourquoi tu ne t'en vas pas ?

Ma voix est rauque et cassée d'avoir tant pleuré.

— Pourquoi veux-tu que je m'en aille ?

Sa main repose sur mon ventre, et de son pouce, il trace de doux cercles sur ma peau.

— Tu sais tout, maintenant. Je ne te dégoûte pas ?

J'étouffe un sanglot en pensant à cette éventualité. Il resserre sa prise autour de moi et dépose une pluie de baisers sur ma nuque.

— Me dégoûter ? Mais pourquoi ?

Je renifle disgracieusement.

— J'ai vécu dans la rue, je dormais par terre. Il se passait plusieurs jours sans que je puisse me laver... et il m'est arrivé d'avoir tellement faim que j'ai été obligée de chercher des restes de nourriture dans les poubelles. Il m'est aussi arrivé d'en voler, parfois... je murmure.

Un frisson d'horreur me parcourt lorsque je repense à cette période.

— Si tu m'avais connue à cette époque, je t'aurais dégoûté, je conclus.

— Lia, s'il te plaît. Je n'arrive pas une seconde à imaginer un monde dans lequel tu me dégoûterais. Ton passé est ce qu'il est, tu as fait ce qu'il fallait pour survire, tu as été livrée à toi-même et tu t'en es honorablement bien sortie. Tu devrais être fière d'avoir traversé tout ça et d'être devenue cette femme si forte et courageuse. Je suis fier de la femme que tu es et je suis fier que tu sois *ma* femme.

Je ferme les yeux. Moi, je ne serai jamais fière de cette période de ma vie ni de celle que j'étais.

— Tu es l'amour de ma vie, Amalia Gomes, et je ne pourrai jamais, tu m'entends, jamais avoir honte ou être dégoûté de toi.

— J'ai eu si peur que tu ne reviennes pas, Robin.

— Pardon pour ma réaction, mais quand j'ai vu ce morceau de papier... l'idée que tu aies pu appartenir à un autre que moi m'a rendu fou.

— Je ne savais pas comment te le dire.

— Je comprends. Je suis désolé de t'avoir crié dessus.

Je prends sa main posée sur mon ventre pour la porter à mes lèvres et y déposer un baiser.

— Je ne veux plus que tu aies peur de me parler, dit-il. Je suis là pour t'écouter et te soutenir.

J'embrasse à nouveau sa main et la repose contre mon nombril. J'ai sous-estimé Robin, sous-estimé sa capacité à comprendre. J'aurais pu tout lui dire depuis le début, cela nous aurait évité bien des disputes. Mais je suis soulagée qu'il sache tout, à présent. Il n'y a plus de secrets entre nous, plus rien qui puisse venir détruire notre couple.

Chapitre 44

SIX ANS PLUS TÔT

J'ai l'impression qu'on passe chacun de mes membres à la moulinette. J'entends un bip incessant à ma droite, le tuyau dans mon nez me gêne, je suis frigorifiée, une douleur lancinante me transperce le crâne de part en part, j'ai soif, mais surtout, je suis terrifiée. Je suis soulagée de me savoir en vie, mais déstabilisée de me retrouver dans un hôpital. Comment suis-je arrivée ici ? Qui m'y a emmenée ? Où est passé l'homme qui m'a agressée ? Je peux encore sentir chacun de ses coups, j'entends encore chacune de ses insultes. J'ai le réflexe de vouloir m'assurer que tout est bien en place, que j'ai encore mes deux jambes et mes deux bras, mais j'arrive à peine à faire un mouvement. C'est comme si un poids énorme retenait mon corps sur ce lit.

***

Un ronflement me fait ouvrir les yeux en grand d'un coup. Je penche la tête sur le côté et je le vois, affalé dans un fauteuil, endormi. Encore lui ? Qu'est-ce qu'il fait là ? Pourquoi est-ce qu'il vient tous les jours me voir alors qu'on ne se connaît même pas ? On toque à la porte de ma chambre, je sursaute et lui aussi. Un médecin, celui que j'aime le moins, entre accompagné d'une petite bonne femme que je n'ai jamais vue. Elle m'observe avec intérêt dès qu'elle passe la porte, ce qui me met mal à l'aise.

Je perçois la discussion qui suit comme à travers un brouillard. Quelques mots se frayent un chemin jusqu'à mon esprit et tout ce que je suis capable de comprendre, c'est que cette femme ne me veut pas du bien.

Je refuse d'aller dans un foyer et je ne quitterai pas les États-Unis, c'est tout ce que je sais.

Après le départ du médecin et de l'assistante sociale, l'homme assis sur sa chaise semble aussi déconcerté que moi. Je n'ai alors plus le choix, j'ai besoin d'aide et il semble vouloir me l'apporter.

— T'es qui ?

Ma voix est rauque et peu assurée.

— C'est ce que je me demande à ton sujet depuis des jours.

Il s'approche lentement et me sourit. Son visage est creusé au niveau des joues, sa barbe noire prend beaucoup trop de place, et ses yeux sont rouges, comme s'il avait pleuré. Mais je ne crois pas qu'il soit du genre sentimental.

Il pose ses doigts sur le bord de mon lit ; ils tremblent beaucoup. Il se rapproche encore, renifle pour la dixième fois au moins depuis qu'il s'est réveillé. Je ne suis pas médecin, mais il n'a pas l'air bien en forme. Je détaille ses yeux. Son regard est doux, ce qui me rassure, et je décide que ce n'est pas un malade qui cherche à me faire du mal.

— Aide-moi.

Il baisse la tête une seconde puis finit enfin par répondre :

— Je vais essayer.

Après ça, je ne le revois plus pendant deux jours. Un soir, il revient accompagné de mon médecin préféré, me dit qu'il s'appelle Christopher et qu'il est temps pour moi de partir d'ici. Le docteur Walid me demande de lui faire confiance et m'aide à passer des vêtements. Ce n'est pas facile, j'ai mal partout, je suis loin d'être rétablie.

Christopher m'emmène ensuite dans un appartement où attend un colosse blond. Matthew.

— Tu vas rester ici jusqu'à ce que tu sois guérie et après, on avisera, dit Christopher, agité, en m'installant sur le lit et en reniflant à nouveau.

— Je vais vivre ici, je veillerai sur toi, renchérit le géant.

Et c'est là que la panique commence. C'est là que je réalise à quel point ma vie est ratée. Peut-être que, finalement, tout aurait été plus simple si j'avais péri dans cette ruelle.

***

— Tu es prête, Lia ?

Je hoche la tête en me regardant dans le miroir. Depuis toute petite, je me suis imaginé le jour où je me marierais, où je dirais « oui » à un homme dont je serais éperdument amoureuse. J'aurais traversé l'allée de l'église jusqu'à l'autel au bras de mon père, ma mère pleurerait d'émotion, nous serions entourés de notre famille et de nos amis. Nous serions heureux. Je crois que, comme la plupart des filles, je me suis imaginé un mariage parfait.

Ce que je m'apprête à faire est en totale contradiction avec ce que j'ai toujours désiré. Je suis sur le point d'épouser un homme que je ne connais que depuis moins d'un an. Je suis majeure depuis hier seulement et je vais me marier pour échapper aux services sociaux, pour éviter de me faire expulser. Je n'ai pas envie de faire ça, mais je n'ai pas le choix.

Je me tourne vers Chris, qui me sourit tristement. Sa transformation est hallucinante. Entre le Christopher maigre, nerveux et agité que j'ai rencontré à l'hôpital et celui qui me fait face, il y a un monde. Le Chris d'aujourd'hui est massif, ce qui en rajoute à sa stature, et il est plus calme que les premiers mois où je l'ai connu. Malheureusement, il n'est pas encore tout à fait guéri, et j'ai peur qu'il ne le soit jamais. Dès qu'il doit faire face à une petite contrariété, il lutte contre son envie de se tourner à nouveau vers les paradis artificiels. Quand le manque est trop fort, il passe par des phases compliquées et parfois violentes. Matt et moi sommes obligés de le forcer à avaler ses décontractants et à se reposer. Mais je veille sur lui comme il veille sur moi.

En dix mois, Matt et lui sont devenus le centre de mon existence. Je n'ai plus qu'eux, ils m'ont sauvée et je prie chaque jour pour qu'ils ne me laissent jamais tomber. Si je les perds, je perds tout.

— Tu sais, ce n'est pas plus facile pour toi que pour moi, me dit Chris. Je n'ai que vingt et un ans et je n'aurais jamais cru me marier aussi tôt, ni même me marier tout court, d'ailleurs.

J'esquisse un sourire avant d'essuyer une larme. Depuis quelque temps, j'essaye de maîtriser mes émotions. Je déteste pleurer et je suis bien décidée à m'endurcir.

Chris s'approche et prend mes mains dans les siennes.

— Tu sais qu'on est obligés de le faire. Tu risques d'être expulsée, et franchement, je n'ai pas envie de te voir monter à bord d'un avion pour t'envoler à des milliers de kilomètres.

— Moi non plus.

— Je sais. Alors tu vas me faire un joli sourire, parce que tu es plutôt chanceuse, si tu veux mon avis. Je suis un sacré bon parti.

Je m'esclaffe et hoche la tête.

— C'est vrai. Encore merci de faire ça pour moi.

— Pas de problème. Allons-y, on va être en retard, sinon.

Nous sortons de l'appartement de Matt, qui nous attend dans sa Jeep pour nous emmener au bureau des mariages.

Le trajet se fait dans le silence : chacun réfléchit à ce qu'il s'apprête à faire. Christopher va enfreindre la loi, Matthew m'héberge illégalement et va participer au mensonge, et moi… moi, je suis la cause de tout ça. C'est ma faute si la vie de chacun s'apprête à être bouleversée.

La Jeep s'arrête, j'en sors par automatisme. Je nous regarde, Chris et moi, et je trouve la situation comique. Il est en jean, polo et baskets, et je suis en pantalon, chemise blanche et nu-pieds. J'aurais voulu mettre une robe pour l'occasion mais je ne peux pas. Mes jambes et mes bras portent encore la trace de mes nombreuses blessures et ce n'est pas le moment d'attirer l'attention sur nous.

— Allez, les amoureux, j'ai vos alliances dans la poche. Lia, voilà ton bouquet. La fleuriste en bas de chez nous n'avait plus de roses blanches alors je t'ai pris des pivoines, explique Matt.

— C'est parfait, dis-je en souriant.

Mon géant ne m'effraie plus du tout, maintenant. Le jour où il nous a enfermés tous les deux dans son appartement, où il m'a gardée serrée dans ses bras pour calmer ma crise d'angoisse, où il m'a avoué que mon charme féminin n'avait aucun effet sur lui et où il m'a appelée « pitchoune » pour la première fois, ce jour-là, j'ai compris qu'il était de mon côté. Ce jour-là, il s'est fait une place dans mon cœur et j'ai su qu'il n'en sortirait plus. Tout comme Chris, d'ailleurs.

Nous arrivons au bureau des mariages. Nous sommes guidés dans un long couloir qui débouche sur deux salles côte à côte. Les noces se font à la chaîne : les couples entrent, restent une quinzaine de minutes dans la pièce puis en ressortent mariés.

Mes deux amis et moi attendons notre tour. Je suis nerveuse, ma jambe droite tressaute sans cesse. Chris passe un bras autour de mes épaules pour m'apaiser.

Nous entrons dans la salle lorsque nous sommes appelés, suivis de Matt. Heureusement, ici, un seul témoin peut faire l'affaire. Nous attendons ensuite que la personne qui va nous unir arrive. J'expulse l'air que je retiens dans mes poumons depuis notre arrivée ici.

— Détends-toi, me souffle Chris. Tout va bien se passer.

— Hé, les gars, vous tâcherez de vous tenir tranquilles, cette nuit. Attendez d'être seuls pour consommer, chuchote Matt en prenant place à côté de Chris.

— Ta gueule, ricane mon « futur mari ».

Je ne peux m'empêcher de sourire. Mon géant n'a aucun tact...

Une femme arrive enfin et prend place derrière un pupitre. Elle nous salue, nous sourit aimablement et commence son discours.

— Les époux se doivent mutuellement fidélité, secours, assistance.

Secours, assistance. Christopher me les a déjà largement offerts. Sans lui, je ne serais plus de ce monde aujourd'hui. Je lui dois ma vie, et si je peux lui rendre ce qu'il m'a donné, je le ferai.

— Les époux assurent ensemble la direction morale et matérielle de la famille. Ils pourvoient à l'éducation des enfants et préparent leur avenir.

Des enfants. En aurai-je un jour ? Avec Christopher ? Avec un autre homme ? Mais comment faire des rencontres lorsqu'on est marié ? Et quand je ne serai plus recherchée par les services sociaux ni menacée d'expulsion, est-ce que nous divorcerons ? Ou bien resterons-nous mariés des années pour ne pas éveiller les soupçons qu'une séparation trop rapide pourrait engendrer ?

Je n'écoute plus le discours. Je préfère me couper de la réalité, parce que si je me focalise sur ce qui est en train de se passer, je vais paniquer et tout foutre l'air. Je souris malgré tout lorsque les mots « vie commune » me parviennent aux oreilles. Est-ce que la loi accepte une vie commune à trois ? Je suis certaine que non, mais même si notre trio est atypique, j'espère qu'il ne changera pas. Le pire qui pourrait m'arriver maintenant serait que la situation devienne trop compliquée pour l'un de nous et qu'il quitte le navire. J'espère sincèrement que cela n'arrivera jamais.

— Lia.

La voix de Chris me ramène à l'instant présent.

— Monsieur Christopher Timothy Walsh, consentez-vous à prendre pour épouse mademoiselle Amalia Rosa Juliana Dos Santos Gomes ?

Nous en sommes déjà là ? La panique s'empare de moi à mesure que je prends véritablement conscience que je m'apprête à dire le « oui » sacré.

— Oui, dit mon meilleur ami en passant l'alliance à mon doigt.

Il a parlé d'une voix claire, assurée. Je suis tremblante lorsque la femme se tourne dans ma direction.

— Mademoiselle Amalia Rosa Juliana Dos Santos Gomes, consentez-vous à prendre pour époux monsieur Christopher Timothy Walsh ?

Je jette un coup d'œil dans la direction de l'homme qui se tient face à moi. Je ne le connais que depuis dix petits mois. Il est gentil et attachant, et j'ai conscience que le sacrifice qu'il fait est incroyable.

— Oui, je réponds en prenant l'alliance et en la lui passant à mon tour.

Il esquisse un sourire et je fais de même. Malgré tout, lorsque l'officiante prononce sa dernière phrase, je fonds en larmes.

— En vertu des pouvoirs qui me sont conférés, je vous déclare mari et femme.

Christopher me rapproche de lui et essuie maladroitement le torrent de pleurs qui dévale sur mes joues. Il approche son visage du mien et pose délicatement ses lèvres sur les miennes. Ce n'est pas un vrai baiser, juste un moyen de sceller le secret qui nous unit désormais. Il me fait un clin d'œil lorsqu'il se redresse, et pour la peine, je jette mon bouquet à Matthew, qui le rattrape d'une main en riant.

Nous signons ensuite des documents et ça y est, je suis mariée. J'ai soudainement honte. Qu'est-ce que mes parents penseraient de moi s'ils me voyaient ?

Mais je n'ai pas eu le choix. C'était soit ça, soit la mort.

Sur le chemin du retour, je contemple l'alliance qui brille maintenant à mon annulaire. Mariée. Je suis une épouse. Je suis orpheline, j'ai failli mourir, je vis avec deux hommes que je connais à peine… et je viens de me marier.

Autant dire que je suis plus qu'effrayée par les autres surprises empoisonnées que la vie a probablement encore en stock pour moi.

***

Je me réveille en sursaut. Les battements de mon cœur sont désordonnés. Les événements de la veille m'ont complètement chamboulée, faisant resurgir dans mes rêves les souvenirs de ma rencontre et de mon mariage avec Chris, faux mais nécessaire. Je sors du lit le plus doucement possible et descends au rez-de-chaussée pour boire un verre d'eau.

Je n'arrive pas à réaliser que Robin est au courant. De tout. Je n'ai plus aucun secret pour lui, il connaît les moindres détails sordides de mon passé.

Je rince le verre et le repose dans l'évier avant de remonter dans la chambre. Robin dort toujours profondément et je me faufile sous la couette pour me coller contre son corps chaud. Il soupire et passe un bras autour de moi en me serrant contre lui.

Le sommeil reprend doucement ses droits sur moi. La respiration et les battements de cœur de l'homme à mes côtés me bercent. Des images d'un voyage de non-noces entre amis accaparent mon esprit et je me laisse à nouveau emporter par mes souvenirs.

***

— Franchement, les gars, je sais que vous m'aimez, mais de là à m'inviter pour votre voyage de noces…

— NON-noces, nous répondons Chris et moi en même temps.

— Et puis, c'est un peu comme si tu étais mon second mari, alors c'est normal que tu sois de la partie.

— Elle est mignonne, s'écrie Matt en me serrant dans ses gros bras.

— Bon, ça suffit les effusions. On peut aller à l'hôtel, maintenant ? s'impatiente Chris.

— Combien d'étoiles ? je demande d'un air guindé.

— Cinq, répond-il en haussant les épaules.

— Ciel, mon mari est riche !

Nous rions en montant dans le taxi. Nous traversons les rues ensoleillées et je ferme les yeux. Après des semaines à débattre pour savoir si nous irions au Brésil ou au Portugal, c'est finalement Matt qui a tranché. Il a choisi la seconde destination juste parce que c'est l'Europe, et nous nous sommes tous rangés à sa décision.

Retrouver mes racines et l'un des pays qui m'a vue grandir me revigore. Je sais que ce séjour sera mémorable.

***

Voilà maintenant une semaine que nous sommes au Portugal. Je n'ai jamais passé de vacances aussi géniales, pas depuis les dernières que j'ai vécues avec mes parents, en tout cas. Faire du jet-ski, bronzer, aller au restaurant chaque soir, participer aux danses improvisées dans la rue, m'essayer au surf et regarder Matt draguer tous les beaux mecs qu'il voit... j'ai l'impression d'être dans un rêve.

Allongée sur le sable, je repense au jour où cette aventure a commencé. J'avais si peur de me retrouver dans la case « épouse », même si, je le savais, mon mariage n'avait rien de sérieux... J'avais peur de ne pas réussir à supporter Chris, ou inversement, et qu'il mette rapidement les voiles. J'avais peur du qu'en-dira-t-on ; une jeune femme qui habite avec deux hommes, ce n'est pas si courant. J'avais peur de ne pas trouver ma place et de ne jamais réussir à accepter ma nouvelle vie. Mais c'est tout l'inverse. En réalité, je l'aime. Bien sûr, même si mes blessures physiques se sont refermées, les blessures psychologiques resteront présentes toute ma vie. Mais j'ai appris à vivre avec. Et sans l'aide de mes deux extraordinaires meilleurs amis, je n'aurais jamais pu le faire.

— Mazette, quelle sirène !

Je sursaute et ouvre les yeux juste à temps pour voir Matt et Chris – que j'aime parfois renommer Dupond et Dupont – me soulever. L'un attrape ma tête, l'autre les pieds et ils courent comme des idiots pour me jeter dans l'océan.

— Posez-moi. Nom de Dieu, je vous jure que si vous osez...

Je n'ai pas le temps de finir ma phrase avant d'être projetée dans une vague.

Les enfoirés !

Je remonte à la surface et avale une grande goulée d'air.

— Bande de malades, je hurle.

Ces deux idiots sont en train de se bidonner sur le sable, sous le regard amusé de certains vacanciers.

— Hé ! J'aurais pu mourir d'hydrocution.

Ils redeviennent sérieux l'espace d'une seconde avant de se remettre à rire aux éclats.

— Ah, vous voulez jouer...

Je me dirige vers eux à grandes enjambées, prends une

poignée de sable et la lance en plein sur le visage de Matt. Je fais de même pour Chris avant qu'il n'ait pu réagir, puis je retourne dans l'eau à toute allure.

— Vengeance, s'écrie Matt en me courant après.

Ces mecs sont malades. Deux grands enfants de vingt-trois ans.

Un fou rire me prend alors que je m'enfonce de plus en plus dans l'eau. Un bras m'attrape et je crie tout en me débattant. — Tu m'as égratigné la cornée, se plaint Matt, ce qui a pour seul effet de décupler mon hilarité.

Chris m'attrape et me jette comme un sac sur son épaule.

— Je vais te venger, mon frère, promet-il solennellement.

— Non, non, non. Chris ! Pose-moi tout de suite, laisse-moi tranquille !

— Tu dois assumer !

— Non. Arrête ou je vais boire la tasse, et ensuite je vais être malade pendant au moins une semaine.

Il s'arrête brusquement et me pose au sol. Je lui fais une moue reconnaissante avant de lui servir mon rire machiavélique.

— Faibles créatures que vous êtes !

J'asperge d'eau Dupont et Dupond avant de tenter de m'enfuir, mais ils me rattrapent bien vite.

Nous passons l'après-midi entier à chahuter et à rire.

Comme une vraie famille.

Chapitre 45

— Arrête de me regarder comme ça.
— Comme quoi ?
— Tu le sais très bien. Je ne veux pas de ta pitié.
Une semaine est passée depuis la révélation de mon lourd secret, et je suis heureuse de constater que cela n'a rien changé entre Robin et moi. Enfin, *presque* rien. Il pose parfois sur moi des yeux absents, remplis de pitié ou de tristesse. Je déteste ça et il le sait parfaitement.
— Lia, tu ne peux pas t'attendre à ce que je fasse comme si de rien n'était alors que je sais maintenant toutes les horreurs que tu as subies. Et puis, ce n'est pas de la pitié, c'est de la compassion.
— Voilà pourquoi je ne voulais pas t'en parler, j'étais sûre que tu me verrais autrement.
— Je ne te vois pas différemment, tu es toujours la même pour moi. Un parfait mélange entre une tigresse et un petit clown.
Je me cale confortablement au fond du siège de la voiture et lui souris. Il s'éclaircit la gorge avant de me demander :
— Comment fais-tu pour... pour vivre comme si rien ne s'était passé ?
Je lui jette un coup d'œil interrogateur.
— Je veux dire, explicite-t-il, lorsqu'on te voit, jamais on ne penserait que tu as vécu un pareil enfer. Comment as-tu réussi à passer au-dessus de ça ?

— Je ne l'ai pas fait. Je n'ai jamais tourné la page. La plupart du temps, je me comporte comme si tout cela n'était jamais arrivé, mais je n'oublie jamais longtemps. Parfois, certaines phrases, certains endroits ou même certaines odeurs me renvoient à cette période désastreuse. Il y a la cicatrice camouflée sous mes cheveux et celle qui est en moi. Elles seront toujours présentes pour me rappeler ce que j'ai vécu, mais je ne laisserai pas ce cauchemar gâcher ma vie.

Robin hoche la tête en regardant droit devant lui. J'aimerais tellement savoir ce qu'il pense à cet instant...

— Tu ne seras plus jamais seule, dit-il en caressant ma cuisse.

— Je sais.

Le sujet est clos. Je tripote les boutons de l'autoradio – nous nous rendons chez Matt avec ma voiture mais Robin a insisté pour conduire – et je cherche une chanson entraînante. C'est le moment d'une petite initiation au car-show... Les premières notes de musique résonnent, je monte le son et commence à gesticuler sous le regard curieux de Robin.

— Euh, Lia ? Qu'est-ce que tu fais ?

— C'est une chose qu'on adore faire, Maria et moi. Quand on est en voiture, on aime se prendre pour des chanteuses célèbres.

— D'accord, mais...

Je plaque une main sur sa bouche, le réduisant au silence, et je monte un peu plus le volume lorsque commence le refrain.

— *So it's gonna be forever, or it's gonna go down in flames* [10]...

Je me tourne vers un Robin amusé et poursuis mon mini-concert.

---

10. Alors ça durera toujours, ou ça se terminera dans les flammes... – *Blank Space*, Taylor Swift.

— *You can tell me when it's over, if the high was worth the pain* [11]...

— Oh bordel, bougonne-t-il.

— *Cause you know I love the players. And you. Love. The game* [12] !

Il éclate de rire, mais par précaution il ferme les fenêtres, juste au cas où.

— Tu as honte de moi, je m'écrie en lui donnant une petite tape sur l'épaule.

— Là, tout de suite... un peu, ouais, admet-t-il sans se départir de son sourire.

Peu importe, je termine mon show dignement. Malgré ce que Robin en dit, je vois bien qu'il est amusé. Ma chanson terminée, je baisse le son et pose ma tête contre son épaule.

Le trajet jusque chez Matt nous prend une petite heure. Pour un samedi midi en plein New York, c'est en fait plutôt rapide.

— C'est sympa de sa part d'avoir aussi invité mes sœurs, fait remarquer Robin.

— Il tient à nous présenter officiellement son nouveau mec, et puis ils ont tous sympathisé à la soirée au bar... Oh, mais tu ne dois probablement pas t'en souvenir, puisque tu étais plein comme une barrique.

— N'importe quoi. Je me souviens très bien de ce qui s'est passé.

— Le chauffeur du Uber qui nous a raccompagnés aussi, et il n'est pas près de l'oublier.

Il profite que nous attendons l'ascenseur pour m'attirer près de lui et mordre mon cou histoire de me punir pour mon affront. Je me pends à son cou pour attirer ses lèvres contre les miennes.

---

11. Tu me diras quand ça sera terminé si les bons moments valaient la douleur... – *Blank Space*, Taylor Swift.

12. Car tu sais, j'adore les joueurs. Et tu es accro au jeu ! – *Blank Space*, Taylor Swift.

Maintenant que Robin sait tout, je suis plus apaisée. J'attendais de voir les répercussions qu'auraient mes révélations sur notre couple, mais je suis heureuse de constater qu'elles sont presque inexistantes.

Je profite de ce moment pour lui avouer ce qui me trotte dans la tête depuis quelques jours :

— Peut-être qu'après ce déjeuner, on pourrait passer chez toi pour prendre le reste de tes affaires et les emporter dans mon appartement. Qu'est-ce que tu en dis ?

— Tu veux dire, définitivement ?

J'acquiesce. Il pose sa main sur ma joue, fait glisser ses doigts sur ma gorge, ma poitrine et mes hanches. Il passe ensuite son bras sous mes fesses et me soulève. Je m'accroche à sa nuque.

— Tu es sûre de toi ?

— Pourquoi ? Tu ne l'es plus, toi ?

— Bien sûr que si. Mais je sais que tu es réticente, je ne veux pas que tu te sentes obligée de me proposer ça.

L'ascenseur s'ouvre devant nous. Robin nous y fait entrer et appuie sur le bouton du septième étage. Je tente de me dégager de ses bras mais il me garde fermement contre lui.

— Tu as déjà apporté beaucoup d'affaires chez moi, tu dors souvent à l'appartement et... oh et puis merde, je n'ai pas besoin de trouver d'excuses. Je veux que tu viennes vivre avec moi.

Il dépose deux baisers au coin de mes lèvres.

— Il était temps.

Il me repose par terre, glisse ses grandes mains dans mes cheveux et m'embrasse à m'en faire perdre le souffle. Sa langue ne laisse aucun répit à la mienne, ses lèvres sont si voraces que j'ai du mal à suivre la cadence de son baiser. Je m'accroche à ses bras pour me maintenir en équilibre. Quand les portes de l'ascenseur s'ouvrent, Robin ne prend pas la peine de rompre notre étreinte. Il m'entraîne hors de la cabine et me plaque contre le mur du couloir.

— Rob...

Mes jambes commencent à flageoler et j'adore ça.

— Quelqu'un pourrait...

Nous ne faisons rien d'obscène mais notre posture ne tromperait aucun éventuel arrivant. Pourtant, je continue d'embrasser Robin, pire, je le laisse faire ce qu'il souhaite. Je commence à balader mes doigts sur ses flancs lorsque des éclats de rire provenant de l'appartement de Matt nous font sortir de notre bulle.

— Je pourrais passer des heures à t'embrasser, murmure-t-il. Et je suis sérieux. Vraiment très sérieux.

Je n'ai aucun doute sur le fait qu'il le soit. Ses mains se posent sur ma gorge. Il la serre très légèrement, ses pouces caressant les lignes de ma mâchoire.

— Tu sais de quoi je rêve ?

— Je t'écoute.

— Qu'il y ait une tempête ou quelque chose dans ce genre et qu'on soit obligés de rester cloîtrés dans un endroit douillet. Juste nous deux, coupés du monde, quelque part. On passerait plusieurs jours l'un sur l'autre, au sens propre comme au figuré.

— C'est un drôle de rêve, je rétorque.

— Avoue que tu aimerais ça.

Me retrouver enfermée seule avec Robin pendant plusieurs jours ? Coupés du monde ? Avec Robin *sur* moi ? Bon sang, bien sûr que j'aimerais ça.

— Peut-être, mais en attendant, c'est dans un appartement qu'on va devoir s'enfermer quelques heures, dis-je en me redressant. Et avec nos amis. Normalement, on devrait s'en sortir vivants. Enfin, moi c'est certain, mais toi...

Il lève les yeux au ciel et lâche mon cou. Je lisse mon chemisier, arrange ma coiffure, passe mes doigts sur mes lèvres gonflées puis me dirige vers la porte pour y toquer. Robin met une main dans la poche arrière de mon short au moment où Matt nous accueille... à sa façon.

— Elle est là ma pitchoune !

Il m'attire contre lui, et Robin est obligé de suivre le mouvement tandis que mon géant me serre à m'en étouffer.

Les câlins de Matt sont mortellement remplis d'amour. Si, si, je suis presque sûre qu'on peut mourir d'une surdose de câlins.

— Mppffffy.

— Hein ?

Mon meilleur ami me relâche et je peux enfin reprendre mon souffle.

— Je disais : salut à toi aussi, Matty.

Je claque un gros baiser sur sa joue et m'écarte pour laisser Robin et Matt se saluer. Ils se serrent la main, se fixent droit dans les yeux et puis, finalement, ils se sourient.

— Putain, Lia, ça fait des heures qu'on t'attend, vous étiez où ?

— Bonjour à toi aussi, Chris, dis-je en me dirigeant vers mon ami.

Il m'attire dans une étreinte mi-douce mi-sauvage et me relâche ensuite.

— On a pris notre temps.

— Ils ont peut-être décidé de faire une pause coquine sur le chemin, lance Matt-Sans-Tact, en nous invitant à rentrer dans l'appartement.

Je lui fais les gros yeux tandis que Chris plisse les siens et que Robin pouffe dans sa barbe.

Ce que mes amis ne savent pas, c'est que Matt n'est pas loin de la vérité. En réalité, nous sommes surtout partis en retard. Je trouve Robin particulièrement sexy, aujourd'hui, avec son t-shirt noir à manches longues qui dessine les muscles de ses bras et son jean qui met en valeur ses fesses fermes. Mes neurones ont presque grillé lorsqu'il est sorti de la chambre. Sans aucun scrupule, je lui ai sauté dessus et il n'a pas vraiment cherché à m'arrêter...

Robin et Chris échangent quelques mots. La révélation de notre passé ne les fera pas devenir les meilleurs amis du monde, pourtant nous avançons doucement mais sûrement. Les voir ainsi tous les deux me réchauffe le cœur. Les trois hommes de ma vie font des efforts pour moi, et je ne les en aime que davantage.

La sonnette retentit alors, et les sœurs de Robin ainsi que Maria débarquent à leur tour.

C'est la foire aux rires, aux embrassades et à la bonne humeur. Je regarde ce petit groupe qui ne se connaissait pas il y a encore quelques semaines, et je suis fière et heureuse de pouvoir dire que nous sommes des amis en devenir.

Le petit ami de Matt arrive enfin. Il est plutôt mignon, avec des cheveux noirs attachés en queue-de-cheval et des yeux bleus. Il est plus petit que mon géant, mais je sais que c'est ce que mon ami préfère.

— Cedric, je te présente Lia, annonce-t-il en me désignant.

— J'ai l'impression de rencontrer une star. Matt parle tellement de toi que je me suis demandé si tu n'étais pas une légende, dit Cedric.

Je rougis et serre sa main.

— Ravie de te rencontrer. Matt a exagéré, je n'ai rien de spécial...

— Pas d'accord, s'exclament Robin, Chris et Matt d'une seule voix.

Je secoue la tête, et après avoir fait les présentations, nous passons tous à table. Taylor et Chris se retrouvent face à face et je remarque leurs petits coups d'œil, qu'ils pensent discrets. Ils sont mignons, et ils iraient sans aucun doute très bien ensemble. Ce qui m'inquiète en revanche, c'est le regard que Nina pose sur Chris.

Elle gobe chacun de ses mots comme si ce qu'il disait était parole d'évangile. Mais mon ami ne semble pas remarquer ses yeux pétillants, et cela me fait peur. Je crains que sa sympathie ne soit interprétée de la mauvaise manière par Nina.

— Ça va, bébé ?

Je suis ramenée sur Terre par Robin qui pose sa main sur ma cuisse.

— Très bien.

Il hoche la tête, moyennement convaincu.

Le repas se déroule dans la bonne humeur. Cedric est sympathique et il a l'air complètement raide dingue de Matt. Il le dévore du regard, c'est attendrissant.

— Au fait, Lia et moi avons une bonne nouvelle à vous annoncer.

Avant que j'aie pu l'arrêter, Rob lâche :

— On a décidé de vivre ensemble.

Matt rit silencieusement. Je suis sûre qu'il s'attendait à ce que cela arrive. Chris, lui, me regarde pendant un court instant avant de lever son verre dans ma direction. Malgré tout, je ne sais pas s'il est heureux de cette nouvelle. Son visage est étrangement inexpressif.

— C'est génial, s'exclame Maria.

— Robin a déjà plus de la moitié de ses affaires chez toi, c'est comme si vous habitiez déjà ensemble, fait remarquer Nina.

— C'est vrai. Sauf que là, je vais mettre mon appartement en vente, donc ce sera vraiment pour de bon, explique Robin.

— C'est un sacré pas en avant, dit Taylor.

J'acquiesce. Même si c'est ce dont j'ai envie, je ne peux pas nier que c'est une décision importante. J'ai toujours entendu dire qu'on ne connaît jamais véritablement une personne avant d'avoir partagé son quotidien avec elle. Et si Robin et moi n'étions pas faits pour vivre ensemble ? Si, au quotidien, mes défauts et mes petites manies lui étaient insupportables ? Et si c'était pareil pour moi ?

Non, stop. Mieux vaut ne pas y penser.

— Au fait, la semaine prochaine, j'organise ma seconde expo de l'année, informe Chris. Vous êtes tous les bienvenus.

Alors que nous nous enthousiasmons tous à cette perspective, il ajoute :

— Et sinon, Taylor, tu as quelqu'un dans ta vie ?

Sa question tombe un peu comme un cheveu sur la soupe, mais je devine que cela fait un moment qu'il a envie de la poser.

La sœur de Robin est moins surprise que flattée par l'intérêt soudain de mon meilleur ami à son égard.

— Non, répond-elle en rougissant.

— Moi non plus, intervient Nina.

— Tu ne devrais pas avoir de difficulté à trouver, lui répond Chris.

Merde, il va lui donner de faux espoirs...

Malheureusement, je ne peux pas intervenir. Pas pour le moment, en tout cas...

***

L'envie me prend après le déjeuner, lorsque Robin me dépose chez moi avant de repartir dans son appartement pour aller chercher un maximum d'affaires. Au moment où j'entends la pluie qui commence à tomber et qui frappe doucement contre les vitres... Je souris parce que le bruit étouffé fait resurgir des souvenirs de mon enfance, des souvenirs que j'aimerais pouvoir revivre.

Je quitte ma chambre et grimpe sur le rooftop. Au départ, je reste immobile, me contentant de regarder la pluie tomber. Des images heureuses défilent devant mes yeux. Et puis j'esquisse un pas, puis un autre, et je m'avance. Je lève la tête en direction du ciel gris, j'ouvre grand mes bras et ferme les yeux.

Et je souris. Je ris même un peu, tandis que la pluie s'intensifie.

Là, au-dessus de l'immeuble, j'ai le sentiment d'être au plus près du ciel.

— Lia ? Qu'est-ce que tu fais ?

Robin me dévisage depuis l'entrée de la terrasse.

— Viens !

— Tu vas tomber malade, crie-t-il pour se faire entendre par-dessus le vacarme de l'eau qui tombe.

— Rejoins-moi, je crie à mon tour.

Je ris de le voir rentrer sa tête dans les épaules pour atténuer la sensation de froid tandis qu'il s'avance bravement vers moi.

— Qu'est-ce que tu fous ? demande-t-il en s'arrêtant près de moi.

Je passe mes bras autour de sa nuque et l'embrasse. Il répond à mon baiser, même si je le sens déstabilisé.

— Tu sais déjà que, quand j'étais petite, on changeait tous les ans de pays. Que ce soit au Brésil ou au Portugal, mes parents et moi habitions dans des régions où il y a avait environ trois cents jours de soleil par an. La pluie était rare, alors dès qu'il se mettait à pleuvoir, ma mère m'entraînait avec elle dehors et on dansait comme des folles. J'adorais ça. J'adore toujours ça.

Robin sourit, lève la tête en direction du ciel puis me fait tourner sur moi-même. Une des choses que j'aime le plus chez lui, c'est sa capacité à me comprendre et à s'adapter à mes lubies parfois étonnantes.

— Quand j'ai grandi, ma mère m'a souvent répété : « le tout dans la vie, c'est de trouver quelqu'un qui t'aime assez pour se tenir avec toi sous la pluie ». Elle ne parlait pas seulement de ce qu'on fait en ce moment. Elle parlait aussi de traverser les épreuves ensemble, comme elle le faisait avec mon père.

Robin ramène les mèches trempées de mes cheveux en arrière. Ses doigts effleurent ma cicatrice, me faisant frissonner.

— Alors, Robin Edwards, veux-tu être celui qui dansera sous la pluie avec moi quand l'envie me prendra ? Veux-tu être celui qui se tiendra à mes côtés quand la tempête fera rage ?

Son index se pose sur ma joue, et puis, soudain, il me soulève dans ses bras et se met à tourner sur lui-même.

— Ça veut dire oui ? je demande en riant.

— À ton avis ?

Il tourne si vite que, par réflexe, je m'accroche de toutes mes forces à ses épaules pour garder l'équilibre.

— Lâche-moi. Fais-moi confiance.

Après une seconde, je lui obéis. J'écarte les bras et me penche en arrière. Je ne me suis jamais sentie aussi libre de ma vie.

— Je t'aime, Robin.

— Quoi ?

J'éclate de rire et crie plus fort :

— Je t'aime, Robin !

— Plus fort. Ils ne t'ont pas entendue à SoHo.

— JE T'AIME, ROBIN EDWARDS.

Je me redresse et il ralentit jusqu'à complètement s'arrêter. Ma tête tourne, je me sens engourdie d'une délicieuse manière.

— Tu es tout pour moi, Lia.

Il m'embrasse en me serrant contre lui, comme s'il avait peur que je ne lui échappe.

— J'affronterai tout ce qu'il y a à affronter à tes côtés. Tu te sens prête à faire de même ?

— Bien sûr, je réponds sans hésitation.

— Parce que... il se peut que je fasse des erreurs avec toi. Que je te donne envie de t'enfuir...

— Je resterai.

Il m'embrasse à nouveau pour sceller la promesse que nous venons de nous faire. Je comprends vite qu'il en a maintenant assez d'être trempé et qu'il veut passer à autre chose. Pourtant, il ne rompt pas notre baiser, comme s'il n'arrivait pas à se rassasier de mes lèvres, ce qui m'arrange, puisque moi non plus je n'y arrive pas.

— Tu es toute à moi et je suis tout à toi, murmure-t-il en faisant glisser sa bouche sur mon menton.

Mes yeux se ferment tandis que sa barbe glisse sur la peau fine de ma gorge.

— Toute à toi. Tout à moi, je réponds enfin.

Le sourire qu'il m'adresse à cet instant pourrait illuminer la ville. En tout cas, il illumine mon cœur.

Chapitre 46

Robin fait peser son poids sur ses avant-bras pour ne pas m'écraser. Nos peaux nues et luisantes se frôlent et nos poitrines se soulèvent rapidement en rythme. Lentement, il pivote sur le côté, s'allonge sur le dos et m'attire sur lui. Je pose ma tête sur son torse et ferme les yeux, un petit sourire satisfait aux lèvres.

Pris d'une envie soudaine, Rob m'a kidnappée à ma sortie de la douche et il a voulu terminer sa course sur le canapé... Ce n'est pas pour me déplaire, mais il m'avait déjà enlevée et retenue – de mon plein gré – dans la chambre une heure auparavant.

Je suis au paradis, allongée sur lui, bercée par sa respiration. Sa main, légère comme une plume, monte et descend le long de mon dos.

— Tu ne t'endors pas, hein ? dit-il tendrement.

— Ne me dis pas que tu veux recommencer... Il y a une pancarte avec écrit « en cours de rénovation » à l'entrée de mon vagin.

Il rit doucement. Je suis complètement groggy et trop bien dans ses bras pour avoir envie d'esquisser le moindre geste.

— Je suis confortable ?

— Très, je murmure.

Je frotte mon nez contre son torse et y dépose quelques baisers.

— Et tu sens bon.

— Lia.

— Hm ?
— Je crois qu'il vaudrait mieux qu'on aille se préparer.
— Hm hm.
— Peux-tu te lever, s'il te plaît ?
— Hm hm.
— Je vois.

Il se redresse. Je refuse catégoriquement de me détacher de lui et je le fais savoir en m'accrochant à son cou.

— J'aimerais qu'on puisse porter les mêmes vêtements pour ne jamais être séparés, je chuchote à son oreille alors qu'il grimpe l'escalier.

Il me dépose sur le lit et m'y laisse.

— Je dois filer sous la douche maintenant si on ne veut pas que Chris pique une crise parce que nous sommes en retard, s'excuse-t-il.

Je claque malicieusement ses fesses au moment où il s'éloigne, ce qui le fait rire.

Même si je ressens soudain les premiers symptômes d'une flémingite aiguë, je me lève et ouvre mon dressing pour y choisir une tenue. Le *dress code* de ce soir est le rouge. J'enfile une longue robe dont le tissu épouse parfaitement mes courbes. L'ouverture qui dévoile l'une de mes jambes ainsi que le col en V dans le dos qui laisse apparaître mes omoplates la rendent sexy et originale. À mes pieds, je passe des sandales à lanières dorées, puis je m'installe devant ma coiffeuse et j'entreprends de lisser mes cheveux. Une fois raides, ils sont si longs qu'ils tombent plus bas que ma poitrine.

Robin revient dans la chambre au moment où je maquille mes yeux de fard à paupières gris, trait de crayon noir et beaucoup de mascara. J'ai la chance d'avoir de longs cils et, une fois mis en valeur, ils sont superbes. L'ensemble fait ressortir mes yeux, et j'adore ça. En revanche, je choisis de laisser ma bouche naturelle.

Quand j'ai fini, je me lève et fais un tour sur moi-même pour que Robin m'admire.

— Tu ne peux pas sortir comme ça, déclare-t-il.

Pas vraiment la réaction que j'attendais.

— Sérieusement, Lia, je vais devenir dingue. Tous les mecs vont avoir envie de tenter leur chance.

Je pouffe et m'approche de lui.

— Donc, ça veut dire que tu me trouves belle ?

— Belle… c'est un euphémisme.

Son jean noir, sa chemise blanche, dont il a roulé les manches jusqu'aux coudes et déboutonné le haut, ainsi que ses chaussures noires vernies, le rendent absolument irrésistible. L'odeur de sa peau, ses yeux bleus pétillants, ses cheveux bruns encore humides dont les mèches sont parfaitement coiffées sans en avoir l'air… Il est parfait.

— Toi aussi, tu es vraiment très beau.

Mes yeux se perdent dans ses prunelles.

— Est-ce que ce regard veut dire que ton vagin n'est plus en cours de rénovation ?

Je pique un fard, mais il m'embrasse pour dissiper ma gêne.

— Je ne vais pas supporter que des hommes te regardent. Je vais avoir envie de t'attacher à moi.

— Et puis quoi encore ? Me mettre une pancarte autour du cou avec écrit « propriété de Robin Edwards » ?

— Bonne idée. Je pourrais aussi grogner chaque fois qu'un mec t'approche à moins de vingt mètres.

— Et s'ils insistent, tu me jetteras sur ton épaule et tu quitteras la galerie pour nous emmener dans ta caverne ?

— C'est le plan.

Je lève la tête pour atteindre ses lèvres. Mes talons ont beau avoisiner les onze centimètres, je reste bien plus petite que Robin. Il me dépasse encore d'une bonne tête et demie et j'adore ça.

— Oh, mais attends, tu n'as pas de rouge sur toi ! C'est pourtant le *dress code* !

J'ouvre ma trousse à maquillage, peins mes lèvres de la bonne couleur et dépose un baiser dans le bas du cou de Robin. Je remets son col de chemise correctement et dis :

— Tu as du rouge, maintenant... et seuls toi et moi savons où...

— Oh, Lia, si tu savais toutes les choses obscènes que j'ai envie de te dire et de te faire...

Il prend mon menton entre son pouce et son index et susurre de sa voix grave :

— Je rêve de te mettre nue et de lécher la moindre parcelle de ton corps, encore et encore, jusqu'à ce que tu sois humide... de partout.

Ma bouche s'assèche. Mon ventre, lui, enchaîne les sauts périlleux.

Un gros coup de tonnerre se fait soudain entendre à l'extérieur, me faisant sursauter et me ramenant à la réalité.

La météo a été parfaite, aujourd'hui. Le ciel a été gris toute la journée, et la pluie n'a presque pas cessé. L'orage vient de commencer, et j'espère qu'il nous accompagnera une bonne partie de la soirée. Ça a toujours été comme ça. Les jours de pluie, je me sens sereine, en sécurité.

— Ce soir, en rentrant de l'exposition, j'aimerais qu'on prenne le temps de discuter un peu, m'annonce alors Robin, très sérieux tout d'un coup.

— D'accord. De quoi ?

Il embrasse le dessus de ma main sans me quitter des yeux.

— Est-ce que tout va bien ? j'insiste.

— Oui. J'aimerais juste te parler de quelque chose.

— Tu as un problème ? Il s'est passé quelque chose de grave ?

— Non, Lia, non. Je suis désolé, je n'aurais pas dû mentionner ça tout de suite. Profitons de la soirée, d'accord ? On aura tout le temps de discuter ce soir.

Son sourire chaleureux me rassure un peu. Et de toute façon, s'il a décidé qu'il n'aborderait plus le sujet avant que nous ne rentrions de l'exposition, il est inutile que j'essaye de lui faire cracher le morceau.

Il pose mon manteau sur mes épaules, prend sa veste, et nous descendons l'escalier. Son portable sonne alors. Il le tire de la poche de son pantalon, fixe l'écran à peine une seconde puis le range sans décrocher. Les sonneries s'interrompent avant de reprendre presque aussitôt. En soupirant, Robin met son téléphone en mode silencieux.

— Qui est-ce ?

— Personne d'important.

Il ouvre la porte et attend que je sorte, mais je le dévisage sans rien dire. J'attends qu'il s'explique.

— Personne qui puisse te causer du souci, dit-il finalement en soupirant. Je me déconnecte pour la soirée, c'est tout. Je veux en profiter tranquillement avec toi.

— Si ça ne doit pas me causer de souci, dis-moi au moins qui c'est, j'insiste en haussant les épaules.

Il soupire puis sort le téléphone de sa poche et me le tend. Je vois le nom « Antony » s'afficher.

— Qui est cet Antony ? Chaque fois qu'il t'appelle ou qu'il t'envoie un message, tu es contrarié ensuite. Est-ce qu'il te veut du mal ?

— Encore une fois, si je ne réponds pas, c'est parce que je ne veux pas être dérangé. Rien de plus. Pour le reste... promis, on en parle ce soir. On peut y aller, maintenant ?

Je suis moyennement convaincue, mais je compte bien profiter de notre discussion de ce soir pour en apprendre un peu plus.

Robin m'ouvre la portière de sa voiture et lorsque nous quittons le parking souterrain, la pluie se déverse sur nous. Au loin, des éclairs illuminent le ciel, rapidement accompagnés par des grondements sourds.

À New York, les jours d'orage sont toujours impressionnants. Les innombrables et immenses buildings forment une sorte de rempart autour de nous et c'est comme si chaque coup de tonnerre ricochait sur les gratte-ciel, provoquant un vacarme de tous les diables.

— Je ne comprends pas comment tu peux aimer cette météo, grommelle Robin.

— Je suis un véritable mystère pour la science. Mais je croyais avoir réussi à te faire aimer la pluie ?

Il se contente de sourire.

Oh, ce sourire plein de promesses...

Lorsque nous arrivons à la galerie de Chris, j'ai l'impression d'être renvoyée cinq mois en arrière. Et dire que je n'avais pas envie d'aller à cette expo. Et dire que j'aurais pu ne jamais rencontrer Robin...

Matt arrive dans le Range Rover de Chris, accompagné de Cedric. Nous retrouvons les sœurs de Robin et nous nous engouffrons tous dans la galerie bondée. Matt et moi quittons le groupe pour nous diriger vers la porte sur laquelle il y a marqué « PRIVÉ », et nous trouvons Chris au téléphone.

Bon sang, il y a des choses qui ne changent vraiment pas.

Notre ami raccroche, m'embrasse, me serre contre lui puis salue Matt.

— Prêt à y aller ? je demande.

— Bien sûr. Taylor est venue ?

Je souris malicieusement.

— Tiens donc, il y a cinq mois tu étais pris dans les griffes d'une blonde, et te voilà prêt à tomber dans les filets d'une autre...

— Il aime les blondes, il les a toujours aimées, intervient Matt. Moi, je les trouve fades.

— Tape-m'en cinq, dis-je en tendant ma main à mon ami.

Il frappe dedans de bon cœur.

— Il n'y a qu'une petite brune qui a fait chavirer mon cœur, affirme Chris en pinçant ma joue.

Je me dégage en riant, nous ressortons tous les trois de la pièce et Chris se dirige vers l'estrade pour faire sa présentation.

— Bonsoir à toutes et à tous, et bienvenue à la seconde et donc dernière exposition de l'année. Le thème que j'ai choisi d'aborder cette fois est « L'importance de l'amitié ». Je vous souhaite de passer une bonne soirée.

Nous l'applaudissons et il vient bien vite nous retrouver. Taylor lui fait un grand sourire, auquel il répond par un clin d'œil. Nina, elle, le regarde avec des yeux de merlan frit. Quel bordel...

Je sens que cette histoire va mal se terminer...

— Profitez de l'expo, je dois aller saluer quelques personnes.

Mon meilleur ami nous quitte, et notre petit groupe se disperse pour aller arpenter la galerie. Robin prend ma main et jette un regard noir à un homme qui me fait un grand sourire. Sans tenir compte de mon cher jaloux, je le salue en retour car je sais qu'il est l'un des acheteurs fidèles de Chris.

— Tu vas me refaire ton numéro de dragueur ? je lance à Robin pour détendre l'atmosphère.

— Tu m'enverras encore sur les roses ?

— Évidemment, je réponds en haussant les épaules.

Nous admirons les photos de Chris. Il a immortalisé l'amitié sous toutes ses formes, que ce soit entre enfants, adultes ou personnes âgées. Il a même réussi à capturer l'attachement de certains animaux entre eux. Je repère, au milieu de tous ces clichés, quelques images de Chris, Matt et moi. Il y en a quatre en tout et je les trouve incroyables. On dit qu'une photo vaut mille mots, eh bien c'est la vérité. Chacune d'entre elles montre l'amour sincère que nous avons les uns pour les autres.

— Quel sourire renversant...

Je m'esclaffe et secoue la tête.

— Laisse-moi deviner, ta prochaine réplique c'est : « Vous êtes très jolie mais la photo ne vous rend pas justice » ?

— Absolument, mais rajoute à cela : « Je t'aime, Amalia Gomes, amour de ma vie ».

J'avale péniblement ma salive.

— Effectivement, c'est beaucoup plus convaincant que la première fois.

Il dépose ses lèvres sur les miennes dans un tendre baiser. J'oublie alors les gens, l'endroit où nous nous trouvons, le bruit des conversations et des verres que l'on entrechoque, j'en oublie même l'orage qui gronde au loin.

— En plus d'être hyper doué au lit, tu embrasses comme un dieu.

— Je peux être *ton* dieu. Rallie-toi à ma cause, érige une statue à mon effigie, donne-moi ton corps en offrande...

Nous éclatons de rire en même temps. Il me tient serrée contre lui, exactement comme j'aime qu'il le fasse. Son regard est alors attiré par quelque chose qui se trouve derrière moi. Je pivote et j'aperçois Taylor, qui fait signe à son frère d'approcher.

— Je reviens vite, me dit-il avec un clin d'œil.

Mais avant de partir, il pose sa main sur ma nuque et dépose un baiser sur ma tête. *Là.* Pile sur ma cicatrice cachée par mes cheveux. Il s'éloigne ensuite, me laissant pantelante, surprise, bouleversée et frissonnante. Il aurait pu m'embrasser sur le front, sur la joue ou sur la bouche, mais non. Il m'a embrassée ici, sur ma blessure.

Son geste me fait tomber un peu plus amoureuse de lui, si tant est que ce soit possible. Mon cœur fait l'équivalent de trois saltos arrière dans ma poitrine, à tel point que je suis obligée de reprendre mon souffle pour l'apaiser. Ce que cet homme déclenche en moi est incroyable.

Pour me calmer, je décide de faire le tour de la galerie. Les photos de Chris sont toutes sublimes, il a un véritable don. Et dire que s'il n'avait pas eu la force de se sortir de son addiction, il n'aurait jamais découvert son talent...

J'attrape une coupe de champagne et un petit-four sur le plateau d'un serveur. Au même moment, je repère Matt et Cedric postés devant une autre photo de notre trio. C'est celle qui avait déjà été exposée il y a cinq mois. Mon géant doit être en train d'expliquer à son petit ami que nous avons pris ce selfie au Portugal, en se gardant bien de lui dire que c'était durant un voyage de non-noces. Cedric sourit, émerveillé, puis il attrape le col de chemise de Matt et capture ses lèvres. Adorable. J'ai une furieuse envie de les rejoindre, de les prendre dans mes bras et de couvrir de baisers le visage de mon ami, tant je suis heureuse pour lui.

— Bonsoir, mademoiselle. Quelqu'un vous attend dans la loge.

Je dévisage le serveur qui se tient devant moi et qui me sourit aimablement.

— Pardon ?

— Un invité m'a demandé de vous dire « que son R. l'attend dans la loge ».

Oh, Robin...

Je remercie le serveur. Je sais très bien ce que « mon R. » a en tête, et même si j'appréhende qu'on puisse nous découvrir, je meurs d'envie d'aller le rejoindre.

Allez, Lia, dégaine ton sourire enjôleur et ta démarche de bombasse et va retrouver ton homme des cavernes.

Je traverse la foule et c'est excitée comme une puce que je tourne la poignée de la porte de la loge. J'ai à peine le temps de la refermer que la lumière s'allume, dévoilant un invité surprise qui n'est pas Robin.

Chapitre 47

— Bonsoir, Amalia.

Je m'attendais à tout, sauf à *elle*.

— Stella ?

Mes yeux s'habituent rapidement à la lumière. Je la repère nonchalamment installée dans un fauteuil.

— Je suis contente de te voir, ça fait longtemps, dit-elle en se levant.

Je jette un coup d'œil autour de moi, essayant de comprendre ce qui se passe.

— Mais qu'est-ce que tu fais là ?

— Eh bien, je voulais te voir, ça fait un bail qu'on n'a pas discuté toutes les deux.

— Je sais, on ne s'est pas vues depuis que Chris...

Je marque une petite pause, ne sachant pas trop comment évoquer sa rupture avec mon meilleur ami.

— ... m'a jetée comme une malpropre, tu peux le dire, finit-elle à ma place.

— Tu ne lui as pas donné de nouvelles. Il s'est fait beaucoup de souci pour toi.

— Oh, je suis sûre qu'il s'en est vite remis.

Je la détaille un instant. Tenue lisse et sage, chignon tiré à quatre épingles, maquillage parfait, c'est toujours la même Stella qui se trouve devant moi, mais quelque chose a changé. Son regard pétille de satisfaction, comme si elle jubilait de l'intérieur.

Je ne comprends pas ce qu'elle attend de moi.

— Tu as l'air bien surprise de me voir, lâche-t-elle. Tu attendais quelqu'un d'autre, peut-être ?

— En fait, oui, je...

— Oh, Robin ne sait pas que tu es là, pas la peine de l'attendre !

Je suis complètement paumée.

— Comment tu...

— Amalia, voyons !

— C'est toi qui as parlé au serveur ?

Elle ne répond pas, mais elle sourit de toutes ses dents parfaites. Un coup de tonnerre retentit à cet instant, comme si les éléments me mettaient en garde contre ce qui est en train de se tramer. Si seulement je savais ce que c'était...

— Pourquoi as-tu fait ça ? je poursuis, agacée, en croisant les bras sur ma poitrine.

— Ça a l'air de bien fonctionner, entre vous deux.

— Écoute, je suis désolée de ce qui s'est passé entre Chris et toi, mais si tu as besoin de régler des comptes, ce n'est sûrement pas avec moi que tu dois le faire.

Je fais demi-tour, décidée à quitter la loge, lorsqu'elle m'attrape subitement le bras. Je me dégage de sa prise et la repousse.

— Est-ce que tu le connais vraiment ? me demande-t-elle.

— Qu'est-ce que tu veux dire ? De quoi tu parles ?

Elle se met alors à arpenter la pièce.

— Tu sais, je suis restée deux ans avec Christopher. Je croyais savoir qui il était, mais je me suis rendu compte qu'on ne connaît jamais vraiment la personne avec qui l'on est.

— Mais de quoi tu parles, à la fin ?

— Assieds-toi, Amalia, dit-elle en me montrant un siège.

— Je n'en ai aucune envie.

Elle se dirige vers son sac et en sort une pochette, une sorte de dossier plutôt épais.

— Crois-moi, je pense que tu vas en avoir besoin, dit-elle avec un sourire diabolique.

J'ai le regard rivé sur le dossier. Qu'est-ce que c'est que cette histoire ?

Même si je n'ai aucune confiance en l'ex de Chris et même si elle risque de me dire des mots blessants, je prends le parti de l'écouter. Elle a l'air d'en savoir plus que moi et ça ne me plaît pas du tout.

Je m'installe lentement dans le fauteuil. Stella et moi nous fixons. La tension est palpable. J'ai une furieuse envie de partir mais je me force à rester. Je dois comprendre ce qui se passe.

— Tu ne t'es jamais dit que toute cette histoire était allée trop vite, Amalia ?

— Dis-moi ce que tu as à me dire, qu'on en finisse. Je suis attendue.

— Je pense que tu ne vas aller nulle part. Tu vas rester sagement ici à m'écouter.

Mon angoisse atteint des sommets. Quelque chose cloche vraiment et j'ai maintenant peur de savoir de quoi il s'agit.

Stella ouvre le dossier et tourne une première page.

— Voyons voir ce que nous avons là. Robin Daniel Edwards, né à Lancaster, en Pennsylvanie, le...

— Tu as fait des recherches sur Robin ? je demande, incrédule.

Elle me regarde un court instant puis secoue la tête, un air faussement désolé sur le visage.

— Tu sais quel est ton plus gros défaut, Amalia ? Tu es trop naïve ! La vie, ce n'est pas que des rires, des bisous et des câlins, dit-elle comme si elle s'adressait à une petite fille. Il faut se battre pour obtenir ce qu'on veut.

— Venant d'une fille à papa qui n'a jamais eu à bouger le petit doigt, c'est un peu fort. Crois-moi, tu n'as aucune idée de ce que je connais de la vie, Stella. Mais tu ne m'as pas amenée ici pour philosopher, je me trompe ?

Elle ricane.

— Puisque tu insistes.

Elle s'approche de moi, tenant fermement le dossier.

— Je t'ai toujours détestée. À la seconde où Chris nous a présentées, j'ai su que tu serais un obstacle dans notre relation. Cette façon absurde qu'il a de vouloir te protéger... Dieu que c'est agaçant. Il ne se passait pas un jour sans qu'il me parle de toi : « Lia est tellement gentille », « Je ne voudrais pas qu'il arrive malheur à Lia », « Oui, j'arrive ma belle, je m'assure juste que Lia est bien rentrée chez nous »... Bla bla bla... Plus les mois passaient, plus tu devenais un véritable cauchemar pour moi, Amalia.

Un soupir d'exaspération lui échappe. Je sais depuis longtemps que Stella me déteste, mais en l'écoutant exprimer ce qu'elle ressent de cette manière, je réalise véritablement à quel point elle m'a haïe durant ces deux années.

— Plus j'essayais de me rapprocher de Chris, plus tu te l'accaparais, alors j'ai dû chercher une solution pour t'éloigner de lui, tu comprends ?

— M'éloigner de lui ?

— Eh bien oui, tu étais devenue un problème et mon père m'a toujours répété : « À chaque problème, sa solution ». J'ai longtemps cherché comment t'évincer.

Elle pouffe comme une idiote. J'admets que je suis suspendue à ses lèvres, en attente de la suite. Ma conscience essaye de me dire de fuir, mais j'en suis incapable.

— Je t'avoue que je n'y ai pas cru, au début, je ne me suis dit que ça ne marcherait jamais, mais qui ne tente rien n'a rien. Et je ne regrette pas du tout ce que j'ai fait.

Elle semble parler autant pour elle-même que pour moi, comme dans une sorte de transe. Elle sort deux photos du dossier puis me fixe de son regard froid.

— Jette un œil là-dessus.

Je fronce les sourcils en fixant les deux images.

Sur l'une d'elles, Robin et Stella sont ensemble dans les rues de New York. En bas est inscrite la date du 25 mai, le lendemain de ma rencontre avec lui à l'exposition de Chris. Sur la seconde, Stella et Robin sont cette fois attablés dans un restaurant. C'était le 2 octobre, il y a dix jours à peine.

Je suis dans un état second. Ma conscience a déjà tout compris et essaye de me faire intégrer les informations, mais je n'y arrive pas.

Je ne comprends pas. Peut-être est-ce un montage ? Ce n'est pas possible, ça ne peut pas être vrai...

— Les photos te plaisent ? Bien sûr, Eleanor n'a pas le talent de Christopher, mais je trouve qu'elle s'en est bien sortie.

Eleanor ? Mon cerveau fait immédiatement le lien. C'est l'ex de Robin, celle que j'ai vue avec lui devant le stand de hot dogs. Stella la connaît ? Tout est embrouillé dans mon esprit.

— J'ai engagé Eleanor pour te surveiller, te suivre... découvrir tous tes petits secrets.

— Quoi ? je murmure.

Stella soupire, agacée.

— Bon, puisqu'il faut tout t'expliquer...

Elle s'installe face à moi et croise les jambes.

— C'est moi qui suis à l'origine de votre rencontre, à Robin et toi. Je l'ai grassement payé pour qu'il te séduise.

Je relève brusquement la tête.

— Non !

— Vu la somme que je lui ai proposée, crois-moi, il ne pouvait pas refuser.

— Tu mens.

Ma voix est faible, à peine audible. Je sens mon rythme cardiaque accélérer alors que ma tension, elle, chute considérablement.

— Je ne mens jamais, Amalia. D'ailleurs je vais te prouver ce que j'avance. Tu ne t'es jamais demandé pourquoi du jour au lendemain Robin ne te lâchait plus ? C'est bizarre, tu ne trouves pas ? Il te rencontre un soir dans une galerie et à partir de ce moment, tu le vois partout, surtout dans tes endroits préférés ?

Elle sort d'autres documents de son dossier, et cette fois, ce sont des échanges de mails et des photos de moi. À Central Park. À une expo de Chris. Devant mon agence. Je suis partout.

— Je sais que Robin t'a dit qu'Eleanor était l'une de ses ex, mais c'est faux. En réalité, elle est détective privé. C'est elle qui a pris toutes ces photos, je lui ai aussi demandé d'immortaliser nos moments à Robin et moi pour que je puisse avoir un dossier solide à te montrer. Eleanor s'est renseignée sur tes habitudes, tes endroits préférés, puis je me suis chargée de dire à Robin tout ce qu'il avait besoin de savoir pour te séduire. Il faut que tu comprennes quelque chose : rien n'a été laissé au hasard. Lorsqu'il t'a dit qu'il t'avait repérée depuis longtemps ? Faux ! Il ne t'avait jamais vue avant ce soir-là. Oh, et lorsqu'il est allé jusqu'à décrire l'une de tes tenues pour prouver ses dires ?

Elle tapote le document sur mes genoux. J'apparais dans ma robe bustier le soir de l'expo de Chris sur le thème noir et blanc. Mon Dieu, c'est avec la description de cette tenue que Robin a réussi à entamer le processus de confiance à Paley Park. Et dire que ce jour-là, j'ai voulu m'enfuir... Je sentais que quelque chose clochait. Mais ensuite, il m'a parlé de l'expo, de cette robe. Il m'a dit qu'il m'avait remarquée...

— Je te promets que ce soir tu apprendras toute la vérité, Amalia. Dans cette histoire, j'avais tout prévu de A à Z et mon plan était parfait. Seulement, tu es quelqu'un d'imprévisible et tu as manqué plusieurs fois de tout faire tomber à l'eau. Tu te souviens du jour où tu as vu Robin en train de grignoter un hot dog en compagnie d'Eleanor ? Je lui avais demandé de continuer à te surveiller, et ce jour-là, ils faisaient une sorte de petite réunion, ils échangeaient leurs stratégies pour mieux te piéger. Mais tu les as vus, tu as rejeté Robin... tu as failli faire s'effondrer nos plans. Tu nous as donné du fil à retordre.

Je regarde Stella, incapable de faire le moindre mouvement. Une petite voix dans ma tête est en train d'assembler les pièces du puzzle. Le jour où j'ai vu cette femme blonde près d'une voiture avec un appareil photo à la main... c'était Eleanor ! Je me souviens avoir pensé que sa silhouette me semblait familière. Et la fois où j'ai eu l'impression d'être suivie, épiée...

Non, c'est impossible !

— Bon, c'est vrai, je ne lui disais pas *tout* ce qu'il devait faire, poursuit Stella. Lorsque vous étiez seuls tous les deux, il improvisait.

Je baisse les yeux sur les photos.

— Tu mens, je répète, incapable de dire autre chose.

— Ah, le déni... Ne t'en fais pas, tout va bientôt s'éclaircir.

Elle ouvre à nouveau son maudit dossier, et j'ai peur de ce qu'elle va en sortir.

— Je vais te lire quelques mails qu'on s'est envoyés, Robin et moi. Je préfère te prévenir, ce n'est pas pour les âmes sensibles.

Elle s'éclaircit la gorge comme si elle s'apprêtait à réciter un discours.

— *Stella. J'ai rencontré la fille en question et je dois avouer que je suis perplexe. Elle ressemble à une folle furieuse. Elle semble avoir peur de la gent masculine. A-t-elle même déjà été approchée par un homme ? J'en doute. De plus, elle est à l'opposé des filles auxquelles je m'intéresse et je suis sceptique pour la suite de ma mission. Physiquement, elle n'est pas mon genre, je ne ressens l'envie ni de la séduire ni de m'intéresser à elle. J'ai besoin d'un maximum d'informations sur elle. Plus vite je découvrirai ce qui la lie à ton mec, plus vite je me libérerai de ce fardeau, et tu pourras prendre ta revanche. Je te recontacte dès que j'ai du nouveau. Robin.*

Les larmes ont commencé à couler dès que Stella s'est mise à lire. J'ai l'impression que l'on enfonce des centaines de lames dans mon cœur. J'ai envie de hurler, j'ai envie de vomir, mais j'ai surtout envie de disparaître.

— Est-ce que tu as envie d'en entendre un autre ?

Je n'ai pas la force de dire non. J'ai besoin de savoir ce que Robin a réellement pensé de tout ça, j'ai besoin de savoir à quel point il m'a trahie, salie, humiliée. J'en ai besoin pour effacer cette image de prince charmant que je m'étais faite de lui.

— Oh celui-ci, c'est mon préféré, c'était le lendemain du jour où vous avez couché ensemble. Je pense que ça va te plaire...

Où est ma raison quand j'ai besoin d'elle ? Probablement en train de ramasser les ruines de mon cœur, qui s'est brisé en mille morceaux. Je ne devrais pas écouter ça. Malheureusement, je reste assise, figée.

— *Stella. Je crois qu'elle est en train de tomber amoureuse de moi. Je pense qu'elle commence à me faire confiance, elle s'est d'ailleurs donnée à moi plus vite que je ne le pensais. Cependant, son impulsivité va me donner du fil à retordre, je n'arrive jamais à anticiper ses réactions. Malgré tout, elle est attachante, elle n'est pas du tout celle que tu m'as décrite, ça me fait de la peine de me servir d'elle ainsi. Je n'en sais toujours pas plus sur ce qui la lie à cet égoïste de Christopher, mais ce n'est qu'une question de temps avant que je n'arrive à découvrir ce qu'ils cachent. À très vite pour d'autres nouvelles. Robin.*

Elle dépose ensuite les mails devant moi pour me fournir une preuve. Cette fois, je ne peux plus nier. Tout est là.

— Combien ? je m'entends demander.

J'ai le regard rivé sur les documents. Je suis incapable de lever les yeux vers Stella. Je ne supporterais pas son visage satisfait.

— Combien je l'ai payé ? demande-t-elle innocemment.

Je hoche la tête.

— C'est censé être un secret, mais je pense que je peux te faire confiance. Nous avons passé un accord simple : j'ai financé la création de son cabinet d'architecte et, en échange, il devait t'éloigner de Christopher et me dévoiler tous tes petits secrets. Te détruire m'a donc coûté deux cent cinquante mille dollars.

Deux cent cinquante mille dollars. Voilà à quel prix j'ai été vendue, voilà à quel prix j'ai été trahie. Soudain, tout me semble clair. Les restaurants luxueux, la belle voiture, les vêtements de marque... Robin ne travaillait pas, mais il n'avait aucun mal à mener un confortable train de vie... Je comprends maintenant pourquoi, et je m'en veux de ne pas m'être posé de questions auparavant. Il y avait aussi certains regards absents qu'il posait sur moi, probablement aux moments où il cherchait de nouveaux pièges à me tendre.

Robin et moi sommes ensemble depuis bientôt cinq mois, mais je comprends maintenant qu'il n'y a que moi qui étais dans une relation. Il n'était avec moi que parce qu'il y était obligé, parce qu'on l'avait dédommagé en contrepartie. Depuis le début Stella était là, entre nous, à tirer les ficelles d'une histoire que je pensais réelle. Depuis le début, je n'ai été qu'une marionnette dans leur jeu sordide.

Je me souviens alors qu'avant de partir pour l'exposition de ce soir, il avait émis le souhait d'avoir une discussion avec moi. Je suis prête à parier qu'il comptait me larguer. Après tout, il connaît toute ma vie, maintenant. Il a réussi sa mission.

Ma gorge est tellement nouée que j'ai l'impression que je vais étouffer. Toute notre histoire n'était qu'une mascarade orchestrée par Stella. Le véritable amour que je croyais avoir trouvé n'est en réalité qu'un énorme mensonge.

— Il ne t'aimait pas, Amalia. Il ne t'a jamais aimée.

La pièce se met à tourner. Mes larmes coulent de plus en plus abondamment malgré tous mes efforts pour les retenir. Je m'en veux tellement de craquer devant Stella. Je déteste qu'elle puisse voir à quel point je souffre, je déteste qu'elle puisse voir qu'elle a gagné. Il faut que ça cesse, je dois garder ma tristesse pour moi, ce sera au moins une chose qu'elle n'aura pas eue.

— Ça fait mal, n'est-ce pas ? Perdre ce que l'on croyait réel, se rendre compte que l'on est utilisé depuis le début... Finalement, toi et moi, on n'est pas si différentes.

Chaque mot qui sort de sa bouche me plonge un peu plus dans un cauchemar, et je prie pour me réveiller au plus vite.

— Pourquoi ? je murmure.

— Pourquoi ? Oh, Amalia, c'est évident. Puisque tu étais engagée dans une histoire d'amour, j'étais enfin tranquille pour profiter de mon Christopher. Malheureusement, ça ne s'est pas déroulé comme prévu... Chris est resté obsédé par ton bien-être et le coup de grâce m'a été porté lorsqu'il m'a annoncé qu'il me quittait. J'ai compris que Robin avait échoué. J'ai alors décidé que nous serions quittes. J'ai perdu mon amour, tu perds le tien.

Elle ricane encore. Je n'ai pas la force de la faire taire.

— Je me suis dit qu'il était logique de mettre un terme à votre « histoire » ici, à la galerie, là où tout a commencé. Qu'est-ce que tu en dis ?

S'attend-elle vraiment à ce que je réponde ? J'entends ses paroles dévastatrices mais les mots sont bloqués dans ma gorge, je suis pétrifiée. L'orage gronde toujours au-dehors, en rajoutant un peu plus à la tragédie qui se joue dans cette loge.

Une question surgit soudain dans ma tête. Je m'étonne de pouvoir penser en cet instant, mais j'ai encore besoin de savoir une chose.

— Antony. Qui est Antony ?

Je sais qu'il a un rapport avec toute cette histoire, mais je n'ai pas encore compris lequel. Stella me sourit alors de toutes ses dents, comme si elle attendait avec impatience que je lui pose cette question.

— Mon second prénom est Antonia. Tu saisis ? C'est Robin qui a eu l'idée de ce nom de code et je dois dire que c'était particulièrement brillant. Il avait anticipé que tu pourrais tomber sur des messages ou des appels provenant de moi, alors il s'est dit que si c'était le nom d'un homme qui s'affichait tu t'inquiéterais moins que si tu voyais celui d'une femme. Il avait raison...

Antonia... c'était elle. Robin n'a fait qu'enlever une lettre pour la transformer en « il ».

Je lève enfin les yeux vers Stella. Comme je m'y attendais, son visage est rayonnant. Elle a gagné.

Le mien doit être déformé par la peine et la douleur. Je dois ressembler à une fille qui vient de comprendre que l'homme qu'elle aime s'est joué d'elle depuis le début...

Un coup est soudain donné à la porte, me faisant sursauter et me tirant de ma torpeur. Quelqu'un entre dans la loge.

— Bébé, tu es là ?

Robin fait son apparition, et mon cœur se met immédiatement à saigner. Il ressemble toujours à un prince charmant, et cela fait encore plus mal. Il a un visage d'ange alors qu'il est en réalité le diable en personne.

Mon Robin a été payé pour me faire tomber amoureuse de lui et briser mon amitié avec Chris et Matt. *Mon* Robin me trouve banale et peu séduisante, me considère comme un fardeau. *Mon* Robin a parlé de notre intimité à Stella. *Mon* Robin s'est servi de moi...

Mon Robin, qui ne l'est plus désormais.

Chapitre 48

Robin s'arrête net à l'entrée de la loge lorsqu'il nous voit toutes les deux face à face. Je remarque alors que je suis debout. Je ne sais même pas quand je me suis levée. Mon cerveau est complètement déconnecté de mon corps, j'ai l'impression de vivre et de voir la scène de l'extérieur.

Les yeux de Robin s'écarquillent quand il découvre les photos que je tiens en main. Son visage pâlit, sa mâchoire se contracte, il semble vouloir amorcer un pas dans ma direction mais il reste finalement là où il se trouve.

— Non... souffle-t-il.

— Robin, je suis heureuse de te voir, persifle Stella. Tu arrives pile au bon moment. Je terminais justement d'expliquer notre trépidante aventure à Amalia. J'allais lui faire la dernière révélation, mais puisque tu es là, tu veux t'en charger ?

Les yeux bleu vif de Robin sont maintenant cerclés de rouge. Il paraît désarmé, mais je ne me laisse pas attendrir. Hors de question que je me fasse avoir une fois de plus. Je me tourne vers Stella, bien décidée à faire comme s'il n'existait pas.

— Je t'écoute, je lui dis.

Elle me sourit encore une fois et je sais à cet instant qu'elle va m'assener le coup de grâce.

— J'aimerais beaucoup que Robin s'en charge, insiste-t-elle en le regardant.

— Lia, s'il te plaît...

— Je t'écoute, Stella, je répète plus durement.

— Bon, puisque c'est ce que tu veux... Comme tu l'as compris, Robin et moi avons passé un accord, mais cela t'intéresse peut-être de savoir comment lui et moi nous sommes rencontrés, n'est-ce pas ? Nous nous connaissons depuis très longtemps, tu sais.

Robin s'approche, je le sens. Je ne craque pas et je reste droite, aussi digne que possible, et j'attends que Stella finisse de cracher son venin.

— Lia...

On dirait presque qu'il y a de la souffrance dans sa voix.

— Est-ce qu'il t'a déjà parlé de son premier amour, Amalia ?

— Stella, la ferme ! intervient Robin.

— Voyons, je pense qu'elle a le droit de savoir.

J'ai compris, je sais où elle veut en venir avant même qu'elle n'ouvre la bouche pour m'achever.

— Nous nous sommes rencontrés à l'université et nous sommes sortis ensemble pendant quelques années. Ensuite, je suis partie parce que je voulais autre chose, quelque chose de mieux, quelque chose que Robin ne pouvait pas m'offrir.

J'ai l'impression qu'une bombe vient d'exploser. Son premier amour... C'est elle, c'est Stella.

— Tu es partie en Floride.

Ma voix est tremblante, presque éteinte. Je me demande même si mes paroles sont compréhensibles.

— Oh oui, j'y suis allée, mais juste une année. Ensuite, je suis revenue dans les Hamptons, avant de décider de m'installer à New York.

— Tu n'es vraiment qu'une garce, crache Robin derrière moi.

— Je lui ai lu les mails, je lui ai tout raconté depuis le début, et il est maintenant clair que *tu* es le salaud de l'histoire, réplique Stella. Moi, au moins, je n'ai jamais prétendu l'aimer.

Mon cœur bat beaucoup trop vite.

— Robin m'a recontactée quelques mois avant l'exposition de Christopher, alors que cela faisait plusieurs années que nous nous étions séparés, poursuit la blonde. Il se trouve que j'étais la seule personne riche qu'il connaissait dans son entourage, et donc la seule personne à même de lui prêter une grosse somme d'argent pour financer son cabinet d'architecte. Au départ, j'ai hésité, et puis en y réfléchissant, j'ai fini par comprendre que je pouvais en tirer avantage. Et si Robin me rendait un petit service en retour ? Je lui ai proposé un marché et il a immédiatement accepté ! Son cabinet lui importait bien plus que ta petite personne. C'est toujours le cas, d'ailleurs. Dis-moi, Robin, au fond, n'as-tu pas accepté cet accord parce que tu es toujours amoureux de moi ?

Le dernier coup de poignard est planté. C'est Stella, la fille dont il était fou amoureux et avec qui il voulait se marier. Il m'a menti lorsqu'il m'a dit ne plus avoir de contacts avec elle.

Il n'a fait que me mentir depuis le début.

Respire, Lia, respire.

— Je ne ressens plus rien pour toi depuis que j'ai vu ton vrai visage, crache Robin.

Il s'approche encore de moi.

— Ne l'écoute pas. Regarde-moi, je t'en prie, me demande-t-il d'une voix douce.

— Pourquoi ?

Je me retourne pour lui faire face.

— Pourquoi ? Pourquoi être allé si loin ? Pourquoi m'avoir fait croire que tu m'aimais ?

— Mais *je t'aime*. Je ne l'avais pas prévu, mais je suis tombé amoureux de toi.

— Tu m'as trouvée banale et inintéressante. Tu as dit que j'étais un fardeau. Tu t'es servi de moi, tu m'as rabaissée, humiliée, salie. Tout ça n'est qu'une putain de mascarade.

Je hurle dans la petite loge. Mes yeux sont remplis de larmes, je ne vois plus rien. Ma rage a besoin de sortir, il faut que j'extériorise, mais ça ne vient pas comme je le voudrais.

Robin se précipite sur moi pour me prendre dans ses bras, mais je le repousse et le gifle violemment.

— Ne me touche plus jamais, je lui ordonne. Tu me dégoûtes.

— Lia, je t'en prie, laisse-moi te donner ma version des faits.

— JE NE TE LAISSERAI PLUS JAMAIS ME MANIPULER. Je le savais, depuis le début je savais que c'était impossible, que tout allait trop vite, je le savais. Tu apparaissais comme ça, partout, tu avais toujours réponse à tout... tu... Je ne voulais pas te faire confiance. Je... Quelque chose me disait que ce n'était pas réel, mais... tu as réussi à me faire croire que...

Je reprends mon souffle avec difficulté. Ma tête tourne de plus en plus, je vois trouble, mon cœur s'emballe.

— Pardonne-moi. Je suis désolé. Je t'en prie... Pardonne-moi.

Des larmes roulent sur ses joues et j'ai encore la faiblesse d'être touchée par sa peine. Il s'agenouille devant moi, prend mes mains dans les siennes et pose son front contre mon ventre.

— Je t'aime plus que tout au monde, Lia, il faut que tu me croies.

— Tais-toi.

Ma voix est un murmure à peine audible.

— Je t'en prie. Au départ, c'est vrai que j'ai...

Je le repousse à nouveau et recule jusqu'à la porte. Je ne veux pas entendre ce qu'il a à dire, je ne peux plus entendre un seul mot venant d'eux. Mon cœur est à l'agonie. Il faut que je parte d'ici, l'air de la loge devient irrespirable.

Robin se relève rapidement et avance dans ma direction.

— Ne t'en va pas, pas comme ça.

Je secoue la tête. Les larmes dévalent mes joues en torrent. Je recule jusqu'à ce que mon dos rencontre le bois de la porte.

— C'est encore mieux que ce que je pensais, ricane Stella.

Sa remarque me fait revenir à la raison. Je dois fuir. Tout de suite !

J'ouvre la porte et tombe nez à nez avec Chris.

— Hé, je te cherchais, tu... Lia ? Qu'est-ce que...

Il s'arrête lorsqu'il découvre les deux personnes qui se trouvent avec moi dans la loge.

— Stella ?

— Bonjour, mon chéri.

— Lia... murmure Robin derrière moi.

C'en est trop, je ne peux plus supporter tout ça. Je m'élance dans la galerie en courant, bousculant au passage quelques personnes. Je ne les vois pas, je n'entends pas leurs protestations. Je fuis et plus rien d'autre ne compte.

— Lia !

Les voix de Robin et de Chris retentissent dans mon dos, mais je suis déjà partie. Je sors enfin de la galerie et la pluie s'abat sur moi. Le tonnerre gronde plus fort, m'accueillant à sa manière. Je m'élance dans les rues de New York comme si j'étais poursuivie par le diable en personne, ce qui est le cas, en un sens. Je fais une très courte pause pour retirer mes sandales puis je reprends ma course.

— Lia, arrête-toi !

J'entends Robin crier derrière moi et j'accélère encore ma course. Mes pieds sont brutalisés par ce que je leur impose mais je m'en fiche, ils doivent m'emporter loin de là, loin de ces manipulateurs.

Plus je cours, plus je prends conscience de ce qui vient de se passer. Jusqu'à présent, mon esprit s'était protégé, ingérant les informations qu'on lui transmettait sans pour autant les analyser. Mais ma torpeur se dissipe peu à peu jusqu'à finalement faire place à la réalité. Tout est soudain d'une clarté effroyable et c'est alors que la douleur me percute à la manière d'un boulet de canon. Vive et brutale, elle me coupe le souffle avec une violence inouïe.

Peu à peu, les informations se fraient un chemin jusqu'à mon cœur et la souffrance s'amplifie. J'ai tellement mal que j'ai l'impression que je vais m'écrouler sur le sol et ne plus pouvoir me relever.

Fardeau.

Banale.

Trahison.

Humiliation.

Mensonges. Mensonges. Mensonges...

Tout est en train de s'écrouler. Plus rien n'a de sens.

Je m'arrête un instant pour constater que la Terre continue de tourner, que le monde ne s'est pas arrêté de vivre à cause de mon cœur brisé. Les gens s'agitent autour de moi, leur préoccupation principale étant de s'abriter de la pluie. Personne n'est conscient de ce qui vient de se passer, personne n'imagine qu'il y a quelques minutes, le monde d'une jeune femme a été réduit à néant. Personne ne voit cette fille perdue dont le cœur est en train de s'éparpiller sur le sol en milliers de morceaux. Personne ne voit sa détresse et sa douleur, personne ne comprend à quel point sa vie est détruite. Personne ne la voit.

— Lia, attends !

La voix de Robin résonne à nouveau derrière moi et j'ai juste le temps de le voir bousculer les passants avant de me remettre à courir. Des éclairs transpercent le ciel et le tonnerre gronde dans un bruit assourdissant. Alors que la pluie m'a toujours apporté du réconfort, je me sens aujourd'hui plus démunie que jamais.

Les muscles de mes jambes commencent à fatiguer mais je ne faiblis pas, obsédée par l'idée de m'échapper au plus vite.

— Attention !

Je ne vois pas la voiture mais je ressens l'impact. L'instant d'après, je me retrouve étendue sur le béton dur et froid.

— LIA !

Je ne comprends rien, je ne sais plus ce qui se passe ni où je suis. Je sens une douleur lancinante au niveau de ma hanche mais celle-ci n'est rien comparée à celle qui est en train de ravager mon âme, mon cœur et mon esprit.

Le brouhaha autour de moi me donne des vertiges. Je n'ai pas la force de me relever pour fuir à nouveau.

— Oh mon Dieu, Lia !

Le visage de Robin apparaît au-dessus du mien. J'ai envie de le repousser mais je suis soudain trop fatiguée pour le faire.

Je veux dormir, je veux que tout cela s'arrête et je veux me réveiller cinq mois plus tôt, lorsqu'un inconnu aux yeux bleu lagon m'a abordée. Cette fois, je l'ignorerai et je ne le laisserai plus jamais m'approcher.

Chapitre 49

Je sais où je suis avant même d'avoir ouvert les yeux. Je reconnais le bruit insupportable de la machine qui indique que mon pouls est stable.

Comprendre que je suis à l'hôpital me donne envie de garder les yeux fermés. Je me souviens de tout ce qui s'est passé et je sais qu'au moment même où j'ouvrirai les yeux, je replongerai en plein cauchemar. Je refuse de faire face à la réalité, pas tout de suite, c'est au-dessus de mes forces.

Je sens une main autour de la mienne, des doigts jouer doucement avec les miens. Je sais que c'est *lui*. Je reconnais son toucher, je m'y suis habituée.

Une partie de moi se demande comment j'ai pu ne pas me rendre compte de la supercherie. Tous les signes étaient devant moi, mais j'étais trop aveugle, trop amoureuse pour voir quoi que ce soit. Je savais que cela ne pouvait pas être une coïncidence de voir Robin partout où j'allais, pourtant, chaque fois, il a su me convaincre. Chacune de ses questions résonne maintenant comme une imposture. Il n'a jamais voulu me connaître, il cherchait simplement des réponses. Combien de fois ai-je culpabilisé de lui cacher mon passé ? Combien de fois ai-je pensé qu'il ne méritait pas mon silence ? Finalement, c'est ce qu'il souhaitait. Que je me sente mal, que j'aie des remords et que je lui dévoile la partie de ma vie la plus importante.

Il savait parfaitement ce qu'il faisait. Sous ses sourires charmeurs et ses compliments se cachait un manipulateur hors pair.

Pour autant, une autre partie de moi, celle qui a le cœur brisé, n'arrive pas à croire que tout n'ait été que mensonges. Il y a eu des regards et des paroles qui ont été réels, j'en suis sûre.

Malgré tout, il faut que je me rende à l'évidence. Ma confiance en Robin est détruite. Je dois penser à l'après, commencer à me reconstruire. Je dois régler la situation tout de suite pour pouvoir passer à autre chose.

J'ouvre les yeux et fixe le plafond blanc puis, lentement, je retire ma main prisonnière de celle de Robin. Il réagit immédiatement, plaçant son visage au-dessus du mien, encadrant mes joues et posant ses lèvres sur les miennes. J'ai la faiblesse de profiter de sa bouche quelques secondes. Encore une fois. La dernière. Puis je détourne la tête et ferme les yeux.

— Lia, comment tu vas ?

La voix de Chris me parvient depuis le fond de la chambre. Il sort quelques secondes pour appeler un médecin et Robin en profite pour tenter de me parler.

— Lia, je...

— Tais-toi, je murmure.

La douleur qui ravage ma poitrine est intolérable. J'essaye de bouger pour échapper à Robin, mais une nouvelle vague de souffrance se déclare, au niveau de mes côtes, cette fois.

Une jeune médecin entre dans ma chambre. Elle me sourit, examine mes pupilles, puis elle dit :

— Le docteur Walid est en route. Puisqu'il vous suit depuis longtemps, je pense que c'est préférable qu'il s'occupe de vous, mais en attendant son arrivée, je vais m'assurer que vos constantes sont bonnes.

Je hoche la tête sans rien dire. Physiquement et psychologiquement, c'est le chaos. J'ai l'impression de me retrouver six ans en arrière, sauf qu'aujourd'hui, une nouvelle blessure s'ajoute à la longue liste de celles qui m'ont déjà été infligées.

Celle de mon cœur brisé.

Robin voulait l'argent de Stella, Stella voulait récupérer Chris, et moi... personne ne me voulait, j'étais juste la pauvre petite idiote dont on se servait.

Le médecin m'informe que j'ai deux côtes fêlées mais que je devrais guérir rapidement.

Conneries.

Le docteur Walid arrive à cet instant.

— Eh bien, Amalia, je ne pensais pas vous revoir si vite.

Je n'ai pas la force de répondre.

— Messieurs, vous voulez bien laisser un peu d'intimité à cette jeune femme, s'il vous plaît ?

Finalement, c'est bien que Walid soit là.

— Je veux rester, déclare Robin, ce qui me fout en rogne.

— Ne fais pas d'histoires, on reviendra la voir quand ils auront terminé.

Chris qui calme Robin... Ça, c'est la meilleure.

— Alors comme ça, vous vous jetez sous les voitures, maintenant ? plaisante le docteur dès que les garçons ont quitté la chambre. Christopher est complètement paniqué, je vais devoir l'envoyer vers un de mes confrères cardiologues, si ça continue.

J'ai toujours apprécié le docteur Walid, avec son tempérament joyeux et sympathique. En temps normal, nous aurions passé notre temps à échanger des blagues, mais là, j'ai juste envie d'être seule. Non, j'en ai besoin.

— Il n'y a pas grand-chose à faire sinon attendre, malheureusement. Vos côtes se remettront avec le temps.

Je vous prescrirai évidemment des antidouleurs au cas où, mais ce qu'il vous faut surtout, c'est du calme et du repos.

Du calme ? Ma vie n'a jamais *été calme.*

— Amalia...

Je ferme les yeux lorsque Walid prononce mon prénom. Je l'ai assez entendu pour ce soir, cette garce de Stella a presque réussi à m'en dégoûter.

— On se connaît depuis un petit bout de temps, maintenant. En tant que médecin, j'ai besoin de savoir que cet accident en est bien un.

Pour la première fois depuis qu'il est entré dans la pièce, j'accroche son regard.

— Vous croyez que je me suis jetée sous cette voiture délibérément ?

Il se contente de me sourire, bienveillant.

— Si c'est un stratagème pour me faire consulter encore une fois votre psy à la noix, ça ne marchera pas, je poursuis. Je ne me suis pas jetée sous cette voiture et j'aurais préféré ne pas me retrouver ici, vous voyez ?

— Je vous reconnais bien là. Malgré tout, si vous avez besoin de parler à une personne extérieure...

— Gardez votre gourou, docteur Walid. Ce psy connaît autant son métier que moi, je l'ai presque analysé alors que ça aurait dû être l'inverse.

Il esquisse un sourire.

— Vous voulez que je fasse entrer vos amis ?

Je me retrouve face à un dilemme : fuir Robin et ne jamais l'affronter ou, au contraire, le laisser entrer et m'expliquer avec lui.

De toute façon, je ne pourrai pas le fuir indéfiniment. Autant en finir au plus vite.

— Pouvez-vous dire à monsieur Edwards de venir, s'il vous plaît ?

— Il tourne en rond dans la salle d'attente et il pousse des jurons toutes les deux minutes, intervient Michelle, que je n'avais pas entendue entrer.

Elle dépose des gélules dans de petits pots en plastique, ouvre une bouteille d'eau et m'aide à avaler le tout.

Le docteur Walid sort de la chambre après m'avoir gratifiée d'un sourire encourageant, suivi de près par l'infirmière. Je remonte le dossier du lit pour me retrouver en position assise, ce qui réveille la douleur au niveau de mes côtes et me fait grimacer. Tant pis, après tout, notre discussion ne va pas durer longtemps.

Quand Robin fait son entrée dans la chambre et s'approche de moi, sa mine est grave et son regard brillant.

— Comment tu te sens ?

— Trahie et humiliée.

— Bébé...

Je lève la main pour qu'il s'arrête immédiatement.

— J'ai une question à te poser, je déclare.

Je marque une pause et il attend, fébrile. Il pense sûrement que je veux le torturer, mais en réalité, j'essaye de trouver la force de l'interroger sans m'effondrer.

— Quand tu as recontacté Stella, tu étais encore amoureux d'elle ?

Il pâlit.

— Réponds. Et sois sincère, pour une fois.

— Oui.

Un morceau de cœur en moins.

— Et après ? Quand on a fait l'amour ? Tu l'aimais encore ?

Il avale sa salive et avance d'un pas.

— Lia...

— Réponds à la question.

Son regard est suppliant. J'ai posé la bonne question, ou la mauvaise si l'on se place de son point de vue.

— Non.

— Menteur !

— J'étais perdu, d'accord ? J'ai vécu une nuit incroyable avec toi et j'essayais en même temps de savoir ce que je ressentais encore pour elle.

— Donc tu as fait ça pour elle ? Pour la récupérer ?

— Non, j'ai fait ça pour l'argent.

Un autre morceau de cœur définitivement perdu.

— Mes parents se sont saignés pour nous payer des études, à Taylor et à moi, jusqu'à ce qu'ils soient au bord de vendre leur maison. J'ai mis ma vie entre parenthèses en attendant de pouvoir enfin réaliser le rêve que j'avais, pour lequel mes parents avaient tant sacrifié. J'avais besoin d'argent, Lia, et Stella m'offrait la possibilité d'enfin atteindre mon but... je ne voyais que ça...

Je n'ai pas besoin d'en savoir plus.

— Mais ça a changé ensuite, tente-t-il. Après notre première nuit, c'est devenu différent, clair. J'ai su ce que je voulais et ce n'était pas elle, ni tout l'argent qu'elle pouvait m'offrir.

— Tu mens encore ! Elle m'a lu les mails que vous vous êtes échangés. Ceux où tu disais que j'étais banale, inintéressante, que tu n'avais pas la moindre envie de me séduire.

— Je suis désolé, je ne pensais pas tout ça, j'ai été con, je...

— Ne te fatigue pas, Robin. Je ne croirai plus jamais un seul mot venant de toi.

— Lia, s'il te plaît, laisse-moi te livrer ma version des faits.

— Je n'ai pas envie de t'écouter.

— Mais il le faut, insiste-t-il. J'avais décidé de tout te dire ce soir en rentrant de l'expo, je te le jure.

Il ne voulait donc pas me larguer... mais ça ne change rien. Il n'aurait jamais dû avoir à m'avouer un truc pareil.

— Je regrette, Lia. Je ne pensais pas tomber amoureux de toi.

— Tu lui as dit ?

Il me regarde, perdu.

— Tu lui as parlé de ma rencontre avec Chris ? Du mariage et de tout le reste ?

— Non ! Même si je n'avais pas été amoureux de toi, je n'aurais jamais pu divulguer une chose pareille.

— Grande âme que tu es. Vous avez dû bien vous foutre de ma gueule, hein ? Faire tomber amoureuse la fille naïve qui croit encore qu'il y a un prince charmant qui traîne dans le coin, ça vous a amusés ?

— Je regrette tellement...

— J'espère bien que tu regrettes, et j'espère que ce sera le cas encore longtemps.

— Qu'est-ce que je peux faire pour que tu me pardonnes ?

— Parce que tu crois que je vais te pardonner ? C'est toi qui es naïf, maintenant.

Il passe furieusement une main dans ses cheveux. Je crois qu'il comprend qu'il ne parviendra pas à m'attendrir.

— Chaque fois que j'ai dit que je t'aimais, je le pensais, affirme-t-il finalement.

— C'est faux. Tu ne m'as jamais aimée, parce que si ça avait été le cas, tu aurais fait en sorte de mettre fin à tout ça bien plus tôt.

— J'ai mis fin à tout ça il y a des semaines. Stella ne t'a évidemment pas montré tous les mails où je lui dis de sortir de notre vie et de nous foutre la paix. Où je lui dis que je ne veux plus de son arrangement ni d'elle. Elle ne t'a montré que le pire.

— Encore faut-il que les mails dont tu parles existent.

— Ils existent, Lia. Je te les montrerai. Dès que tu seras rétablie et qu'on rentrera...

— ON ?

J'inspire pour me calmer, car le sang bat si fort à mes tempes que ma tête tourne.

— Je ne veux plus t'entendre, Robin. C'est fini, ton petit jeu est terminé.

Je n'arrive pas à soutenir son regard. Je suis bien trop affectée, bien trop attachée à lui malgré tout ce que je viens d'apprendre. Je ne peux pas arrêter de l'aimer juste parce que je le décide, alors que ce serait tellement plus simple.

— Je ne peux pas te laisser faire ça, Lia. Tu peux m'en vouloir, tu peux me hurler dessus, m'insulter, mais tu ne peux pas mettre fin à notre histoire.

— Notre histoire n'existe pas, elle n'était pas réelle.

Je me suis entraînée pendant des années à ne pas pleurer, mais ce soir, je suis incapable de retenir mes larmes.

Les pouces de Robin essuient mes joues mouillées, et malgré ma rancune, je n'ai pas la force de l'en empêcher.

Malheureusement, si nous en sommes là aujourd'hui, c'est entièrement sa faute.

— Tu ne réalises pas ce que tu as fait, je murmure.

— Tu te trompes. Je sais que je me suis conduit comme un minable.

— Depuis le début, tu as fait semblant de t'intéresser à moi, n'essaye pas de me faire croire le contraire. Chacune de tes questions était calculée... Et moi, je t'ai tout dit. Et dire que je me sentais coupable de te cacher des choses, que je te pensais trop bien pour moi...

Il secoue la tête.

— J'ai essayé de tout t'avouer des centaines de fois, dès que j'ai compris que j'étais amoureux de toi. Mais j'avais peur que tu ne me quittes.

Je détaille le visage de cet homme que j'aime éperdument et que je déteste à la fois. Comment en sommes-nous arrivés là ? Pourquoi a-t-il fallu qu'il pactise avec cette salope de Stella ?

— Il fallait y réfléchir avant. Va-t'en, maintenant.

— Non.

— Va-t'en ! je répète, énervée.

— Non ! rugit-il. Je ne renoncerai pas à toi.

— Mais je ne te laisse pas le choix ! Je ne veux plus de toi, tu comprends ? Sors de ma vie ! je crie, à bout.

Une vive douleur se fait sentir dans mes côtes et me coupe le souffle. Robin s'approche aussitôt de moi, mais je le repousse.

— Je veux que tu passes à mon appartement, que tu y prennes toutes tes affaires et que tu t'en ailles.

— Accorde-moi une seconde chance. Je te jure que jamais plus je ne te décevrai.

Il agrippe mon visage et poursuit d'une voix déterminée :

— On ne peut pas se séparer, Lia, on s'aime beaucoup trop pour ça. Merde, je vais crever sans toi et je sais que toi aussi tu vas souffrir d'être loin de moi.

Il a raison, je sais qu'il a raison. Sans Robin, je ne serai plus qu'une âme en peine. Mais impossible de rester avec lui : je ne pourrai plus jamais lui faire confiance. Je ne pourrai plus jamais le laisser me toucher.

— Non.

Ma voix se brise, rendue tremblante par les sanglots qui affluent à mesure que je prends véritablement conscience que notre histoire, aussi sordide soit-elle, prend fin.

— Fais-le pour nous... je t'en prie.

— Je te le demande une dernière fois : va-t'en, Robin. S'il te plaît.

Les larmes inondent mes joues, et j'en vois quelques-unes humidifier ses yeux si bleus. Voir un homme pleurer, qui plus est l'homme que vous aimez de tout votre cœur, de toute votre âme, vous blesse au plus profond de vous-même. Mais Robin ne souffrira jamais autant que moi. Le mal qu'il m'a fait, je ne le souhaite à personne. Se sentir trahie de cette manière par celui en qui vous aviez placé toute votre confiance est quelque chose de terrible.

La vérité, c'est que la plupart du temps, ceux pour qui vous seriez prêts à mourir sont ceux qui vous tuent à petit feu.

— Il est où ? Il est où, ce fils de pute ?

Je sursaute lorsque j'entends la voix de Matt résonner à l'extérieur de la chambre. Mon meilleur ami ne crie jamais ou presque. Son physique impressionnant impose d'habitude le silence. Il n'a pas besoin de hausser le ton lorsqu'il est en colère, il nous le fait comprendre. En six ans, je ne l'ai entendu élever la voix que deux fois.

Robin se redresse et je croise son regard. On dirait qu'il est... soulagé ? Je ne comprends rien.

La porte s'ouvre avec fracas et Matt entre à l'intérieur de la chambre comme un fou, suivi par Chris, qui tente de le retenir. Il fonce sans ménagement sur Robin, qui ne fait rien pour lui échapper. Il l'attrape par la chemise et avant que je n'aie pu protester ou que Chris n'ait pu l'arrêter, il lui décoche un crochet du gauche phénoménal au visage.

— MATT !

J'essaye de me lever, mais j'ai mal partout, et de toute façon, Chris est déjà intervenu pour séparer les deux hommes.

— Lâche-moi ! Pourquoi tu ne lui bousilles pas la gueule, à cet enfoiré ? explose Matt.

— Bordel, mais tu vas m'expliquer ce qui t'arrive ? réplique Chris. Pourquoi est-ce que je ferais ça ? Merde, Matt, tu es dans un hôpital, tu crois vraiment que c'est le moment ?

Les yeux du géant s'écarquillent.

— Tu ne sais pas ? Tu ne sais pas ce qu'il lui a fait ?

— Ce qu'il lui a fait ? répète Chris, incrédule.

— Oh merde, s'écrie Matt en se dégageant de la poigne de mon meilleur ami. Oh, c'est pas vrai. Tu ne t'es pas demandé ce que ta pétasse d'ex faisait là ?

— Quel rapport avec Robin ?

— Matt... je tente.

— Il faut lui dire, Lia, je ne laisserai pas passer ça.

— Est-ce que quelqu'un va m'expliquer ce qui se passe ? s'impatiente Chris.

— Moi, je vais te le dire, intervient Robin.

— Tu joues les héros, maintenant ? crache Matt.

— Je n'ai pas envie de parler de ça maintenant, dis-je pour essayer de calmer mon ami.

C'est vrai. J'ai honte que toute cette histoire soit révélée à Chris. Honte d'être tombée dans le piège de Robin et Stella, honte de ne pas avoir fait confiance à mon meilleur ami lorsqu'il me disait que l'homme qui me tournait autour n'était pas sincère. J'ai honte d'avoir été si naïve, d'être tombée si rapidement amoureuse.

Mais Matt est tellement furieux qu'il ne m'écoute pas. Il sort des feuilles de la poche arrière de son jean et les tend rageusement à Chris, qui s'en empare. Je les ai reconnues, évidemment, et Robin aussi. Il pâlit mais il ne bouge pas.

Chris feuillette les mails, les photos, et tout se met en place. Cependant, fou de rage, Matt pense utile d'enfoncer le clou.

— Stella et lui sont de mèche. Ils ont piégé Lia, ils se sont foutus d'elle. Il a été payé pour sortir avec elle.

Chris garde les yeux rivés sur les documents. J'éclate en sanglots. Je suis si fatiguée, j'ai mal partout, je suis épuisée mentalement et physiquement. Je veux rentrer chez moi et prendre l'une de ces gélules qui me fera dormir jusqu'à demain. Je veux que cette journée se termine, que ce cauchemar prenne fin.

Matt vient me prendre dans ses bras et me berce doucement.

— Est-ce que c'est vrai ? demande Chris d'une voix sourde.

— C'est vrai, admet Robin. Enfin, *c'était* vrai.

— C'était ?

— J'aime Lia, se contente-t-il de répondre.

Matt ricane amèrement, Chris froisse les feuilles et attrape Robin par le col de sa chemise. Ils sont impressionnants tous les deux, aussi grands et massifs l'un que l'autre. J'ai mal au cœur de voir Robin n'esquisser aucun geste pour se défendre. Comme s'il attendait sa punition.

— Arrêtez, je sanglote. Ne vous battez pas.

— Je vais te tuer, siffle Chris, la voix chargée de haine. Je vais le faire.

— Tu ne pourras jamais me détester autant que je me déteste, grogne Robin.

Le silence s'installe dans la chambre. Un silence lourd, rempli de tension et de colère. Insupportable.

— Bon sang, mais qu'est-ce que c'est que tous ces cris ?

Le docteur Walid entre dans la chambre, accompagné de Michelle.

— Mais qu'est-ce que vous faites ? Nous sommes dans un hôpital, ici, pas sur un ring de boxe.

— Justement. Il aura besoin de soins.

Et sans crier gare, Chris assène un coup de poing dans l'estomac de Robin, qui se plie en deux. Puis il lève à nouveau sa main et l'écrase contre le visage de Rob, qui tombe au sol. Le doc s'empresse d'appeler la sécurité, j'essaye de bouger, mais Matt m'en empêche. Chris donne ensuite un coup de pied dans les côtes de Robin et c'en est trop. Je pousse un cri strident qui arrête net mon meilleur ami.

Peu importe le mal que Robin m'a fait, il ne mérite pas de se faire tabasser et ça m'est insupportable de le voir étendu par terre, sans qu'il fasse le moindre geste pour se défendre. Il est courbé en deux et son visage est crispé par la douleur, mais il reste silencieux.

— Arrêtez. Arrêtez de lui faire du mal, je supplie en pleurant de plus belle.

Walid et Michelle aident Rob à se relever et à s'asseoir sur une chaise. Ils inspectent son visage. J'essaye de me lever mais mes côtes et ma cheville se rappellent à moi.

— C'est entre nous que ça doit se régler, je proteste. Ne vous en mêlez pas.

Je me débats avec les draps du lit.

— Ne te laisse pas embobiner, Lia, gronde Matt.

— Arrêtez tous de me dire ce que je dois faire. Je suis une adulte, je n'ai besoin de personne pour décider de ma vie. Stop ! C'est votre faute à tous si j'en suis là.

Le silence règne dans la chambre. Ils sont tous suspendus à mes lèvres, le médecin et l'infirmière inclus.

— Vous m'avez tellement surprotégée que je n'ai pas pu me faire ma propre expérience. Si vous m'aviez laissée me débrouiller toute seule, j'aurais appris à repérer les baratineurs comme lui, j'affirme en montrant Robin. J'aurais dû crever dans cette putain de ruelle.

— Ne dis pas ça.

Chris, Matt et Robin ont rugi comme un seul homme, mais je m'en fiche. Toute ma colère doit sortir et tant pis si elle est dirigée contre les mauvaises personnes.

— Si ! Si tu m'y avais laissée, tu n'aurais pas été obligé d'enfreindre la loi pour moi... trois fois ! dis-je à Chris. Tu n'aurais pas eu à mettre ta vie entre parenthèses pour moi, et toi non plus, je reprends à l'attention de Matt. Mais surtout, si tu m'avais laissée cette nuit-là, tu n'aurais jamais eu de problème avec Stella, je n'aurais jamais été la cible de ses plans tordus... et je ne l'aurais jamais rencontré, je termine en jetant un coup d'œil à Robin.

Je regrette chacun de mes mots à l'instant où je les prononce, mais je refuse de les retirer.

Cinq paires d'yeux sont braquées sur moi, me dévisageant. J'ai besoin d'être seule, ou je crains de vraiment péter un câble.

Deux mecs de la sécurité arrivent à ce moment-là. En voyant la carrure de Chris, Matt et Robin, ils marquent un temps d'arrêt et semblent hésiter à repartir comme ils sont venus.

— Partez. Partez tous. Je ne veux plus voir personne.

— Mais Lia... commence Chris.

— PARTEZ. Je veux être seule, j'en ai besoin.

Je sais que je suis en train de blesser Chris et Matt alors qu'ils sont innocents dans cette histoire, mais pour une fois, je suis égoïste, je pense à moi. C'est *ma* douleur, je la gère comme je veux, ou plutôt comme je peux.

Mes amis n'argumentent pas et se dirigent lentement vers la porte.

— Lia, je...

— Va-t'en, Robin. Pars d'ici et je t'en prie, ne cherche plus à me voir ! Tu as gagné, tu as eu ce que tu voulais, alors maintenant, va-t'en.

La lueur qui s'éteint dans son regard me paralyse sur place. Son visage ravagé par la douleur se grave dans ma mémoire et je sais déjà qu'il hantera mes rêves et mes cauchemars un bon bout de temps.

Il s'approche doucement et braque ses beaux yeux bleus emplis de tristesse dans les miens.

— Je suis désolé, Lia, si je pouvais revenir en arrière, je le ferais... mais je t'aborderais quand même dans cette galerie. Tu as changé ma vie, tu l'as rendue si belle, si joyeuse... Je te jure de tout faire pour arranger ça, bébé, je te jure qu'un jour tu arriveras à nouveau à te blottir dans mes bras sans ressentir de dégoût. Je t'aime et je ne renoncerai jamais à toi. Jamais.

Les traits de son visage sont toujours tirés, mais son regard est déterminé.

Il fait demi-tour et sort finalement de la chambre. De ma vie...

Je le regarde s'en aller, lui, le seul homme que j'aie jamais aimé et que j'aimerai jamais, j'en ai bien peur. Il s'éloigne de moi et je sens déjà que j'étouffe loin de lui.

Chapitre 50

Cela fait plus d'une heure que tout le monde est parti et le silence me fait du bien, il m'apaise. La seule chose qui ne se calme pas est la douleur dans ma poitrine et dans mes côtes. Le docteur Walid m'a laissé un flacon d'antidouleurs, ceux que je prends généralement en cas de fortes migraines, et comme je suis habituée au dosage, ils sont en libre accès.

Je fais tomber deux comprimés dans ma main, puis six autres. Ce sont des antidouleurs, non ? S'ils peuvent soigner ma souffrance physique, ils peuvent peut-être aussi estomper celle qui dévaste mon cœur ? Qui ne tente rien n'a rien...

J'avale les huit gélules d'un coup et me recouche. Mes larmes ne cessent de couler et je me demande comment je peux encore en avoir alors que j'ai déjà tant pleuré. Ça ne devrait pas être permis d'avoir mal ainsi. N'ai-je pas déjà assez souffert ? J'aimerais que la vie cesse de s'acharner ainsi sur moi.

Les minutes passent et la douleur dans mon cœur ne me quitte pas, elle ne me laisse aucun répit... Pourtant, je sens mon corps flotter. Je ne sais pas comment c'est possible, mais physiquement, je vais bien, je ne sens plus rien. Mes jambes et mes bras ne m'obéissent plus et ma tête est étourdie d'une délicieuse manière. Je n'ai envie que d'une chose : plonger dans un sommeil profond et ne pas me réveiller avant quelques jours.

Un souvenir resurgit alors sans que je sache vraiment pourquoi celui-ci en particulier. Le souvenir d'un jour où Robin et moi étions assis sur le sol de son appartement et où il avait voulu que nous jouions à un énième jeu des quatre questions. Il m'avait demandé à quel âge j'avais eu le cœur brisé pour la première fois. J'avais été incapable de le lui dire alors, parce que ça ne m'était jamais arrivé. Mais aujourd'hui, je pourrais fournir une réponse.

J'avais vingt-trois ans la première fois qu'on m'a brisé le cœur. Et l'homme responsable de cela m'a en fait brisée tout entière. Mon premier amour est devenu l'une de mes plus grandes blessures. Une cicatrice de plus.

Pour lui, ce n'était qu'un jeu. Il s'est assuré de devenir le centre de mon univers. Il m'a promis le monde, m'a fait toucher du doigt le paradis. Il a fait en sorte que chaque partie de mon cœur, chaque partie de mon âme tombe amoureuse de lui.

Follement.

Passionnément.

Démesurément.

Et puis il a tout détruit, juste comme ça.

J'avais vingt-trois ans la première fois qu'on m'a brisé le cœur, et pour lui, ce n'était qu'un jeu. Et j'ai perdu.

Tout perdu.

La nuit m'appelle de plus en plus et je ne peux pas résister, je ne *veux* pas résister. J'ai juste envie de me laisser emporter par cette plénitude que je n'ai encore jamais côtoyée.

J'ai un sursaut de conscience. Je me dis que tout cela n'est pas normal et je regrette d'avoir pris tant de médicaments. Mais après tout, j'ai besoin d'échapper à ce monde et à cette vie pour un moment...

C'est sur cette pensée que j'accueille les ténèbres avec plaisir.

Épilogue
ROBIN

She was magic and I was on the edge.
She wanted to fall and I wanted to fly.
We collided and I lost my heart on impact.

Elle était magique et j'étais au bord du vide.
Elle voulait tomber et je voulais voler.
Nous sommes entrés en collision
et j'ai perdu mon cœur dans l'impact.

R. M. Drake

Je peux compter sur les doigts d'une main le nombre de fois où j'ai regretté mes actes. J'ai toujours su ce que je voulais dans la vie et j'ai toujours tout fait pour atteindre mes objectifs. Chaque décision, je l'ai prise en mon âme et conscience, et même lorsque j'ai échoué, je n'ai pas renié mes choix.

Il y a cependant trois exceptions.

Lorsque j'avais quinze ans, j'ai emprunté la voiture de mon père pour aller me balader en pleine nuit. Un contrôle de police m'a stoppé après quelques kilomètres. Je suis tombé sur un ami de mon père, qui s'est empressé de me ramener chez mes parents. L'engueulade qui a suivi est restée ancrée dans ma mémoire.

Quand j'ai réalisé les risques que j'avais pris, j'ai regretté mon acte. C'était la première fois.

La deuxième fois, c'est lorsque Stella m'a laissé planté comme un con devant chez moi après m'avoir dit que mon niveau social ne lui suffisait pas. Malgré tout ce que je lui avais donné et tout ce que j'aurais été prêt à faire pour elle, elle est partie sans un regard en arrière. Après ça, j'ai si violemment regretté de lui avoir ouvert mon cœur que je me suis convaincu de ne plus jamais laisser aucune femme me mettre la tête à l'envers.

Et puis il y a aujourd'hui. Cette troisième fois est la pire de toutes. À la minute où j'ai rencontré Lia, à la minute où j'ai commencé à la connaître, j'ai regretté de m'être allié à Stella. Celle-ci m'avait dressé un portrait abject de Lia et c'est en partie pour cela que j'avais accepté de l'aider. J'avais encore des sentiments pour mon ex et c'était ma première faiblesse. La deuxième, c'est que je désirais plus que tout ouvrir mon propre cabinet d'architecte, au détriment de tout le reste. Et la troisième, c'est que j'ai cru aux mensonges de Stella. Elle m'a juré qu'une petite pimbêche avait détruit sa relation avec Chris, allant même jusqu'à prétendre qu'ils avaient une liaison. Je n'ai pas mis longtemps à me rendre compte que Lia était à l'opposé de ce que Stella m'en avait dit. Elle était... plus. Plus joyeuse, plus drôle, plus piquante, aussi... et elle devenait de plus en plus belle à mesure que les jours passaient. J'ai eu tort de prétendre le contraire dans mes mails. Je me suis comporté comme le pire des connards. Je ne pourrai jamais effacer le mal que j'ai fait à Lia, que je nous ai fait à tous les deux, mais je peux faire en sorte de réparer mes erreurs. En tout cas, j'y suis déterminé.

Je ne peux pas me résoudre à tirer un trait sur Lia, pas après ce qu'on a vécu tous les deux. Elle m'est devenue aussi vitale que l'air que je respire. Je ne peux plus imaginer ma vie sans elle.

À cet instant, je me fais une promesse. Je ferai tout pour récupérer l'amour de ma vie, j'y consacrerai toutes mes forces, quitte à foutre le feu à cette putain de planète s'il le faut.

Amalia Gomes n'aimera jamais un autre homme que moi. Elle m'appartient, je suis tout à elle et il n'en sera jamais autrement.

À SUIVRE...

Playlist

Daya – *Sit still look pretty*
Selena Gomez & The Scene – *Love You Like a Love Song*
Taylor Swift – *Blank Space*
Grace VanderWaal – *Florets*
Sia – *California Dreamin'*
The Civil Wars – *Dance me to the end of love*
Dulce Pontes – *Canção do mar*
Little mix ft. CNCO – *Reggaetón Lento*
Julia Michaels – *Issues*
The Veronicas – *You ruin me*